Pour un sourire de Molly

———————

La mémoire de la nuit

ROBIN PERINI

Pour un sourire de Molly

Collection : BLACK ROSE

Titre original : CHRISTMAS JUSTICE

Traduction française de FLORENCE BERTRAND

HARLEQUIN®
est une marque déposée par le Groupe Harlequin
BLACK ROSE®
est une marque déposée par Harlequin

HARLEQUIN
83-85, boulevard Vincent-Auriol, 75646 PARIS CEDEX 13.
Service Lectrices — Tél. : 01 45 82 47 47
www.harlequin.fr
ISBN 978-2-2803-3073-2 — **ISSN** 1950-2753

Prologue

Ce jour-là n'était pas un jour ordinaire.

En temps normal, Laurel McCallister aurait adoré faire du baby-sitting pour sa nièce Molly, jouer à la princesse et aux dés en riant comme une enfant, mais cette soirée n'avait rien d'habituel.

Debout sur le seuil de la maison, elle regardait sa sœur et sa petite famille se diriger vers leur voiture pour se rendre à la fête de Noël. Un vent mordant soufflait dans la petite bourgade de Virginie, lui cinglant les joues.

Ses doigts étaient crispés sur le bracelet porte-bonheur qu'Ivy lui avait glissé dans la main avant de partir.

Un cadeau de leur père disparu.

Il n'avait pas donné de ses nouvelles depuis plus de deux mois. Et voilà que le matin même, ce bijou en argent était arrivé dans la boîte aux lettres. Il n'était accompagné d'aucun message, mais l'écriture tremblotante de leur père figurait sur le paquet, lequel avait été posté à Washington.

Laurel serra la chaîne dans sa main, s'efforçant de repousser le sombre pressentiment qui l'avait gagnée lorsque Ivy lui avait montré le colis, avant d'ajouter qu'elles devraient parler à son retour.

Laurel redoutait le pire.

Frissonnante, elle rencontra le regard grave de sa sœur et serra plus étroitement dans ses bras sa nièce de cinq ans. La fillette, qui venait d'avoir une angine, avait insisté pour faire signe à sa maman sur le pas de la porte. Ivy agita la main en retour, les traits empreints d'une évidente appréhension.

Laurel parcourut les environs des yeux. La demeure était située en bordure de ville, presque à la campagne. Les plus proches voisins habitaient à quelques centaines de mètres. Tout semblait calme. Sûr. Analyste à la CIA, Laurel avait suivi le même entraînement que ses collègues sur le terrain. Elle savait reconnaître les indices.

Rien ne paraissait étrange et pourtant la tension lui nouait les muscles. Jusqu'à maintenant, Ivy et son mari avaient refusé de laisser le danger gâcher les fêtes, mais le regard de sa sœur était soucieux, et un pli inquiet barrait le front de son beau-frère.

Laurel caressa les cheveux blonds et soyeux de sa jeune nièce.

— Ce n'est pas juste, murmura Molly, les larmes aux yeux. Moi aussi, je voulais aller au spectacle. Je devais être un ange.

Sa petite voix malheureuse émut Laurel. Elle posa une main apaisante sur son front.

— Mon pauvre chou. Tu ne peux pas sortir avec cette fièvre.

Ivy était en train de faire monter le frère et la sœur de Molly à l'arrière de la voiture. En dépit de son estomac noué, Laurel lui adressa un signe de tête plein d'assurance, et reçut le même en retour. Elle et sa sœur se ressemblaient tant.

Un des enfants — Michaela sans doute — lança une girafe en peluche par la portière. Secouant la tête, Ivy s'écarta de quelques pas pour aller la ramasser.

Laurel fit mine de rentrer.

— Ne t'inquiète pas, Molly. Ils reviendront bient…

Une explosion assourdissante fit trembler la nuit, suivie d'un souffle d'air chaud qui la fit chanceler. Elle recula en titubant. Le côté passager du 4x4 était la proie des flammes, une fumée noire s'élevait dans le ciel.

Seigneur, non ! Sous le choc, Laurel secoua la tête. C'était impossible. Horrifiée, elle fit pivoter Molly pour lui épargner l'épouvantable scène, mais il était trop tard. La petite fille avait tout vu. Elle se mit à pousser des hurlements déchirants.

Aucun son ne venait de la voiture. Pas un cri, pas un gémissement.

— Reste là !

Elle déposa l'enfant et dévala les marches en courant, jetant un coup d'œil en arrière : Molly s'était effondrée sur le sol, en larmes. Laurel ferma les yeux une seconde, puis tira de sa poche son téléphone portable et composa le 911.

— Au secours ! Il y a eu une explosion.

Une chaleur insoutenable lui brûlait la peau. Ce n'était pas un incendie normal, comprit-elle, la gorge nouée. C'était du travail de professionnel. Un assassinat commandité, qui lui rappelait les dossiers qu'elle lisait dans le cadre de son travail à la CIA.

Anéantie, elle fixa la voiture en feu. Encore quelques minutes, et il n'y aurait plus rien. Plus que des cendres. On ne pourrait même pas dire combien il y avait d'occupants à l'intérieur.

Son téléphone lui glissa des doigts.

La famille d'Ivy était morte. Personne n'avait pu survivre. Laurel regarda frénétiquement autour d'elle, cherchant sa sœur. Son cœur se brisa lorsqu'elle vit le corps brûlé qui gisait à quelques mètres du véhicule. Elle courut vers Ivy et s'agenouilla à côté d'elle. Le côté droit de son visage était noirci, méconnaissable.

— Laur…

— Ne parle pas, Ivy, coupa Laurel, sans pouvoir réprimer ses larmes.

Elle entendait sa nièce sangloter dans la maison. Et là, Ivy. Seigneur. Ses vêtements avaient fondu sur sa peau.

Ivy tenta de bouger et poussa un cri de douleur.

— Idiote…, gémit-elle. Pas assez prudente… il ne faut pas… faire confiance…

— Chut…

Laurel tendit la main vers elle, ne sachant que faire. Aucune partie du corps d'Ivy n'avait été épargnée. Où était l'ambulance ?

Elle se pencha vers sa sœur.

— Tiens bon, Ivy. Les secours arrivent.

— Trop tard. Tr… trouve Garrett Galloway. Shérif. Dis-lui… qu'il avait raison.

Ivy cilla et une larme roula sur sa joue, traçant un sillon clair à travers la suie.

— Je t'en prie. Sauve… Molly.

Soudain, elle écarquilla les yeux.

— Attention !

Laurel réagit aussitôt et se plaqua au sol tandis qu'une balle allait se ficher dans l'arbre tout proche. Elle roula sur elle-même en ravalant un juron. Son arme était à l'intérieur. Un nouveau coup percuta le sol, à quelques centimètres de sa tête. Le tireur devait être dissimulé derrière la haie.

— Traître ! lâcha Ivy faiblement.

La balle suivante la frappa à la tempe. Glacée, Laurel recula tant bien que mal pour s'abriter derrière la voiture en flammes, s'obligeant à ignorer le chagrin qui lui ravageait le cœur. Elle ferait son deuil plus tard. Elle avait une tâche à accomplir : protéger Molly.

Des sirènes hurlèrent dans la nuit. Un juron retentit, suivi de bruits de pas qui s'éloignaient.

Les tueurs avaient fui. Laurel devait saisir sa chance. Elle se rua vers la maison, prit sa nièce dans ses bras et referma la porte d'un coup de pied.

A la faveur d'un espace entre les rideaux, elle observa l'extérieur. Une voiture de police arriva en trombe et s'arrêta dans l'allée. Impossible. Ce flic était arrivé beaucoup trop vite. Laurel serra Molly contre elle, poussa le verrou et se laissa aller contre le mur.

— Oh ! Ivy.

— Tata Laurel ? demanda Molly entre deux sanglots. Je veux papa et maman.

— Moi aussi, ma chérie.

Laurel serra sa nièce plus fort. Elle avait le choix : faire confiance au policier qui était dehors, ou suivre le conseil de sa sœur.

Après les deux mois qui venaient de s'écouler... elle glissa le bracelet dans sa poche puis attrapa un cadre accroché au mur. Une photo de la famille d'Ivy, souriante.

Elle n'avait pas le choix. La bombe, l'arrivée immédiate du flic. Tout était suspect.

Elle fit le tour de la maison en hâte et rassembla quelques affaires, son arme et les antibiotiques de Molly. Elle s'attendait à moitié à ce que le policier vienne tambouriner à la porte. Etant donné qu'il n'en fit rien, elle sut qu'elle avait vu juste. Lorsqu'elle hasarda un nouveau regard au-dehors, le corps de sa sœur avait disparu. La voiture de police aussi.

Le 4x4 flambait toujours. Laurel était presque pliée en deux par la douleur.

Une nouvelle sirène approchait, celle des pompiers. Le temps pressait. Elle attrapa l'enveloppe que son père avait envoyée et la fourra dans un sac en toile avec une couverture et le jouet préféré de Molly, un lion en peluche.

Puis elle enfila un manteau à Molly, la prit dans ses bras et sortit par-derrière. Ses pas résonnaient sur le trottoir. Elle s'engouffra dans une ruelle, laissant derrière elle un tourbillon de flammes et de fumée, une scène d'horreur qu'elle n'oublierait jamais.

Au bout d'un moment, elle s'arrêta pour reprendre son souffle. Le froid perçait à travers sa veste.

— Tata Laurel ? Arrête. Maman ne saura pas où nous trouver.

Oh ! Seigneur. Pauvre Molly. Laurel serra sa nièce plus fort. Comment expliquer à une fillette de cinq ans que sa famille avait été tuée par des méchants ?

Elle s'adossa à un mur, les poumons en feu. Elle aurait préféré ne pas comprendre. Préféré être comme Molly. Mais il ne s'agissait pas d'un dessin animé pour enfants où tout le monde survivait aux attaques les plus épouvantables. Dans la vraie vie, personne n'avait de seconde chance.

Laurel devait fuir. Echapper aux hommes qui avaient tiré sur elle et qui avaient assassiné Ivy et les siens.

Elle ne savait que croire. Hormis les ultimes paroles de sa sœur.

Ce qui ne lui laissait qu'une seule option. Un seul homme méritait sa confiance.

Garrett Galloway.

Maintenant, il ne restait plus qu'à le trouver.

1

En temps ordinaire, la bourgade de Danger, au Texas, portait mal son nom. Hormis l'ivrogne de service, quelques adolescents turbulents et un maire qui roulait dans une voiture un peu trop luxueuse pour ne pas être associée à des revenus illicites, le shérif n'avait guère de quoi s'inquiéter. Rien ne venait troubler le calme, ce qui lui convenait parfaitement.

Garrett ajusta son Stetson et enfonça les mains dans les poches de son blouson pour se protéger du froid de décembre. Lorsqu'il était arrivé un an plus tôt, le corps mal en point et l'âme en lambeaux, il s'était dit que cette minuscule ville de l'ouest du Texas serait l'endroit idéal où se mettre au vert quelques mois. Après tout, le monde entier le croyait mort. Et Garrett avait besoin que cela continue.

Du moins, le temps qu'il identifie celui qui avait anéanti les siens et qu'il le fasse payer pour son crime. Jamais il n'avait envisagé de rester aussi longtemps.

Cependant, l'appel sur lequel il comptait n'était jamais venu. De plus, lors de leur dernière conversation, son mentor et ex-équipier James McCallister avait paru beaucoup trop… optimiste. Ce genre de choses, allié à un contact manqué, signifiait en général que l'opération avait mal tourné.

Il sentait son holster sous son épaule droite. Jamais

il ne quittait son domicile sans arme ou sans insigne. Il aimait savoir qu'il était en mesure de se défendre. A tout moment. Et les habitants aimaient savoir que leur shérif veillait sur eux.

Il parcourut du regard la rue décorée de guirlandes et le trottoir désert, puis partit faire son tour, marchant sans faire de bruit dans la ville endormie.

Le silence de McCallister le perturbait. James avait consacré ces derniers mois à essayer de démasquer le traître.

Il avait pris de gros risques et, au bout d'un an de recherches infructueuses, quelques indices étaient apparus : certains documents top secret identifiant des agents et des opérations à l'étranger et faisant état de la disparition d'armements ultra-sophistiqués. Une brèche s'était ouverte, mais pas encore assez pour qu'ils puissent s'y engouffrer.

Garrett était de plus en plus inquiet : soit James continuait à œuvrer pour éclaircir l'affaire, soit il était mort. Aucune des deux possibilités ne lui plaisait. Si la première hypothèse était la bonne, le seul fait de le contacter pourrait faire capoter toute l'opération ; si c'était la seconde Garrett se retrouverait seul et devrait sortir de sa retraite.

A ce moment-là, il pourrait bien se retrouver en prison, et sa vie ne vaudrait pas plus cher qu'une balle perdue.

Ressassant ces pensées, Garrett passa devant quelques maisons et remarqua soudain une voiture foncée, inconnue, qui roulait au pas.

Personne ne conduisait aussi lentement. Pas au Texas. Pas à moins d'avoir des intentions douteuses. Et personne ne venait à Danger sans raison. Ce n'était pas une ville qu'on traversait par hasard.

Son instinct en alerte, Garrett tourna au coin de la rue et se dissimula derrière une haie.

Le véhicule ralentit encore, puis continua.

Intéressant.

C'était peut-être quelqu'un qui venait rendre visite à un parent, mais Garrett se méfiait du changement. Et de l'imprévu. Tendu et vigilant, il traversa une impasse, cherchant la voiture des yeux. Arrivé à la limite de la ville, il scruta la nuit.

Tout près de lui, quelque chose craqua. Comme un petit morceau de bois qui se brise.

Qui pouvait se trouver dans les environs à une heure pareille ? Il doutait fort qu'il s'agisse d'un coyote.

Il tira son Beretta 92 de son holster. Feignant d'admirer les étoiles, il leva les yeux vers le ciel nocturne et repoussa son Stetson.

Du coin de l'œil, il aperçut une silhouette qui se baissait derrière une clôture : de taille moyenne, mince, mais dont les gestes étaient prudents, précis, entraînés. Quelqu'un à qui il aurait pu être confronté lors de sa précédente existence. Pas un cambrioleur ou un malfaiteur ordinaire. Or James McCallister était le seul à savoir que Garrett était à Danger, et James avait disparu.

Tout redevint immobile.

Garrett donna un coup de pied dans la poussière et tapota son chapeau.

Il garda son arme prête, au cas où, tout en espérant ne pas avoir à s'en servir. Cet incident était peut-être sans rapport avec son passé. Il avait besoin d'informations, pas d'un cadavre en bordure de la ville. Ce qui arrivait à Danger ne sortirait pas de Danger, sauf si le nombre de morts commençait à s'accroître. Dans ce cas-là, il ne pourrait pas empêcher la police de l'Etat ou les agents fédéraux de venir fourrer leur nez par ici.

Et il ne tenait pas à attirer l'attention.

Il se sentait observé, épié.

Il changea légèrement de trajectoire, se dirigeant vers la silhouette dissimulée. Son plan ? Feindre de passer à côté du type, le prendre par surprise et le neutraliser.

Tout se déroula comme prévu. Pivotant rapidement sur ses talons, Garrett tacla l'inconnu et fit tomber le SIG qu'il avait à la main. En un éclair, il le plaqua au sol, l'avant-bras appuyé contre sa gorge.

— Qu'est-ce que vous voulez ? rugit-il en rabattant le capuchon du suspect.

Les grognements venant de sa victime n'étaient pas ceux auxquels il s'attendait. Avec l'aisance acquise grâce à des années d'expérience, il attrapa sa lampe torche et l'alluma.

Des yeux bleus effrayés lui rendirent son regard. Une femme. Il raffermit sa prise. Une femme pouvait tuer aussi bien qu'un homme. Elle pouvait jouer les victimes tout en planifiant froidement son assassinat. Il n'allait pas la lâcher comme ça.

La lumière éclaira son visage. Il cilla sous l'effet de la surprise. Il connaissait ces yeux. Ce nez.

Oh ! Bon sang.

— Laurel McCallister, murmura-t-il.

Son estomac se noua. Une seule raison avait pu l'amener jusqu'à Danger.

Son passé l'avait rattrapé. Et cela signifiait une chose : James McCallister était six pieds sous terre, et les hommes qui voulaient sa mort n'allaient pas tarder à faire leur apparition.

Laurel ne bougea pas. Inutile d'essayer. L'homme qui la maintenait au sol était trop lourd, il s'était emparé trop facilement de son SIG et il savait tuer. La pression qu'il exerçait sur sa gorge le prouvait.

Pire encore, le shérif — elle avait vu son insigne — connaissait son nom. Dire qu'elle comptait sur un effet de surprise !

Elle resta immobile et silencieuse, encore choquée par l'attaque, tout le corps meurtri. Elle aurait des courbatures plus tard.

Elle s'était dit que l'observer un moment serait une bonne idée. Ivy avait affirmé qu'elle pouvait avoir confiance en lui, mais on n'est jamais trop prudent.

La portière s'ouvrit, et des petits pas résonnèrent sur le trottoir, courant vers eux.

— Lâchez-la !

Molly abattait ses poings sur le dos de Garrett, sa voix stridente d'enfant déchirant la nuit.

Ce dernier se tourna vers la fillette.

Maintenant ! Laurel donna un coup de pied dans le tibia du shérif, qui grogna mais ne bougea pas d'un centimètre. Elle se tortilla sous lui, essayant de le repousser.

— Molly ! Retourne dans la voiture !

La petite fille hésita, et Laurel sentit la peur l'envahir. Pourquoi sa nièce n'avait-elle pas pu rester endormie, à l'abri ? Depuis les événements atroces qui avaient eu lieu quatre jours plus tôt, elle ne pouvait plus supporter que Laurel s'éloigne d'elle, et sentait instinctivement lorsque cela se produisait.

Soudain, Garrett roula sur lui-même, lui rendit son arme et se releva avec la grâce d'un félin.

— Ne t'inquiète pas. Je ne vais pas vous faire de mal.

Il remit son pistolet dans son holster et fixa Laurel.

Elle prit une brève inspiration avant que sa nièce se jette dans ses bras.

— Ça va, tata Laurel ?

Laurel la serra contre elle.

— Tu es mon héroïne, Molly.

Elle se forçait à parler calmement. Inutile d'ajouter au trouble de la petite fille, déjà traumatisée par l'explosion.

Molly s'agrippait à elle, lançant des regards noirs à Garrett. Ce dernier s'efforçait de ne pas sourire, mais il était impossible de se méprendre sur la gentillesse qui se lisait dans ses yeux.

Pour la première fois en quatre jours, Laurel se détendit imperceptiblement. Peut-être avait-elle pris la bonne décision après tout.

Non qu'elle ait eu le choix. Le journal télévisé n'avait fait aucune allusion à la tragédie qui avait frappé sa famille. On n'avait mentionné ni l'incendie ni le fait qu'Ivy avait reçu une balle dans la tempe. Il avait été question très brièvement d'une voiture en feu, mais l'incident avait été imputé à la chute d'une ligne électrique.

A ce moment-là, Laurel avait compris qu'elle était réellement seule.

Jusqu'à cet instant.

Elle détestait devoir compter sur quiconque hormis elle-même. Après la mort de leur mère, sa sœur et elle avaient appris à se débrouiller seules.

Mais cette fois-ci, Laurel était dépassée. Elle le savait, même s'il lui répugnait de l'admettre.

Tenant Molly contre elle, Laurel étudia Garrett Galloway. Son instinct lui soufflait de lui faire confiance, mais pouvait-elle s'y fier ? Cet homme à l'expression changeante serait-il prêt à l'aider ? Elle priait pour que sa sœur ne se soit pas trompée, pour qu'il fasse partie des bons et non des méchants.

Garrett repoussa son Stetson en arrière.

— J'aurais pu...

Il jeta un coup d'œil en direction de Molly et se tut.

Laurel devina la suite. S'il avait voulu les tuer, il l'aurait fait.

— … achever le travail, compléta-t-il d'un ton sec. Je ne vais pas le faire.

— Comment saviez-vous mon nom ?

Il arqua un sourcil et remit son Beretta dans son holster.

— Je connais votre père. Votre photo est sur son bureau à… l'agence.

Son expression était éloquente. Laurel comprit. Garrett avait travaillé avec son père en dehors de la CIA, dans l'agence indépendante qu'il dirigeait. Une organisation financée par des fonds secrets, chargée de missions secrètes, obtenant des résultats secrets. L'organisation où Ivy avait été employée. Un signal d'alarme résonna dans la tête de Laurel. L'homme vers qui sa sœur l'avait envoyée travaillait peut-être avec les auteurs de l'attentat. Et pourtant, qui était mieux placé pour l'aider ?

Garrett lui tendit la main.

— On dirait que vous êtes sur la route depuis un certain temps. Si nous allions manger quelque chose ? Et discuter un peu ?

Laurel hésita, mais que faire ? Elle n'était venue dans le fin fond du Texas que pour une seule raison : trouver Garrett Galloway.

A quoi s'était-elle attendue ? Avec sa chemise kaki, son insigne, son chapeau marron et sa veste en cuir, il aurait pu sortir tout droit d'un studio de télévision. Et ses yeux marron la transperçaient.

Si elle avait jamais imaginé s'enfuir vers le crépuscule avec un homme, ç'aurait été Garrett Galloway.

Il attendait, l'air de lire dans ses pensées. Avec un soupir, elle mit sa main dans la sienne. Il l'aida à se relever. Molly se cacha derrière elle, levant les yeux vers lui.

Il inclina la tête vers la petite fille et Laurel retint son souffle. Le visage de Molly arborait l'expression effrayée qui ne l'avait pas quittée depuis qu'elles avaient fui la Virginie, comme si elle allait fondre en larmes d'une seconde à l'autre. Mais soudain elle écarquilla les yeux, fixant tour à tour la silhouette athlétique de Garrett, ses bottes de cow-boy et l'étoile qui brillait sur son torse.

C'était un protecteur. Laurel s'en rendait compte, et à l'évidence, Molly aussi.

Garrett rencontra son regard, et elle lut la compréhension sur son visage.

— Venez avec moi, dit-il tout bas.

— J'ai ma voiture…

Il secoua la tête.

— Prenez vos affaires et laissez-la. Si on vous a suivie, je ne veux pas que ces gens-là sachent qui vous êtes venue voir.

— J'ai été prudente. J'ai mis une journée de plus à venir ici à cause de tous les détours que j'ai faits.

— Si vous vous étiez aperçue qu'on vous suivait, vous seriez sûrement déjà morte.

La sécheresse de ses paroles ne laissait aucun doute sur le danger qui pesait sur eux. Il s'approcha du véhicule, en sortit le grand sac qui contenait ses bagages et passa la bandoulière sur son épaule.

— Jusqu'à ce que j'en sois sûr, nous prendrons des précautions.

Laurel se raidit. Comme s'il avait senti sa vulnérabilité, Garrett fit un pas vers elle.

— C'est vous qui êtes venue me trouver. Vous avez peut-être trahi ma couverture. Vous devez m'écouter.

Il était en mission. Elle aurait dû s'en douter.

Elle était fière de son indépendance, de sa capacité à gérer presque n'importe quelle situation, mais l'expression intense et méfiante de cet homme l'inquiétait. Ivy était un agent brillant, qui avait toujours fait preuve de prudence. Elle était morte quand même.

Néanmoins, Laurel devait faire face à la réalité. Elle s'était jetée à l'eau en prenant la fuite, et Garrett Galloway était le maître-nageur sauveteur.

Ravalant sa réticence, elle hocha la tête et souleva Molly dans ses bras.

— Nous allons loin ?

— De l'autre côté de la ville, répondit-il en scrutant les environs.

Elle arqua un sourcil.

— Au bout du pâté de maisons, alors ?

Garrett inclina la tête, et un semblant de sourire se dessina sur ses lèvres. Quand il ne fronçait pas les sourcils, ses yeux semblaient plus clairs.

— Allons-y.

Cinquante mètres plus loin, Laurel était à bout de nerfs. Jamais elle n'avait vu quelqu'un d'aussi concentré que Garrett. Il marchait sans bruit malgré ses bottes, et semblait avoir conscience de chaque ombre, de chaque mouvement.

Il s'arrêta brusquement et les repoussa contre la clôture, dégainant son arme en même temps. A son tour, elle entendit un moteur. Le grondement s'intensifia, puis s'éloigna. Garrett se détendit, son regard allant de Laurel à Molly.

— On repart.

Molly leva ses grands yeux vers lui. Elle semblait sur le point d'éclater en sanglots. Il inclina son Stetson sur la tête.

— Tu as faim, mon chou ? demanda-t-il en lui déco-chant un sourire.

Il semblait apaiser Molly par sa seule présence. Il avait l'effet opposé sur Laurel. A vrai dire, elle était partagée entre l'envie de le fuir et celle de se blottir dans ses bras — jamais elle n'avait ressenti cela auparavant. Jamais elle ne s'était autorisée à être aussi vulnérable.

Le hurlement d'un chien brisa le silence nocturne, aussitôt suivi par d'autres aboiements tandis que Garrett les guidait à travers la ville. Molly se cramponnait à Laurel. La fillette était épuisée, tout comme elle.

Garrett régla son allure sur la sienne.

— Il a dû se passer quelque chose de grave pour que vous veniez ici, non ? murmura-t-il en se penchant pour lui parler à l'oreille.

Malgré elle, des larmes brûlantes picotèrent les yeux de Laurel. Elle était à bout, et consciente de son désarroi. Ses émotions étaient à fleur de peau, et il était hors de question qu'elle le lui montre.

Instinctivement, elle baissa la tête pour se réfugier derrière le rideau de ses cheveux. L'espace d'un instant, elle avait oublié qu'elle avait coupé sa flamboyante chevelure et l'avait teinte en un châtain quelconque pour passer inaperçue.

— Je comprends, dit-il d'une voix bourrue. Mieux que vous ne le soupçonnez.

Avant que Laurel ait pu s'interroger sur ce qu'il voulait dire, il accéléra l'allure.

— Ma maison est à quelques minutes à pied.

A mesure qu'ils avançaient, les guirlandes s'allumaient automatiquement, clignotant gaiement dans la nuit. Garrett marqua une pause et les fit s'arrêter sous un arbre, scrutant la rue.

Molly regardait aussi, bouche bée.

— Tata Laurel, c'est Noël ici.

Elle ravala sa salive et baissa la tête, se nichant contre l'épaule de Laurel.

Celle-ci lui tapota le dos doucement.

— Noël va nous suivre, mon chou. Il sera différent cette année, mais il viendra quand même.

Molly la dévisagea, avant de contempler les décorations d'un air songeur.

— Papa et maman seront revenus d'ici là ?

— Nous en parlerons plus tard, répondit Laurel dans un souffle.

Que lui dire ? Molly avait assisté à l'explosion, mais elle n'avait pas encore assimilé la terrible réalité.

Laurel serra les dents. En tant qu'adulte, elle ne savait pas combien de temps il lui faudrait pour accepter la mort de sa famille. Le fait qu'elle était seule au monde désormais. Seule avec Molly.

— Il faut faire vite, dit Garrett en leur faisant signe de traverser. Allons-y.

La grand-rue de Danger n'était pas très large. Deux voies, un seul feu de circulation.

Ils étaient à mi-chemin quand un moteur rugit brusquement. Des pneus hurlèrent, la voiture fonçait droit sur eux.

Garrett les poussa derrière un mur, lâcha le sac de voyage et roula sur le sol, s'exposant au danger.

Laurel se jeta à terre tandis qu'une volée de balles lui passait au-dessus de la tête. Molly hurla. Laurel lui fit un bouclier de son corps, sortit son arme et se redressa prudemment. Elle ne pouvait pas faire feu sans laisser Molly. Des balles se fichaient dans le mur derrière elle, des éclats de ciment pleuvaient sur le sol. Elle se plaqua sur sa nièce, la main crispée sur la crosse de son pistolet.

Une rafale de détonations s'éleva derrière le mur.

La voiture démarra dans un crissement de pneus.

Laurel se redressa, l'arme au poing. Elle s'attendait au pire, mais Garrett était en vie, son pistolet braqué sur le véhicule en fuite. Il pressa la détente de nouveau, puis lâcha un juron.

Laurel pouvait à peine respirer. Ils l'avaient retrouvée.

La voix d'un vieil homme résonna non loin, accompagnée du bruit reconnaissable d'un fusil à pompe.

— Qu'est-ce qui se passe ici ?

— Je m'en occupe, monsieur McCreary, lança Garrett. C'est le shérif Galloway. Rentrez chez vous.

Une porte claqua.

Garrett tira son téléphone de sa poche.

— Keller, des coups de feu ont été tirés à l'intersection de Oak Street. Activez le système d'urgence et ordonnez aux habitants de rester chez eux. Je vous rappelle dès que l'ordre sera revenu.

Il remit l'appareil dans sa poche et revint en courant vers Laurel.

— Personne n'est blessé ?

Molly sanglotait, inconsolable. Laurel la serra plus étroitement contre elle.

— Je vais la porter.

Les traits tendus, Garrett se chargea de la petite fille tandis que Laurel prenait le sac de voyage. Il les conduisit dans un passage qui menait à l'arrière d'une rangée de maisons. Arrivé à la hauteur de l'une d'elles, il tira une clé de sa poche.

— Il faut qu'on se mette à l'abri. Je vais prendre quelques affaires et vous emmener en lieu sûr.

— Je suis désolée, souffla-t-elle. C'est moi qui vous ai apporté tous ces ennuis.

Il hocha la tête.

— Qui savait que vous veniez au Texas ?

— P... personne.

— Qui vous a parlé de moi ? Votre père ?

— Ma... ma sœur.

— Ivy ?

Il fronça les sourcils.

— Elle travaillait pour l'agence mais nous n'avons jamais mené d'opération ensemble.

Laurel se mordit la lèvre.

— Ma sœur a prononcé votre nom juste avant de mourir. Elle m'a dit de vous dire que vous aviez raison.

Le 4x4 sortit en trombe de Danger, Mike Strickland écrasant la pédale d'accélérateur. Au bout d'un moment il s'engagea sur un chemin de terre qui menait dans le désert. Quand il s'arrêta enfin, il abattit son poing sur le volant.

— Bordel ! Qui était ce type ?

— Un shérif, répondit son équipier, Don Krauss, d'un ton sec. Tu n'as pas vu son insigne ?

— Aucun shérif n'a des réflexes pareils, rétorqua Strickland. Elles devraient être mortes toutes les deux.

— Cette fille nous file entre les doigts depuis quatre jours. Elle n'est pas idiote. Elle a changé de voiture à deux reprises et n'a jamais allumé son téléphone portable.

Dire qu'ils étaient équipés des derniers gadgets et qu'une fille au volant d'une Chevrolet déglinguée avait réussi à traverser le pays sans qu'ils la rattrapent.

— Elle a eu de la chance.

Krauss ricana.

— Et maintenant, elle a de l'aide. Si Ivy a parlé…

— Je sais, je sais.

Strickland se gratta nerveusement la paume.

— Nous pouvons encore rattraper le coup. La police scientifique va mettre des semaines à analyser ce qu'il reste de la voiture. De plus, j'ai des contacts dans les bureaux du coroner. S'ils peuvent nous dégoter deux cadavres brûlés en plus, personne ne saura jamais rien. Tout le monde croira que la femme et la gamine sont mortes en même temps que les autres.

— Tu as tué Ivy d'une balle dans la tempe, lui rappela Krauss.

— Et alors ? Il n'en a pas été question dans la presse, si ? rétorqua Strickland avec un petit sourire.

— Je pensais que les flics n'avaient peut-être pas révélé toutes leurs informations tant que l'enquête n'est pas close.

— Pas du tout. Ils se taisent. Ils pensent que c'est une question de sécurité nationale.

— Je vois. Tu ne te demandes jamais comment nous en sommes venus à faire ce boulot ? Des fois, j'ai des regrets.

— N'en dis pas davantage, Krauss. Je ne veux pas avoir à te dénoncer.

— Dit l'homme responsable de ce fiasco.

— Ne me fais pas la leçon, d'accord ? Si on rate cette mission, on est fichus tous les deux.

— Je sais. Et j'ai une famille à protéger. Finissons-en vite et proprement, et fichons le camp de cette ville.

— On ne laisse aucun témoin derrière nous. D'accord ? demanda Strickland en démarrant.

— Même pas le shérif ? Sa mort pourrait faire du bruit.

— Si près de la frontière, dans un coin si perdu, il y a des tas de manières de mourir.

2

Sa sœur a dit que j'avais raison… Génial. Absolument génial, maugréa Garrett intérieurement.

Molly sanglotait toujours dans ses bras. Il la berça doucement. Elle tourna la tête contre son épaule et noua les bras autour de son cou, enfouissant ses petits doigts dans ses cheveux. Il la serra davantage contre lui tout en scrutant la ruelle derrière sa maison. La nuit était froide et Molly frissonnait. Il fallait qu'il les emmène au chaud le plus vite possible, mais ce ne serait pas dans cette maison qui n'avait jamais été un foyer pour lui.

Une demi-minute s'écoula. Rien ne bougea. Le tireur n'avait sûrement pas de complice, mais Garrett ne pouvait être sûr de rien. Une erreur de jugement risquait d'être fatale.

Entrer, sortir. C'était tout ce qu'il voulait faire.

Il conduisit Laurel dans le jardin de la demeure que James McCallister avait achetée à son nom et referma la barrière. Il ne reviendrait pas de sitôt.

Cependant, il avait besoin de son sac et de quelques provisions. S'il avait été seul, il aurait pu s'en passer, mais ses protégées ne pouvaient pas camper dans le désert en plein mois de décembre.

Molly se cramponnait à lui. Il lui caressa le dos et éprouva un pincement au cœur. Seigneur, ce geste semblait si familier. Les souvenirs de sa fille, Ella, l'assaillirent.

En même temps que le chagrin. Il ne pouvait pas se laisser submerger par le passé. Pas alors que Laurel et Molly avaient besoin de lui.

Il les guida vers la réserve de bois.

— Donnez-moi une minute, chuchota-t-il. Restez hors de vue. Je reviens tout de suite.

Il voulut rendre Molly à Laurel, mais la fillette gémit et s'accrocha à lui.

— Tout va bien, mon chou. Ta tante Laurel va prendre soin de toi.

Il lui tapota le dos une dernière fois avant de la tendre à Laurel. Celle-ci serra la petite fille dans ses bras. La détresse se lisait sur son visage.

— Elle a peur, c'est tout.

— Je sais, et je ne l'ai pas protégée, murmura Laurel en se baissant derrière la pile de bûches.

Elle sortit son arme.

— Je n'échouerai pas une deuxième fois.

Laura McCallister avait du cran, c'était certain. C'était une qualité que Garrett appréciait.

— Je n'en ai pas pour longtemps.

Il traversa la cour en hâte, glissa la clé dans la serrure et fit une inspection rapide des lieux, prêtant attention aux détails. Il ne devait pas laisser de traces de son passage. Rien qui puisse mener un visiteur importun au petit ranch dans les montagnes.

Il pressa une touche sur son téléphone.

— Shérif ? Qu'est-ce qui s'est passé ? J'ai eu toute la ville au téléphone.

La voix de son adjoint tremblait légèrement.

— McCreary n'a pas rassemblé une bande de justiciers, au moins ?

Certains habitants âgés de la ville se croyaient encore à l'époque de la conquête de l'Ouest.

— J'ai dissuadé ses copains de l'encourager, répondit Keller. Ça me fait tout drôle de donner des ordres à mon ancien principal de lycée.

Garrett attrapa un carnet, puis se dirigea vers sa chambre.

— Ecoutez, Keller, je vais poursuivre ce type et je serai injoignable. Je ne veux abattre personne par erreur. Faites en sorte que tout le monde reste à l'intérieur.

— Vous avez besoin de moi, shérif ?

— Occupez-vous du standard et ouvrez l'œil. Si vous repérez des inconnus, avertissez-moi. Ne les poursuivez pas vous-même.

— Bien, chef.

Garrett mit fin à la communication. A supposer que ces hommes soient à la poursuite de Laurel et de Molly, sa ville était hors de danger. Les assassins avaient tendance à se concentrer sur leur mission. Il n'était sans doute pas la cible visée. Néanmoins, Ivy connaissait son nom et avait dit qu'il avait raison. Il ne pouvait pas savoir dans quelle mesure sa couverture avait été trahie.

Si quelqu'un avant aujourd'hui avait associé le nom de Derek Bradley à celui de Garrett Galloway, il serait déjà mort. Il avait peut-être l'avantage de la surprise, mais il ne fallait pas compter là-dessus. Quant à savoir qu'il avait eu raison… Eh bien, il n'était guère surpris et cela ne lui faisait pas particulièrement plaisir. Il y avait un traître au sein de l'agence et il ignorait son identité. Le message d'Ivy ne lui permettait pas de l'identifier.

Garrett prit son sac d'urgence dans le placard, puis ouvrit un tiroir de la commode et en sortit une vieille photo fanée, cachée sous le papier.

— Ce sera bientôt fini.

Il jeta un coup d'œil aux clichés. Il les avait déjà regardés cet après-midi, avant de prendre son service.

Bon sang, c'était presque Noël.

En garçon manqué qu'elle était, Ella aurait voulu un ballon de foot ou un nouveau panier de basket, et Lisa aurait levé les yeux au ciel en se demandant quand sa fille voudrait une robe de princesse — ou n'importe quelle robe d'ailleurs. Sa gorge se noua. Il ne saurait jamais quel genre de femme Ella serait devenue. Sa vie avait pris fin avant même d'avoir commencé.

Elles lui manquaient tant. Chaque jour. S'il avait survécu aux blessures atroces causées par l'explosion, c'était pour une seule et unique raison — venger sa famille. Il n'aurait de cesse qu'il n'atteigne son but. Il le leur avait promis. Il se l'était promis.

Serrant les dents, il fourra la photo dans la poche de son sac. Ces salauds devraient déjà être morts. James et lui avaient échoué dix-huit mois durant et maintenant… que s'était-il passé ? Ivy avait payé de sa vie. Et Laurel était en fuite.

Quant à James… qui savait ce qu'il était advenu de son mentor ?

Le grincement de la porte-moustiquaire résonna dans la maison silencieuse. Il n'était là que depuis quelques minutes. Il sortit son pistolet du holster et regagna l'entrée, prêt à faire feu.

Laurel se figea, Molly dans ses bras.

— Elle doit aller faire pipi, expliqua-t-elle avec une moue.

— Dépêchez-vous, marmonna Garrett en lui indiquant le chemin. Nous ne pouvons pas nous attarder. Je portais mon insigne et mon uniforme ce soir. Si ces types les ont vus, ils n'auront aucun mal à trouver mon adresse.

Laurel se hâta vers la salle de bains pendant que Garrett se rendait dans la cuisine. Le temps qu'elle revienne, il avait rassemblé quelques provisions dans un sac.

— Allons-y.

L'arme au poing, il les précéda à l'extérieur. La porte grinça de nouveau, brisant le silence hivernal. La lune blafarde éclairait faiblement le jardin empli d'ombres. Une rafale de vent mordit les joues de Garrett. Une branche frémit.

Il parcourut la cour du regard, sans discerner aucun mouvement suspect.

Néanmoins, il n'était pas certain qu'ils soient en sécurité.

— Où allons-nous ? demanda Laurel d'une voix sourde.

Garrett jeta un coup d'œil vers elle, puis vers Molly.

— J'ai un véhicule de rechange, impossible à tracer. Nous allons nous cacher pour cette nuit. Vous avez besoin de repos. Ensuite, je ferai quelques recherches et nous verrons.

Laurel avait ramené son passé à Danger. Impossible de refermer la boîte de Pandore à présent. Si ses innocentes visiteuses n'avaient pas couru un tel danger, Garrett aurait sauté sur l'occasion pour en découdre. L'envie le démangeait d'affronter les hommes qui avaient assassiné sa femme et sa fille. Sauf qu'une balle était trop clémente. Il voulait qu'ils meurent à petit feu.

Il avait échoué à protéger sa famille, mais il ne permettrait pas aux coupables de s'enfuir de nouveau. Tant que le traître mourait, peu lui importait d'en réchapper ou pas.

Il priait seulement pour avoir le temps de mettre Laurel et Molly à l'abri avant que la bataille commence pour de bon.

Debout derrière une haie, hors de vue, Laurel tenait Molly d'une main, et la crosse de son pistolet de l'autre. Garrett avait pris le risque de retraverser la rue pour aller chercher sa voiture, au péril de sa vie si les tireurs revenaient.

Chacune des décisions qu'il avait prises ce soir avait visé à les protéger, elles, et non lui. Elle frissonna, et ce n'était pas à cause du froid. Elle avait fait le choix de venir à lui. La réaction de Garrett à leur arrivée ne l'avait guère rassurée. Son instinct lui hurlait de s'enfuir, de trouver le moyen d'oublier le passé et de tout recommencer à zéro.

Pourquoi ne pas essayer ? Il savait contre quoi elles se battaient. Il était soucieux. Peut-être le plus facile serait-il de disparaître. Parfois, accepter la réalité et aller de l'avant était la seule manière de survivre.

Un 4x4 noir s'arrêta dans la ruelle, tous feux éteints. Garrett en descendit.

— Laurel ?

Elle hésita, figée sur place. Elle avait de l'argent. Une foule de gens vivaient dans la clandestinité. Pourquoi pas elle ?

Pourtant, le regard pénétrant de Garrett l'incitait à lui faire confiance. Qu'y avait-il donc de si attirant chez cet homme ?

Elle prit une profonde inspiration et sortit de sa cachette. Des perles de sève collaient à son pantalon depuis qu'elle s'était assise à côté du tas de bois. L'odeur du sapin la ramena brusquement en arrière, à des vacances passées à camper, à pêcher, à s'amuser avec sa sœur. Son cœur se brisa. Sa nièce pourrait-elle jamais être heureuse après la tragédie qui venait de la frapper ?

Laurel se sentait comme un poisson hors de l'eau. Elle avait fait un saut dans l'inconnu en venant à Danger, en mettant sa foi dans les ultimes paroles de sa sœur. Ivy se savait mourante ; elle n'aurait pas mis Laurel en danger. Mais Laurel avait-elle bien compris ses instructions ?

Elle se dirigea vers le véhicule, Molly toujours dans

les bras. Garrett ne dit rien, mais ses yeux sombres et perspicaces la mirent mal à l'aise. Avait-il deviné qu'elle avait failli s'enfuir ?

— Vous n'êtes pas partie, murmura-t-il en ouvrant la portière. Je m'étais dit qu'il y avait cinquante pour cent de chances pour que ça arrive.

Il lisait en elle comme dans un livre, songea Laurel, contrariée.

— J'ai failli, admit-elle. Mais je ne peux pas les laisser s'en tirer comme ça après ce qu'ils ont fait.

Elle repoussa une mèche des cheveux de Molly et rencontra son regard.

— Nos vies ont été bouleversées. Pouvez-vous nous aider ?

Elle n'avait pas pour habitude d'exposer si facilement sa vulnérabilité, mais c'était une question de vie ou de mort. Elle avait besoin de lui. Ils le savaient l'un et l'autre.

Il hocha la tête d'un geste bref.

— Je ferai ce que je peux.

Laurel déposa Molly sur le siège arrière et boucla sa ceinture, puis elle s'assit à son tour, nichant la fillette contre elle.

— Où allons-nous ?

— J'ai contacté un ami. Nous avons besoin de provisions pour quelques jours. Il gère le motel et c'est un bon cuisinier.

Garrett marqua une pause.

— Je ne sais pas combien de temps nous serons sur la route. Sa sœur fait à peu près votre taille. J'ai remarqué que vous aviez quelques vêtements de rechange pour Molly mais pas pour vous.

Laura se sentit rougir à la pensée qu'il l'avait suffisamment observée pour jauger sa taille. Cependant, il avait raison. Elles étaient parties avec tant de précipitation qu'elle avait seulement eu le temps d'acheter quelques sous-vêtements dans une supérette. Combien d'hommes y auraient pensé ?

Il n'alluma pas les phares. Il emprunta des rues calmes pour gagner le Copper Mine Motel et se gara à côté du bâtiment, derrière un énorme sapin qui dissimulait le véhicule à quiconque passait sur l'artère principale. Un géant au torse puissant apparut à la porte de service. Il avait un bras dans le plâtre. Ses cheveux en broussaille et le piercing qu'il arborait à la lèvre contrastaient avec sa barbe taillée avec soin. De toute évidence, il avait guetté leur arrivée.

Garrett abaissa la vitre.

— Merci, Hondo.

L'homme passa la tête à l'intérieur et regarda Laurel et Molly. La petite fille écarquilla les yeux à la vue de son bras tatoué.

— Qui a fait des dessins sur vous ? demanda-t-elle.

Hondo lâcha un petit rire.

— Un petit vieux qui m'a fait payer très cher, ma poulette.

Il déposa deux sacs sur le siège.

— Vous aviez raison, shérif. Elle fait à peu près la même taille que Lucy. Ces vêtements sont tout neufs. Il y a des jeans, quelques hauts et d'autres trucs.

Il rougit légèrement en prononçant ces derniers mots.

Laurel fouilla dans sa poche et en sortit plusieurs billets.

— Merci…

Hondo leva la main.

— Non. Pas question.

Il s'adressa à Garrett :

— Si vous voulez qu'elles restent ici…

— Après ce qui est arrivé la dernière fois, Hondo, je ne veux pas que vous preniez de risque. Merci quand même, ajouta-t-il en lui tendant son insigne. Quand les gens commenceront à poser des questions, vous donnerez ça au maire.

— Shérif…

Consternée, Laurel se redressa, ses ongles s'enfonçant dans le cuir du siège de Garrett. C'était à cause d'elle qu'il prenait cette décision. Elle ne lui avait pas laissé le choix.

— Nous avons tous un passé, Hondo. Le mien vient de me rattraper. J'ai quelque chose à faire absolument.

Hondo acquiesça, et Laurel vit le regard de connivence entre les deux hommes. Cet échange silencieux l'emplit d'appréhension.

— Veillez sur Keller. Il est jeune et impulsif et il a besoin de conseils, reprit Garrett en pianotant sur le volant. A la réflexion, vous feriez un excellent shérif, Hondo. Vous avez les compétences nécessaires.

— Non.

Le visage de son interlocuteur s'assombrit.

— Je ne veux plus me servir d'une arme et je ne pourrais pas m'entendre avec le maire. C'est un…

Il jeta un coup d'œil vers Molly et se reprit :

— … un coureur et un voleur.

— Et il est prêt à accepter un pot-de-vin. Je suis bien placé pour le savoir. C'est comme ça que je suis devenu shérif.

Hondo arqua des sourcils surpris.

— Vous avez fait du bon boulot quand même. On n'a pas eu de meilleur shérif que vous depuis que je vis ici.

Garrett haussa les épaules et enclencha une vitesse.

— Au revoir, Hondo.

Une femme toute menue, aux cheveux grisonnants, sortit à son tour du motel, la tête enveloppée d'un bandage, un sachet à la main.

— Hondo ? murmura-t-elle d'une voix hésitante. Les cookies.

L'expression féroce de Hondo changea en un clin d'œil.

— Hé sœurette, tu n'es pas censée te lever, dit-il avec tendresse. Tu viens de sortir de l'hôpital.

Il esquissa une moue d'excuse à l'intention de Garrett.

— Mais tu as dit que tu voulais leur donner des cookies, insista-t-elle avec un grand sourire.

Laurel l'observa. Elle semblait innocente pour son âge, on aurait presque cru avoir affaire à une enfant. Elle se tourna vers Garrett, l'air radieux.

— Bonsoir, shérif. Hondo a fait des cookies aux pépites de chocolat aujourd'hui.

— On ne peut pas refuser les célèbres cookies de Hondo, Lucy.

Cependant le sourire de Garrett était tendu, et son attention rivée sur la rue. Avait-il vu quelque chose ? Laurel plissa les yeux, cherchant à mieux voir à travers les vitres teintées. Tout paraissait désert.

Lucy tendit le sac à Hondo. Une odeur appétissante se répandit dans l'habitacle.

Molly se pencha en avant.

— Je peux en avoir un, shérif Garrett ?

Hondo quêta du regard la permission de Laurel, qui acquiesça.

— Tiens, mon petit.

Molly le prit sans se faire prier et mordit dedans avec enthousiasme, engloutissant presque le gâteau entier.

Lucy gloussa.

— Elle a faim !

Hondo passa un bras protecteur autour de ses épaules.

— Ils doivent partir. Rentrons, Lucy.

Elle leur adressa un signe d'adieu.

— Au revoir.

Hondo la raccompagna à l'intérieur avec précaution, comme s'il s'agissait d'une poupée de verre. Garrett remonta sa vitre et, sans allumer les phares, s'engagea dans une autre rue.

— Elle a reçu une balle dans la tête il y a deux mois. Nous avons cru qu'elle ne s'en sortirait jamais.

Laurel essuya la bouche de Molly, puis réinstalla la petite fille ensommeillée à côté d'elle.

— Vous vous étiez fait une place dans cette ville, murmura-t-elle. Je suis désolée.

Que pouvait-elle dire d'autre ?

— Ils me remplaceront. Les choses redeviendront exactement telles qu'elles étaient avant que j'arrive.

Un muscle se crispa à la base de sa mâchoire, mais Laurel n'aurait su dire si partir lui était réellement indifférent ou si quelque chose dans cette petite ville avait touché une corde sensible en lui. Elle ne le connaissait pas suffisamment bien pour lui poser la question, si bien qu'elle garda le silence et prêta attention au trajet. Juste au cas où.

Il prit la direction de l'ouest, le long d'une rue secondaire.

— Où allons-nous ? demanda Laurel, n'y tenant plus.

Garrett rencontra son regard dans le rétroviseur.

— Je fais un détour pour aller au presbytère. Il est inhabité depuis près d'un an, mais on l'entretient dans l'espoir de convaincre un pasteur de s'installer à Danger.

— Nous allons rester en ville ?

— Parfois, la meilleure cachette est la plus visible. D'ailleurs, je veux faire quelques recherches en ligne. Voir ce que je peux découvrir sur votre sœur.

— Sa voiture a été piégée. Il n'y a pas eu le moindre bulletin d'information à propos de l'explosion, murmura Laurel.

Au cours de son voyage, elle avait cherché frénétiquement des articles à ce sujet, que ce soit dans des bibliothèques ou dans des cybercafés. Elle s'attendait à ce qu'on mentionne une voiture piégée, l'ouverture d'une enquête, mais elle n'avait rien vu hormis un entrefilet faisant état d'un tragique accident. De fait, l'article disait simplement que toute la famille avait péri lors de l'incendie de sa voiture.

Elle serra Molly plus étroitement contre elle.

On avait menti.

— Cela en dit long, en fait, commenta Garrett en s'arrêtant dans l'allée d'une maison plongée dans l'obscurité.

Il descendit de voiture et alla composer un code à côté de la porte du garage. Celle-ci remonta lentement.

— L'avantage de vivre dans une petite ville, dit-il en souriant, lorsqu'il reprit sa place au volant. Je vérifie cet endroit chaque semaine.

— Il est sûr ?

— Les tireurs vont supposer que nous avons décampé ; c'est ce que je croirais à leur place. Et je ne veux pas être prévisible.

Il rentra le véhicule dans le garage. Le volet automatique s'abaissa derrière eux, les renfermant à l'intérieur. Laurel lâcha un long soupir. Elle ne s'était même pas rendu compte qu'elle retenait son souffle.

— Nous sommes en sécurité ?

— Pour le moment, affirma-t-il en se retournant. Il faut qu'on parle.

Son regard se posa sur Molly, et il ne compléta pas sa pensée, mais Laurel n'eut aucun mal à la deviner. Il ne voulait rien dire devant l'enfant.

— Je sais.

Elle se mordit la lèvre. Elle ne savait pas grand-chose. Elle espérait qu'il aurait des réponses à lui apporter, qu'il pourrait tout arranger.

Ce ne serait sûrement pas si simple. Elle ne savait même pas s'ils allaient sortir vivants de ce cauchemar.

Une obscurité totale enveloppait la voiture de Strickland. Seules quelques étoiles brillaient dans le firmament.

— Ils ne peuvent tout de même pas s'être volatilisés !

Il abattit son poing sur le tableau de bord du pick-up qu'il s'était procuré. Il avait changé les plaques minéralogiques et attendu à la sortie de la ville, tous phares éteints.

Il composa un numéro sur son téléphone portable.

— Tu les as vus ? aboya-t-il.

— Non, répondit Krauss d'une voix tendue. Et il n'y a que deux routes d'accès à cette ville.

— Mais tout un désert autour, marmonna Strickland. Il nous faut un satellite.

Krauss lâcha un petit sifflement.

— Si tu demandes ça, le boss voudra savoir pourquoi.

Strickland alluma sa tablette.

— Tu as vu l'histoire du shérif ? Garrett Galloway ?

— Oui. Et alors ?

— Elle est parfaite.

— Que veux-tu dire ?

— Je veux dire que son passé est parfait. Il a grandi au Texas, est allé à l'école au Texas. Il a fait quelques années dans l'armée. Il a eu quelques contraventions pour excès de vitesse. Il s'est installé dans une petite ville. A postulé pour la place de shérif.

— Comme des milliers d'autres.

— Tout le monde a quelque chose sur la conscience, affirma Strickland tout bas. Ce type me paraît louche.

— A quoi penses-tu ?

— Tu l'as vu se déplacer. Il n'a pas appris ça à l'école.

Peut-être que Laurel McCallister n'est pas venue ici par hasard. Qui vient ici sans raison ? C'est le bout du monde !

— D'accord, mais ça ne va pas nous aider à expliquer au boss pourquoi on veut un satellite.

— Je lui dirai que j'ai eu une intuition.

Une faible lumière éclairait l'intérieur du garage. Des piles de cartons étaient alignées dans les coins, projetant des ombres effrayantes sur les murs. Laurel frissonna, mais descendit de voiture quand même. Elle prit Molly dans ses bras et suivit Garrett dans la maison. Il alla chercher leurs provisions pendant qu'elle inspectait la cuisine, étudiant chaque cachette potentielle, chaque objet susceptible de servir d'arme. C'était une chose qu'elle avait apprise dans son travail : ne jamais négliger les détails.

Enfin, elle entra dans le salon, remarquant la porte d'entrée et une autre porte, coulissante, qui donnait sur le jardin. Pas génial point de vue sécurité. Et bien sûr, des napperons partout.

Les muscles de ses épaules étaient noués, et elle changea de position. Molly devenait plus lourde à chaque mouvement. Elle regagna la cuisine dont le papier peint chargé représentait des grappes de raisin.

La maison était très différente de celle de Garrett. Elle en avait vu juste assez là-bas pour savoir que ce n'avait pas été un foyer pour lui, seulement une étape.

Avec un soupir, elle s'assit à la table. Molly bâilla longuement. Elle avait beau être épuisée, elle allait résister à toute tentative visant à la coucher. Et même alors, les cauchemars risquaient de la réveiller.

— Il y a du lait ? demanda-t-elle à Garrett.

— Chaud ?

Il se pencha, fouilla dans un placard et attrapa une casserole avant qu'elle ait eu le temps de répondre.

Elle acquiesça, mais Molly se frotta les yeux, une moue rebelle sur les lèvres.

— Je ne veux pas de lait. Je veux aller à la maison. Je veux maman et papa. Je veux Matthew et Michaela.

Laurel se figea. Molly n'avait pas mentionné leur nom depuis leur départ d'Arlington. Elle cilla et s'éclaircit la voix.

— Moi aussi, mon chou. Mais pour l'instant, il faut qu'on se cache. Comme dans un jeu.

— J'aime pas ce jeu. Tu es méchante.

La fillette croisa les bras d'un air résolu. Laurel reconnut en elle sa sœur en colère. Elle ne se faisait pas d'illusions : sa nièce pouvait être aussi obstinée… qu'elle-même.

— Il est tard, Molly, dit-elle d'un ton bref et ferme. Il est l'heure de dormir.

— Alors pourquoi est-ce que tu ne bois pas de lait ? rétorqua Molly du tac au tac.

Garrett se retourna.

— Nous allons tous en boire, Molly. D'ailleurs, je t'ai préparé ma recette spéciale, ajouta-t-il en versant dans la casserole un soupçon de sucre, de vanille et de noix de muscade.

Il déposa un gobelet en plastique devant la fillette, une tasse devant Laurel, et ouvrit un paquet de gaufrettes à la vanille. L'arôme du lait les enveloppa et Laurel eut la gorge nouée. C'était une odeur qui évoquait le foyer, la famille. Elle ravala brièvement sa salive, les larmes aux yeux.

Garrett s'assit à son tour, la chaise en chêne grinçant sous son poids. Il porta sa tasse à ses lèvres, prit une gorgée et regarda Molly. Elle ne se départit pas de son air buté, mais quand il plongea une gaufrette dans son lait, elle se pencha en avant et but à son tour.

Elle écarquilla les yeux et goûta une nouvelle fois.

— Miam. C'est drôlement bon. Je peux avoir un cookie au chocolat ?

— Content que ça te plaise.

Garrett lui tendit un gâteau, et la fillette le récompensa d'un sourire espiègle.

Il lui fit un clin d'œil, et elle but une nouvelle gorgée. Laurel elle-même ne put résister à la tentation, bien qu'en règle générale elle déteste le lait. La noix de muscade et la vanille lui apportèrent un réconfort inattendu.

— Mmm. Comment avez-vous découvert cette recette ?

— Ma femme l'a inventée. Pour faire dormir notre petite fille.

Une ombre passa sur le visage de Garrett, avant de s'évanouir aussitôt.

— Elles ne sont plus là.

— Ma maman et mon papa non plus, répondit Molly avec un petit bâillement. Mon frère et ma sœur non plus. J'espère qu'ils vont revenir bientôt.

Laurel se mordit la lèvre, refoulant le sanglot qui montait dans sa gorge.

— Je peux la coucher quelque part ?

La fillette se laissait aller contre elle, emportée malgré elle par le sommeil.

— Choisissez n'importe quelle chambre. Je vais faire le tour pour vérifier que tout est fermé.

Il se dirigea vers la porte.

— Garrett, dit-elle dans un murmure. Merci. Pour tout.

— Ne me remerciez pas, Laurel. Pas encore. Vous me remercierez quand tout sera terminé. Je suis peut-être la pire personne à qui vous pouviez demander de l'aide.

*
* *

Garrett était debout, immobile à la porte de la cuisine, quand Laurel rentra dans le salon.

— Elle dort ?

Laurel acquiesça puis baissa la tête, comme si elle était trop lourde pour ses épaules. Il devinait la fatigue dans ses yeux, dans chacun de ses pas.

— Elle était exténuée. Les derniers jours ont été rudes. Je n'ai plus de médicaments, alors j'espère que son angine est guérie.

Il désigna le canapé d'un geste.

— Vous avez l'air à bout de forces. Asseyez-vous. Mon adjoint a passé la soirée à calmer les habitants. Il a reçu un appel parlant d'un 4x4 qui aurait quitté la ville sur les chapeaux de roues. Je lui ai dit d'ouvrir l'œil. Si ces types sont intelligents, ils vont se débarrasser du véhicule.

— Mais ils ne vont pas renoncer.

— Certainement pas.

Laurel s'assit à un bout du canapé.

— Vous travaillez pour l'agence ? demanda-t-elle, les mains nouées sur ses genoux. Avec mon père ?

Garrett prit place en face d'elle.

— D'une certaine manière.

Inutile de lui expliquer qu'il ne figurait plus sur la liste du personnel. Si on ne l'avait pas cru mort, il serait sans doute en train d'attendre son exécution.

Encore une raison pour laquelle il ne devait pas se permettre de devenir trop proche d'elle.

Pourtant, elle l'attirait. Non parce qu'elle était superbe, malgré sa coupe affreuse et ses cheveux teints. Mais surtout par la façon dont elle s'était précipitée sur Molly pour la protéger.

C'était une combattante — et tant mieux. Elle allait devoir lutter pour sortir vivante de ce guêpier.

Cependant, c'était aussi la fille de James.

— Votre père m'a formé, expliqua Garrett, s'efforçant de se concentrer sur sa question. A vrai dire, il m'a sauvé la vie.

Laurel replia ses jambes sous elle.

— Je me demandais si c'était quelque chose de ce genre. Quand j'étais petite, je le regardais s'entraîner dans notre sous-sol. En vous voyant plonger au sol, j'ai reconnu ce mouvement.

Elle frissonna et se frictionna les bras.

— Ivy le faisait chaque soir pour le perfectionner. Contre l'avis de mon père.

— J'ai appris que ses locaux avaient été détruits. Je suppose qu'il ne voulait pas qu'elle entre à l'agence.

— Il était furieux, mais Ivy est quelqu'un… était quelqu'un de déterminé.

Sa voix s'étrangla.

— Mon père nous a appris à être indépendantes. Ivy voulait par-dessus tout suivre la même voie que lui. Elle voulait que le monde soit un endroit sûr.

Les jointures de ses mains étaient devenues toutes blanches. Chacun de ses gestes soufflait à Garrett de ne pas insister. A l'évidence, elle parvenait tout juste à se maîtriser. Si elle lui avait donné le moindre encouragement, il aurait traversé la pièce et l'aurait prise dans ses bras.

Au lieu de quoi il se pencha en avant, posa les coudes sur ses genoux et l'observa avec attention. Il avait besoin d'en savoir davantage. Peut-être n'avait-elle même pas conscience de la valeur des informations qu'elle détenait.

— Où est James, Laurel ?

Elle lâcha un soupir tremblant et s'éclaircit la voix.

— Je ne sais pas. Il a cessé d'appeler et de nous

envoyer des messages voici deux mois. Et puis un paquet est arrivé cette semaine. Il a envoyé un bracelet porte-bonheur à Ivy.

Cette semaine. Si James avait envoyé ce colis, cela voulait dire qu'il était encore vivant. Garrett sentit ses épaules se raidir.

— Vous l'avez apporté ?

Laurel tira un bracelet en argent de sa poche. Les larmes aux yeux, elle le lui tendit.

— Ivy me l'a mis dans la main en partant ce soir-là…

Sa voix s'étrangla.

— Elle a dit que c'était important.

Il étudia les petits motifs en argent. Rien d'extraordinaire : un cheval, un chien, un coquillage. D'autres encore. Une bouffée de déception le submergea. Il devait y avoir quelque chose là-dedans, un indice, un message de James. Il n'y comprenait rien, mais il aurait parié que Laurel avait une anecdote à raconter à propos de chacun des pendentifs.

La question était de savoir si ces histoires avaient un sens caché. Il lui rendit le bijou.

— Parlez-moi des motifs.

Une série de souvenirs assaillit Laurel. Des vacances en famille au bord de l'océan juste avant la mort de sa mère. Leur premier chien, et sa manie de sauter dans les torrents de montagne pour attraper les poissons, juste pour pouvoir s'ébrouer et asperger tout le monde après. Une promenade à cheval qui s'était achevée en course dans la prairie. Sa voix se brisait davantage à chaque évocation, mais son récit n'apporta aucun élément nouveau à Garrett.

Il poussa un long soupir.

— Comment Ivy est-elle morte ? demanda-t-il enfin.

Laurel baissa les yeux. Il sut exactement ce qu'elle

ressentait. Parfois le seul fait de regarder quelqu'un suffisait à déclencher les larmes. Après la mort de Lisa et d'Ella, il s'était interdit de céder à ses émotions. Il avait enfoui son chagrin, l'avait refoulé dans un coin de son cerveau pour qu'il ne puisse pas le terrasser. Il s'était focalisé sur la vengeance pour survivre.

Mais l'apparition de Laurel à Danger avait réveillé sa douleur, la faisant remonter à la surface.

Elle garda les yeux baissés, tordant la toile de son jean entre ses doigts.

— Elle était affreusement brûlée après l'explosion, mais elle avait survécu. Elle a juste eu le temps de me donner votre nom. Et puis on lui a tiré une balle dans la tête.

D'une voix étrangement neutre, elle relata chaque détail de cette terrible soirée. Lorsqu'elle évoqua l'arrivée du policier, Garrett ferma les yeux. Au moins un membre des forces de l'ordre était à la solde des tueurs. Sans doute n'était-il pas le seul.

Demander de l'aide était hors de question. Et James étant porté disparu, ils étaient seuls. Elle le savait et lui aussi.

Des larmes silencieuses roulèrent sur les joues de Laurel. Elle ne devait pas faire face à cette épreuve seule. En un éclair, Garrett s'agenouilla à côté d'elle et la prit dans ses bras.

Elle s'accrocha à lui avec un désespoir qu'il comprit. Ses doigts s'enfoncèrent dans les bras de Garrett. Les tremblements qui la traversaient lui déchiraient le cœur. Bien qu'anéantie, Laurel se devait d'être forte pour sa nièce.

Elle avait besoin de lui, mais il était lui-même ébranlé par les souvenirs. Combien de fois avait-il rêvé qu'il entendait sa femme et sa fille l'appeler au secours, le supplier de les sauver ? Cependant, la supplique muette de Laurel était bien réelle. Elle s'exprimait dans chacun de ses regards, chacun de ses gestes.

Les similitudes entre la mort d'Ivy et celle de sa femme et de sa fille étaient indéniables. Cette fois, il trouverait les coupables. Ces salauds ne feraient de mal à personne d'autre.

Il caressa lentement le dos de Laurel tandis qu'elle continuait à se cramponner à lui.

Une vibration le fit tressaillir. Il plongea sa main libre dans sa poche et cilla en voyant le numéro qui s'affichait sur l'écran de son téléphone portable. Le code du pays ne lui était que trop familier.

L'appel venait d'Afghanistan.

— Allô ? dit-il prudemment, sans s'identifier.

Cet appareil était enregistré au nom du shérif Garrett Galloway. Personne en Afghanistan n'était censé le connaître. Cette vie-là était un secret.

— Garrett ? souffla une voix à son oreille.

Une voix qu'il connaissait.

— James ?

Laurel se figea dans ses bras.

— Garrett, écoutez-moi. L'opération est compromise. Allez en Virginie. Mettez mes filles à l'abri. Elles sont en danger.

— James, Laurel est avec moi. Que se passe-t-il ? Où étiez-vous ?

— Oh ! Seigneur ! Ivy en sait trop long. Il faut que vous la sortiez de là.

Garrett hésita, déchiré. Il ne voulait pas annoncer à son vieil ami la pire nouvelle qu'on puisse annoncer à un parent. Il connaissait la douleur de perdre un enfant. On ne s'en remettait jamais.

Laurel lui arracha le téléphone.

— Papa ?

— Laurel, ma chérie. Ne fais confiance à personne, ordonna James d'une voix rauque. Promets-le-moi.

Soudain, des cris s'élevèrent en arrière-fond. Des cris en arabe.

— Laurel, reprit James, haletant. Souviens-toi. Le jouet préféré de Molly.

Une rafale de coups de feu explosa dans l'écouteur.

Puis ce fut le silence.

3

Laurel laissa échapper le téléphone. Son père n'était plus là.

— Papa ?

Ses jambes flanchèrent, et elle se laissa glisser sur le sol, suppliant Garrett du regard.

— Faites-le revenir, je vous en prie.

Garrett ramassa l'appareil et le remit dans sa poche.

— Je suis désolé. Je ne peux pas.

Il se pencha et souleva Laurel dans ses bras. Elle s'accrocha à lui, hébétée.

Sans rien dire, il la déposa sur le canapé et s'assit à son tour, la tenant blottie contre lui.

— Laurel, dit-il en l'obligeant à tourner son visage vers lui. Laurel.

Son corps était secoué de tremblements incontrôlables. Elle voulait se nicher dans les bras de Garrett, et tout oublier. Faire comme si les derniers jours n'avaient pas eu lieu. Mais c'était impossible.

Molly. Molly avait besoin d'elle.

Elle serra les poings, luttant contre le raz-de-marée de chagrin qui déferlait sur elle. Il fallait qu'elle sache. Lentement, elle leva les yeux vers lui.

— Mon père ? Il… il est mort, n'est-ce pas ?

Laurel haïssait les mots qu'elle venait de prononcer.

Son dernier espoir d'enfant, celui que son père allait les sauver, Molly et elle, venait de s'évanouir.

Le visage de Garrett ressemblait à celui d'une statue. Son expression ne trahissait rien. A quoi bon parler, de toute façon ?

Des larmes lui brûlèrent les paupières. Elle se frotta les yeux, s'efforçant de réprimer son émotion.

— Oh, mon Dieu !

Après ces derniers mois où Ivy et elle s'étaient préparées au pire, elle avait, l'espace de quelques instants, retrouvé son père. Et voilà qu'elle le perdait de nouveau.

Définitivement, cette fois.

— Tous ces coups de feu, murmura-t-elle d'une voix sourde. Comment aurait-il pu survivre ?

Il la serra contre lui.

— James est intelligent. Et plein de ressources. Si quiconque peut survivre là-bas, c'est lui. Pour le moment, c'est vous qui m'inquiétez.

Il tira de sa poche un petit étui en cuir et en sortit un tournevis dont il se servit pour ouvrir son téléphone. D'un geste rapide, il ôta la batterie et la puce, qu'il jeta sur la table avant de remettre la trousse dans sa poche.

Laurel comprit brusquement.

— Vous avez enlevé le GPS, dit-elle, avec l'impression d'avoir reçu un coup de poing dans le ventre. S'ils enregistrent ses appels, ils savent où nous sommes. C'est cela que je fais pour la CIA. De la localisation à partir de données satellites.

— Dans ce cas, vous savez que nous ne pouvons pas rester ici, répondit-il en se levant.

Laurel essuya les larmes qui lui avaient échappé.

— Combien de temps avons-nous ?

Elle n'était pas idiote. Elle gagnait sa vie en analysant des données. Etre connecté à tout moment avait un prix.

Que ce soit le téléphone, l'ordinateur, une tablette ou un accès à Internet, tous laissaient des traces. Elle se leva à son tour, sentant davantage le froid maintenant que Garrett n'était plus là. Elle ne devait pas s'habituer à sa présence.

— Je vais chercher Molly.

Comme elle s'apprêtait à passer devant lui, Garrett posa une main sur son bras.

— Je vous aiderai à sortir de là.

Laurel marqua une pause.

— J'ai traversé la moitié du pays et il suffit d'un coup de téléphone venu d'Afghanistan pour que ceux qui ont tué ma famille retrouvent notre trace… et la vôtre. Comment allons-nous faire ? Comment pourrai-je protéger Molly ?

Cette question s'imposait constamment à son esprit. Elle était bien placée pour savoir combien il était facile de suivre pratiquement n'importe qui. Refoulant ses larmes, elle se hâta de gagner la chambre et enveloppa sa nièce d'une couverture. Qui savait où ils allaient échouer ?

Molly s'agita un peu.

— Tata Laurel ?

— Rendors-toi, mon chou.

— J'ai fait un mauvais rêve. Mauvais, mauvais.

— Je suis là, ma chérie, souffla Laurel. Je vais te garder tout près de moi.

Elle serra l'enfant dans ses bras, fredonnant doucement les premières mesures d'une berceuse.

Par chance, Molly s'apaisa, bâilla et se rendormit presque aussitôt.

Laurel sortit de la chambre et se dirigea vers la porte de communication avec le garage. La lumière blafarde du plafonnier éclairait faiblement la pièce. Garrett, occupé à charger quelques derniers cartons dans le coffre, vint lui ouvrir la portière. Il posa un regard attendri sur la fillette endormie.

— Allez-y.

Laurel installa avec précaution Molly sur la banquette et boucla la ceinture autour d'elle. Garrett referma la portière sans bruit.

— Restez avec elle. Je vais effacer nos empreintes dans la maison.

Elle hocha la tête. Il disparut à l'intérieur, et revint au bout d'un instant, fourrant un chiffon dans la poche de son blouson.

— Les empreintes leur faciliteraient trop les choses, commenta-t-il en montant dans la voiture. Les vôtres comme les miennes figurent dans la banque de données du FBI.

Il tourna la clé de contact et le moteur ronronna. Garrett coupa les phares et sortit lentement, puis activa le code pour rabaisser le volet roulant. Laurel jeta un coup d'œil en arrière. La maison paraissait de nouveau désertée. Elle regarda à droite, à gauche. Rien.

Garrett s'engagea dans la rue vide sans avoir allumé les feux. Tout le monde dormait. Il espéra ne réveiller personne en quittant la ville.

Il n'avait pas besoin de phares pour voir son chemin. Les décorations de Noël suffisaient. A chaque rafale de vent, les guirlandes électriques se balançaient entre les lampadaires, ajoutant à sa tension.

Ses mains étaient crispées sur le volant, les jointures presque blanches. Il détestait Noël. Détestait les souvenirs qui y étaient associés. Mais au moins les ampoules éclairaient les rues de Danger.

— Où allons-nous ? demanda Laurel, toujours aux aguets.

— Au milieu de nulle part. Dans un coin encore plus perdu que Danger.

A la sortie de la ville, ils se retrouvèrent face à une étendue noire. On se serait cru au bout du monde, dans cette partie du Texas éclairée seulement par la lune et les étoiles.

— Ils vont continuer à nous chercher, murmura-t-elle. Ils veulent nous tuer tous.

— Sans aucun doute.

Garrett jeta un œil dans le rétroviseur, mais aucun phare ne transperçait la nuit. Jusque-là, tout allait bien.

Laurel changea de position sur son siège, scrutant le pare-brise.

— Il fait…

— … noir comme dans un four ?

Elle tourna le regard vers lui, ses traits à peine visibles à la lueur du tableau de bord.

— Exactement.

— Quand je suis arrivé ici, j'ai été stupéfié par l'éclat des étoiles, et par la noirceur du ciel.

— Vous n'avez pas grandi dans la région ?

Garrett esquissa un sourire.

— Mes parents étaient dans l'armée. Nous avons vécu un peu partout, mais pas au Texas.

Laurel leva les sourcils.

— Je vous aurais pris pour un vrai cow-boy.

— Je l'ai été.

C'était fini à présent.

Garrett se concentra sur la ligne blanche, tout juste visible. Aucune lumière ne brillait à des kilomètres. Il se détendit quelque peu. Ils étaient seuls.

— C'est un peu effrayant, avoua Laurel dans un murmure. Aucun signe de civilisation.

— Vous avez passé toute votre vie sur la côte Est ?

— Oui. Mon père a toujours été basé à Washington. Il s'absentait…

Sa voix s'étrangla.

— Quelqu'un doit savoir où il était, chuchota-t-elle.

Garrett y avait réfléchi. James avait été son seul contact depuis l'attaque. Il n'avait pas d'équipe de soutien. Personne à qui se fier.

— Fiona, par exemple ? suggéra Laurel.

— Vous connaissez l'existence de Fiona ?

— Je ne suis pas censée être au courant. Mon père a essayé de garder sa vie privée secrète, mais il y a quelques années, nous les avons vus dans un restaurant. Ils semblaient très heureux. Je suis étonnée qu'il ne l'ait pas épousée. D'après ce que nous avons compris, il sort avec elle depuis cinq ans au moins.

— Six, rectifia Garrett. Mais cela me surprend qu'il soit sorti en public avec elle. Ils travaillent ensemble. C'était un gros risque.

Il pianota sur le volant.

— Fiona est peut-être notre seul espoir. Elle pourra éventuellement nous communiquer l'itinéraire qu'il a suivi.

— Et lui envoyer de l'aide, compléta Laurel en ouvrant son téléphone portable. Il en a besoin.

— Qu'est-ce que vous faites ?

— Il est prépayé, protesta-t-elle. Je ne suis pas stupide.

Garrett lui prit l'appareil.

— N'appelez pas d'ici. J'ai du matériel que nous pourrons utiliser plus tard. C'est plus sûr. Pour nous deux. Et pour elle.

— Mon père a besoin d'aide maintenant !

— Soit James s'est tiré de cette situation et il se cache, soit nous ne pouvons plus rien pour lui.

Un cri étranglé échappa à Laurel. Garrett se blâma intérieurement et baissa la voix.

— Ecoutez, je ne veux pas être dur, mais votre père tenait avant tout à votre sécurité. C'était plus important que sa propre vie à ses yeux, sinon il n'aurait pas téléphoné. Nous devons être prudents, Laurel. Nous sommes complètement seuls, et il faut que nous choisissions nos alliés avec soin. Une seule erreur…

Il n'acheva pas sa pensée.

Une seule erreur, et ils disparaîtraient tous sans laisser de traces.

— Je comprends, murmura-t-elle enfin, la voix assourdie par l'émotion. Mais ça ne me plaît pas.

Elle pivota vers lui.

— Cet endroit où nous allons… comment avez-vous installé un système sûr ?

— C'est votre père qui s'en est occupé pendant que j'étais… en congé.

Quasi mourant.

Un chemin de terre apparut sur la droite. Garrett le dépassa, fit une dizaine de miles supplémentaires, puis s'engagea sur une petite route en direction d'une mine.

— On approche ?

— Autant qu'on peut s'approcher dans l'ouest du Texas.

Il coupa les phares et le moteur. Il faisait assez chaud dans l'habitacle pour ne pas avoir besoin de chauffage pendant un moment.

— Pourquoi nous arrêtons-nous ? Nous ne sommes pas loin de la ville.

Garrett se laissa aller contre son dossier et tourna la tête vers elle.

— On va attendre. Si on nous a suivis, nous n'allons pas tarder à le savoir.

Une demi-heure plus tard, l'air s'était refroidi. Molly gémit sur la banquette arrière et se recroquevilla davantage sous les couvertures. Après un dernier regard à la route désertée, Garrett remit le contact et repartit, retournant dans la direction d'où ils étaient venus.

— Vous êtes prudent, observa Laurel.

— Je suis en vie alors que je ne devrais pas l'être.

— Qui êtes-vous ? En réalité ? demanda-t-elle.

Elle changea de position de nouveau, et le clair de lune illumina son visage soupçonneux.

— Et pourquoi Ivy m'a-t-elle envoyée à vous ?

Les pneus vibraient sur le macadam. Garrett se refusa à se laisser distraire par la question. Les poursuivants de Laurel étaient des professionnels, et il ne pouvait pas prendre de risque. Cependant, il n'osait se confier à elle. Il savait que James n'avait pas trahi sa véritable identité. S'il la lui révélait, elle reconnaîtrait son nom. Et penserait avoir affaire à un traître et à un espion.

James avait couvert les nombreuses infractions commises par Garrett. Le monde avait cru aux déclarations officielles de l'agence. Le Congrès et les services secrets respectaient James McCallister. Il n'était pas connu du grand public, mais faisait figure de légende dans l'univers où il évoluait. Ses mensonges avaient sauvé la vie de Garrett. Et lui avaient interdit de redevenir celui qu'il avait été. Sauf s'il voulait être pris pour cible.

Si elle découvrait la vérité, Laurel aurait toutes les raisons de vouloir s'enfuir, et il ne pouvait le lui permettre. L'appel de James avait été plus qu'un avertissement. Il avait risqué la vie de Garrett et la sienne pour sauver ses filles. Garrett ne voulait pas le décevoir. Il avait une dette trop immense envers lui. Il devait obtenir justice pour son épouse et sa fille, pour la sœur de Laurel et sa famille — voire pour James. Et il ne faisait pas confiance à la justice officielle. Il voulait une justice qu'on ne pouvait ni acheter ni marchander.

— Considérez-moi comme un ami, dit-il enfin. Un ami qui essaiera de vous garder en sécurité.

— Un ami, répéta Laurel. Pourquoi votre réponse ne m'inspire-t-elle pas précisément confiance ?

Les mains de Garrett se crispèrent sur le volant.

— C'est vous qui êtes venue me trouver, Laurel.

— Et si j'avais eu le choix, je n'aurais pas placé ma vie entre les mains de quelqu'un dont j'ignore à peu près tout. Quelque chose cloche en ce qui vous concerne, shérif Galloway. Et ça me rend nerveuse.

Que dire ? Ses paroles lui transperçaient le cœur. Il n'avait pas été capable de défendre sa famille. Il n'avait pas mesuré les risques qu'il prenait en enquêtant sur une petite fuite qui s'était produite à l'agence. Celle qui avait mené à la mort des siens.

Quelques minutes plus tard, ils arrivèrent en vue du chemin de terre. Garrett engagea le 4x4 sur la voie à peine carrossable. A mesure qu'ils avançaient, la piste devint plus irrégulière, creusée par les ornières. Peu à peu, la tension de Garrett s'apaisa.

Bientôt, la route se mit à monter dans les montagnes de Guadalupe. Des branches dénudées griffaient les flancs du véhicule. Au bout d'un moment, un éboulis de rochers leur barra le chemin.

Soulagé que les autorités n'aient pas jugé bon de dégager la piste, Garrett recula et se gara dans une petite clairière. Les branches retombèrent sur le pare-brise, le dissimulant aux regards.

Avec un soupir, il mit le moteur au point mort.

— On va encore attendre ? demanda Laurel. Je vois mal comment on aurait pu nous suivre jusqu'ici.

— Le reste du trajet se fait à pied. Je ne voulais pas que l'endroit soit trop facile à trouver.

— Aucun risque, commenta Laurel. Je suis connue

pour mon sens de l'orientation et, malgré cela, je doute de pouvoir retrouver mon chemin.

— C'est justement pour ça que j'ai acheté cette maison.

Il pressa un bouton sur sa montre et le cadran s'illumina.

— Nous devons attendre l'aube. C'est trop dangereux d'y aller de nuit. Un faux pas et nous tomberions dans le vide.

Il tendit la main derrière lui, attrapa une couverture et un oreiller et les lui donna.

— Reposez-vous. Nous partirons au lever du soleil.

— Et nous commencerons à chercher mon père ? demanda-t-elle, anxieuse. J'ai des contacts. Je peux vous aider.

Il hocha la tête, taisant ses doutes. Laurel était peut-être une analyste douée, mais dès qu'ils entreprendraient quelques recherches, ceux qui étaient aux commandes brouilleraient les pistes. Garrett avait beau ignorer l'identité du traître, il savait que des milliards étaient en jeu. Trop d'argent pour qu'on laisse des gens fouiner. La loyauté n'aurait pas dû être à vendre, mais elle l'était néanmoins.

La mort d'Ivy le prouvait.

Il réprima un juron. Il aurait dû sortir de la clandestinité plus tôt. Il avait eu tort d'écouter James. Il avait voulu croire son ancien mentor lorsque celui-ci avait affirmé toucher au but. Il avait voulu croire que la justice était à portée de main.

— Essayez de dormir. Il va bientôt faire jour.

Laurel se pelotonna sous la couverture. Garrett recula un peu son siège. Il avait dormi dans des endroits bien moins confortables.

Il porta une main à son pistolet, bien résolu à trouver le moyen de conclure cette affaire. Non seulement pour sa famille, mais avant que Laurel et Molly ne connaissent le même sort qu'elle.

La question était de savoir comment.

A l'évidence, James avait commis une erreur.

Garrett ne pouvait se le permettre.

Un petit soupir s'échappa des lèvres de Laurel. Il tourna la tête vers elle. Ses grands yeux bleus rencontrèrent son regard.

— Allons-nous sortir de là vivants ? murmura-t-elle. Dites-moi la vérité.

— Je n'en sais rien.

Les guirlandes de Noël qui décoraient chaque coin de rue clignotaient avec une irrégularité exaspérante. Plissant les yeux, Strickland se pencha sur le volant pour manœuvrer le véhicule, et passa pour la énième fois devant la maison du shérif.

Toujours plongée dans la pénombre, apparemment déserte.

— Il faut nous rendre à l'évidence, lança Krauss en mettant les pieds sur le tableau de bord. On les a perdus.

— Ce n'est pas possible, marmonna Strickland. Il faut qu'elle meure. Et la gamine avec.

Il regagna l'artère principale et accéléra, laissant le centre de Danger derrière lui pour gagner l'étendue noire du désert.

— Il va falloir qu'on dise au boss qu'elle est vivante, Mike. On ne peut pas garder le secret indéfiniment.

— Nous avons encore un jour ou deux devant nous, protesta Strickland, la sueur perlant sur son front.

Cette perspective lui donnait la nausée. Il savait comment leur boss réagirait. Il savait ce que d'autres avaient subi.

— Trop risqué. Si on avoue…

— … on se condamne à mort.

Le téléphone de Strickland sonna. Il donna un coup de volant qui faillit leur faire quitter la route. Avec un juron, il redressa le véhicule.

— C'est le boss, annonça Krauss en lui tendant l'appareil.

Il pressa une touche, se forçant à prendre un ton assuré.

— Strickland.

— Le coroner pense que toute la famille a péri dans l'explosion, annonça le boss. Félicitations.

— Merci, répondit Strickland, ignorant le frisson qui lui parcourait l'échine.

— J'ai une autre mission pour vous. C'est important.

Strickland retint une bordée de jurons. Une autre mission ? Il devait terminer celle-ci d'abord.

— Bien sûr.

— Il y a deux ans, vous vous êtes occupé d'une autre explosion. Une voiture piégée.

Strickland s'en souvenait parfaitement. Cette fois-là, il n'avait pas commis d'erreur. C'était même ce succès qui lui avait valu la confiance du boss.

— Notre cible a survécu.

Il écrasa la pédale de frein. La voiture s'immobilisa dans un crissement de pneus.

— Quoi ?

— Vous m'aviez assuré qu'il était mort.

— Il ne respirait plus. Il ne peut pas avoir survécu à des brûlures pareilles.

Au comble de l'agitation, Strickland descendit de voiture et arpenta l'accotement. Sa main tremblait.

Les erreurs n'étaient pas tolérées.

Jamais.

— Eh bien, si, il a survécu. Il faut finir le travail. Correctement, cette fois.

L'estomac noué, Strickland se retourna, foudroyant du regard les illuminations de Danger. Dans quel pétrin il s'était fourré !

— Je le trouverai. Vous pouvez compter sur moi.

— Nous verrons bien.

— Je le chercherai, insista Strickland, qui sentait la bile monter dans sa gorge.

— Il vit sous un nom d'emprunt.

Krauss descendit à son tour et s'approcha. Peut-être devraient-ils se séparer ? C'était la seule manière de s'en sortir vivants.

— Où est-il ?

— À Danger, au Texas. Il s'agit du shérif Garrett Galloway. Tuez-le, Strickland. Cette fois, vérifiez qu'il est bien mort. Et Strickland ? C'est votre dernière chance.

Un rayon de soleil apparut à l'horizon et cette lumière soudaine réveilla Laurel. Elle cilla. A travers le pare-brise, le bleu pâle du ciel d'hiver s'éclaircissait à vue d'œil. Sa joue était pressée contre le cuir du siège. Les événements des jours derniers déferlèrent brusquement dans sa mémoire, la submergeant de chagrin.

Ivy et sa famille. Son père.

Molly.

Elle tourna la tête d'un côté puis de l'autre, et son regard s'arrêta sur le visage de l'enfant endormie.

— Elle n'a pas bougé, murmura Garrett d'une voix sourde, presque rauque.

Les joues roses de Molly étaient tout juste visibles au-dessus de la couverture. Une petite moue abaissait les commissures de ses lèvres.

Laurel se redressa et passa une main dans ses cheveux.

— Elle n'a pas fait de cauchemars ?

— Je l'ai entendue gémir un peu, dit Garrett. Elle est épuisée, non ?

— Elle ne peut pas comprendre ce qui s'est passé.

Laurel évita le regard compatissant de Garrett, feignant de contempler l'écorce rugueuse des branches de pin qui frôlaient la voiture.

— Moi non plus, la plupart du temps.

Il ne dit rien, et elle lui en sut gré. Qu'y avait-il à dire ?

Elle lui lança un coup d'œil de biais. Elle s'était efforcée de ne pas penser à lui, mais elle ne pouvait empêcher son cœur de battre un peu plus vite quand elle le contemplait. Il était séduisant, pourtant ce n'était pas cela qui l'attirait, plutôt la ligne sévère de son menton, son regard résolu. Et sa douceur envers Molly. Garrett était le genre d'homme dont elle pourrait tomber amoureuse.

Un homme intelligent, déterminé et dangereux, mais un homme qui avait une âme.

Et un cœur.

Elle eut la soudaine envie de tendre la main vers lui, de le toucher. Rien qu'une fois. Il avait étréci les yeux, comme s'il avait lu dans ses pensées.

Eprouvait-il la même chose qu'elle ?

L'instant d'après, il cilla : l'étincelle s'éteignit. Avait-elle imaginé cette attraction entre eux ?

Il tira le SIG de sous son siège.

— Vous avez des munitions supplémentaires ?

— Bien sûr. Dans mon sac. Mon père m'a appris à être toujours préparée.

— La CIA aussi, non ?

— Ils n'étaient pas aussi sévères que mon père.

Un léger sourire releva les commissures des lèvres de Garrett.

— C'est bien vrai. Je vais aller faire un tour au ranch. Si je ne suis pas revenu dans une heure, je veux que vous partiez.

Il lui tendit les clés de la voiture et un bout de papier.

— Contactez Daniel Adams. A part moi, c'est la seule personne qui peut vous apporter l'aide dont vous avez besoin.

Elle empocha le papier sans lâcher l'arme qu'elle tenait à la main.

— Je reviendrai, assura-t-il en ouvrant la portière.

— Soyez prudent.

Il la salua en portant un doigt à son Stetson et referma la portière sans faire de bruit.

En le voyant s'éloigner avec l'agilité d'un félin, Laurel devina qu'il était mieux entraîné qu'elle. Il passa derrière un amas de rochers. Elle aperçut le sommet de son chapeau un instant, avant qu'il disparaisse à son tour.

Elle serra les clés dans sa paume. Le réservoir était plein, Molly dormait sur la banquette. Elle pourrait s'enfuir, s'évanouir dans la nature.

Oublier le passé ?

La vision infernale de la voiture en flammes lui brûla les paupières. Où serait la justice si elle disparaissait ?

Sa sœur n'aurait jamais renoncé. Laurel enfonça la main dans sa poche et regarda son téléphone prépayé. Pas de réseau. S'il arrivait quelque chose, où trouverait-elle de l'aide ? Son père n'aurait pas apprécié qu'elle mette Fiona en danger.

A qui s'adresser ?

Si elle avait traversé le pays, c'était pour une bonne raison. Elle n'avait pas d'autre choix que de faire confiance à Garrett. Malgré ses secrets.

Son père avait coutume de surnommer Ivy « le juge et le juré », et Laurel « le détecteur de mensonge ». Peut-être avait-il raison. Si elle possédait assez d'informations, elle était en général capable de déduire la vérité ; c'était à cela qu'elle devait son succès professionnel.

Tant que les informations étaient fiables.

Avec Garrett, elle n'avait rien.

Elle s'enveloppa les genoux de ses bras sans lâcher le pistolet, rassurée par son pouvoir. L'air froid de l'hiver s'immisçait dans l'habitacle. Elle remonta la couverture et jeta un coup d'œil à l'horloge. Trente minutes s'étaient écoulées.

Une rafale secoua l'arbre, dont les branches fouettèrent le côté du véhicule. Elle se raidit, serrant plus fort la crosse de son arme.

Quarante-cinq minutes.

Laurel regarda les clés posées sur le tableau de bord. Plus que quinze minutes.

Un bâillement s'éleva de la banquette arrière.

— On est où ? demanda Molly en se redressant.

— On est dans les bois.

Laurel pivota et plaqua un sourire sur son visage.

— Comme les trois petits ours.

Molly esquissa une moue sceptique.

— Regarde ! s'écria-t-elle en désignant la vitre.

Aussitôt, Laurel leva son arme et la braqua dans la direction qu'elle indiquait. Garrett se figea et leva les mains en l'air.

— Le shérif Garrett est gentil ! gloussa Molly. Il ne faut pas tirer sur lui !

Laurel abaissa son pistolet et le fourra dans sa poche pendant que Garrett ouvrait la portière.

— Comment va la Belle au bois dormant ce matin ? demanda-t-il avec une gaieté forcée.

— J'ai faim, déclara Molly en se frottant les yeux.

— Je crois que ça peut s'arranger. Mais d'abord on va faire une petite promenade.

Il rencontra le regard de Laurel et lui adressa un léger signe de tête.

— Tout est en ordre.

Elle descendit du véhicule et se dirigea vers lui.

— Ne vous chargez pas trop, recommanda-t-il. Le terrain est accidenté. Je reviendrai chercher le reste plus tard.

Il se tourna vers Molly.

— Tu veux mettre mon chapeau ? proposa-t-il.

Molly écarquilla ses grands yeux bleus, puis acquiesça. Garrett déposa le Stetson sur sa tête. Il tomba sur le nez de la fillette, qui se mit à rire.

— Il est trop gros.

— Voulez-vous dire par là que j'ai une grosse tête, mademoiselle ? s'indigna Garrett avec amusement.

Le sourire de Molly s'élargit. Pour la première fois depuis des jours, l'expression hantée de son visage s'évanouit.

— Plus grosse que la mienne. Tu es rigolo. Je t'aime bien, shérif Garrett.

— Moi aussi, je t'aime bien, choupette.

Le terme fit sourire Molly de nouveau, et Laurel en eut la gorge serrée. Ce retour à la normale ne durerait pas ; il ne pourrait pas durer.

Garrett les guida dans la montée, à travers un paysage de rochers déchiquetés et de pins d'un vert éclatant, ramassés sur eux-mêmes comme pour mieux puiser l'eau présente dans le sol sec, dur. Laurel trébucha et tomba contre un pan de roche, s'égratignant la main.

En un éclair, Garrett fut près d'elle. Il l'aida à se relever, un bras fermement enroulé autour de sa taille.

Il la tint contre lui un moment encore, le regard plein de sollicitude.

— Ça va ? Nous ne sommes plus très loin.

Molly sautillait gaiement, son lion en peluche étroitement serré contre sa poitrine.

— Oui, affirma Laurel.

En réalité, elle avait mal au ventre, comme toujours quand elle était nerveuse. Chaque instant qui passait ajoutait à son anxiété. Ils étaient bel et bien au milieu de nulle part. Sans moyen de communication, sans personne hormis Garrett. Combien de temps seraient-elles là ?

Comment aider son père d'ici ?

Les questions se bousculèrent dans son esprit jusqu'à ce qu'apparaisse une petite construction de bois, en saillie sur une pente.

Entouré d'une galerie couverte, le ranch ne paraissait pas très grand. A côté s'étendait un enclos en friche. Aucun animal n'était visible.

— Nous y sommes, annonça-t-il en gravissant les marches.

Il ouvrit un panneau placé à côté de la porte et tapa un code. Laurel leva un sourcil interrogateur.

— Il y a des détecteurs de mouvement sur le périmètre.

Elle hocha la tête tandis que Molly s'engouffrait à l'intérieur. Elle courut du canapé à la table, s'arrêtant pour toucher le pare-feu de la cheminée en pierre qui dominait la pièce.

Le coin-cuisine tenait sur un pan de mur. Garrett déposa un des sacs, puis ouvrit la porte d'une petite chambre meublée d'un lit double, d'une commode et d'une table de nuit. Aucune photo, aucun tableau n'égayait les lieux. Le décor était sobre, simple, fonctionnel.

— La salle de bains est à côté, expliqua-t-il.

— C'est votre lit ? demanda Laurel. Où allez-vous dormir ?

Garrett hésita et regarda Molly.

— Quel côté préfères-tu, mon chou ?

Molly sourit.

— Je vais coucher dans ce grand lit ?

Elle courut s'asseoir sur le bord pour l'essayer.

— Quand il y aura ma sœur et mon frère, on pourra tenir tous les trois.

Laurel détourna les yeux, et croisa le regard de Garrett. La compassion se lisait sur ses traits.

— Je vais montrer quelque chose à ta tante Laurel, Molly. D'accord ?

Molly hocha la tête, fit un câlin à son lion et entama une conversation avec lui.

Après un dernier coup d'œil à sa nièce, Laurel suivit Garrett dans la grande salle.

— Je ne sais pas comment le lui expliquer, avoua-t-elle dans un souffle.

Il se frotta le menton d'un air songeur.

— Ce ne sera pas facile, mais vous êtes là. Elle finira par se remettre, même s'il va forcément y avoir des moments difficiles. Croyez-moi, je sais de quoi je parle.

Laurel se figea et le dévisagea. La tension avait creusé de petites rides autour de ses yeux, et son expression s'était assombrie. Elle tendit la main et lui effleura le bras.

— Je le devine.

Il baissa les yeux sur sa main.

— Je vais vous montrer mon matériel. Vous allez peut-être en avoir besoin.

L'instant d'après, il s'était éloigné. Il avait fui son contact. Elle n'aurait su dire pourquoi elle l'avait touché, mais quelque chose en lui l'avait interpellée : une espèce de vulnérabilité qui lui avait donné envie de le réconforter, alors même que son propre cœur était en morceaux.

Quand il ouvrit la porte de la seconde chambre, Laurel étouffa un cri. Deux des murs étaient occupés par du matériel ultrasophistiqué, similaire à ce qu'elle avait vu dans le cadre de son travail pour la CIA. Du matériel de communication — un téléphone sécurisé, un système informatique top secret. Une carte du monde était fixée au mur, avec plusieurs épingles posées à des endroits sensibles. Sous la carte, un lit simple recouvert d'une couverture froissée en disait long.

Apparemment, c'était là qu'il couchait. Il ne dormait pas dans la chambre qu'il leur avait donnée.

— Dire que je m'inquiétais de ne pas avoir de réseau, commenta-t-elle. Vous pourriez contacter n'importe quel endroit du monde à partir d'ici.

— Donnez-moi votre téléphone.

— Il est éteint.

— Bien. Personne ne devrait pouvoir remonter jusqu'à vous puisqu'il est prépayé, mais nous ne pouvons pas nous permettre de courir le risque. Il déclenche quand même un signal.

Il retira la batterie et la puce du GPS.

— Remettez la batterie au moment où vous voulez vous en servir, dit-il avant de jeter la puce à la corbeille.

— Avec cet équipement, vous pourriez retrouver mon père, murmura-t-elle en s'avançant.

— Peut-être.

Garrett s'assit sur une chaise et lui fit signe de l'imiter.

— Il faut que vous compreniez une chose : j'ai promis à James de rester en dehors de l'enquête. J'ai tenu parole. Dans son intérêt.

— Mais…

Il l'interrompit d'un geste.

— Je sais. La situation a changé. Cela dit, nous prenons un risque immense. Nous pourrions aggraver sa situation. Il faut que vous en ayez conscience, Laurel.

Sa situation pouvait-elle encore s'aggraver ?

Incapable de tenir en place, Laurel se mit à faire les cent pas dans la pièce. Son père était peut-être déjà mort. Mais s'il ne l'était pas, allait-elle prendre une décision qui lui coûterait la vie ? Elle ne savait que penser. Son esprit d'analyse se heurtait au manque de données.

Elle leva les yeux vers Garrett avant de se rasseoir.

— Si votre père avait disparu, que feriez-vous ?

— S'il était encore en vie, je ferais tout pour le retrouver.

— Et vous en accepteriez les conséquences ?

— Dans cette situation, oui. Renoncer serait pire. Votre père s'est fait beaucoup d'ennemis au fil des années, mais si nous ne découvrons pas qui est derrière le meurtre de votre sœur, Molly et vous ne serez jamais en sécurité. Ces hommes ne renonceront pas à vous poursuivre.

La voix de Molly résonna à l'extérieur.

— Oh ! Un chat ! Viens là, minou, minou !

Laurel se leva d'un bond en même temps que Garrett.

— Vous avez un chat ?

— Pas que je sache.

4

Garrett tira le Beretta de son holster et sortit de la maison à grands pas, Laurel sur les talons.

— Oh ! Mon Dieu !

A trois mètres d'eux, Molly tendait la main vers un gros puma, dont la longue queue touffue remuait lentement.

— Mignon minou, chantonna la fillette en s'avançant.

L'animal feula.

— Molly, intervint Garrett d'une voix sévère que sa fille reconnaissait toujours aussitôt.

L'enfant se figea.

— Je n'ai rien fait.

Apparemment, sa voix faisait toujours effet, mais elle éveilla aussi en lui un affreux sentiment d'impuissance. Un sentiment qu'il n'avait jamais ressenti face à sa propre mort ou même à celle d'un collègue : la peur atroce qu'on éprouvait en voyant un enfant en danger.

Sans hésiter, Garrett braqua son arme sur l'animal, priant pour que celui-ci cesse de bouger.

— Molly, reprit-il calmement. Ce n'est pas un gentil chat. Je veux que tu restes très calme, mon chou. Ne bouge pas. Je vais tirer.

— Trop fort ! gémit Molly en secouant la tête.

Elle plaqua les mains sur ses oreilles et s'accroupit.

Garrett réprima un juron. Le félin prit appui sur ses pattes avant, prêt à bondir. Pas le temps de tergiverser.

Garrett regretta de ne pas avoir la vieille Remington de son père. A cette distance, une carabine était beaucoup plus précise qu'un pistolet.

L'animal feula de nouveau, ouvertement agressif.

Molly lâcha un cri d'effroi, voulut reculer et trébucha, se retrouvant sans défense contre le prédateur. Garrett se rua vers elle en hurlant et tira à quatre reprises. Surpris, le fauve fit volte-face et détala, disparaissant entre les arbres. Garrett poussa un soupir de soulagement. Il avait préféré l'effrayer plutôt que le toucher : un animal blessé, fou de douleur, aurait pu égorger Molly en un instant.

Dieu merci, il s'était enfui. Garrett garda son arme prête et fouilla les environs des yeux. Les félins évitaient en général de s'approcher des êtres humains, mais ils étaient curieux.

— Faites-la rentrer, ordonna-t-il à Laurel.

Derrière lui, elle souleva Molly dans ses bras et la serra contre elle. La petite fille sanglotait.

— Tout va bien, Molly. Je suis là.

Garrett fit marche arrière, sans cesser de surveiller les alentours. Il ne discernait aucun mouvement derrière les arbres.

— Je… je veux ma maman, hoquetait Molly. Maman !

Quelques secondes plus tard, ils étaient à l'intérieur. Garrett ferma la porte à clé. L'enfant n'avait eu aucun mal à tirer le verrou. Il devrait en installer un autre, hors de sa portée.

Livide, Laurel se laissa tomber sur le canapé, berçant doucement Molly. Les plaintes de la fillette étaient déchirantes. Tout en lui caressant le dos pour l'apaiser, Laurel tourna la tête vers Garrett et lui adressa un remerciement muet.

Cependant, c'était lui qui les avait amenées ici. Il avait mis Molly en danger. Il aurait dû être plus prévoyant.

— Je voulais juste jouer avec le minou, geignit Molly. Il est de la même couleur que mon lion.

Garrett s'agenouilla à côté du canapé.

— Je sais, Molly, mais ce genre de chat n'aime pas jouer. C'est un animal sauvage. Tu n'iras plus dehors toute seule. D'accord ?

— Je veux que tu nous le promettes, ajouta Laurel d'un ton sévère. Tu ne dois pas sortir sans moi ou le shérif Garrett.

La petite s'agita dans ses bras.

— D'accord.

Laurel laissa sa nièce descendre, mais Garrett n'était pas convaincu par son regard. Il retint Molly par les épaules et planta ses yeux dans les siens.

— Ecoute-moi, Molly. C'est dangereux d'aller dehors. Nous sommes au milieu des bois et tu risques de te perdre. On ne te retrouverait peut-être pas. Je veux une vraie promesse.

Elle esquissa une moue boudeuse.

— Molly.

La petite fille soupira.

— Je promets. Croix de bois, croix de fer, si je mens j'irai en enfer.

Garrett réprima un sourire et lui tendit la main.

— Marché conclu.

Elle se redressa et plaça sa petite main dans la sienne.

— Marché conclu. Je peux manger ? J'ai faim.

Garrett ne put qu'espérer qu'elle avait eu assez peur pour l'écouter. Tout en réfléchissant au moyen de la garder à l'intérieur, il s'approcha du sac de provisions resté sur la table.

— Va jouer avec ton lion, Molly. Nous t'appellerons dès que le petit déjeuner sera prêt.

— Il s'appelle Houdini, lança-t-elle avant de quitter la pièce en courant.

Laurel vint s'asseoir à la table de cuisine et se couvrit le visage de ses mains.

— Oh, mon Dieu !

— Ça va ? demanda Garrett en attrapant une poêle.

— Ma nièce a failli être dévorée par un puma. Non, ça ne va pas vraiment.

— En tout cas, elle a de la personnalité.

Laurel fixa la chambre où la petite fille avait une conversation animée avec son jouet.

— On dirait qu'il ne s'est rien passé. C'est normal ?

— Les enfants sont plus solides que nous, affirma-t-il avant d'avoir pu s'en empêcher.

— Vous parlez d'expérience.

Laurel croisa les mains. Le silence se fit dans la pièce, interrompu seulement par le bavardage de Molly.

Garrett serra les dents. Il ne voulait pas avoir cette conversation. Inutile qu'elle sache qu'il avait échoué à protéger sa femme et sa fille alors qu'elle avait besoin de lui faire confiance.

Pourquoi son silence lui faisait-il l'effet d'un mensonge ?

— Je reviens dans quelques minutes, dit-il enfin. Je vais chercher le reste de nos bagages.

Il franchit le seuil avant même qu'elle ait eu le temps de protester.

Quel idiot il faisait ! Le froid mordant s'immisçait dans son blouson. Il dévala les rochers et arriva au véhicule en un temps record. Il se mettait trop à nu. Qu'y avait-il chez Laurel qui le mettait tellement… à l'aise ? Il ne pouvait se permettre de s'attacher à elle. D'autant moins que leur ennemi avait toutes les cartes en main.

Il fallait qu'il se reprenne.

Lorsqu'il regagna la maison, une odeur appétissante de bacon l'accueillit.

— Je l'ai trouvé dans le congélateur, expliqua-t-elle.

L'estomac de Garrett se mit à gronder. Il n'avait rien mangé depuis la veille. Sans rien dire, il posa les provisions sur la table et entreprit de les ranger. Ils travaillèrent côte à côte, tranquillement. Trop tranquillement. Il coupa quelques tranches du pain fourni par Hondo. Laurel en prit une, effleurant sa main un instant. Elle la beurra, puis la glissa dans le four, sous le gril.

Il s'éclaircit la gorge.

— Après le déjeuner, vous pourriez jouer avec Molly, suggéra-t-il. J'en profiterai pour faire des recherches au sujet de votre père.

Laurel reposa son couteau et se tourna lentement vers lui.

— Depuis combien de temps n'êtes-vous plus à l'agence ?

— Qu'est-ce qui vous fait croire que… ?

— Au premier abord, je n'ai rien remarqué. Mais j'ai examiné votre équipement pendant que vous étiez sorti. La plupart des appareils ont au moins deux ans. Vous n'êtes pas à jour. Si vous étiez un agent actif, vous auriez tout ce qu'il y a de plus récent.

— Molly ! cria-t-il. C'est prêt.

Aussitôt, les pas de la fillette résonnèrent sur le sol. Elle s'assit à table avec une exclamation enthousiaste.

— Houdini et moi, on meurt de faim.

Elle mordit avec appétit dans le bacon et la tartine.

— Je vois, observa Laurel en s'adressant à lui. Vous avez une équipe de football préférée, Garrett ?

Il lança un regard vers elle et soupira.

— Vu le travail de votre père et le vôtre, vous devriez

savoir que partager des informations n'est pas une bonne idée.

— Je n'ai pas le choix. Mon père a des ennuis. Moi aussi. Vous pouvez peut-être nous aider, mais vous avez besoin de moi. J'ai des contacts. Des gens en qui j'ai confiance. Si nous faisons attention, personne ne pourra remonter jusqu'ici.

— Vraiment ? Même avec mon matériel obsolète ? Ivy faisait confiance à ces gens-là aussi ?

Laurel se hérissa aussitôt, mais Garrett tint bon.

— Je ne vais pas m'excuser. Dans l'immédiat, l'important est de localiser votre père. Et ça veut dire finir le travail que votre sœur a commencé. Seule.

Mike Strickland était assis dans le 4x4, à quelques centaines de mètres du bureau du shérif. La fouille de la maison n'avait rien donné.

Il passa une main sur sa barbe naissante. Il n'avait pas fermé l'œil de la nuit, sachant que s'il s'endormait il manquerait sa chance et sa vie ne vaudrait pas grand-chose.

Il avait encore du mal à croire que Garrett Galloway était en réalité le traître Derek Bradley.

Ce n'était pas sa faute si ce type avait décidé de partir en excursion avec sa famille ce jour-là, songea Strickland en refoulant une pointe de remords. Cette mission lui avait permis de gagner la confiance de son boss. Et il était resté en vie.

Il était entré dans l'organisation que son chef avait mise en place. Une organisation qui vendait des armes et des secrets au plus offrant, qu'il s'agisse de gouvernements, de groupes terroristes, de grandes sociétés.

Peu importait le client. Une seule chose comptait,

l'argent. La loyauté ne signifiait rien et le boss ne supportait pas l'incompétence. Les enjeux étaient trop élevés pour tolérer l'à-peu-près.

Et à moins que Strickland élimine Bradley, il en serait la parfaite illustration.

Un pick-up déglingué s'arrêta devant le bureau. Le jeune adjoint en descendit, tourna la poignée, et marqua une pause.

Apparemment, en temps normal, le shérif arrivait avant lui.

L'adjoint plongea la main dans sa poche, en sortit ses clés et en inséra une dans la serrure au moment où le téléphone de Strickland se mettait à sonner.

— Dis-moi que tu as dégoté quelque chose, grogna-t-il à Krauss.

— Rien. J'ai vérifié la maison abandonnée d'où le téléphone du shérif a émis un signal. Quelqu'un est venu là, mais il est reparti. Pas d'empreintes.

— Bon. Je vais aller faire causette avec le jeune adjoint.

Il coupa la communication, mit son Glock dans son holster, laissa passer deux voitures et descendit.

Il traversa la rue et entra dans le bureau.

— Vous êtes l'adjoint du shérif ?

— Je peux vous aider, monsieur ? demanda le jeune homme en sortant la tête de la pièce située à l'arrière.

Strickland caressa la crosse de son pistolet. S'il l'abattait sur-le-champ, il n'aurait aucune piste à suivre.

— Je cherche le shérif.

— Moi aussi, soupira l'adjoint. Il n'est pas encore arrivé.

— Quand l'attendez-vous ?

Le jeune homme raidit. De toute évidence, il venait de comprendre que Strickland était peut-être un individu dangereux.

— Je vous ai dit que je l'ignorais, rétorqua-t-il en changeant de position, révélant subtilement l'arme qu'il portait. Que puis-je pour vous ?

Strickland exhiba sa plaque.

— Il s'agit d'une enquête fédérale. Contactez-le.

L'adjoint pâlit.

— Bien sûr.

Il s'avança d'un pas incertain vers le bureau et composa un numéro. Au bout de trente secondes, son visage s'assombrit.

— Shérif, il y a un agent fédéral ici. Il a besoin de vous voir...

Strickland attrapa l'appareil, souleva le récepteur et composa le code d'effacement du message.

— Je ne vous ai pas dit de laisser un message. Je ne peux pas prendre ce risque.

L'adjoint se redressa, soupçonneux.

— Pourquoi êtes-vous ici ?

— Votre shérif n'est peut-être pas l'homme qu'il prétend être. Je suis là pour en avoir le cœur net.

— Sauf votre respect, monsieur, c'est impossible. Le shérif Galloway est l'honnêteté même.

— C'est ce que vous croyez ? Il vous a parlé de son passé ? Il vous a dit d'où il venait ?

— Eh bien, non, mais c'est un bon shérif. Tout le monde le dit.

— Peut-être. Nous avons des raisons de penser qu'il a commis plusieurs crimes. Sous son vrai nom. Vous avez entendu parler de Derek Bradley ?

Le jeune homme parut stupéfait.

— C'est un traître, murmura-t-il. Il a vendu des secrets à des terroristes. Causé la mort de beaucoup d'hommes à l'étranger. Il est mort dans une explosion il y a deux ans.

— C'est ce que le public a pensé, dit Strickland.

L'adjoint secoua la tête.

— Ce n'est pas le shérif Galloway.

Strickland se pencha vers lui.

— Il a confiance en vous ?

— Oui.

— Il ne quitterait pas la ville sans vous prévenir ?

— Non, monsieur.

Strickland lui tapota la joue.

— Bien. Alors, voilà ce que vous allez faire. S'il vous contacte, je veux que vous gardiez votre téléphone allumé. Ne coupez pas la communication.

Il pressa l'épaule du jeune homme.

— Comment vous appelez-vous ?

— Lance Keller, monsieur.

— Eh bien, Lance, êtes-vous un patriote ?

— Bien sûr, affirma celui-ci en se redressant.

— Bien. Faites ce que je vous demande et votre pays vous en saura gré.

L'adjoint rencontra son regard.

— Je crois que vous vous trompez au sujet du shérif, monsieur.

— Peut-être. S'il est innocent, il n'arrivera rien, n'est-ce pas ? Et vous aurez contribué à le mettre hors de cause.

Keller sourit.

— Oui, monsieur.

— S'il est coupable, vous aurez sauvé de nombreuses vies.

Strickland se tourna et gagna la porte.

— Je compte sur vous, Keller.

De retour dans sa voiture, il ouvrit son téléphone.

— Ce gamin est un abruti.

— Tu l'as descendu ?

— J'ai été à deux doigts de le faire, mais je me suis retenu. Galloway est un agent réglo, c'est ça qui l'a fourré dans le pétrin. Il va peut-être contacter son adjoint. Et s'il le fait, nous le tenons.

Garrett jeta un coup d'œil dans le salon. Laurel et Molly jouaient à cache-cache avec Houdini. Un léger sourire se dessina sur ses lèvres. Il y avait longtemps qu'il n'avait pas été témoin de ce genre de scène.

Tant de souvenirs enfouis.

Et Laurel. En sa présence, son cœur avait recommencé à battre. Il n'aurait su dire s'il s'en réjouissait. La froideur et le détachement aident à se focaliser sur la vengeance.

Avec un rire, elle attrapa Molly et la garda tendrement prisonnière. Ces deux-là avaient fait fondre la glace qui enveloppait son cœur.

Il mourait d'envie de prendre Laurel dans ses bras, de la toucher, de la caresser jusqu'à ce qu'elle tremble contre lui. Ensemble, ils pourraient oublier le passé, se perdre l'un en l'autre. Il avait reconnu le désir qui brillait dans ses yeux.

Elle ne se refuserait pas.

Le problème, c'était que Laurel voudrait une relation à long terme. Et qu'il avait cessé de croire à la possibilité d'un tel avenir.

Faire face à la réalité facilita sa décision. Il s'assit à son bureau et décrocha le téléphone sécurisé. L'espace d'un moment, il hésita, mais Daniel Adams avait connu l'enfer, il avait des contacts… et c'était quelqu'un de bien. Les hommes qui obéissaient à un code d'honneur étaient rares de nos jours. Si certains s'en vantaient, leurs actions démentaient souvent leurs belles paroles.

Il composa le numéro que Daniel lui avait donné.

— Adams, répondit une voix teintée de suspicion.

Garrett resta un instant silencieux. Daniel fit de même, à l'évidence réticent à révéler la moindre information.

— Ici Garrett Galloway, annonça-t-il enfin.

— Si tu appelles sur cette ligne, ce doit être pour une affaire grave, pas parce que tu voudrais être invité au repas de Noël.

— Tu m'as dit d'appeler en cas de besoin. Il se peut que j'aie un service à te demander, en effet. Un grand service. Tes *amis*… est-ce qu'ils peuvent vraiment être discrets ?

— Ils le peuvent. Explique-moi la situation.

Daniel avait parlé à mi-voix. Garrett entendit quelques cris d'enfant en arrière-fond, suivis du déclic d'une porte qui se refermait.

— C'est un problème lié à mon passé. Une femme et sa nièce sont en danger. Si j'échoue, elles auront besoin d'une nouvelle identité et d'une nouvelle vie.

Daniel lâcha un sifflement sourd.

— Je me suis toujours interrogé à ton sujet, Garrett.

— Ecoute, Daniel, ne fais pas de recherches maintenant. Il y a des espions partout. Si tu attires l'attention, ces gens-là vont s'intéresser à toi et à tes amis. Tu me suis ?

— J'ai joué à ce jeu, répondit Daniel. Tes amies savent à quoi s'attendre si elles disparaissent de la circulation ?

— Je ferai en sorte qu'elles le comprennent. Nous ne sommes pas très loin des gorges où tu t'es caché. Combien de temps te faut-il pour venir jusqu'ici ?

— Je peux avoir un hélicoptère sur les lieux en moins d'une heure.

— Je crois qu'il va falloir qu'on en parle, dit la voix de Laurel derrière lui. Vous voulez vous débarrasser de nous ? Je croyais qu'on était censés collaborer, *shérif* ? Je ne suis pas encore prête à renoncer à ma vie.

Daniel émit un petit rire à l'autre bout du fil.

— On dirait ma femme. Elle ne prend pas de pincettes. Si tu as besoin de moi, rappelle ce numéro. Je mets l'hélico en stand-by.

— Aucun détail. A personne.

— Pas de souci. Ils me connaissent. Tu m'as sauvé une fois, Garrett. Maintenant, c'est mon tour.

Garrett raccrocha et pivota sur sa chaise. Il allait savoir très vite dans quel sens cette opération allait évoluer.

Et il avait le sentiment que cela n'allait pas plaire à Laurel.

Laurel déposa un baiser sur le front de Molly et la contempla pendant quelques instants. La fillette s'était endormie avant l'heure habituelle de sa sieste, épuisée. Malgré le froid, le soleil brillait, aussi avaient-elles exploré les environs et ramassé des pommes de pin en veillant à faire du bruit pour effrayer d'éventuels animaux sauvages. Dès que Laurel avait repéré des traces de puma, elles s'étaient hâtées de rentrer. Elle n'avait aucune envie de se retrouver face à face avec le fauve, même armée de son SIG.

Elle laissa la porte entrebâillée, de façon à entendre Molly si elle se réveillait, puis regagna le salon. Garrett devait toujours être dans son bureau. Elle traversa la pièce et passa la tête à l'intérieur.

Il était assis devant un ordinateur, l'air concentré sur sa tâche. Il pressa quelques touches. L'écran devint rouge.

Il jura et se hâta d'appuyer sur un bouton.

— Rien ?

La chaise pivota vers elle. Il avait retiré son chapeau, et ses cheveux étaient ébouriffés, comme s'il avait passé les doigts dedans plusieurs fois.

— Ils ont tout sécurisé, grommela-t-il. Ça ne m'étonne pas. J'ai laissé James…

Il n'acheva pas sa phrase.

— Quoi ? insista-t-elle en entrant.

Un instant, elle crut qu'il n'allait pas le lui dire. Enfin, il rencontra son regard.

— Je suis resté en retrait. C'était une mauvaise décision.

— Je peux vous aider. Laissez-moi faire mon travail. Que cherchons-nous ?

Au lieu de répondre, il jeta un coup d'œil vers la porte entrebâillée.

— Molly ?

— Elle dort. Normalement, elle fait une sieste d'une heure environ l'après-midi.

— La porte d'entrée est verrouillée ? demanda-t-il, les sourcils froncés.

— Oui, et j'ai mis la chaîne en haut. D'après Ivy, Molly a commencé à s'échapper de son lit d'enfant alors qu'elle avait à peine un an. Une fois, elle l'a surprise à califourchon sur les barreaux.

— Elle deviendra peut-être gymnaste, observa Garrett avec un petit rire, avant de redevenir sérieux. J'essaie de déterminer quel a été le dernier déplacement officiel de James, mais je n'ai trouvé aucune archive, aucun document concernant un quelconque voyage. Ses données personnelles sont inaccessibles.

Il se retourna vers l'écran et Laurel se pencha par-dessus son épaule.

— Je surveille des communications émanant de chefs afghans, dit-elle. Je pourrais peut-être glaner quelques informations.

— Vous pouvez accéder à votre compte d'ici ? demanda-t-il.

— Votre réseau est protégé ?

— Jusqu'à un certain point.

— Si je me connecte, murmura-t-elle en se mordillant la lèvre, je risque de trahir notre localisation.

— Je sais.

Garrett se leva et fit les cent pas dans la pièce.

— James a dit que l'opération avait été compromise. Cela veut sûrement dire qu'on me recherche déjà.

— Il a aussi mentionné l'enquête entreprise par Ivy.

Garrett réfléchit.

— Vous connaissez votre sœur. Sa manière de penser. Peut-être pourrions-nous consulter ses dossiers par votre intermédiaire, plutôt que de passer par James ou par moi.

— Je risque quand même de les amener droit ici. Si je me sers de son nom ou de n'importe quel autre identifiant, ils sauront que c'est moi. Nous.

— Oui. Et en effet, ils viendront jusqu'ici.

Laurel le dévisagea, puis eut un haut-le-corps, comprenant brusquement. Garrett avait indéniablement été formé par son père. Sa tactique était une spécialité de James McCallister.

— Vous *voulez* qu'ils vous attrapent ? se récria-t-elle, abasourdie. Vous avez vu ce qu'ils ont fait à Ivy !

Il fronça les sourcils.

— Vous êtes trop perspicace, bon sang. Et oui, je sais exactement ce qu'ils risquent de me faire. D'un autre côté, ils ne s'attendent pas à ce que je sois prêt. Je vais leur faire croire qu'ils me prennent par surprise.

— C'est insensé.

— Vous croyez que ça me plaît, Laurel ? Si j'avais planifié cette opération, ce serait le dernier recours. Mais nous en sommes là. C'est la seule option. Nous n'avons pas d'informateur à l'agence. Nous ne savons pas qui est le traître. Votre père ne nous a pas recontactés. Nous n'avons pas le choix.

— Et Molly ? souffla-t-elle.

— C'est pourquoi j'ai téléphoné à un ami tout à l'heure. Quelqu'un en qui j'ai toute confiance. Peut-être le seul. Il a des contacts qui peuvent vous cacher, Molly et vous, pendant que je cherche James.

Apparemment, sa décision était prise. Comment pouvait-elle le persuader de se raviser ? Laurel s'assit en face de lui et lui prit les mains, les serrant entre les siennes.

— Laissez-moi essayer. Nous pouvons couper la communication si cela prend trop longtemps ou si je m'aperçois que quelqu'un nous a détectés.

Elle planta son regard dans le sien.

— Je suis compétente, Garrett. Laissez-moi essayer.

Il soupira.

— A une condition : je vous observe, et dès qu'il y a un retour, on coupe tout et on passe à mon plan. D'accord ?

Elle resta silencieuse.

— C'est ma condition, Laurel.

— D'accord.

Elle s'assit et fixa l'écran, priant pour que ses talents ne la lâchent pas à présent.

Un hurlement réveilla James McCallister en sursaut. Une fraction de seconde, il ne sut pas où il était. Puis la douleur le submergea. Il lutta pour ne pas crier.

Il changea de position, s'efforçant de dénouer la tension dans ses épaules. Il avait été fouetté sans relâche, jusqu'à ce qu'il perde connaissance.

Il n'avait rien dit.

Des pas résonnèrent dans le couloir. James leva la tête. Ses yeux s'écarquillèrent sous le choc, et la nausée lui monta dans la gorge.

Il ne pouvait le croire.

Et pourtant, la preuve était là, devant lui.

— Je… je n'aurais jamais deviné, murmura-t-il, les lèvres desséchées. Tu m'as bien eu.

— Evidemment, mais tu m'as coûté beaucoup d'argent, James.

Un couteau lui zébra la poitrine, faisant couler un filet de sang. Il eut un mouvement de recul qui n'aboutit qu'à faire tomber les gouttes écarlates sur le sol.

— Et puis, il y a Garrett Galloway.

Malgré lui, le cœur de James se mit à battre plus vite.

— Oh oui ! Je sais qu'il est en vie. Tu l'as bien caché. Je voulais juste que tu saches que j'ai découvert ton secret.

James réprima un gémissement. Non, c'était impossible.

— Oui, James. Je peux suivre Garrett Galloway où qu'il aille. C'est un homme mort. Et par ta faute.

5

Laurel se pencha en avant, les yeux rivés sur l'écran, submergée par la déception.

— Allons, dit Garrett doucement en lui caressant le dos d'un geste apaisant.

— Je ne peux pas le trouver.

Elle se déroba à son contact. Elle ne voulait pas être réconfortée. Elle avait échoué.

— Ne vous faites pas de reproches.

Il la fit pivoter vers lui et baissa les yeux sur elle, le visage empreint de sollicitude.

— Je n'ai pas pu aider mon père. Ni Ivy. Ni vous, murmura-t-elle.

Elle tenta de le repousser, mais il refusa de la lâcher. Elle secoua la tête.

— Ni Molly.

Les larmes roulèrent sur ses joues. Elle avait cru qu'elle réussirait. Que si elle était dans son élément, elle pourrait tous les sauver. Quelle idiote elle avait été !

— Ecoutez-moi. Ces gens-là sont des pros. Je n'ai pas pu les attraper. Ivy et votre père non plus. Ne vous accablez pas.

Il la serra contre lui. Secouée de sanglots, elle se cramponna à sa chemise, laissant sa chaleur se communiquer à elle.

— Allons, souffla-t-il. Tout va s'arranger.

Une multitude d'émotions déferlaient en Laurel sans qu'elle puisse les refouler : remords, douleur, chagrin. Elle ne sut pas combien de temps elle était restée dans les bras de Garrett, mais quand elle se ressaisit enfin, elle se sentait vidée, à bout de forces.

Il continua à lui caresser le dos, murmurant des paroles de réconfort — des mensonges, au fond. Car rien ne s'arrangerait plus jamais. C'était impossible.

Enfin, elle le repoussa, gardant la tête baissée. D'un doigt, il l'obligea à se redresser.

— Vous n'avez pas à vous cacher.

Elle s'essuya les yeux d'un revers de main et s'éclaircit la voix.

— Vous êtes plus forte à présent, affirma-t-il. Et Molly aura besoin de votre force.

— Vous allez jouer au héros, c'est ça ?

— Oui.

— Sans renfort ? C'est de la folie.

Garrett tendit la main et écarta une mèche rebelle qui lui retombait dans les yeux.

— Je ne peux pas leur permettre de se servir de vous et de Molly comme moyen de pression sur James. Ou sur moi.

Il se rapprocha d'elle et Laurel eut soudain l'impression de manquer d'air. Il captura sa main.

— Vous pouvez faire confiance à Daniel. Si j'échoue, il vous donnera une nouvelle identité.

Elle serra ses doigts dans les siens.

— Papa sera furieux si je vous laisse vous sacrifier sans me battre.

— Il comprendra, rétorqua Garrett, impassible.

— Persuadez-moi, plaida Laurel en mettant une main sur son torse.

Garrett se détacha brusquement d'elle, traversa la pièce à grands pas et enfouit les mains dans ses cheveux.

— Vous êtes têtue comme une mule !

— Cette mission serait du suicide.

Il ne lui disait pas tout, elle le sentait. Elle tira sur sa manche et l'obligea à se retourner. Quand il lui fit face, elle eut le souffle coupé par la douleur qu'elle lisait sur ses traits.

— Pourquoi faites-vous cela, en réalité ? souffla-t-elle en se penchant vers lui.

— C'est sans importance.

Il s'éclaircit la gorge, puis, d'une main tremblante, effleura le visage de Laurel.

— Seule compte votre sécurité et celle de Molly. Je ne veux pas qu'il vous arrive malheur.

Entre eux, la tension était devenue palpable.

— A cause de votre loyauté envers mon père ?

Le pouce de Garrett caressait sa joue. Elle ferma les yeux, savourant son contact.

— Pas seulement.

Il se pencha vers elle et captura ses lèvres. Elle s'accrocha à lui, encadrant son visage de ses mains, savourant le goût de sa bouche. Une vague de chaleur monta du plus profond d'elle alors qu'il l'attirait à lui.

Ce baiser-là ne ressemblait à aucun autre baiser. Il avait pris possession de sa bouche comme si elle lui appartenait, et elle s'abandonnait volontiers. Quand il essaya de relever la tête, elle l'attira de nouveau vers elle.

— Encore, gémit-elle.

Elle voulait se perdre sous ses caresses. Elle tira sur sa chemise, explorant son ventre plat, le duvet sombre qui couvrait son torse.

— Tu joues avec le feu, murmura-t-il.

— Alors laisse-moi m'y brûler.

Une porte grinça tout près. Laurel tressaillit.

— Molly.

— Tata Laurel, je m'ennuie. Il n'y a pas de jouets ici.

Molly fit irruption dans le bureau, les bras croisés, l'air fâché. Laurel rougit et se dégagea de l'étreinte de Garrett.

— Qu'est-ce que vous faites ?

Garrett toussota et s'efforça de se ressaisir. Il jeta un coup d'œil vers Laurel, qui ne paraissait pas moins troublée que lui. Par certains côtés, Molly les avait sauvés tous les deux. Il sourit à la petite fille.

— C'est presque l'heure du déjeuner, mon chou. Que dirais-tu de partir en pique-nique ?

Laurel parut stupéfaite.

— Je ne crois pas…

— Et le gros chat ? demanda Molly d'un ton incertain.

— Eh bien, je serai là, et les fauves s'approchent rarement des gens. Tout ira bien.

— Non. C'est hors de question, protesta Laurel. Nous sommes en décembre.

— Décembre au Texas n'est pas comme ailleurs. Il suffit qu'elle se couvre bien. Et nous avons tous les deux besoin de prendre l'air, ajouta-t-il en lui lançant un regard perçant.

— Oh ! S'il te plaît, tata Laurel ! supplia Molly. Je voudrais manger dehors et aller *esplorer* avec le shérif Garrett.

Le visage de Laurel s'adoucit et Garrett lut l'indécision sur ses traits. Elle adorait sa nièce. Il aimait qu'elle soit si farouchement protectrice envers elle. Laurel McCallister avait hérité des qualités de son père. Son courage se doublait d'une volonté de fer, qui ajoutait encore à l'attirance qu'elle lui inspirait.

S'ils restaient confinés dans le chalet, il ne savait pas combien de temps il pourrait lui résister. Et James n'apprécierait guère qu'il séduise sa fille bien-aimée.

— Très bien.

Laurel lui lança un regard éloquent. Ainsi, elle avait décidé de collaborer avec lui.

Décidément, cette femme ne cessait de le surprendre.

— Youpii ! On va faire un pique-nique, s'écria Molly, visiblement aux anges. On va faire un pique-nique !

Elle fit le tour de la pièce en sautillant tandis que Laurel arborait un air sceptique.

— Tu es certain qu'il n'y a pas de danger ?

— Tu penses pouvoir la garder à l'intérieur toute la journée et la faire dormir ce soir ? répondit-il en levant les sourcils.

Laurel suivit Molly des yeux et soupira.

— Je pensais qu'elle aurait plus de chagrin, murmura-t-elle. Qu'elle serait inconsolable.

Elle plongea la main dans le sac de provisions que Garrett avait apporté et commença à confectionner des sandwichs.

— Cela viendra, dit-il. Pour le moment, quelque chose l'empêche d'assimiler ce qui s'est passé.

Occupée à étaler du beurre sur une tranche de pain, Laurel se pencha en avant, les mains crispées sur le plan de travail. Ses épaules s'affaissèrent. Pendant quelques secondes, elle lutta contre l'émotion qui déferlait en elle. Garrett mourait d'envie de s'approcher et de la prendre dans ses bras, mais il devina qu'à cet instant elle avait besoin de faire face seule à son chagrin.

Quand ses épaules se mirent à trembler, il ne put se retenir plus longtemps. Il traversa la cuisine en deux enjambées et fit pivoter Laurel vers lui, murmurant des paroles de réconfort à ses oreilles.

Molly s'amusait à l'autre bout de la pièce. Les joues striées de larmes, Laurel enfouit son visage dans le cou de Garrett pour les dissimuler.

— Ivy me manque. Mes neveux…

Sa voix était assourdie par le chagrin. Garrett la serra contre lui, songeant au moment où il avait repris connaissance, seul dans un hôpital inconnu, portant un nouveau nom. Il n'avait pas eu le temps de pleurer. Dieu sait qu'il aurait voulu le faire, mais il n'y avait plus personne pour l'étreindre ou le réconforter. Sa famille était morte.

En revanche, il pouvait étreindre Laurel. Ses bras se resserrèrent autour d'elle. Il continua à regarder Molly, qui avait déniché un plaid et une petite boîte en carton et se construisait une cachette sous une petite table branlante.

— Elle m'a vue ? demanda Laurel avec émotion.

— Non. Elle joue.

Laurel tremblait de tous ses membres contre lui. Enfin, au bout d'un moment, elle s'apaisa, et le calme la gagna. Elle resta dans ses bras, douce, accueillante.

Le réconfort se mua en autre chose, une sensation plus forte. Elle s'éclaircit la gorge et se redressa, essuyant ses joues humides.

— Ça va à présent, murmura-t-elle en le regardant à travers ses cils.

Du bout du doigt, il écrasa une larme sur sa joue.

— Tu n'es pas obligée de dire ça.

Elle jeta un coup d'œil en direction de Molly.

— Si.

Plaquant un sourire sur son visage, elle se dirigea vers l'enfant et s'agenouilla à côté d'elle.

— A quoi joues-tu, Molly ? Je peux entrer dans ton fort ?

Garrett la suivit du regard, plongé dans les souvenirs.

Lorsqu'il était tombé amoureux de Lisa, sept ans plus tôt, James l'avait mis en garde. Il l'avait averti qu'il aurait des secrets qu'il ne pourrait jamais révéler à sa femme, qu'il devrait vivre dans le mensonge une partie du temps.

Et pourtant, ce n'était pas l'ennemi qui l'avait privé de sa famille. La trahison était venue des siens. Il en était certain.

Il attrapa une bouteille d'eau et du jus de fruits dans le réfrigérateur pour compléter leur déjeuner.

— Prêtes, les filles ?

Molly sortit de sous la couverture et accourut. Elle jeta un coup d'œil dans le panier que Garrett avait improvisé à l'aide d'un carton.

— Il y a des cookies ? demanda-t-elle, levant vers lui ses yeux bleus, innocents et pleins d'espoir.

— Comment pourrait-on partir en pique-nique sans les cookies de Hondo ?

Garrett se tourna vers Laurel.

— Tu peux prendre ça ? demanda-t-il en lui tendant le carton.

Il entra dans son bureau, déverrouilla le placard et en sortit la Remington de son père. Laurel acquiesça.

— Bonne idée. Au cas où le gros chat reviendrait.

Ils sortirent du ranch. Dehors, un soleil éclatant se détachait sur le bleu du ciel. Laurel leva les yeux.

— Le ciel est magnifique.

— Bienvenue dans le désert. Ça change de la côte Est, hein ?

— Si on considère qu'il a neigé là-bas ce matin, oui, je crois qu'on peut dire ça.

Molly se baissa et ramassa une pomme de pin.

— Oh ! Ça colle, s'écria-t-elle en la lâchant.

Elle gambada autour d'eux, puis s'éloigna en les devançant.

— Molly, lança Garrett d'un ton sévère.

La fillette s'arrêta et se retourna.

— Pardon, dit-elle en donnant un coup de pied dans un petit caillou.

— Laisse-moi passer devant chaque fois qu'on approche d'un bosquet, d'accord ?

— C'est quoi, un bosquet ?

— Un groupe d'arbres. Comme là-bas.

Garrett s'avança, puis l'appela d'un geste.

— Regarde. Tu vois l'endroit où l'herbe est penchée ? Un animal a dû dormir là cette nuit ou ce matin.

Il jeta un coup d'œil autour de lui et s'agenouilla à côté de quelques traces.

— Un chevreuil est passé ici, tu vois ?

Molly s'accroupit, fascinée.

— Ah bon ?

— Chaque créature laisse sa trace, expliqua-t-il en échangeant un regard avec Laurel. La plupart peuvent être suivies ou repérées. Personne n'est invisible.

— Mon travail consiste à analyser des données émanant de sources inimaginables, observa Laurel. Je sais qu'il est difficile de se cacher. Mais ce n'est pas impossible.

— C'est vrai, concéda-t-il. S'il était facile de se cacher, Ivy ne m'aurait jamais retrouvé.

Cet aveu lui était pénible, néanmoins Laurel avait besoin de comprendre les difficultés qui l'attendaient.

— Il y a un petit bassin près d'ici, ajouta-t-il. Et nous avons eu de la pluie cette année, alors il est peut-être plein.

Ils escaladèrent des rochers escarpés pour gagner un promontoire en granit. Le soleil avait réchauffé la pierre, et en contrebas une étendue d'eau scintillait à la lumière.

— C'est l'endroit idéal pour un pique-nique, commenta Garrett.

Il scruta les environs. Le lieu était sûr, et de là, on voyait dans toutes les directions.

— Le paysage n'est pas précisément verdoyant, ironisa Laurel en s'asseyant.

— Je peux me mettre là ? demanda Molly en désignant un petit rocher plat.

— Il est juste à ta taille, répondit Garrett. Et non, il n'y a rien de verdoyant dans l'ouest du Texas.

— Mais c'est spectaculaire, par contre. On voit jusqu'à l'horizon.

— J'aime cet endroit. J'y viens de temps en temps. Pour réfléchir. Tout est immense dans ce pays. Par là, à une centaine de kilomètres, c'est la frontière avec le Mexique. Par temps clair, comme aujourd'hui, on peut voir jusque là-bas.

Il tendit un jus de fruits à Molly.

— Washington ne te manque pas ? demanda Laurel.

Garrett mordit dans son sandwich et sembla hésiter avant de répondre :

— La ville, non. La vie que j'avais là-bas, oui.

Sa famille lui manquait. Chaque jour. Il ne regrettait plus de ne pas être mort avec elles. Désormais, il ne songeait qu'à la vengeance. A punir les coupables.

Le regard de Laurel s'arrêta sur Molly.

— Je comprends. Retourner en arrière ne sera jamais pareil, n'est-ce pas ?

— Rien n'est jamais pareil.

Molly croisa les jambes et scruta l'eau.

— Je peux la toucher ?

— Elle est froide, avertit Garrett.

La fillette s'avança jusqu'au bord, s'accroupit et trempa ses doigts dans l'eau. Elle les retira aussitôt avec un petit cri.

— Je ne vais pas me baigner ici, s'écria-t-elle en retournant en hâte vers Laurel. Elle est trop froide !

— Molly, tu vois ce caillou ? demanda Garrett en désignant un fragment de granit sombre. Il scintille, regarde.

Molly écarquilla des yeux émerveillés.

— Je peux le garder pour le montrer à maman quand elle reviendra ?

— Tu peux le prendre avec toi, répondit-il en sortant une boîte désormais familière du carton.

Molly lui décocha un grand sourire.

— Des cookies ?

— Bien sûr.

L'enfant en grignota un, puis fit mine de se lever.

— Je peux aller *esplorer* ?

Laurel s'apprêtait à refuser mais Garrett la devança.

— Nous avons fait assez de bruit pour effrayer les animaux, affirma-t-il avant de s'adresser à Molly : Reste en vue. Si tu quittes la clairière, nous devrons rentrer à la maison.

— Promis. Croix de bois, croix de fer, si je mens, je vais en enfer, déclara Molly d'un ton solennel.

Garrett lâcha un petit rire amusé. Elle ressemblait tant à son Ella…

La fillette sauta à bas du rocher et s'élança vers la clairière.

Il captura la main de Laurel dans la sienne.

— Tout va bien. Je te promets que le puma ne va pas se montrer.

— Il n'y a pas d'ours ?

— Pas par ici. La végétation n'est pas assez dense.

Laurel laissa retomber son sandwich dans le carton et se leva, suivant Molly des yeux.

— J'ai peur pour elle.

Garrett se leva à son tour.

— Elle est solide. Elle a une tante formidable. Vous vous en sortirez toutes les deux.

— Et si celui qui a tué Ivy n'est jamais retrouvé ?

Garrett serra les dents. Il ne laisserait pas cela se produire. Tant qu'il vivrait, il lutterait pour obtenir justice. Cependant, il ne pouvait rien promettre. Ses ennemis n'avaient ni âme ni conscience. Ils tuaient tous ceux qui se dressaient en travers de leur chemin. Sans se soucier des innocents qui souffraient à cause d'eux.

Il prit Laurel dans ses bras et plongea ses yeux dans les siens.

— Quoi qu'il arrive, je me débrouillerai pour que Molly et toi soyez en sécurité.

Laurel baissa la tête.

— Si ça se trouve, on ne le trouvera jamais, répéta-t-elle.

Garrett ne chercha pas à protester. Au lieu de quoi, il lui souleva le menton du bout du doigt. Son cœur manqua un battement lorsqu'il lut la détresse dans son regard. Elle avait perdu sa sœur, son beau-frère, une nièce et un neveu, et peut-être son père. Elle avait perdu la vie qu'elle menait jusque-là. Il voulait lui faire oublier tout cela, mais comment était-ce possible ?

— Je ferai tout pour l'arrêter, Laurel.

Elle frissonna. Il l'attira plus près, tout en surveillant Molly. La fillette s'était baissée et était en train d'empiler des pommes de pin. Il serra Laurel dans ses bras, la joue posée sur ses cheveux. Le soleil brillait sur son visage et sa chaleur se communiquait à lui.

Pendant un instant, au moins, il pouvait la réconforter. Avec un soupir, elle se laissa aller contre lui.

— Je voudrais qu'on puisse rester ici pour toujours et que le reste du monde s'arrête, murmura-t-elle.

Garrett ferma les yeux, enivré par le parfum de ses cheveux. Il se tourna et déposa un baiser sur sa tempe, resserrant son étreinte. Laurel inclina la tête vers lui. Garrett se figea, submergé par le désir de l'embrasser.

— Shérif Garrett, j'ai trouvé des empreintes !

Laurel se raidit. Il soupira et promena un doigt sur ses lèvres.

— Bientôt, promit-il. Quand nous ne risquerons plus d'être dérangés.

Des frissons parcoururent la nuque de Garrett alors qu'il prononçait ces mots. Ils étaient en danger et personne ne savait ce qui allait se passer, mais il y avait entre eux une attraction indéniable. Il était seul depuis si longtemps. La tenir dans ses bras réveillait l'espoir en lui.

Elle pressa ses doigts, une lueur ardente dans ses yeux bleu cobalt. Non sans regret, il rejoignit Molly.

— Montre-moi, mon chou.

Elle désigna des traces à côté des sapins. Garrett s'immobilisa. C'étaient des empreintes de chaussures.

Il scruta les bois et la petite clairière au-delà, où les restes d'un feu avaient été dispersés à la hâte.

— Viens, Molly, ordonna-t-il d'une voix sourde.

— Mais j'ai trouvé des traces !

— Oui, c'est très bien, mais il faut qu'on parte.

Il la souleva dans ses bras et s'éloigna de l'orée du bois.

— Qu'est-ce que j'ai fait ? demanda Molly, déconcertée. Je n'ai pas fait de bêtise.

Laurel venait à leur rencontre.

— Qu'y a-t-il ?

— Nous avons de la compagnie, annonça-t-il calmement en lui tendant Molly.

Elle écarquilla les yeux.

— Retournez au ranch par le même chemin, dit-il en palpant son pistolet. Tu as ton SIG ?

Laurel acquiesça.

— Tiens-toi prête. Si tu vois quelque chose, tire en l'air. Je te rattraperai. Tu vas retrouver la piste ?

Elle fit signe que oui, déjà vigilante, la main sur son arme.

Garrett se fraya un passage à travers les sapins et étudia le sol. Il y avait au moins deux séries d'empreintes. Il toucha les cendres. Elles étaient froides. Au moins, on ne les avait pas espionnés. Sa tension se dissipa un peu.

Il jeta un coup d'œil en direction de Laurel. Elle avançait d'un pas vif, aux aguets. Elle risquerait sa vie pour défendre Molly. Il lui répugnait de les laisser seules, mais il devait découvrir qui étaient ces gens.

Il suivit les traces. A un endroit, quelqu'un était tombé, puis s'était relevé. Plus loin, le sentier traversait une étendue de granit et les empreintes disparurent. Il les retrouva de l'autre côté et s'agenouilla, intrigué par une marque plus petite que les autres : une basket d'enfant.

Une idée lui vint. Il gravit rapidement une colline voisine. En contrebas, un homme, une femme et un petit garçon se hâtaient de dévaler la pente. L'homme leva les yeux vers lui, et Garrett comprit qu'il avait reconnu son uniforme. La terreur se lisait sur ses traits, mais il ne sortit pas d'arme. Il poussa sa femme et son fils derrière lui, fixant Garrett.

Des clandestins.

Ce n'était pas l'endroit idéal pour passer la frontière, songea Garrett. Surtout avec une famille. Y avait-il un passeur à proximité ? Ces gens-là lui inspiraient une profonde aversion. Ils se faisaient payer une fortune, et certains, au lieu de conduire leurs « clients » à la civilisation, les abandonnaient à la mort en plein désert.

Garrett scruta les environs, mais ne vit personne. Après avoir salué l'inconnu d'un signe de tête, il tourna les talons et repartit vers la clairière. L'important était de mettre Laurel et Molly à l'abri.

Peut-être finiraient-elles par vivre dans la clandestinité, elles aussi, comme cette famille qu'il venait de rencontrer.

A moins que Garrett ne réussisse là où James avait échoué ces derniers dix-huit mois.

Désormais, il ne s'agissait plus seulement de vengeance. Il voulait protéger deux vies innocentes.

Il ne devait pas perdre la partie. Il n'en avait pas le droit.

Laurel s'engouffra dans le chalet, Molly dans ses bras. La fillette était beaucoup trop calme. Elle jouait avec le collier qu'Ivy avait mis autour du cou de son lion en peluche.

Garrett arriva sur leurs talons.

— Je vais inspecter le périmètre. Ferme la porte à clé derrière moi. A mon retour, je frapperai trois coups. Et garde ton arme à portée de main.

— Je tire si quelqu'un essaie d'entrer. Compris.

— C'est ça. Sauf si c'est moi.

Garrett sorti, Molly se tortilla dans les bras de Laurel.

— Je veux aller dans mon fort, marmonna-t-elle. Avec Houdini.

— Tu veux que je joue avec toi ?

La petite fille chuchota quelque chose à l'oreille de sa peluche, puis secoua la tête et disparut sous le plaid.

Avec un soupir, Laurel rangea les provisions, gardant l'œil sur elle. Au bout de quelques minutes, l'enfant se frotta les yeux et bâilla. Ces dernières journées l'avaient durement éprouvée.

Laurel se massa la tempe et parcourut la pièce du regard. Elles ne pouvaient pas rester là indéfiniment. Le seul moyen de reprendre une vie normale était de découvrir qui avait commandité le meurtre d'Ivy. Et la disparition de son père. Et d'arrêter le ou les coupables.

Garrett en savait plus long qu'il ne l'admettait. Elle en avait la certitude. Qui était-il, au fond ? Un malaise la gagna peu à peu en y pensant. Le temps pressait. Elle avait besoin d'agir. De protéger Molly et de se protéger elle-même. Pas seulement dans l'immédiat mais pour l'avenir.

Elle jeta un coup d'œil à sa nièce. La petite s'était endormie.

Sans faire de bruit, Laurel entra dans le bureau de Garrett, prenant soin de laisser la porte entrebâillée pour entendre Molly ou quiconque à l'extérieur.

Elle avait une idée. Peut-être, avec un peu de chance, pourrait-elle réussir.

Elevée par un père qui travaillait dans les services secrets, Laurel avait appris très jeune à effacer ses traces. Elle s'était inscrite au club d'informatique du collège, et y avait appris pas mal d'astuces. Des astuces qui s'étaient révélées utiles dans sa carrière et qui pourraient l'être encore davantage à présent.

Elle risquait gros en agissant à l'insu de Garrett, mais il fallait qu'elle essaie. C'était sa dernière chance. Si elle échouait, elle devrait se soumettre au plan de Garrett.

Elle alluma l'ordinateur, et entra dans un portail menant à des bases de données ultrasecrètes. Quand on lui demanda un nom d'utilisateur, ses doigts hésitèrent au-dessus du clavier. Si elle s'identifiait, un compte à rebours allait se déclencher. Quelqu'un allait découvrir qu'elle était entrée dans le système. On saurait ce qu'elle avait découvert.

Garrett ne revenait toujours pas.

Elle prit une profonde inspiration. Il fallait qu'elle coure le risque.

D'une main tremblante, elle composa son mot de passe.

Et pénétra dans le système.

Jetant un coup d'œil à l'horloge, elle ouvrit la base de données des déplacements du personnel et tapa le nom de son père.

Accès refusé.

Intéressant. Elle fit marche arrière, cherchant cette fois le nom d'Ivy, puis le sien. Son propre nom fit apparaître un lien à ses données personnelles.

Situation : disparue, présumée morte.

— Je peux savoir à quoi tu joues ?

6

Strickland lâcha un juron.

— A quoi bon attendre dans ce trou perdu ? grommela-t-il en s'épongeant le front d'un revers de main. Garrett Galloway ne va pas revenir.

Le soleil du Texas chauffait l'habitacle du 4x4, et des perles de sueur dégoulinaient sur sa nuque.

— Tu penses qu'il sait que le boss l'a retrouvé ? demanda Krauss en baissant sa vitre pour laisser entrer la brise. A sa place, je ne ferais pas de vieux os ici.

— Il s'est peut-être enfui. Ou alors il cache la femme et la gamine.

— De toute manière, on est mal barrés, commenta Krauss d'un ton résigné. Dès que le boss saura qu'on l'a perdu, on sera fichus. Tu le sais aussi bien que moi.

Krauss avait raison. Mais il devait y avoir une solution. Derek Bradley, alias Garrett Galloway, vivait dans cette ville depuis un certain temps et y était populaire. La serveuse du snack, l'adjoint, le propriétaire du motel — tous le portaient aux nues. D'ailleurs, le type du motel l'avait évincé un peu trop rapidement lorsque sa sœur, à l'évidence simple d'esprit, avait fait son apparition et avait commencé à bavarder. Ce gars tatoué en savait sans doute plus long qu'il ne l'avouait.

Il pianota sur le volant.

— Krauss, tu crois que Galloway reviendrait si la ville de Danger avait besoin de lui ?

Krauss hocha lentement la tête, une lueur d'espoir dans les yeux.

— D'après ce que nous savons de lui, oui. C'est le genre de type prêt à jouer les héros si… si l'appât est le bon.

— Et je pense savoir exactement qui…

Le téléphone de Strickland sonna. Il jeta un coup d'œil au numéro qui s'affichait à l'écran et blêmit.

— C'est le boss ? demanda Krauss avant de lâcher une bordée de jurons. Qu'est-ce que tu vas dire ?

— Je ne sais pas.

Strickland se massa la nuque et prit l'appel.

— Imaginez ma surprise quand j'ai découvert votre position, s'exclama le boss. Pourquoi ne m'avez-vous pas dit que vous étiez déjà au Texas ?

Le ton était cassant. Strickland avala sa salive. Il n'avait pas de réponse satisfaisante à offrir.

— Inutile de mentir, reprit l'autre. Expliquez-vous, Strickland, et je vous laisserai peut-être la vie sauve… peut-être.

Il échangea un regard avec Krauss, aussi pâle que lui.

— Je… j'ai vu une note écrite par Ivy Deerfield quand nous sommes allés mettre la bombe, avoua-t-il d'une voix étranglée. Elle avait écrit le nom du shérif dessus. Je voulais juste m'assurer qu'elle ne lui avait rien donné…

Il déglutit de nouveau.

— Vous nous avez dit de ne rien laisser au hasard. Et de nous débarrasser de tous les témoins.

— Vous aimez faire ça, hein, Strickland ? Bon, je vous laisse régler ça, mais si je m'aperçois que vous m'avez caché autre chose…

— Je ne ferais pas ça, boss.

A côté de lui, Krauss secoua la tête.

— Peut-être que non, répondit son chef. Enfin, c'est sans doute votre jour de chance, Strickland. J'ai la position de Garrett Galloway. Un cadeau… d'un ami très cher.

Krauss pianota le code dans un dispositif de pistage. Aussitôt, un point rouge apparut sur l'écran.

— Il est dans les montagnes, pas très loin d'ici, observa Krauss.

— C'est bien lui ? insista Strickland. Pas son ordinateur portable ou quelque chose du même genre ?

Il y eut un petit rire à l'autre bout du fil.

— La puce est sur lui. Vous n'avez qu'à suivre cette fréquence, et vous tenez votre homme. Trouvez-le, Strickland. Et tuez-le. Pas d'erreur cette fois.

La communication fut coupée. Strickland attrapa la carte que Krauss tenait à la main et sourit pour la première fois depuis qu'il avait compris que la fille de McCallister avait échappé à la bombe.

— Nous savons où est Galloway. Ce qui signifie que nous tenons la femme et la gamine aussi.

— Ils sont au milieu de nulle part, renchérit Krauss. Pas de problème pour se débarrasser des corps. On ne les retrouvera jamais.

Au son de la voix de Garrett, les mains de Laurel se figèrent au-dessus du clavier. Elle cilla et pivota dans le fauteuil. Si elle s'était imaginé lui faire plaisir en prenant une initiative, cette idée s'évanouit face à ses traits sévères, à son regard glacial.

— J'ai eu une idée, protesta-t-elle, luttant contre le doute qui la tenaillait depuis qu'elle avait allumé l'ordinateur.

Un muscle tressauta sur sa mâchoire.

— Tu as déclenché le compte à rebours.

— Il se serait déclenché de toute manière. Nous le savons l'un et l'autre. J'en ai contrôlé le début, c'est tout.

— Explique-toi.

— J'ai fait en sorte que le signal rebondisse dans le monde entier. Notre temps est compté, comme tu le voulais, mais le compte à rebours commencera dans trente-six heures. Peut-être quarante-huit.

— Tu en es certaine ?

— Je ne jouerais pas avec la vie de Molly. Ou la tienne.

Il la dévisagea longuement, puis hocha la tête.

— Dans ce cas, rassieds-toi et trouve-nous des informations. Tu as lancé le processus. Voyons ce que ton travail à la CIA peut faire pour nous.

Il alla chercher une chaise de cuisine et s'assit à califourchon dessus. Laurel lâcha un long soupir. Elle connaissait son métier, mais l'attention de Garrett la rendait nerveuse. Elle se pencha en avant et se concentra sur l'écran.

Très vite, elle fut absorbée par sa tâche, passant d'un dossier à l'autre. Elle n'aurait su dire depuis combien de temps elle se heurta à des impasses quand enfin un dossier apparut.

Laurel se figea.

— Regarde. Il est au nom d'Ivy, mais il n'est pas officiel.

Garrett se redressa sur sa chaise.

— Non autorisé ?

Elle acquiesça et cliqua sur l'icône. Le classeur ne contenait qu'un seul document.

— Il pourrait s'agir d'un piège.

— Tu fais ce travail depuis un certain temps. Que dit ton instinct ?

— De l'ouvrir.

— Alors, vas-y.

Retenant son souffle, elle obtempéra. Un cadre apparut, exigeant un mot de passe.

— Tu le connais ?

— Peut-être.

Elle entra la date de l'anniversaire de mariage de sa sœur.

Accès refusé.

Les noms de ses enfants.

Accès refusé.

La date de son anniversaire.

Accès refusé.

— Plus qu'un seul essai, et tout sera bloqué, murmura-t-elle en se frottant les yeux. Il faudra que je recommence à zéro. Je n'aurai peut-être même plus l'accès au dossier.

Garrett soupira.

— Tu connais ta sœur. La plupart de ces mots de passe exigent au moins une majuscule, un chiffre et une lettre. Et une fois que le dossier est crypté, si on oublie le mot de passe, on est fichu. Il fallait qu'elle puisse s'en souvenir.

Laurel pianota sur le bureau et se laissa aller contre le dossier, fermant les yeux.

— Ivy, qu'est-ce que tu as choisi ? murmura-t-elle.

Le silence s'installa dans la pièce, rompu seulement par le bourdonnement des appareils.

Garrett ne dit rien, n'interrompit pas le cours de ses pensées. Laurel lui en fut reconnaissante. Tant de gens ne savaient pas se taire.

— J'ai peut-être une idée.

Elle se tourna vers lui et rencontra son regard.

— Ivy était plus âgée que moi. Elle avait juste commencé à sortir avec un garçon quand maman est tombée malade. A l'hôpital, elle a fait promettre à Ivy de lui envoyer un message pour lui faire savoir qu'elle était bien rentrée à 21 heures. Si elle avait des ennuis, elle devait laisser un code spécial sur le bipeur.

— Lequel ?

— Le prénom de ma mère, suivi de 911 et d'un point d'exclamation. Mais si je me trompe…

— Que dit ton instinct ?

— Qu'Ivy savait qu'elle était en danger et qu'elle aurait choisi un mot de passe que je connaissais.

Laurel se massa la nuque, les yeux brûlants.

— Vas-y.

Laurel pivota et mit les mains au-dessus du clavier. Elle n'osait pas taper le mot de passe. Et si elle faisait fausse route ?

— Fie-toi à ton instinct, l'encouragea Garrett en mettant une main sur son épaule.

Concentrée au maximum, Laurel composa le code en faisant très attention à ne pas se tromper. Enfin, se mordillant la lèvre, elle tapa sur la touche « entrée ».

L'appareil émit un bruit. L'écran devint vide.

— Oh, non !

Elle s'attendait à voir des lumières clignoter et à entendre une alarme l'avertir que le fichier avait été détruit. Au lieu de cela, un programme de traitement de texte se déclencha et le dossier d'Ivy s'ouvrit brusquement. Laurel cilla. Une fois. Deux fois.

En haut de la page, en caractères gras, se trouvaient ces quelques mots :

Derek Bradley est vivant.

Alias : shérif Garrett Galloway.

Les mots semblaient hurler sur la page. Garrett laissa échapper un grognement et s'agrippa aux barreaux de la chaise au point d'en avoir mal aux mains. Ivy avait découvert la vérité à son sujet. C'était impossible ! Et pourtant, si elle savait… d'autres savaient aussi.

Le plan de James avait échoué. A qui se fier dorénavant ?

Laurel bondit de sa chaise et lui fit face.

— Tu es Derek Bradley ? C'est toi, le traître ?

Elle recula d'un pas, secouant la tête.

— Laurel…

— Tu as causé la mort de dizaines d'agents. Mon père me l'a dit. Il a dit que tu avais fini par avoir ce que tu méritais. Que tu étais mort… avec ta femme et ta fille.

Elle plaqua une main sur sa bouche, les yeux écarquillés.

— Dans une voiture piégée !

— J'aurais dû mourir, répondit Garrett avec amertume. Ma femme et ma fille sont mortes.

Combien de fois avait-il supplié James, puis les médecins, de le laisser mourir ? Combien de semaines avait-il passées sur un lit d'hôpital, planifiant sa vengeance après avoir appris que l'attaque avait été commanditée depuis son propre camp ?

Laurel le dévisageait, horrifiée.

— Comme Ivy.

Garrett hocha la tête.

— J'étais rentré du bureau en retard. J'avais promis à ma femme de revenir tôt, mais j'étais résolu à démasquer un traître chez nous. J'avais découvert quelques indices, rien de précis, mais assez pour que je pose des questions, que je fourre mon nez dans des dossiers qui ne me concernaient pas directement.

Il osait à peine affronter son regard. Elle savait ce qu'il allait dire, mais il fallait qu'il prononce les mots. Il fallait qu'elle comprenne.

— J'étais en train de nouer ma cravate quand Lisa a emmené notre fille à la voiture.

Il s'éclaircit la gorge.

— En sortant, j'ai laissé tomber mes clés sur le sol et je me suis penché pour les ramasser. Lisa était au volant. Quand elle a mis le contact, tout a explosé. Je n'ai survécu que parce que je tournais le dos à la voiture.

— Mais pourquoi est-ce que tout le monde te croit mort ?

Garrett passa une main dans ses cheveux.

— Ton père avait des soupçons, je ne sais pas pourquoi. Il avait vu des informations douteuses, il a compris qu'on voulait faire de moi un bouc émissaire. Par chance, il est arrivé juste après l'explosion. Il a tout réglé.

Garrett redressa le menton et regarda Laurel dans les yeux.

— Derek Bradley a péri avec sa famille ce soir-là.

Laurel tremblait de tous ses membres.

— Mon père t'a qualifié de traître.

— Il n'était pas sûr que je survivrais. Il savait que, si l'auteur de l'attentat se rendait compte de son erreur, j'étais fichu. C'est pourquoi il m'a procuré une nouvelle identité et m'a emmené dans un hôpital au Texas. Quand je suis sorti du coma, Derek Bradley était mort et enterré et j'étais devenu Garrett Galloway.

— Comment se fait-il que personne n'ait rien su ?

— Je suis resté dans le coma pendant des mois, sous un faux nom. James a essayé de savoir qui avait tout manigancé, en vain. Ensuite, l'affaire a été classée.

— Si tu dis la vérité, pourquoi n'a-t-il pas averti Ivy ?

Elle se mit à arpenter la pièce, avec des gestes nerveux, saccadés. Elle s'essuya les yeux.

— Pourquoi mon père n'a-t-il pas protégé Ivy ? Il aurait pu lui dire de démissionner. Elle serait toujours en vie.

— Je ne sais pas.

Garrett lui barra le chemin et la prit par les épaules, la forçant à lui faire face.

— En revanche, je sais que ton père aime sa famille plus que tout. Si tu veux faire des reproches à quelqu'un, fais-les-moi. Je n'aurais pas dû conserver l'identité de Garrett Galloway aussi longtemps. Je me suis laissé convaincre par ton père. Il pensait toucher au but, il disait que le traître finirait par se croire invulnérable et commettrait un faux pas. J'ai accepté d'attendre.

— Mon père est très persuasif, murmura Laurel en secouant la tête.

— Il disait que je prendrais trop de risques en révélant ma véritable identité. Je suis désolé, Laurel. Tellement désolé. Si j'avais renoncé à ma couverture, j'aurais pu forcer le traître à se découvrir.

Elle se dégagea et se passa les mains sur le visage.

— C'est absurde. Ivy était au courant. Elle a dit que tu avais raison. Tu dois savoir quelque chose !

— Tout ce que je sais, c'est qu'il y avait une taupe dans l'organisation. Je n'ai jamais su qui c'était.

— Peut-être qu'Ivy l'a découvert.

Laurel se rassit dans le fauteuil et fit défiler impatiemment le dossier créé par sa sœur.

Garrett était penché par-dessus son épaule. Elle avait accepté sa véritable identité sans vraiment s'émouvoir. Plus il apprenait à connaître la fille de James, plus il voyait la ressemblance avec son père. Elle était intelligente, tenace, optimiste. Des qualités qu'il appréciait chez son mentor. Qu'il aimait chez Laurel. Un peu trop.

Il s'approcha davantage, conscient de la veine qui palpitait dans son cou, de sa respiration rapide. Il réprima l'envie de remettre la main sur son épaule pour l'encourager. Il ne voulait pas la distraire. Il recula de nouveau et s'obligea à se concentrer sur le dossier. Il contenait des listes d'opérations, de nombreuses questions, hypothèses. Ivy aussi était intelligente, curieuse, méthodique. Et son enquête avait mené à son assassinat.

A mesure que Laurel déroulait le fichier, un malaise le gagna. D'une manière ou d'une autre, James avait participé à chacune de ces opérations. Garrett avait été mêlé à certaines, mais pas à toutes.

— Ralentis, dit-il doucement, d'une voix tendue.

— Ivy avait plus de questions que de réponses, soupira Laurel.

Elle lui lança un regard en biais et suspendit son geste.

— Qu'y a-t-il ?

Contrarié qu'elle ait déchiffré son expression aussi aisément, il s'efforça de rester impassible.

— Sans doute rien.

— Si. Je le vois dans tes yeux, rétorqua-t-elle d'un ton sec. Tu m'as déjà menti sur ton identité, Derek. Ne me raconte pas d'autres mensonges. Je mérite la vérité. Ivy aussi. Et Molly.

— Je suis Garrett à présent.

Il s'était raidi, mais il savait qu'elle avait raison. S'il lui arrivait quelque chose, elle devait avoir autant d'informations que possible. Elle devait être prudente. Se méfier de tous.

— James était impliqué dans tous les dossiers sur lesquels Ivy a enquêté.

Laurel eut un haut-le-corps. Son visage se durcit.

— Mon père n'est pas un traître. Qui d'autre y participait ?

— Je n'ai pas dit qu'il l'était…

— Tu le pensais. Dis-moi.

Il ne put nier que l'idée lui avait traversé l'esprit.

— J'y participais aussi.

— Tu sais, Garrett, il y a des moments où il faut avoir foi en ceux qu'on aime. Même quand le monde entier semble partir en vrille, il reste des gens qui ont le sens de l'honneur.

Elle le regarda par-dessus son épaule.

— Tu en es la preuve. Mon père t'a confié sa famille quand il a eu des ennuis. Moi aussi. Mon père mérite la même considération de ta part. A moins que tu ne sois réellement un traître.

Bon sang. Laurel McCallister ne mâchait pas ses mots.

— Dans ce cas, pourquoi n'as-tu pas peur de moi ? Tu ne crois pas que je risque de te trahir ?

— Tu nous aurais déjà tuées. Au contraire, tu nous as sauvées. Tu as sacrifié ta couverture. Tu t'es mis en danger. Accepte-le, Garrett, tu es un héros. Exactement comme mon père le pensait.

Elle atteignit la fin du dossier.

— Il y a un lien ici.

Elle cliqua dessus. On lui demanda un autre mot de passe. Elle tenta le même.

Accès refusé.

Au bout de trois autres tentatives, Laurel se redressa et jura tout bas.

— Je suis à court d'inspiration.

La fatigue et la déception se lisaient sur ses traits. Garrett lui massa doucement les épaules.

— Tu es douée. Y a-t-il une autre manière de deviner le mot de passe ? Sais-tu briser un code ?

— Ce n'est pas ma spécialité, mais…

Elle pianota sur la table.

— En fait, j'ai inventé un programme de décryptage avec des amis quand j'étais à l'université.

Elle esquissa une petite moue.

— Nous avons failli être renvoyés quand notre tuteur s'en est aperçu. Je pourrais l'exécuter d'ici, mais ça va prendre un certain temps.

— Tu veux dire que nous serions en ligne longtemps ?

Laurel acquiesça, puis une lueur brilla dans ses yeux.

— A moins de télécharger le dossier.

Le jeu en valait la chandelle.

— Vas-y.

Laurel se mit à pianoter sur le clavier, passant d'un écran à l'autre si vite que Garrett en avait presque le vertige.

— Tu n'hésites jamais, dit-il, admiratif.

Un hurlement lui coupa la parole.

— Maman !

La terreur s'entendait dans la voix de Molly. Garrett se rua vers la porte du salon, Laurel sur les talons.

Molly était assise sur le canapé, les joues rouges, le visage couvert de sueur, les yeux fermés.

Laurel prit place à côté d'elle et l'entoura de ses bras.

— Je suis là, Molly. Je suis là.

Elle berça l'enfant contre elle, mais Molly garda obstinément les yeux clos, secouant la tête et se cramponnant à elle.

— Elle dort ?

— Elle sait que tu es là. Elle s'accroche à toi.

Laurel la serra davantage contre elle.

— Qu'est-ce que je peux faire ?

Les sanglots de Molly brisaient le cœur de Garrett. Il se remémora le jour où Ella avait regardé une partie du film *Jurassic Park* chez une camarade. Le soir venu, elle avait fait d'affreux cauchemars. Une seule chose l'avait apaisée.

— Tu m'as emmenée, gémit Molly, repoussant Laurel.

Laurel pâlit, et sa détresse se peignit sur son visage.

— Donne-la-moi, souffla Garrett.

Elle hésita.

— Je sais quoi faire.

Non sans réticence, elle lui tendit la petite fille. Il s'assit dans un grand fauteuil et serra Molly contre sa poitrine.

— Tout va bien, mon chou, dit-il à voix basse, tout en l'enveloppant d'une couverture.

Il la berça lentement et se mit à chantonner une berceuse. La mélodie résonna doucement dans le silence. Il caressa le dos de Molly, décrivant de lents cercles apaisants. Les sanglots de l'enfant se calmèrent un peu, puis se muèrent en hoquets.

Quand enfin elle ouvrit les yeux, elle les regarda tour à tour.

— Maman ? Papa ?

— Ils ne sont pas là, mon chou, dit Garrett. Mais ta tante Laurel est là. Elle va veiller sur toi et te protéger. Et moi aussi.

Molly se mordit la lèvre.

— Il y a eu une *splosion*. La voiture de papa a brûlé comme dans la cheminée.

Une larme roula sur la joue de Laurel.

— C'est vrai, ma chérie.

— Mon papa et ma maman vont revenir ? insista l'enfant d'une toute petite voix.

Laurel échangea un regard avec Garrett. Il hésita, puis acquiesça. Le moment était venu.

Il resserra son étreinte autour de Molly, et Laurel déglutit.

— Ma chérie, ils ne vont pas revenir, mais ils te voient. Ils sont au ciel.

Des larmes montèrent aux yeux de Molly.

— Matthew et Michaela aussi ?

— Oui, mon bébé.

Laurel lui tendit son lion en peluche. Molly le pressa contre elle, en larmes.

— Je veux qu'ils reviennent.

Laurel se laissa tomber à côté de Garrett, qui s'écarta pour lui faire une place. Elle passa un bras autour de Molly, sa joue reposant sur le front de sa nièce.

— Moi aussi, Molly. Moi aussi.

La fillette se cramponna à sa peluche et se nicha contre l'épaule de Garrett.

— Chante encore, shérif Garrett. J'ai mal à la tête.

La gorge nouée, Garrett obéit, luttant contre les souvenirs qui le submergeaient. Pendant des nuits et des nuits, à l'hôpital, il avait cherché à tâtons la main de Lisa ou d'Ella, sans jamais trouver personne.

Tout près de lui, Laurel se taisait, les épaules secouées de sanglots silencieux. Elle enfouit le visage dans son cou.

Il les serra toutes les deux contre lui, murmurant la berceuse. Au bout d'un moment, Molly s'endormit dans ses bras.

Il se tut.

Le soleil entrait à flots par la fenêtre, mais l'après-midi touchait à sa fin. Garrett jeta un coup d'œil à Laurel.

— La voir ainsi me fait si mal, avoua-t-elle, les yeux rouges.

Il hocha la tête, incapable de dissimuler sa propre émotion.

— Je vais la coucher.

Il se leva, et alla déposer Molly sur son lit. Il lui retira ses chaussures, remonta les couvertures sur elle, puis effleura son front d'un baiser.

— Dors bien, mon chou.

Ses bras lui semblèrent brusquement vides. La gorge nouée, il fut brutalement ramené en arrière. Il songea à sa petite fille. Elle n'avait pas su qu'un cauchemar allait venir. Molly non plus.

Quand il se retourna, Laurel se tenait sur le seuil et l'observait, le visage ravagé par le chagrin. Une partie de lui voulait s'échapper, courir jusqu'en haut de la montagne et crier sa fureur. Au lieu de quoi il s'approcha d'elle et ils retournèrent dans le salon, refermant doucement la porte derrière eux.

Elle garda le silence, et il ne savait pas quoi dire. Les larmes de Molly avaient abattu le mur émotionnel derrière lequel il se réfugiait depuis dix-huit mois.

Laurel se blottit simplement contre lui, et il ne put que l'enlacer, s'accrocher à elle et lutter pour contenir les émotions qui déferlaient en lui.

Elle demeura silencieuse pendant quelques minutes. Il sentait la chaleur de son corps à travers son T-shirt. Combien de temps s'était écoulé depuis qu'il s'était autorisé à être aussi proche de quelqu'un ?

Trop longtemps.

— Merci, dit-elle dans un souffle.

Elle leva la main et lui caressa la joue tendrement.

— Tu t'en es bien tirée, répondit-il. Ce n'est pas fini mais elle s'en sortira. Et toi aussi.

Il l'embrassa sur le front et elle noua les bras autour de sa taille, le serrant fort contre elle. Il savait qu'elle avait besoin d'une présence réconfortante, rien de plus, mais le battement de son cœur s'accéléra malgré lui. Elle était trop vulnérable. Et lui aussi. La présence de Laurel et de Molly lui rappelait sa propre souffrance.

Et maintenant, il devait trouver la force de les aider à survivre.

Un petit gémissement leur parvint de la chambre.

— Va la voir, murmura-t-il. Elle a besoin de toi.

Laurel lui prit la main et déposa un baiser sur sa joue.

— Tu es quelqu'un de bien, Garrett Galloway.

Elle disparut et il l'entendit parler doucement à Molly derrière la porte.

Lorsqu'il fut sûr que la petite fille était calme, il attrapa son Beretta et sortit. Le soleil rougeoyait à l'ouest, baignant la montagne d'une lueur rose et mauve. Garrett inspira à fond, puis expira, les mains crispées sur la rambarde de la galerie.

Il cilla, luttant pour se ressaisir.

Molly et Laurel risquaient d'achever de lui briser le cœur. Quand il avait repris connaissance et compris que Lisa et Ella étaient mortes, seule la soif de vengeance l'avait maintenu en vie. Il avait enfoui sa peine au plus profond de lui-même.

Il passa une main sur son front. Molly lui avait rappelé ce qu'il en était de protéger un être totalement innocent. Et Laurel. Seigneur, cette femme lui donnait envie d'avoir ce qu'il ne pouvait pas avoir. Il ne devait même pas s'autoriser à songer à elle ainsi. Pas avant que ceux qui avaient assassiné sa famille aient cessé d'être une menace.

Un bruissement dans les arbres le fit s'immobiliser. Il se concentra sur l'origine du son, scrutant le bosquet pendant plusieurs secondes. Il y eut un autre mouvement, un grattement sur le tapis d'aiguilles de pin.

Ce n'était pas le vent.

Quelqu'un, ou quelque chose, était là.

Il raffermit sa prise sur son arme et gagna le pilier en

pierre au coin de la maison. Si quelqu'un l'avait dans sa ligne de mire, il devait s'abriter.

Lorsqu'il déciderait de tirer, il n'aurait qu'une fraction de seconde.

Une ombre se dessina dans le jour déclinant. Deux yeux le fixèrent entre les pins.

Garrett descendit les marches.

— Tu es revenu.

7

Molly se nicha contre Laurel, triturant le tissu de sa chemise de nuit de Noël qu'Ivy lui avait offerte pour la consoler de ne pouvoir assister à la fête, le soir fatidique.

— Maman a dit que le Père Noël me trouverait si je portais ma chemise de nuit spéciale. Et qu'il saurait que j'avais été sage. Tu crois qu'il viendra jusqu'ici ?

Elle leva les yeux vers Laurel, quêtant sa réponse.

— Bien sûr que oui, affirma celle-ci en lui caressant les cheveux. Tu auras un Noël, Molly, ajouta-t-elle dans un souffle. D'une manière ou d'une autre.

La petite fille serrait son lion en peluche contre elle, le visage enfoui dans sa crinière. Au bout d'un moment, sa respiration se ralentit et devint régulière. Elle soupira et glissa sa petite main sous sa joue. Laurel retint son souffle tandis qu'elle se faufilait sous les couvertures.

Avec un peu de chance, le sommeil lui apporterait la paix. Pendant un temps, du moins.

Les minutes s'égrenèrent. Un vide affreux emplissait peu à peu le cœur de Laurel. Elle aurait voulu qu'Ivy franchisse le seuil, lui dise que tout n'était qu'un malentendu, un mauvais rêve, un des plans compliqués de son père.

Une partie d'elle-même espérait envers et contre tout que c'était la vérité, mais elle savait bien que non. Elle avait entendu le ton de la voix de son père au téléphone. Il ne s'agissait pas d'un jeu. Sa peur était bien réelle.

Sans doute était-il mort, lui aussi.

Molly et elle étaient seules.

Laurel enfonça ses ongles dans sa paume, éprouvant la morsure de la douleur. Elle ne rêvait pas — et pourtant elle traversait le pire des cauchemars.

Les boucles blondes de sa nièce retombaient sur son front. Au moins, elle avait Molly. La petite fille lui donnait une raison de ne pas se recroqueviller sur elle-même pour disparaître. Jamais elle n'avait imaginé qu'elle puisse un jour être aussi malheureuse. Elle avait l'impression de se noyer dans un océan de solitude.

Garrett avait perdu sa femme et sa fille. Elle n'osait imaginer la souffrance qu'il avait éprouvée. Comment avait-il survécu, seul, une fois son passé détruit ?

Laurel jeta un coup d'œil vers la porte. Elle aurait pu rester dans cette chambre jusqu'au lendemain matin. Chacun de ses muscles lui faisait mal tant elle était épuisée. Ses yeux la brûlaient. Pourtant, pour la première fois depuis plusieurs jours, elle se sentait en sécurité.

Pour vingt-quatre heures au moins.

Elle aurait dû essayer de dormir mais Garrett était dehors. Seul.

Son père lui avait parlé de Derek Bradley, mais plus elle repassait leurs conversations dans sa tête, plus elle y voyait des incohérences. Bien qu'excellent menteur, il avait été prudent à propos de Bradley. Il avait laissé place au doute, pour qu'elle puisse lui faire confiance un jour si nécessaire.

« Derek a pris trop de risques, avait-il déclaré à Thanksgiving. Il en a payé le prix. Et sa famille aussi. Mais les traîtres finissent toujours par avoir ce qu'ils méritent. »

Il n'avait jamais dit explicitement que Derek était un traître.

Quelque chose se détendit en elle, et elle comprit que, jusqu'alors, elle avait été tenaillée par le doute. Ce n'était plus le cas. D'ailleurs, sa vision d'un homme prêt à vendre son pays cadrait mal avec la douceur dont Garrett avait fait preuve pour apaiser Molly.

Comme elle le lui avait dit, à certains moments, il fallait se laisser guider par la foi. Veillant à ne pas troubler le sommeil de la petite fille, Laurel se leva et traversa la pièce. Molly ne bougea pas. Laurel tourna lentement la poignée et se glissa derrière la porte.

Le salon était désert.

Elle jeta un coup d'œil dans le bureau, mais Garrett n'était pas là. Le programme qu'elle avait lancé était toujours en cours d'exécution.

Elle regarda par la fenêtre. Debout sur les marches, Garrett lui tournait le dos, fixant le crépuscule. Tout son corps exprimait la tension. Comme s'il voulait qu'on le laisse seul.

Laurel hésita. Elle pouvait soit retourner dans la chambre et s'installer devant l'ordinateur pour attendre que le programme trouve le mot de passe, soit aller à lui. Sauf qu'elle savait déjà ce qui se passerait si elle le touchait. Ils étaient vulnérables, tous les deux. Chacun avait besoin d'un réconfort que seul l'autre pouvait lui apporter.

Elle ouvrit la porte d'entrée. Une rafale de vent hivernal la fit frissonner. Les derniers rayons du soleil disparurent derrière une montagne et le ciel se peignit de teintes bleu-mauve, bordées à l'horizon d'un léger trait rougeâtre.

— Garrett ?

Il ne se retourna pas. Elle baissa les yeux et vit qu'il avait son arme à la main. Elle se figea.

— Dans les arbres, dit-il doucement.

Laurel suivit son regard. Deux yeux bleus perçants les observaient, calmes et résolus.

Le puma.

— Il est revenu, souffla-t-elle.

— Ils sont curieux, mais prudents. Il ne s'approchera pas davantage.

Il descendit les marches et ramassa un gros caillou qu'il lança en direction de l'animal. Celui-ci décampa aussitôt.

— Nous devons garder Molly à l'intérieur. Ce félin sait que les êtres humains sont une source de nourriture. Il a sans doute mangé des provisions laissées par les clandestins qui traversent la frontière.

Il remit son pistolet dans son jean et la raccompagna à l'intérieur.

— Comment va-t-elle ?

— Elle dort, mais elle va sans doute se réveiller à l'aube.

Garrett verrouilla la porte, puis poussa une chaise sous la poignée avant d'activer les détecteurs de mouvement.

— Tu penses que ça suffira ?

— Si elle essaie de dégager cette chaise, elle va faire beaucoup de bruit. Je l'entendrai.

Laurel ne put retenir un sourire.

— Elle est exactement comme Ivy. Quand on était petites, elle était intrépide. On ne s'ennuyait jamais avec elle, et mon père s'arrachait les cheveux. Sans elle, je n'aurais jamais connu toutes ces aventures…

Elle poussa un soupir.

— Elle me manquera toujours, n'est-ce pas ?

Garrett se tourna vers elle, le visage solennel.

— Je ne vais pas te dire que les choses deviennent faciles avec le temps. Peut-être la plaie se refermera-t-elle un peu.

Laurel le regarda à travers ses cils. Il semblait légèrement mal à l'aise, comme s'il ne savait pas quoi dire. Peut-être s'était-elle trompée. Elle aurait dû rester avec Molly.

— On devrait vérifier l'ordinateur…, commença-t-il.

— Je crois que je vais aller me coucher, dit-elle au même moment.

Il y eut un bref silence.

— Je viens d'aller voir, murmura-t-elle. Le programme est toujours en cours d'exécution.

— Je vois. Eh bien, je suppose qu'il n'y a plus qu'à se souhaiter bonne nuit.

Il y avait de la gravité et de la douleur sur son visage. Et une certaine fragilité aussi.

Laurel se décida. Elle ne voulait pas le quitter. Elle ne voulait pas être seule ce soir. Elle s'avança vers lui, le cœur battant à tout rompre, sachant exactement ce qu'elle voulait. Et lui aussi.

Elle s'arrêta à quelques centimètres de lui, les yeux plantés dans les siens. Son regard brun s'était assombri, lourd de désir.

— Que fais-tu, Laurel ? demanda-t-il d'une voix sourde, rauque.

Elle plaça une main timide sur son torse.

— Nous sommes en sécurité pour le moment, n'est-ce pas ?

— Rien n'est moins sûr, murmura-t-il.

Il recouvrit sa main et la porta à ses lèvres, puis noua ses doigts aux siens.

— Tu sais que c'est une erreur, reprit-il tout bas. Tu ne me connais pas. Pas vraiment.

Un frisson parcourut l'échine de Laurel à ces mots, mais l'ardeur qu'elle lisait dans ses yeux eut raison de ses doutes.

Si, elle le connaissait.

— Je t'ai observé. Tu as renoncé à ta couverture pour nous aider, Molly et moi. Tu l'as calmée, ce soir. Je sais tout ce que j'ai besoin de savoir.

— Même si le monde me considère comme un traître.

— Je connais la vérité.

Elle secoua la tête et se rapprocha. Elle n'avait qu'un désir : qu'il se taise et l'embrasse.

— Et si tu te trompais, Laurel ?

Il lui souleva le menton et captura son regard. Le pouls de Laurel s'emballa. Du bout des doigts, il lui caressa la joue.

— Et si j'étais un homme prêt à tout pour obtenir ce qu'il veut ? Je suis doué pour garder des secrets. Et très doué pour raconter des mensonges.

Laurel avait les yeux rivés sur ses lèvres.

— Je sais quand tu mens, Garrett. Ton regard s'assombrit et ta bouche se crispe un tout petit peu.

Ses lèvres seraient-elles douces, tendres ou passionnées lorsqu'il l'embrasserait ?

— Je ne te désire pas, affirma-t-il, son souffle tiède sur la joue de Laurel.

— Tu bluffes.

— Tu es trop confiante, insista-t-il à son oreille. Mais je n'ai pas la force de te résister.

Elle sourit.

— Là, tu dis la vérité.

Il souda ses lèvres aux siennes et l'entoura de ses bras. Elle n'hésita pas, s'accrochant à lui, laissant son baiser chasser les souvenirs de la semaine écoulée. Pendant un merveilleux instant, elle ne songea qu'à lui, au goût de ses lèvres, à sa bouche qui explorait la sienne.

Il releva la tête.

— Sois sûre de toi, parce que je ne te laisserai pas partir de toute la nuit.

Pour toute réponse, elle l'attira de nouveau à elle. Il la souleva dans ses bras, traversa la pièce à longues enjambées, et l'emporta dans la petite chambre, refermant la porte derrière eux.

— J'ignore ce que l'avenir nous réserve, souffla-t-elle, mais je sais ce que je veux aujourd'hui. J'ai besoin de toi, Garrett.

— Moi aussi, j'ai besoin de toi.

Il l'étendit doucement sur le lit, puis posa ses lèvres dans son cou, déposant une traînée de baisers au creux de sa gorge. Laurel enfouit les doigts dans ses cheveux. Chaque baiser la faisait frissonner de désir. Elle voulait davantage.

— Embrasse-moi, chuchota-t-elle.

— C'est ce que je fais, répondit-il doucement, mordillant la peau délicate au-dessous de son oreille.

— Garrett.

La frustration perçait dans sa voix.

— Et là, c'est mieux ? demanda-t-il en remontant sur le lobe de son oreille. Ou là ?

Cette fois, il descendit plus bas, écartant le tissu de son T-shirt pour révéler le creux de son omoplate.

Laurel s'agita sous lui, impatiente. Enfin, il releva la tête.

— Et là ?

Ses lèvres capturèrent les siennes. Avec un gémissement, elle lui rendit son baiser, explorant les muscles de son dos à travers sa chemise. Elle détestait sentir cette barrière entre eux. Elle glissa les doigts dessous, déboutonna le vêtement et le repoussa sur ses épaules.

Il se figea au-dessus d'elle, la fixant avec un mélange d'intensité et d'hésitation, comme s'il lui adressait un avertissement. Elle suspendit son geste et ses doigts s'arrêtèrent sur une cicatrice.

Des brûlures. La voiture piégée.

Il lâcha un long soupir, puis roula sur le dos.

— J'aurais dû te prévenir.

Sa chemise s'ouvrit et Laurel se redressa pour regarder la longue marque qui s'étendait sur son torse.

— Tu crois que ça change quoi que ce soit ? Non, au contraire.

Sans hésiter elle s'assit à califourchon sur lui et caressa la cicatrice.

Il leva les yeux et retint son doigt.

— Je tournais le dos à la voiture quand elle a explosé. Il y a eu beaucoup de dégâts. J'ai dû subir plusieurs greffes de la peau. Mon cœur s'est arrêté pendant une des opérations. Les médecins ont réussi à me ranimer.

Sa voix était détachée, sa mâchoire crispée. Il faisait de son mieux pour maîtriser son émotion.

— Ce n'est pas joli à voir, ajouta-t-il. Ça ne le sera jamais.

— Crois-tu que si je pouvais ramener Ivy à la vie, je l'aimerais moins à cause de ses cicatrices ?

Laurel promena ses mains sur ses épaules, s'aventurant avec précaution sur la peau déformée.

— Je te fais mal ?

— Non. A certains endroits, je ne sens pas que tu me touches. A d'autres, ça me picote un peu.

Il ne tenta pas de l'attirer vers lui ni de l'embrasser.

— Tu n'es pas obligée de rester.

— Tu es l'homme le plus courageux que je connaisse. Je ne crois pas que tu vas te raviser maintenant, rétorqua-t-elle, avant de se pencher vers lui pour déposer un baiser sur ses lèvres. J'ai envie de toi. Tout de suite. Dis-moi si je te fais mal.

Elle retira son T-shirt et son soutien-gorge. Les yeux de Garrett se voilèrent. Il tendit la main vers un de ses seins et fit courir son pouce sur le téton qui se dressa aussitôt. Laurel gémit et agrippa sa chemise.

Il sourit, le regard de nouveau brûlant.

— Je n'arrive pas à croire que tu veuilles de moi.

Cette fois, il l'entraîna vers lui, pressant une paume au creux de son dos, plaquant ses hanches aux siennes.

— Tu me sens maintenant ? chuchota-t-elle en remuant doucement.

En guise de réponse, il la fit rouler sur le dos et jeta sa chemise sur le sol.

— Tu es merveilleuse, Laurel McCallister.

Elle noua les bras autour de lui, réprimant son émotion en sentant les reliefs irréguliers qui lui zébraient le dos.

— Montre-moi jusqu'à quel point. J'ai hâte de commencer.

Ils étaient au milieu de nulle part. Pour ne pas changer.

Strickland scruta le pare-brise. Les phares du 4x4 trouèrent la pénombre de ce début de soirée, révélant un éboulis en travers de la piste. Impossible d'aller plus loin.

— Bon sang, grogna-t-il en abattant sa main sur le volant. A quelle distance Bradley se trouve-t-il ?

Krauss étudia l'écran. Le point rouge était immobile.

— A environ trois kilomètres, d'après ce truc. Il ne bouge pas.

Strickland passa une main sur son menton.

— Je déteste l'Ouest, grommela-t-il. Trop de territoires sauvages.

— On retourne à Danger ?

— Pas question. Prends tes affaires. On y va. Il ne s'attendra pas à ce qu'on vienne le chercher ici.

— Tu veux vraiment qu'on parte en pleine nuit ?

— Tu préfères expliquer au boss qu'on prend notre soirée ?

Krauss attrapa une bouteille d'eau et son arme.

— C'est une erreur, grogna-t-il. Tu n'as jamais été scout ? On ne connaît pas la région. Il pourrait y avoir n'importe quoi dans ces collines. Et on se perd facilement dans le noir.

Strickland tapota l'écran de son appareil.

— Le satellite va nous indiquer le chemin. De toute façon, on n'a pas le choix.

Ils descendirent du 4x4 et Strickland attrapa un M16 qu'il mit en bandoulière.

— Mais je vais te dire un truc. On ne va pas redescendre les corps de là-haut. On les laissera pourrir sur place.

Garrett avait du mal à croire que Laurel était là, dans son lit, nichée contre lui après l'amour.

— Je ne veux plus bouger d'ici, murmura-t-elle.

Lui non plus. Il fixa le mur, écoutant sa respiration. Il n'avait pas prévu cela. Cependant, il n'arrivait pas à éprouver le moindre regret.

Cette pensée le fit ciller. Qu'avait-il fait ?

Il effleura les cheveux de Laurel. Elle était si douce, et pourtant si forte. Et si intelligente.

Surtout, elle était courageuse, prête à tout pour protéger Molly.

— Je t'entends cogiter, dit-elle tout bas.

Elle se tourna dans ses bras et le regarda.

— Tu as des regrets ?

L'hésitation se lut sur ses traits. Il déposa un baiser sur son nez.

— Pas de regrets, mais…

— Non, plaida-t-elle. Pas de *mais*. Je ne veux pas

penser à ce qui se passe. Pas encore. Ne pouvons-nous être nous, tout simplement ? Juste pendant quelques minutes ?

— Bien sûr.

Il la serra contre lui et se tut. Au bout d'un moment, elle soupira.

— Cette situation ne durera pas, n'est-ce pas ? Ils vont venir.

Elle redevint silencieuse, puis souffla :

— Tu crois que mon père est encore vivant ?

— Tu veux la vérité ?

— Oui.

Il enroula une mèche des cheveux de Laurel autour de son doigt.

— Je ne sais pas. J'aurais espéré qu'il me contacte d'une manière ou d'une autre.

— Tu es inquiet.

— Oui, mais James est un survivant.

— Est-ce toi ou moi que tu essaies de convaincre ? demanda Laurel d'une voix empreinte de tristesse.

— Les deux, peut-être.

Elle se pelotonna contre lui. Ils demeurèrent silencieux pendant plusieurs minutes, et Garrett se demanda si elle s'était endormie. Il espéra que oui. Elle avait besoin de repos.

— Comment allons-nous les arrêter, Garrett ? murmura-t-elle contre son torse. Ils n'ont pas commis d'erreur.

Son désespoir était palpable, et il en fut touché jusqu'au plus profond de lui-même. D'autant plus qu'il ne pouvait lui offrir aucune garantie. Pas même celle d'être en sécurité. Tout ce qu'il pouvait faire, c'était tout tenter pour les garder en vie, Molly et elle.

Il la serra plus étroitement dans ses bras.

— Si, ils ont commis une erreur. Ta sœur a été

assassinée parce qu'elle avait découvert des preuves. Ce qui veut dire…

— … qu'on peut remonter jusqu'à eux, compléta-t-elle.

— Quand tu auras accès à ce dossier, nous trouverons peut-être la réponse.

Garrett ferma les yeux et caressa les cheveux de Laurel, songeant au désir de vengeance qui l'habitait depuis si longtemps. S'ils trouvaient des réponses, Lisa et Ella reposeraient peut-être enfin en paix. Et lui aussi.

Il se détacha de Laurel et s'assit sur le bord du lit, la tête dans les mains.

Derrière lui, Laurel étouffa un petit cri en voyant son dos. Il tendit aussitôt la main vers sa chemise.

— Pardon.

— Non.

Elle changea de position et se rapprocha, puis lui massa les muscles de la nuque. Il lâcha un soupir alors que sa tension se dissipait. Laurel promena les mains plus bas.

— Tu me sens ?

— Oui.

Elle lui mordilla le cou.

— Et là ?

— Oh oui !

Il baissa la tête, s'abandonnant à ses caresses.

Soudain, un bip strident s'éleva, provenant du téléphone portable posé sur le sol. Garrett se leva d'un bond.

— Habille-toi. Quelqu'un vient d'entrer dans le périmètre.

8

Laura roula à bas du lit, enfila son jean et son T-shirt en hâte et courut derrière Garrett, qui se ruait déjà dans son bureau. Il alluma un interrupteur sur une des consoles. Une carte surgit à l'écran. Deux points verts se dirigeaient droit vers son centre.

— Ils s'approchent des caméras, observa-t-il en pressant une nouvelle touche.

Trois écrans se mirent à bourdonner, révélant des images infrarouges assez floues.

Des arbres, rien de plus.

Laurel jeta un coup d'œil à l'ordinateur.

— Le programme n'est pas terminé, dit-elle avec angoisse. Nous n'avons pas le mot de passe. Qu'allons-nous faire ?

Garrett ne quittait pas les images des yeux. Une silhouette apparut. Celle d'un homme qui se frayait un chemin dans le sous-bois, avec des gestes nerveux. Il tenait une arme. Un second individu le suivait de près.

Garrett proféra un juron.

— Comment nous ont-ils trouvés aussi vite ?

— Qui sont ces gens ?

— Ce ne sont pas ceux que j'ai vus cet après-midi. Ils étaient trois. D'ailleurs, celui-ci porte un M16. Je reconnaîtrais cette forme n'importe où.

Il parcourut la pièce du regard, attrapa un sac en toile et le lui lança.

— Prends ce dont vous avez besoin. Seulement le strict nécessaire. Nous n'avons pas beaucoup de temps.

Face à son visage grave, Laurel sentit son estomac se nouer. Elle sortit de la pièce en courant et ouvrit sans bruit la porte de la chambre où Molly dormait. Dans la semi-pénombre, elle tâtonna à la recherche de quelques vêtements et produits de toilette. Elle y ajouta la photo de famille d'Ivy. Tout le reste n'était que du luxe. Sauf Houdini, le lion en peluche.

Elle ressortit de la chambre et regagna le bureau.

— C'est fait.

Garrett était assis devant un écran.

— J'efface tout le système. Il va se désactiver et ne laisser aucune trace.

— Ils sont près d'ici ?

— Ils arrivent droit sur nous, mais ils sont encore à plusieurs centaines de mètres. Ils traversent la forêt en pleine nuit. Ils sont complètement inconscients.

— Tu les reconnais ?

Il zooma sur l'image.

— Non. Et toi ?

Elle scruta l'écran.

— Non plus.

A côté d'elle, un air de fanfare s'éleva de l'ordinateur. Garrett écarquilla les yeux tandis qu'elle rougissait.

— Je sais, marmonna-t-elle en s'asseyant. Ce n'est pas du meilleur goût, mais… j'ai le mot de passe. Je peux ouvrir le dossier.

— Copie-le. Nous n'avons pas le temps.

Garrett appuya sur une série de touches. Deux silhouettes apparurent sur un nouvel écran. Cette fois, Laurel vit l'arme du second homme. Une autre arme automatique.

— Du matériel de l'armée, murmura-t-elle.

— Oui. Qui sait combien ils sont ? Je vais te sortir de là.

— Nous aurions dû avoir au moins vingt-quatre heures de plus, gémit-elle en le regardant. C'est ma faute.

— Notre adversaire est plus fort que nous ne le pensions.

— Tu as une clé USB ?

Il ouvrit un tiroir et lui en tendit une. Elle l'inséra dans l'ordinateur, copia le dossier et la retira.

— Il faut qu'on y aille.

Il prit la Remington dans le placard et appuya sur un bouton. Les ordinateurs commencèrent à bourdonner.

— Tout va exploser ? demanda-t-elle, interdite.

— Comme dans *Mission impossible* ? répondit-il avec un léger sourire. Non, mais les disques durs seront vidés et détruits.

Il lui désigna un petit sac à dos.

— Tu peux porter ça ?

Elle acquiesça et glissa son pistolet dans la poche arrière de son jean, regrettant de ne pas avoir de holster. Il faudrait qu'elle y pense la prochaine fois qu'elle partirait en cavale.

— Je vais porter Molly, lança-t-il en se hâtant vers la chambre.

La petite fille dormait sur le dos, cramponnée à son jouet en peluche. Il la souleva dans ses bras, la calant sur sa hanche.

— Allons-y, murmura-t-il à l'intention de Laurel avant de détacher une petite torche de sa ceinture. Cette lampe est équipée d'un filtre rouge pour ne pas gêner la vision nocturne. Je passe devant. Garde ton arme à la main.

Il referma sans bruit la porte d'entrée, la verrouilla et fit un pas dans la nuit. Laurel le suivit, munie du sac.

La lune éclairait leur chemin. Il pointa le faisceau de lumière devant lui.

— Ne t'écarte pas de ce sentier. Tu pourrais tomber dans le vide.

Lentement mais sûrement, ils se frayèrent un passage à travers les arbres, évitant une série de rochers déchiquetés, veillant à ne pas faire de bruit. Garrett trébucha une fois et Molly geignit doucement. Il se figea. Laurel retint son souffle. Si la fillette se mettait à pleurer, elle risquait de trahir leur position.

Ils recommencèrent à marcher.

Une rafale de coups de feu déchira la nuit au loin.

Laurel se plaqua à terre. Garrett s'agenouilla, faisant à Molly un bouclier de son corps. La fillette lâcha un cri de frayeur et il mit la main sur sa bouche.

— Molly, écoute-moi.

Laurel rampa jusqu'à eux.

— Je suis là, Molly. Il faut qu'on soit très silencieux, même si ces bruits nous font peur. D'accord ?

Elle hocha la tête.

Lentement, Garrett retira sa main. Molly plaqua sa propre main sur sa bouche.

— Bravo, la complimenta-t-il. Tu es très courageuse.

— Le Père Noël le saura ? souffla-t-elle.

— Je suis sûr qu'il nous regarde.

— Et papa et maman ? insista l'enfant, sa voix étouffée derrière ses doigts.

— Ils sont très fiers de toi, Molly.

— Mets la tête contre mon épaule, mon chou. On va filer.

Au clair de lune, Laurel vit Molly fermer les yeux avec force.

Une nouvelle rafale résonna.

Garrett ne ralentit pas.

— Ils sont au chalet. Continue.

Un juron sonore transperça la nuit.

— Il a dit un gros mot, marmonna Molly. Le Père Noël n'ira pas chez lui.

— Non, sûrement pas. Chut, maintenant, souffla Garrett.

Ils poursuivirent leur chemin. Le trajet jusqu'au 4x4 semblait infiniment plus long que lorsqu'ils étaient arrivés, songea Laurel.

Elle avait beau se concentrer sur le sentier, elle marcha sur un morceau de bois sec qui craqua sous son poids. Garrett s'immobilisa. Elle aussi, le cœur battant. Puis il lui fit signe d'aller de l'avant.

Elle n'aurait su dire depuis combien de temps ils étaient partis quand elle reconnut enfin l'éboulis devant elle. Garrett marqua une pause, tendant l'oreille.

Une brindille craqua derrière eux, pas très loin.

Aussitôt, il se tourna vers Laurel, lui tendit les clés de la voiture et la poussa vers les rochers. Le 4x4 n'était plus qu'à quelques mètres.

— Vas-y, ordonna-t-il en lui mettant Molly dans les bras.

L'instant d'après, il avait disparu.

Il s'éloigna d'elles, réfléchissant à toute allure. Comment diable ces types les avaient-ils trouvés ? Il fonça à travers les pins, faisant autant de bruit que possible. Une détonation retentit, la balle se ficha dans un tronc juste au-dessus de son oreille. Ses poursuivants étaient donc équipés de lunettes à infrarouge. Génial.

Garrett prit sa lampe, l'alluma, poussa son intensité au maximum, puis retira le filtre, braquant la lueur éclatante dans la direction d'où venait le coup de feu.

Un glapissement de douleur lui parvint. Le type serait aveuglé pendant quelques secondes. Garrett se dirigea vers la maison, résolu à garder les hommes à l'écart de Laurel et de Molly. Il pria pour qu'elles aient pu s'enfuir, que personne ne les ait interceptées.

— Par ici ! cria un des types.

Des pas s'élevèrent derrière lui. Les hommes ne faisaient aucun effort pour être silencieux. Il vira à quatre-vingt-dix degrés et prit la direction des falaises. Il fallait qu'il se concentre. Un promontoire rocheux devait se trouver quelque part sur sa droite.

Quelques secondes plus tard, il apparut, en effet.

Les types le suivaient toujours.

Un bruit de chute lui parvint, accompagné d'un juron étouffé. Il ne les avait pas semés. Garrett contourna le rocher et marqua une pause. A cinq mètres de lui se trouvait un ravin escarpé. Un endroit dangereux, voire mortel.

Il ralluma sa lampe et courut vers le sommet de la falaise. Les types le suivirent sans hésiter, comme s'ils le voyaient sur un radar.

Portait-il un signal à son insu ? Son téléphone était censé être impossible à repérer. Comment savaient-ils où il était ? Il n'entendait rien au-dessus de lui. Aucun pilote d'hélicoptère sensé ne se serait hasardé à survoler ces montagnes de nuit.

Il n'avait pas le temps de chercher à comprendre.

S'avançait-il droit vers un piège ?

Il s'immobilisa au bord du précipice, au moment où ses poursuivants faisaient irruption dans la clairière. Le faisceau infrarouge de l'un d'eux se posa sur lui et ils s'arrêtèrent net.

— Avec deux ans de retard, commenta le premier en levant son arme.

Garrett plongea sur le sol au moment où il s'élançait vers lui. Le type tenta de s'arrêter mais il était trop tard. Emporté par son élan, il disparut dans le vide en hurlant.

— Strickland ! cria son compagnon.

Garrett se jeta sur lui et le plaqua au sol.

— Qui êtes-vous ? demanda-t-il.

L'inconnu secoua la tête.

Garrett lui enfonça le canon du Beretta sous le menton.

— Je ne plaisante pas.

— Mon chef non plus. Si je parle, je signe mon arrêt de mort.

Son regard était résigné. Mauvais signe.

— Que diriez-vous d'un marché ? proposa Garrett en relâchant légèrement sa pression. Vous me dites le nom de votre chef. Je vous laisse partir. Vous disparaissez. Vous n'êtes qu'à quelques heures de la frontière.

Une lueur d'espoir apparut sur le visage du type juste avant qu'un coup de feu n'éclate. Garrett ressentit une brûlure fulgurante dans le dos et lâcha son arme. Il roula sur lui-même et se réfugia derrière un rocher, le souffle coupé par la douleur.

Son Beretta gisait par terre, hors de portée.

Strickland se hissa en lieu sûr et leva son arme.

— Bouge-toi de là, Krauss, sinon je risque de t'atteindre aussi.

Son acolyte s'empressa d'obéir. Strickland s'avança vers Garrett et tira sur le rocher. Une pluie de poussière et d'éclats de pierre retomba sur le sol.

Si la scène avait eu lieu en plein jour, Garrett aurait été un homme mort.

— Vous êtes fichu, Bradley. Vous ne vous en tirerez pas comme la dernière fois. Dire que la femme et la gosse n'étaient même pas prévues au programme.

Les mots percutèrent l'esprit de Garrett avec la violence

d'un coup de feu. C'était ce salopard qui avait exécuté sa famille.

— Ouais, c'est moi qui ai mis la bombe, ricana l'autre. Vous voulez me le faire payer ?

Garrett roula sur lui-même de nouveau, ignorant la douleur. Du coin de l'œil, il vit Krauss chercher son arme. Sans hésiter il saisit sa chance et se jeta sur lui, le poussant sur Strickland.

Tous les trois vacillèrent au bord du précipice. Garrett attrapa un morceau de rocher en saillie qui arrêta sa chute, tandis que Strickland et Krauss disparaissaient dans les ténèbres.

Garrett remonta la pente, sentant un liquide tiède couler dans son dos. Une fois en haut, il braqua sa lampe en contrebas.

Les hommes gisaient contre un rocher, immobiles. Krauss avait le cou tordu dans un angle bizarre, les yeux grand ouverts.

Il était mort.

Strickland, le visage ensanglanté, ne bougeait pas. Garrett pointa son arme vers lui, mais il ne réagit pas.

Garrett hésita. Comme il s'apprêtait à descendre pour s'assurer que l'homme était bien mort, un vertige s'empara de lui. Il tomba à genoux, étourdi. Un bip tout proche attira son attention. Sur l'écran d'une tablette, un point rouge clignotait.

C'était *lui*.

Bon sang, comment était-ce possible ?

Il vida ses poches. Il avait acheté ses vêtements à El Paso, il ne pouvait rien y avoir à l'intérieur.

Il n'avait pas le temps d'y réfléchir.

Il jeta un dernier regard en bas — Strickland n'avait pas bougé. Il se releva tant bien que mal. L'important était de vérifier que Laurel et Molly étaient parties sans encombre. Daniel l'aiderait. Car quel que soit celui qui avait envoyé Strickland et Krauss, il ne renoncerait pas.

Les détonations avaient cessé. Abritée derrière le capot du 4x4, Laurel raffermit sa prise sur le SIG.

Assise sur le siège arrière, Molly serrait Houdini contre elle.

— Où est le shérif Garrett ? Je suis sûre qu'il n'est pas parti sans nous.

— Il va venir, mon chou.

Il *fallait* qu'il vienne.

Sans crier gare, une silhouette déboucha du couvert des arbres. Le doigt de Laurel se crispa sur la détente.

L'homme leva les yeux.

— Garrett !

— Monte, ordonna-t-il en se ruant côté passager. Démarre.

Elle recula prudemment et fit demi-tour.

— J'allume les phares ?

— Oui. Partons le plus vite possible.

Le faisceau éclaira la route et Laurel écrasa la pédale d'accélérateur.

— Pourquoi m'as-tu attendu ? Et si je n'étais pas revenu ?

— J'ai le numéro que tu m'as donné, répondit-elle, cramponnée au volant. Je m'apprêtais à appeler Daniel Adams.

— Je ne sais pas si je devrais être soulagé que tu sois là ou me mettre en colère.

Le 4x4 roula dans une ornière. Le brusque cahot arracha à Garrett un cri de douleur. Aussitôt, Laurel alluma la veilleuse et jeta un coup d'œil vers lui.

Il avait les lèvres pincées, et le siège en cuir clair était taché de sang.

— Tu es blessé !

— Roule. Rejoins la route principale le plus vite possible. Peut-être qu'on a de la chance et que ces deux-là étaient seuls. Pour l'instant.

Elle accéléra encore. Molly se pencha entre les deux sièges.

— Tu as besoin d'un pansement, shérif ? J'ai des pansements spéciaux pour princesses. Tu peux avoir mon préféré si tu veux. Quelle princesse est-ce que tu préfères ?

Garrett lui sourit.

— C'est toi ma préférée, mon chou. Et ne t'inquiète pas. Ce n'est qu'une égratignure.

Les mains de Laurel se crispèrent sur le volant. Il mentait pour protéger Molly. Des larmes lui picotèrent les yeux. Elle était tombée amoureuse de cet homme. Il les avait sauvées une fois de plus, au péril de sa vie. Elle devait trouver de l'aide.

La ville la plus proche était Danger. Elle avait vu une clinique là-bas. Pourquoi ne pas y retourner ? Il connaissait tout le monde. Quelqu'un l'aiderait.

Il lui sembla qu'il fallait une éternité pour arriver à la route qui menait à Danger. Enfin, elle s'arrêta à l'intersection.

— Tourne à gauche, dit-il, les dents serrées.

— Je suis contente que tu sois d'accord. Je t'emmène chez un médecin.

— Pas pour le moment, rétorqua Garrett en se laissant aller contre l'appuie-tête.

Au bout d'une quinzaine de minutes, il pivota vers elle. Son visage était livide.

— Il y a un chemin de terre tout près d'ici. Arrête-toi et laisse-moi descendre.

— Tu plaisantes…

— Obéis, Laurel.

Non sans réticence, elle s'exécuta.

— Voici ce que tu vas faire, reprit-il, la main agrippée à la poignée. Continue dans cette direction jusqu'à la route rurale 11. Trouve un téléphone, même si tu dois en acheter un prépayé dans un drugstore. Appelle Daniel Adams et explique-lui ce qui se passe. Il t'emmènera à Covert Technology Confidential à Carder. Ils te protégeront.

Elle secoua la tête.

— Tu es blessé. Je ne vais pas t'abandonner ici.

— Laurel, ils me suivent. Je ne sais pas comment, mais c'est un fait. Il faut que tu t'éloignes de moi.

Il ouvrit la portière et tenta de descendre, mais il s'effondra aussitôt. Laurel bondit hors du véhicule et contourna le capot.

— Laisse-moi au moins arrêter le sang. Tu ne peux pas le faire tout seul.

Il ferma les yeux, puis hocha la tête à regret.

— Il y a un T-shirt dans mon sac. Et de l'eau. Lave la plaie et sers-toi du T-shirt pour faire un bandage. Ensuite, il faudra que tu partes.

— Tu vas soigner le shérif Garrett, tata Laurel ?

— Exactement, mon chou, répondit-il avec un sourire. Je serai comme neuf après.

Menteur.

Laurel alla chercher le sac et sortit ses affaires. Quand elle souleva la chemise de Garrett, elle retint un cri à la vue du sang séché qui collait à la peau de son dos. Un filet écarlate continuait à couler de la plaie. Pas étonnant qu'il ne tienne pas debout.

Elle déchira le T-shirt en deux et en trempa une

moitié dans l'eau pour éponger son dos avec précaution. Il ne cilla pas. A chacun de ses gestes, les cicatrices se révélaient à ses yeux. Elles n'étaient pas si horribles. Le souvenir de ce qu'il avait vécu dépassait de loin ces marques permanentes.

La balle l'avait touché près de l'omoplate, et il semblait s'être égratigné la peau sur des rochers aussi.

— Combien de fois as-tu été touché ?

— Tu veux dire depuis que je te connais ? Ou au total ?

— Arrête de déconner.

— Tata Laurel ! C'est un gros mot, s'écria Molly, outrée.

— Pardon, Molly, s'excusa-t-elle avant de s'adresser à lui : Tu vois ce que tu m'as fait dire ?

Un petit rire échappa à Garrett.

— Vous allez me manquer, toutes les deux.

Laurel déchira un nouveau morceau de tissu et reprit sa tâche, tapotant la plaie tout doucement. Il avait besoin de points de suture. De plus, elle voyait des fragments de caillou et de métal collés à la peau. Elle frotta plus fort pour les retirer. Il retint son souffle.

— Dommage que je ressente encore la douleur à cet endroit-là, commenta-t-il d'une voix crispée.

— J'ai presque fini.

Alors qu'elle nettoyait la dernière partie, son regard s'arrêta sur un petit cercle métallique immédiatement reconnaissable. Une puce.

— Garrett ? On ne t'a jamais implanté un émetteur ?

— Tu rigoles ? Si ces salopards avaient appris la fréquence…

Il tourna la tête brusquement.

— Pourquoi ? Il y en a un là ?

— Oui.

— Enlève-le. Tout de suite.

— Il est dans ton dos. Il faudrait un médecin pour l'extraire.

— Donne-moi mon sac.

Elle le lui tendit. Il en sortit une petite trousse médicale contenant un scalpel.

— Arrache-le, ordonna-t-il. Nous n'avons pas de temps à perdre. Ils sont peut-être déjà tout près.

Laurel cilla, fixant l'émetteur, s'exhortant à être positive. Ses mains tremblaient, et elle prit une profonde inspiration.

— C'est facile. Suis le contour et retire-le.

— Je suppose que tu n'as pas de calmants dans ta boîte magique ?

Molly passa la tête entre les sièges et lâcha un petit cri.

— Shérif Garrett, tu as plein de bobos. Tu peux prendre tous mes pansements si tu veux.

— Laurel, vas-y, dit-il avant de sourire à Molly. Si tu me cherchais ces pansements, mon chou ?

Molly se rassit, puis se pencha sur son sac.

— Maintenant, ordonna-t-il.

— Respire un bon coup.

Il s'agrippa au siège tandis qu'elle se penchait sur lui. Elle inspira à fond, enfonça la lame sous la peau et fit une incision, révélant toute la puce. Garrett ne dit pas un mot, mais quand elle saisit le cercle de métal avec la pince, ses muscles se raidirent. Le sang se mit à couler.

Laurel tapota la plaie.

— Je l'ai.

— Oh ! C'est un vilain bobo, s'exclama Molly.

— Mais non, mon chou. Peut-être que tu seras docteur quand tu seras grande, comme ça tu pourras soigner les gens.

Le sourire de Molly s'élargit.

— Je voudrais bien soigner les gens.

— Laurel, il y a de la Bétadine et de la pommade antiseptique dans la trousse. Et aussi des bandes adhésives pour mettre sur la plaie.

Molly insista pour appliquer également plusieurs de ses pansements. Lorsqu'elles eurent terminé, Garrett se tourna vers Laurel. Il était tout pâle.

— Il y a une clinique à Danger, répéta-t-elle.

— Nous ne pouvons pas retourner là-bas. Où est la puce ?

Elle lui montra le minuscule objet avec la pince. Il le retourna dans sa paume, les mâchoires serrées.

— Bon sang !

— Quoi ?

Il leva les yeux et rencontra son regard.

— C'est ton père qui a commandé ces puces. Je croyais qu'aucune n'avait été utilisée, mais il a dû en faire implanter une sur moi. Et il était le seul à en connaître la fréquence.

Mike Strickland gémit, porta une main à sa tête. Quand il la retira, elle était ensanglantée et poisseuse. Il roula sur lui-même. Tout son corps le faisait souffrir. Il remua chaque membre tour à tour. Rien de cassé, mais il avait l'impression que son crâne allait exploser d'un moment à l'autre. Lentement, il se redressa et s'assit.

A côté de lui, Krauss gisait, immobile, le cou brisé.

C'était le maillon faible, de toute façon. Par certains côtés, il ressemblait à Derek Bradley. Ce type était un imbécile. A sa place, il aurait achevé ses adversaires d'une balle dans la tête… histoire de ne pas prendre de risques.

Il se leva tant bien que mal, jetant un regard noir à

la pente. Une fois en haut, il scruta les environs. Aucun signe du dispositif de pistage. Bradley l'avait-il récupéré ?

Un téléphone sonna à quelques pas de lui. Les tempes bourdonnantes, s'efforçant d'ignorer la douleur lancinante qui lui vrillait le crâne, il suivit la direction du son et se baissa.

Le nom qui s'afficha à l'écran lui donna la nausée. Il vomit copieusement sur le sol, n'osant répondre. La sonnerie cessa, avant de reprendre presque aussitôt.

— Strickland.

— Ne m'ignorez pas, Strickland.

Il s'essuya la bouche sans répondre.

— Bradley se dirigeait vers Danger mais le signal a été coupé. Vous avez échoué. Une fois de plus.

— Nous avons un plan, mentit-il.

— Vraiment ? Nous ne pouvons plus repérer Derek Bradley, par conséquent il représente une menace plus grande encore. Neutralisez-le.

— Je comprends.

— Ah bon ? Vraiment ? C'est votre deuxième erreur en quelques jours. Ne me poussez pas à bout, Strickland.

La communication fut coupée.

Il avait besoin d'échafauder un plan. D'abord, il devait rejoindre le 4x4. Ensuite, trouver Bradley. Si nécessaire, il faudrait lui tendre un piège, l'appâter pour l'attirer hors de son repaire.

Il y avait une solution à ce problème. A Danger, au Texas.

9

Laurel ouvrit violemment la portière du 4x4. La puce détruite gisait sur le sol, avec son cœur en miettes.

— Tu as tort à propos de mon père, riposta-t-elle, le visage rouge de fureur. Il ne t'aurait jamais fait de mal.

— Je sais ce que j'ai vu. D'abord les éléments réunis par ta sœur, et maintenant ça.

— Il n'a peut-être pas été un père parfait. Il s'absentait souvent, certes, mais c'est un patriote. Jamais il n'aurait trahi.

— Eh bien, moi non plus, rétorqua Garrett. Et pourtant, on me traque. Il a raconté des mensonges à mon sujet, soi-disant pour me sauver la vie. A présent, je me pose des questions. Quel meilleur moyen de cacher ses véritables intentions que de jeter un proche en pâture aux loups et de se prétendre accablé par sa trahison ?

Elle se refusait à admettre que ce plan paraissait plausible — assez simple et assez brillant pour que son père l'ait conçu. Elle ne voulait pas — ne pouvait pas — croire que James McCallister aurait traité Garrett ainsi.

— Dans ce cas, pourquoi t'a-t-il sauvé la vie ?

— Je ne l'ai pas encore compris.

— Si mon père était réellement responsable de tout cela, il ne t'aurait pas laissé la vie sauve. Il ne t'aurait pas donné une nouvelle identité.

Laurel agrippa le dossier du siège et se tourna vers lui.

— Et mon père n'aurait sûrement pas…

Elle s'interrompit et jeta un coup d'œil en direction de Molly.

— … commandité l'explosion en Virginie, acheva-t-elle dans un souffle.

La petite fille les regardait tour à tour, les yeux écarquillés, les lèvres tremblantes. Elle semblait sur le point d'éclater en sanglots.

L'expression de Garrett s'adoucit.

— Pardon, mon chou, murmura-t-il. Ta tante Laurel et moi ne voulions pas te faire peur.

Molly se recroquevilla sur son siège, serrant Houdini contre elle.

— Papa et maman se disputaient à cause de son travail.

Laurel se retourna, surprise.

— Je ne le savais pas. Pourquoi ?

— Papa voulait que maman reste à la maison avec moi. Moi aussi, je voulais qu'elle reste. Et maintenant, elle ne pourra jamais.

Molly tritura le cou de son lion.

— Elle a dit qu'elle faisait quelque chose d'important et qu'elle ne pouvait pas arrêter.

— Je suis désolée, Molly, dit Laurel en foudroyant Garrett du regard. Nous n'allons plus nous disputer. N'est-ce pas ?

Il secoua la tête.

— Je ne vais pas mentir à Molly, alors que nous n'allons pas être d'accord sur ce point.

Il adressa un petit sourire à la fillette.

— Mais on te promet d'en parler plus calmement la prochaine fois. D'accord ?

Avec un soupir, Laurel démarra.

— Bien. Où allons-nous maintenant ? Il faut que j'examine ces dossiers.

— A la ville voisine. Je vais me procurer un téléphone portable.

Encore contrariée, elle s'engagea sur la route déserte.

— Je n'arrive pas à croire que tu imagines mon père coupable. Toi qu'on a fait passer pour un traître !

Garrett garda le silence un instant.

— Je ne veux pas le croire, répondit-il enfin. Mais ces puces… James les a fait fabriquer. Il voulait suivre tous les agents. Savoir où chacun d'eux se trouvait.

— Cela me paraît raisonnable. En cas de capture…

— C'était raisonnable, sauf qu'on savait déjà qu'il y avait une taupe dans l'organisation. Par conséquent, il a mis fin au programme. Personne d'autre que lui n'avait accès à cette technologie, et pourtant on m'a implanté une puce après mon accident. Et à présent, quelqu'un essaie de nous tuer. Que penserais-tu à ma place ?

— Et la personne qui a conçu les puces ? Ou le département qui a financé le programme ? Mon père travaillait pour la section Opérations, pas pour l'administration.

Garrett caressa la barbe naissante de son menton. Il avait des allures de hors-la-loi qui n'auraient pas dû plaire à une analyste de la CIA en cavale, et pourtant Laurel le trouvait irrésistiblement sexy.

— C'est une théorie intéressante. Je m'étais toujours dit que le traître était un membre de la section Opérations, mais peut-être que non. Tu as raison. Il fallait avoir accès à toutes sortes d'informations, pouvoir cacher des transferts bancaires…

Il pianota sur son genou.

— Comment suivre cette piste ?

— Si on contactait Fiona ? suggéra Laurel. Elle doit être folle d'inquiétude pour mon père. Et elle sait forcément qui possède ce genre de pouvoir.

— Je ne voulais pas la mêler à ça, mais nous n'avons

plus beaucoup de choix. Le moment est peut-être venu de lui en parler. Le temps presse.

— Et nous avons besoin d'un allié à l'intérieur, Garrett. Tu le sais.

Ils avaient couvert des kilomètres sans croiser un seul véhicule. Laurel se détendit légèrement.

— Attendons de voir ce qu'il y a dans ces dossiers, répondit Garrett en scrutant l'horizon encore noir. Si nous ne trouvons rien, nous l'appellerons.

— J'ai besoin de consulter un ordinateur, dit Laurel.

— Nous avons fait assez de chemin. Trouvons un endroit tranquille où nous garer. Maintenant que je ne porte plus de puce, nous devrions être en sécurité. Nous dormirons jusqu'au lever du jour et puis nous irons dans une bibliothèque publique.

Le 4x4 était arrêté dans l'obscurité. Une rafale de vent le secoua et Garrett changea de position, cherchant à atténuer la douleur. Sa plaie lui faisait mal mais il avait connu pire. Laurel était installée sur la banquette arrière, Molly blottie contre elle.

Peut-être ne lui pardonnerait-elle jamais, mais qu'était-il censé croire ? Qui d'autre que James aurait pu lui implanter une puce après l'explosion ?

Il jeta un coup d'œil dans le rétroviseur et les regarda, serrées l'une contre l'autre. La voiture n'était guère confortable, mais ils ne pouvaient prendre le risque d'aller dans un motel, ni même de traverser les grandes agglomérations, où chaque intersection était équipée de caméras de surveillance. Leurs poursuivants savaient approximativement dans quelle zone ils se trouvaient. En revanche, plus le temps passait, plus la zone de recherches irait en s'élargissant.

Et plus ils auraient une chance de bénéficier d'un effet de surprise… à condition qu'Ivy ait découvert quelque chose de déterminant.

Il entrouvrit la portière et descendit sans bruit. Laurel avait défendu son père avec acharnement. C'était compréhensible. Sans les notes d'Ivy et sans la forme particulière de la puce, lui-même n'aurait jamais soupçonné James. Cependant Laurel était intelligente, et elle avait fait des remarques pertinentes.

Fiona avait toujours veillé sur James. Elle avait monté des opérations complexes avec une précision remarquable, même quand cela semblait quasi impossible. Elle trouvait presque toujours un moyen d'amener les agents au succès. Elle connaissait tout le monde. Peut-être était-ce elle qui avait fourni des informations à James lorsqu'il avait annoncé qu'il touchait au but.

Laurel avait raison. Ils avaient besoin d'un allié au sein de l'organisation. Tant pis s'ils prenaient un risque. Il la contempla à travers la vitre, les yeux clos, essayant de dormir. Laurel McCallister était aussi farouche qu'une maman ourse quand on l'agaçait. Il trouvait cette qualité étrangement attirante. Elle en aurait besoin.

Avant d'appeler Fiona, il devait mettre en place un plan de secours. Dès qu'il aurait pris contact avec elle, son téléphone serait surveillé.

Il composa un numéro.

— Adams.

— Daniel. Ici Garrett. J'ai besoin de ton aide.

— Content que tu appelles. Que diable se passe-t-il à Danger ? aboya Daniel. J'ai reçu un appel de ton adjoint il y a quelques minutes. Apparemment, il a gardé mon numéro après notre dernière petite aventure. Il a été pris en otage avec Hondo et sa sœur. Les types qui les détiennent lui ont dit qu'il devait te contacter. Ils ont posé un ultimatum.

— Quel genre ?

— Ils veulent que tu ailles à Danger avec la femme et la fillette, mais sans armes.

Daniel marqua une pause.

— Tu as une heure devant toi, Garrett. Après, ils vont commencer à abattre les otages.

Garrett lâcha un juron.

— Il va me falloir presque tout ce temps-là pour arriver là-bas.

— Si j'étais toi, je partirais tout de suite. On se retrouvera sur place.

Garrett jeta un coup d'œil en arrière. Laurel et Molly étaient innocentes, mêlées malgré elles à un jeu mortel à cause de James. Et exposées à un danger plus grand encore par sa propre présence. Il baissa les yeux sur sa montre et s'éloigna de quelques pas pour ne pas être entendu.

— Daniel, tes amis du CTC ont-ils des contacts dans les services de renseignements ?

— Bien sûr.

Garrett s'éclaircit la gorge.

— J'ai besoin d'aide pour nettoyer une scène de crime. Il y a deux types au pied de la gorge de la Guadalupe.

— Tu n'as pas chômé.

— Autre chose.

Il marqua une pause.

— Il faut que tu le saches pour pouvoir m'aider. Mon vrai nom est Derek Bradley.

Daniel garda le silence, mais Garrett devina qu'il avait déjà entendu ce nom.

— Je suis innocent de ce dont on m'a accusé. Je

ne suis pas un traître. Cela dit, si tu veux te retirer, je comprends.

— Tu n'as pas besoin de me convaincre. Je t'ai vu en action. Un traître ne se serait pas préoccupé de moi ni de ma femme. Un traître vivrait sur une île privée aux Caraïbes, il ne serait pas en train d'exercer comme shérif au fin fond du Texas.

Des pleurs de bébé s'élevèrent en arrière-fond. Garrett entendit la voix harmonieuse de Raven, l'épouse de Daniel, qui parlait à leurs jumelles, puis une porte se referma avec un léger déclic.

— Daniel, soupira-t-il, réfléchis bien avant de t'engager. Pense à ta femme et à tes enfants.

— C'est tout réfléchi. Elles seraient mortes sans toi. D'ailleurs, je te crois. Je sais de quoi sont capables les hommes au pouvoir quand il s'agit de se défendre.

Il marqua une pause.

— Je vais t'aider, alors dis-moi ce qu'il te faut.

Garrett laissa échapper un long soupir, et regarda de nouveau en arrière pour s'assurer que Laurel et Molly dormaient. Il s'éloigna de quelques pas supplémentaires.

— D'abord, j'ai besoin de protection pour deux témoins. Je ne vais pas te mentir, Daniel. C'est dangereux.

— Pourquoi ne fais-tu pas appel à l'organisation ? Il doit bien y avoir quelqu'un là-bas en qui tu as confiance ?

— Une personne, peut-être, mais à vrai dire, je ne suis sûr de rien. Il est possible qu'on m'ait gardé en vie dans le but de se servir de moi. Il me faut un groupe indépendant qui ait des contacts assez puissants pour protéger Laurel et Molly s'il m'arrive quoi que ce soit.

— Entendu. Où et quand allons-nous nous donner rendez-vous ?

— Tu n'as pas d'autres questions ?

— Comme je te l'ai dit, tu m'as sauvé la vie, sans

parler de celle de ma femme et de mes filles. Je n'ai pas d'autres questions. Je sais ce qu'est la loyauté, Garrett. Maintenant, le temps presse. Quel est ton plan ?

— Je ne peux pas laisser mes témoins seuls. L'une d'elles n'a que cinq ans. Je ne peux pas les surveiller et faire ce qui doit être fait.

— Compris. On arrive, mais il va nous falloir plus d'une heure.

— On se débrouillera en attendant. Je ne sais pas qui nous attend à Danger, mais rejoins-nous dès que possible. Je ne veux pas que quelqu'un meure à cause de moi.

— On y va. A tout à l'heure.

Réveillée par le mouvement du 4x4, Laurel cligna des yeux dans la lueur blafarde de l'aube. Stupéfaite, elle fixa la nuque de Garrett installé au volant.

— Tu ne devrais pas conduire. Tu as besoin de repos. Et il faut que tu voies un médecin.

Garrett jeta un coup d'œil dans sa direction, puis il consulta sa montre.

— Je n'ai pas le choix. Nous retournons à Danger.

Il reporta son attention sur la route et appuya sur la pédale d'accélérateur. Le 4x4 fit un bond en avant. Laurel se redressa, alertée par le ton de sa voix.

— Que se passe-t-il ? demanda-t-elle en croisant son regard dans le rétroviseur.

— Nos poursuivants ont pris des gens en otage, expliqua-t-il, la mâchoire crispée. Mon adjoint, Lucy et Hondo. Ils nous ont donné une heure pour arriver, et ce temps est presque écoulé. Ils vont tuer les otages un par un.

— Oh, mon Dieu !

Laurel plaqua une main sur sa bouche pour s'imposer le silence. Molly ne devait pas entendre cette conversation.

— Je ne peux pas laisser faire ça, Laurel. Tu comprends.

Elle acquiesça, serrant sa nièce plus étroitement contre elle. Ce cauchemar ne finirait donc jamais ?

Garrett hésita.

— Le problème, c'est que le type qui a les otages nous réclame tous les trois.

— Pourquoi ? Je ne comprends pas. Qu'avons-nous fait de compromettant ? Surtout Molly ?

— Le monde entier vous croit mortes, comme moi. Nous en savons trop. Il est plus sûr et plus facile d'éliminer tous les témoins.

— J'ai vu beaucoup de choses terribles à la CIA, murmura Laurel, mais ça… c'est monstrueux.

Elle frissonna.

— Nous savons l'un et l'autre que s'ils veulent nous tuer, quels qu'ils soient, ils finiront par réussir. C'est trop facile. Il suffit de trafiquer les freins de votre voiture, ou de la piéger, ou de tirer une balle de loin.

— La seule solution est de disparaître, commenta Garrett en accélérant encore.

Laurel regarda Molly.

— Qu'as-tu en tête pour nous trois ?

— Je ne sais pas.

— Tu mens.

— Je suis en train de passer les options en revue. Tout dépendra de qui nous attend. Ils vont téléphoner dans cinq minutes pour nous fixer un point de rendez-vous. Je veux essayer de les prendre par surprise. Avec un peu de chance, ils ne sont pas trop nombreux.

— Je peux t'aider, Garrett. Je n'ai pas d'expérience sur le terrain, c'est vrai, mais je tire bien. Tu le sais.

— Il faut que tu veilles sur Molly. J'ai appelé des renforts.

— Et ils arriveront à temps ?

— Je l'ignore.

— Encore un mensonge.

— Ce n'est pas bien que tu lises en moi aussi facilement. Il faudra que je m'améliore.

— Je te surveille, Galloway. Autant t'y faire.

Une lumière aveuglante baigna brusquement la cellule obscure. James cilla, ébloui, puis tenta de plisser les yeux, mais il y voyait à peine.

— Tu aurais dû nous parler de cette puce plus tôt. Ça aurait pu sauver ta fille Ivy et sa petite famille. Malheureusement, il a fallu qu'elle se mette à fouiner, elle aussi.

James ferma les yeux avec force, anéanti par ce qu'il venait d'entendre. Seigneur, non ! Pas Ivy. Pas les enfants. Qu'avait-il fait ? Il ne se souvenait de rien, hormis d'une piqûre.

Un rire sardonique résonna dans la pièce, éveillant en lui une haine brûlante.

— Tu ne t'en tireras pas comme ça, marmonna-t-il.

— C'est déjà fait, dit son interlocuteur. Ma réputation est irréprochable. On me fait confiance. Tout le monde vient à moi parce qu'on sait que je vais trouver le moyen d'obtenir de l'argent, des ressources, du matériel. Tu le sais aussi bien que moi.

— Justement, reprit James. Cela devrait éveiller leur méfiance.

— Les gens voient ce qu'ils ont envie de voir, dit l'autre, même dans les services de renseignements.

Il sortit un pistolet et s'approcha de James, pressant le canon contre sa tempe.

— Je devrais t'éliminer tout de suite.

James savait qu'il ne s'en sortirait pas vivant. Son seul espoir était de pouvoir faire parvenir un message d'avertissement à Garrett. Il devait bien y avoir un moyen…

— Ne te gêne pas, rétorqua-t-il.

— Ça te ferait plaisir, hein ? Eh bien, ça ne sera pas si facile, James.

Sur un signe de la main, un garde apparut, un homme corpulent, aux yeux froids comme ceux d'un serpent.

— Je veux savoir si tu nous as caché autre chose.

James resta seul avec le nouveau venu. Il déglutit. Une cicatrice récente zébrait le visage de l'inconnu, à l'évidence le résultat d'une brûlure. Il avait une baguette en fer entre les mains.

— Simplifiez-vous la vie, dit-il à James. Je continuerai jusqu'à ce que vous ayez avoué.

Il s'approcha d'un réchaud et l'alluma. Des flammes jaillirent. Il posa la barre sur le feu, la faisant tourner lentement. Au bout de quelques minutes, l'homme sortit la baguette rougeoyante des flammes et s'avança vers lui.

— Vous n'êtes pas obligé de faire ça, murmura James. Nous pourrions fuir ensemble.

L'homme eut un rictus amer.

— J'ai essayé. Ma fille a été tuée dans un accident de voiture hier avec des amis. J'ai une femme et un fils, et on m'a dit ce qui leur arriverait si j'échouais. Je n'essaierai pas de repartir.

Il se pencha vers lui.

— Maintenant, dites-moi quelque chose. N'importe quoi. Je vais protéger ma famille. Même si je dois vous tuer pour le faire.

James ferma les yeux. Il avait déjà perdu une fille. Tout comme son geôlier, il mourrait pour protéger Laurel.

— Je ne peux pas.

La voix de son adversaire lui parvint à travers les barreaux.

— Vous êtes sur place ? Parfait. Strickland a échoué deux fois. Vous savez quoi faire. Eliminez-le en même temps que Bradley. Je veux mettre un terme à cette affaire aujourd'hui.

Quand ils arrivèrent à Danger, le jour s'était levé. Il serait difficile de traverser la ville sans se faire remarquer.

Garrett quitta la grand-route et emprunta une voie secondaire qui partait vers le désert.

— Je vais passer par-derrière, expliqua-t-il. Arriver par une rue de côté.

— Et tes amis ?

— Ils ne vont pas tarder.

— Mais ils ne seront pas là à temps pour le rendez-vous.

Laurel se pencha en avant.

— Tu as besoin de soutien, Garrett. Surtout avec ta blessure.

Elle avait raison, cependant il devait penser à leur sécurité avant tout.

— Il faut que tu veilles sur ta nièce. Elle ne peut pas perdre quelqu'un d'autre.

Laurel serra contre elle la petite fille endormie.

Le téléphone portable de Garrett se mit à sonner. D'un mouvement rapide, Laurel le tira par la manche. Il fronça les sourcils, mais comprit et écarta légèrement l'appareil de son oreille pour qu'elle puisse entendre.

— Galloway.

— Plutôt Derek Bradley, sale traître.

Garrett étouffa un juron. Cette information avait dû venir de James.

— Je ne vois pas de quoi vous voulez parler.

— Ne faites pas l'idiot, shérif. A quelle distance êtes-vous du poste de police ?

— Un quart d'heure.

— Cinq minutes avant l'heure à laquelle j'abattrai votre adjoint. Vous jouez serré. Le pauvre a déjà des sueurs froides.

— J'ai dit que je serais là.

— La femme est avec vous ?

Garrett ne répondit pas.

— Si je n'ai pas votre parole qu'elle sera devant votre bureau dans un quart d'heure, je descends l'adjoint tout de suite.

Il jeta un coup d'œil à Laurel. Elle acquiesça.

— Elle sera là, marmonna-t-il, les lèvres pincées.

— Et la gamine ?

— Pour l'amour du ciel, ce n'est qu'une enfant.

Le bruit d'un fusil qu'on arme résonna dans l'écouteur. Garrett jura.

— Très bien, Molly sera là aussi.

— Excellent. Shérif, si vous faites ce qu'on vous dit, je leur laisserai la vie sauve. Mais si vous essayez de me rouler, je n'hésiterai pas à les tuer. Vous savez que j'en suis capable.

Son interlocuteur marqua une pause.

— Il paraît que vous avez des tas de cicatrices à cause de la bombe. C'est vraiment dommage qu'elle ait explosé avant que vous ne soyez monté en voiture, vous aussi.

— Strickland ? s'écria Garrett, interdit.

— Gagné ! C'est bien moi. Il faut croire que j'ai la peau dure, moi aussi.

La communication fut coupée. Garrett fixa l'appareil,

abasourdi. Ainsi, ce salaud n'était pas mort ! Comment était-ce possible ?

Laurel posa une main apaisante sur son épaule, mais il se dégagea.

— Strickland a tué ma famille, dit-il d'une voix sourde, et je l'ai laissé sortir vivant de ce ravin.

Garrett se sentait comme engourdi. Il avait échoué. Une fois de plus. Cette fois, ce seraient peut-être Laurel et Molly qui paieraient le prix de ses erreurs.

— Il aura ce qu'il mérite, affirma Laurel en posant son SIG sur le siège. Il a également tué ma famille. Il paiera. Nous y veillerons tous les deux.

— C'est Bradley.

Shep Warner jeta un coup d'œil à son nouvel équipier. Ils attendaient depuis un bon moment, à l'abri derrière les vitres teintées de leur grosse voiture noire, à deux rues du poste. Leon avait un accent indéfinissable, mais il était à l'évidence compétent. Sinon, le grand chef ne l'aurait pas fait venir.

— J'ai travaillé avec lui. Il était bon. Un peu trop bon, je suppose.

— On va lui régler son compte.

Shep s'empara des jumelles.

— Il y a quelqu'un sur la banquette arrière. Deux personnes. Une femme et un enfant.

Leon se raidit.

— Personne ne m'a parlé d'abattre un enfant.

Shep se hâta de prendre une photo.

— Il faut mettre le boss au courant.

Il appuya sur la touche d'envoi et attendit. Le téléphone sonna presque immédiatement.

— Où avez-vous pris ça ?

La voix, déformée par l'ordinateur, lui donnait toujours des frissons tant elle semblait inhumaine. Il n'avait aucune idée de l'identité du grand chef. Tout ce qu'il savait, c'est que son compte en banque était nettement mieux rempli depuis qu'il avait commencé ce travail.

Son nouvel équipier, Leon, le mettait mal à l'aise. Shep n'aurait su dire au juste ce qui le gênait. Sa froideur et ses manières taciturnes le faisaient penser à un robot. Enfin, s'il ne faisait pas l'affaire, le boss avait des moyens de s'en débarrasser.

— A Danger, au Texas. La femme et la gamine sont dans la voiture de la cible.

— La troisième erreur de Strickland. Notre source ici ne veut rien dire. Tuez-les aussi et débarrassez-vous des corps.

— Personne ne va poser de questions ?

— Sûrement pas. Aux yeux du monde, elles sont déjà mortes. Faites-les disparaître.

Leon se tourna vers Shep.

— Quel est le plan ?

— On ne laisse personne en vie. Strickland compris.

— Même pas la gamine ?

— Même pas elle.

10

Garrett s'arrêta non loin du poste, laissant tourner le moteur au ralenti.

Les guirlandes de Noël cognaient contre les lampadaires. L'endroit semblait désert, mais il avait des picotements à la nuque. Ce rendez-vous ne lui disait rien qui vaille. Trop d'impondérables.

Il avait besoin d'une diversion. Cependant Daniel et les gars du CTC n'arriveraient pas avant une bonne heure, ce qui ne lui laissait pas le choix. Il allait devoir exposer Laurel et Molly au danger, et cette perspective le terrifiait.

— C'est l'heure, observa Laurel.

— Je sais, soupira-t-il. Comment va Molly ?

— Elle dort pour le moment. Je lui ai donné des médicaments. Elle a eu une poussée de fièvre hier soir. Je dois l'emmener chez un médecin.

— Avec un peu de chance, tout sera bientôt fini.

Garrett étudia les lieux, soulagé de constater que personne ne montait la garde derrière le bâtiment.

— Je peux passer par-derrière pour accéder à un stock d'armes, mais j'ai besoin que quelqu'un détourne leur attention un moment.

— Je pourrais prendre le volant et aller me garer devant, proposa Laurel. J'espère qu'ils n'ont pas de bazooka dans leur arsenal.

— Ne plaisante pas à ce sujet-là, Laurel.

— Si je ne plaisante pas, j'ai envie de hurler et de prendre mes jambes à mon cou, Garrett. Je suis morte de peur pour Molly.

Il se retourna.

— Et moi j'ai peur pour vous deux. Dès que tu entendras que les choses se gâtent à l'intérieur, va au Copper Mine Motel. Daniel y sera bientôt.

— Et toi ?

— Si tout va bien, je pourrai libérer Hondo, Lucy et l'adjoint. Je te retrouverai là-bas avec le nom du salaud qui a commandité ces attentats. Bon, changeons de place.

Garrett descendit de voiture et la contourna pendant que Laurel prenait place au volant.

— Donne-moi cinq minutes avant de partir. Jusque-là, reste baissée.

Elle acquiesça, mais des larmes brillaient dans ses yeux.

— Tu es un homme bien, Garrett Galloway. Reviens-moi.

— Je te promets d'essayer.

Il lui effleura la joue, puis jeta un coup d'œil en direction de Molly.

— Tu vas être géniale avec elle.

Le regard de Laurel s'assombrit.

— Ne me dis pas adieu, Garrett. Je t'en prie.

— Tu sais que je dois y aller.

— Pour ta famille, murmura-t-elle.

— Et pour toi.

Il déposa un baiser sur ses lèvres, s'attardant juste un instant.

— Pour toi, pour Molly et pour moi.

Une seconde plus tard, après un ultime regard à Laurel, il se faufilait dans la ruelle toute proche, en priant intérieurement pour qu'il ne leur arrive rien. Il devait se concentrer sur sa tâche : éliminer Strickland et sauver Keller, Hondo et Lucy. Sans parler de Laurel et Molly.

Garrett parcourut les environs des yeux sans rien voir d'inhabituel, puis il se figea en remarquant la grosse voiture noire.

Il vérifia sa montre. Pas le temps de tergiverser. Dans moins de quatre minutes, Laurel viendrait se garer devant le bâtiment.

Il gagna l'arrière. Des caméras avaient été installées à l'intérieur et à l'extérieur, mais il fallait composer un code pour les activer. Par chance, il ne l'avait pas donné à son adjoint. Il fit courir ses doigts le long des briques et en détacha une, révélant un loquet permettant d'ouvrir la sortie de secours.

Garrett, qui avait toujours pensé que toutes ces précautions frôlaient la paranoïa, remercia silencieusement son prédécesseur d'avoir été aussi méticuleux. Cet homme avait eu raison, simplement il n'avait pas été assez prudent. Il était désormais derrière les barreaux, condamné à vingt ans de prison pour trafic de stupéfiants.

Espérant que Strickland était dans la pièce principale, Garrett composa le code secret. Il y eut un léger déclic. Très lentement, il poussa le battant.

Des pas lourds s'entendirent dans la salle la plus à gauche, tout près des cellules. Sans doute ceux de Strickland. Il n'aurait permis à personne de se déplacer.

— Votre shérif prend son temps, adjoint, aboya le criminel, cessant de faire les cent pas. Vous êtes prêt à mourir pour un traître ?

— Le shérif Galloway est un homme réglo. Je ne croirai jamais qu'il a trahi.

— Exactement, espèce d'ordure, renchérit Hondo, agitant les barreaux de sa cellule. Vous ne lui arrivez pas à la cheville.

Hondo aurait dû être plus prudent, songea Garrett, inquiet. Si Strickland perdait son sang-froid, il allait commencer à tirer et personne n'en réchapperait.

Il jeta un coup d'œil au coffre-fort inséré dans la paroi, l'ouvrit et s'empara d'un jeu de clés. Il allait devoir trouver le moyen de glisser ce trousseau à Keller ou à Hondo pour qu'ils aient une chance de s'en sortir.

Un tintement sonore s'éleva. Hondo lâcha un juron.

— Vous voulez me briser le poignet ?

— La ferme. Sinon, je te descends en premier. Je vais peut-être le faire, d'ailleurs. Tu m'énerves.

— Non, je vous en prie, non. Lucy, tout va s'arranger.

— Débrouille-toi pour qu'elle arrête de geindre, sinon c'est elle qui y passe.

Strickland s'éloigna vers l'avant du bâtiment.

— Une voiture s'est arrêtée devant.

Ce devait être Laurel. Si Strickland l'observait, il tournait le dos aux cellules.

Garrett ressortit en hâte et longea le côté de la prison. Une petite fenêtre constituait la seule ouverture. Il se haussa sur la pointe des pieds, sortit un diamant de sa poche et, en quelques secondes, découpa un trou. Il mit les clés devant et tapa tout doucement contre le verre.

Keller releva brusquement la tête et écarquilla les yeux. Il s'approcha de Hondo. Celui-ci lança un coup d'œil vers Garrett et acquiesça. Au bon moment, il prendrait les clés. C'était un ex-membre des commandos d'élite. Il saurait mettre Keller et Lucy à l'abri.

Garrett regagna l'issue de secours et se faufila de nouveau à l'intérieur. Bien sûr, il pouvait abattre Strickland d'une balle dans la nuque. Ce dernier le méritait. Toutefois, en le tuant, il se priverait de la seule piste susceptible de le mener à l'identité du cerveau qui depuis une décennie sévissait dans l'ombre.

La mort de Strickland ne protégerait pas Laurel et Molly à long terme.

Bref, il devait capturer son ennemi vivant, ce qui rendait sa mission infiniment plus dangereuse.

Hondo n'avait pas esquissé le moindre geste. Parfait. Il était rusé. Recroquevillée à un bout du lit, Lucy se balançait d'avant en arrière. Inutile de se demander comment Strickland s'y était pris pour capturer Hondo. Quant à l'adjoint Keller, Garrett se promit de lui dire deux mots.

Strickland était debout devant la fenêtre, un M16 à la main. Il fit un pas de côté pour ouvrir la porte.

— La fille de McCallister et la gamine ! s'écria-t-il. Où est Bradley ?

Il se retourna.

— Il n'a pas dû me croire quand j'ai dit que l'un d'entre vous allait mourir.

Il pointa son arme vers Lucy.

C'était maintenant ou jamais.

Garrett se rua sur Strickland. Pris par surprise, ce dernier tomba à la renverse, laissant échapper son arme. Garrett atterrit sur son épaule blessée et réprima un cri de douleur, mais il réussit à saisir Strickland à la gorge et à faire pression sur la trachée.

— J'aurais dû vous tuer.

— Mais vous ne le ferez pas, haleta Strickland. Parce que quelqu'un d'autre viendra, maintenant que le boss sait que vous êtes vivant. Me tuer ne vous servira à rien.

Ce salopard avait raison.

Garrett renforça sa pression sur sa gorge.

— Qui vous emploie ? Je veux un nom.

Strickland lui jeta un regard mauvais.

— Lâchez-moi.

— Je veux sortir, gémit Lucy. Je veux sortir.

Du coin de l'œil, Garrett vit Hondo s'emparer des clés et déverrouiller la porte. Lucy détala à la seconde où il l'ouvrit. Strickland profita de cette seconde d'inattention pour se retourner sous lui et échapper à sa prise. Il se leva d'un bond, ramassa son M16, saisit Lucy par les cheveux et la traîna vers la porte.

Garrett leva son arme.

— Vous ne sortirez pas d'ici vivant, dit-il d'un ton menaçant.

— Reste tranquille, Lucy, recommanda Hondo.

La malheureuse se mit à pleurer. Le doigt de Strickland se posa sur la détente.

— Alors, shérif, qu'est-ce que vous allez faire ? ricana-t-il. On dirait que j'ai repris les choses en main. Lâchez votre pistolet.

Garrett jura, mais il n'avait pas le choix. A regret, il obtempéra.

Keller s'était avancé en silence pour essayer de prendre Strickland par-derrière, mais celui-ci l'aperçut et tira sans hésiter. Keller s'écroula, l'épaule en sang.

— Assez joué, maintenant. Faites entrer la fille de McCallister et la gamine, et finissons-en.

Ses paroles furent noyées dans une détonation. Lucy se mit à hurler. Strickland tomba comme une masse, et resta inerte.

Hondo courut vers sa sœur et la berça contre lui, détournant son regard du corps sans vie.

— Je voulais seulement apporter des cookies à l'adjoint, balbutia-t-elle.

— Tout le monde à terre, ordonna Garrett en se précipitant vers la porte d'entrée.

Il s'arrêta sur le seuil, l'arme au poing. Molly était couchée sur la banquette arrière. Laurel s'était baissée derrière la voiture.

— Stickland est mort, annonça-t-il.

Laurel écarquilla les yeux, puis rampa vers lui, se releva et se jeta dans ses bras.

— Il a dit quelque chose avant de mourir ? murmura-t-elle. Il t'a donné des informations ?

Garrett secoua lentement la tête.

— Non. Je suis désolé.

— Je comprends.

Sa voix exprimait une résignation qui serra le cœur de Garrett. Elle aussi avait saisi les implications de la mort de Strickland. Si le dossier d'Ivy ne leur donnait pas le nom du coupable, ils étaient dans une impasse.

Une impasse qui risquait de leur coûter la vie.

La grosse voiture noire avait reculé, hors de vue du poste de police. Shep se gara et foudroya Leon du regard.

— Tu aurais dû tirer. Strickland était une cible facile, mais tu as eu deux fois Bradley dans ta ligne de mire. D'abord quand il a fait sa petite manœuvre avec les clés, et ensuite quand il se tenait sur le seuil. Tu aurais pu les descendre tous les deux.

Son nouvel équipier secoua la tête.

— Il y aurait eu des dommages collatéraux. J'ai vu des mouvements à l'intérieur.

— Et alors ?

— Le boss ne veut pas trop de cadavres inexpliqués. Il faut que j'abatte les cibles rapidement et qu'on se débarrasse des corps.

— Je n'ai pas entendu cet ordre-là.

— Eh bien, on m'a dit quand j'ai été envoyé ici qu'il fallait absolument éviter d'attirer l'attention. Descendre tout un groupe de gens au poste aurait ameuté la presse. Crois-moi, le boss ne veut pas de ça.

— Comment comptes-tu t'y prendre alors ? grommela Shep, que le nouveau venu commençait à agacer sérieusement.

— J'ai un explosif dans le coffre. Un truc qui ne laisse aucune trace. On va les suivre, attendre qu'ils soient ensemble, faire sauter la voiture et repartir. C'est plus propre. Et on se débarrasse des trois en même temps.

Shep pianota sur le tableau de bord.

— Des explosifs. C'est pour ça que le boss t'a fait venir. Leon, ton style va peut-être me plaire après tout.

— Tant mieux.

Leon s'empara des jumelles.

— Hmm… apparemment, on ne va pas être obligés de se débarrasser de Strickland. Notre jeune adjoint est en train de cacher le corps.

— Peut-être qu'il va l'emmener à la morgue.

Leon fit non de la tête.

— Il l'a enroulé dans une couverture et déposé dans un pick-up. Ils vont le faire disparaître.

— Moins de boulot pour nous.

— Raison de plus pour faire ce travail comme il faut. Je n'ai pas envie que le boss se serve de moi comme exemple, comme il l'a fait avec Strickland.

Les chambres du motel tenu par Hondo étaient simples, mais confortables. Au-dehors, le calme était revenu. Les agents du CTC avaient investi le motel, le poste du shérif, et sécurisé toute la ville. Personne ne pouvait entrer ou sortir sans qu'ils en soient informés.

Ils avaient cherché l'assassin de Strickland, mais la seule piste se portait sur l'occupant d'une grosse voiture noire qui avait quitté la bourgade en roulant à tombeau ouvert.

Il reviendrait.

Malgré les gardes armés à sa porte, Laurel ne parvenait pas à se sentir en sécurité. Les deux hommes qui l'avaient suivie étaient morts, mais d'autres les avaient remplacés. On voulait toujours se débarrasser d'elle, de Garrett et de Molly.

Et elle n'avait toujours aucune nouvelle de son père.

Elle changea de position pour s'adosser à la tête de lit. Molly grimpa sur ses genoux et se nicha contre sa poitrine. Tout doucement, Laurel se mit à fredonner la mélodie que Garrett lui avait chantée la veille.

Tout semblait paisible, pourtant la tension nouait les muscles de sa nuque. Son instinct lui hurlait de s'enfuir, mais pour aller où ?

Elle devait faire confiance à Garrett et à ses amis.

Molly triturait la fourrure d'Houdini en le berçant légèrement. Elle était très silencieuse depuis ce dernier incident. Retrouverait-elle jamais son insouciance d'autrefois ? Laurel en doutait.

La fillette se blottit plus étroitement contre elle, jouant avec le collier de son lion.

On frappa à la porte. Molly tressaillit, tandis que Laurel braquait son arme sur la nouvelle venue, une jeune femme aux cheveux bruns. Derrière elle, Laurel reconnut un des agents du CTC.

— Qui êtes-vous ?

— Raven Adams, la femme de Daniel. Puis-je entrer ?

Daniel. L'homme en qui Garrett avait entière confiance.

Laurel acquiesça et abaissa son arme, veillant néanmoins à la garder à portée de main.

Un chien au pelage roux haletait à côté de Raven.

— Et mon ami, Danger, dit-elle en inclinant la tête vers son compagnon.

Molly se redressa légèrement et fixa le chien, qui remua la queue.

Dès que Raven franchit le seuil, Danger s'avança vers Molly en gambadant. Il inclina la tête et posa son museau sur le lit, regardant la petite fille avec de grands yeux mélancoliques.

— Il s'appelle vraiment Danger ? demanda Laurel.

Raven sourit.

— C'est une longue histoire.

Molly se mordilla la lèvre, d'un air songeur.

— Je peux le caresser ?

— Il serait très content, affirma Raven. Il adore qu'on lui gratte les oreilles.

Molly tendit une main timide vers l'animal et lui tapota la tête. Aussitôt, sa queue battit plus fort sur le sol.

— Il m'aime bien, dit la fillette.

Enhardie, elle lui gratta les oreilles. Danger avança encore son museau et laissa échapper un couinement de satisfaction.

Molly se laissa glisser à bas du lit.

— Il est grand.

Tenant sa peluche d'une main, elle entoura de l'autre la tête du chien.

— Je t'aime bien, tu sais.

Raven montra le sachet qu'elle avait à la main.

— Tu as goûté les cookies de Hondo ? Il m'en a donné rien que pour toi.

Molly dressa l'oreille, sans cesser de caresser son nouvel ami.

— Des cookies aux pépites de chocolat ?

— Il en existe d'autres ? plaisanta Raven.

Elle ouvrit le sachet et lui en tendit un.

— Daniel et moi aimerions inviter Molly à passer quelques jours chez nous. Il y a une balançoire dans le jardin. Elle est encore un peu haute pour mes petites filles, mais je crois qu'elle sera parfaite pour toi, Molly.

Danger roula sur le dos et Molly éclata de rire avant de se baisser pour lui caresser le ventre. La gaieté qu'elle lisait dans le regard de la fillette serra le cœur de Laurel.

— Elle sera en sécurité avec nous, reprit Raven.

— Quand partez-vous ? s'enquit Laurel en se penchant pour tapoter la tête de l'animal.

— Daniel et Garrett sont en train d'en discuter.

— Vraiment ?

Laurel s'accroupit à côté de sa nièce.

— Molly, il faut que j'aille parler avec le shérif Garrett. Tu veux rester ici avec Danger ?

Molly acquiesça.

— Cela vous ennuie de la surveiller pendant quelques minutes ? demanda Laurel à Raven. Elle a connu des moments très durs. Je serai à côté si elle a besoin de moi.

Comme elle se dirigeait vers la porte, Raven s'approcha et prit ses mains dans les siennes.

— Vous pouvez faire confiance à Garrett. C'est quelqu'un de bien.

Laurel la dévisagea. Des souvenirs douloureux assombrissaient son regard. Apparemment, Raven avait connu sa part d'épreuves.

— Je prendrai bien soin de Molly, murmura-t-elle. J'ai failli perdre mes jumelles.

Laurel jeta un coup d'œil vers Molly, hésitante.

— Ecoutez, je sais que vous ne me connaissez ni d'Eve ni d'Adam, mais Garrett et Daniel m'ont sauvé la vie et celle de mes enfants. Il n'y a personne d'autre que je souhaiterais avoir de mon côté, même si je devais affronter le diable en personne.

Laurel décida d'être franche.

— Nous sommes en danger. Vous n'avez pas peur que nos ennuis vous suivent ?

— Des agents du CTC seront postés chez nous. Molly sera bien gardée. Et Danger sera là.

Laurel se mordit la lèvre.

— Je vais y réfléchir.

Elle sortit de la chambre. Plusieurs hommes à la mine sévère, armés jusqu'aux dents, patrouillaient dans le couloir. L'un d'eux porta la main à son Stetson pour la saluer.

— Le shérif est dans cette pièce, madame.

Laurel frappa à la porte et entra. Garrett était assis à côté de Daniel Adams, à une petite table à côté de la fenêtre. Ils étaient en grande conversation, et étudiaient l'écran d'un ordinateur portable.

Elle s'avança vers eux.

— Avez-vous appris quoi que ce soit dans le dossier d'Ivy ?

Garrett leva la tête d'un air coupable.

— Nous en parlerons plus tard.

— Je n'aime pas les secrets, rétorqua Laurel. Dites-moi ce qu'il y a.

Il tourna l'ordinateur vers elle pour qu'elle puisse lire la première page.

— C'est impossible !

— Le dossier d'Ivy établit un lien direct entre ton père et presque toutes les fuites qui ont eu lieu à l'agence. Il est question de trafic d'armes, de vente de documents ultra secrets, de transfert de sommes colossales vers des comptes à l'étranger.

Laurel s'assit au bord du lit, parcourant une page après l'autre avec une consternation croissante. Ses épaules se tassèrent. Les informations étaient accablantes.

— Je refuse de croire qu'Ivy ait écrit cela, dit-elle

enfin en levant les yeux vers Garrett. C'est le dossier que j'ai téléchargé ?

Garrett acquiesça.

— Ou alors elle se trompait. Forcément. Si quelqu'un prenait connaissance de…

— … ton père serait accusé de trahison.

— Il ne se serait pas conduit ainsi. Et ce n'est pas de la naïveté de ma part.

Elle redressa le menton et affronta Garrett du regard. Il s'approcha du lit et prit sa main dans la sienne.

— Je n'y crois pas non plus. Je crois que quelqu'un au sein de l'agence essayait de le piéger. Comme moi.

— Que pouvons-nous faire ? Strickland est mort.

Daniel s'éclaircit la gorge.

— J'ai parlé de votre situation à Ransom Grainger, le directeur du CTC. Il m'a fourni des informations confidentielles. Le CTC a un contact infiltré à l'agence. Ransom a été chargé d'enquêter sur certaines irrégularités dans diverses opérations menées à l'étranger.

— Chargé par qui ?

— Disons simplement par quelqu'un de très haut placé au gouvernement. Un lanceur d'alertes a tout déclenché.

— Qui ?

— James McCallister.

— Mon père ?

— Je pense que c'est ainsi qu'il espérait élucider l'affaire, intervint Garrett.

— Daniel, pouvez-vous nous aider à identifier celui qui veut nous éliminer ? demanda Laurel. Et à découvrir ce qui est arrivé à mon père ?

L'agent du CTC fit la moue.

— Notre informateur n'a pas encore rencontré la personne qui est au sommet de l'organisation. A l'évidence, cet individu est extrêmement discret. Notre contact risque sa vie. Une question de trop, et il disparaîtra. C'est déjà arrivé.

— Dans ce cas, que nous reste-t-il ? insista Laurel en passant une main sur sa nuque pour essayer d'atténuer la tension. Un assassin finira par nous trouver. Nous ne pouvons pas nous cacher indéfiniment.

Garrett se leva et la regarda. Laurel comprit à la gravité de son expression que ce qu'il s'apprêtait à dire n'allait pas lui plaire.

— C'est pourquoi je veux que Molly et toi disparaissiez pendant quelque temps. Daniel et Raven sont prêts à vous accueillir.

Laurel le dévisagea.

— Mais tu vas venir avec nous, n'est-ce pas ? Tu es en danger, toi aussi.

— Je ne peux pas, Laurel. Je vais…

— … te faire tuer, acheva-t-elle.

Daniel se dirigea vers la porte.

— Je crois que je vais vous laisser en discuter.

Il referma le battant derrière lui. Garrett effleura la joue de Laurel.

— Je vais retrouver James et mettre le traître hors d'état de nuire, mais je ne peux pas me concentrer sur ma mission si je suis inquiet pour Molly et pour toi. Je ne veux pas qu'il t'arrive quelque chose, Laurel. Ton père voudrait que je te mette à l'abri.

— N'essaie pas de me manipuler, répondit-elle, fronçant les sourcils.

— Je ne dis que la vérité.

Il se pencha et déposa un baiser sur ses lèvres.

— Il faut que tu acceptes. Pour Molly. Tu le sais.

Garrett noua ses doigts aux siens. Laurel aimait la façon dont ils se mêlaient, comme si leurs deux mains ne faisaient plus qu'une. Ils se connaissaient depuis quelques jours à peine et pourtant elle avait l'impression qu'ils étaient ensemble depuis une éternité.

Elle ne voulait pas le perdre.

— Ça ne me plaît pas.

— Mais tu vas le faire, insista Garrett en pressant ses doigts. Pour Molly.

— Pour Molly.

Après un ultime baiser, il alla ouvrir la porte.

— Daniel, j'ai besoin d'un avion.

Son ami tira un téléphone de sa poche.

— Pour Washington ?

— C'est là que tout a commencé. C'est là que ça va se terminer.

— Donne-moi deux heures. Vous avez passé une nuit blanche. Reposez-vous. Je m'occupe de tout.

— Merci, Daniel. J'ai une dette envers toi.

— Nous sommes quittes, répondit ce dernier. Je vais chercher ma femme.

Il les laissa seuls. Laurel osait à peine respirer.

— Ça ne me plaît pas, répéta-t-elle. C'est moi qui suis venue te trouver. Tu as tout perdu à cause de moi.

Sans hésiter, Garrett l'enlaça.

— Tu as tort, Laurel, souffla-t-il. Tu m'as ramené à la vie.

Il lui caressa les bras, réchauffant ainsi son corps glacé depuis qu'elle avait compris qu'ils se voyaient peut-être pour la dernière fois.

— J'ai peur. Pour toi.

— Je ne veux qu'une chose : que tu sois en sécurité. C'est tout ce que James voudrait.

— Serre-moi fort, Garrett. S'il te plaît.

— Je vais faire mieux, murmura-t-il en se penchant pour capturer ses lèvres.

Elle noua les bras autour de sa taille, mémorisant son

odeur, la sensation de son corps pressé contre le sien, terrifiée à l'idée qu'il ne serait bientôt plus là. Alors, elle n'aurait plus que ce moment à chérir.

Quand Garrett se détacha d'elle, Laurel ne put réprimer un gémissement de protestation. Cependant, il ne la lâcha pas. Il encadra son visage de ses mains, lui donnant un baiser infiniment tendre, infiniment aimant. Et terrifiant, parce qu'il ressemblait à un adieu.

Sans un mot, il la souleva et l'allongea sur le lit, la calant contre lui.

— Si la situation était différente, je t'emmènerais. Je m'enfuirais avec toi. Crois-moi.

Elle porta la main de Garrett à sa poitrine et la serra avec force.

— Je suis terrifiée. Pour toi. Pour mon père. Tant de gens sont morts.

Elle se tourna dans ses bras et lui caressa la joue, gravant dans sa mémoire chaque ridule de tension, chaque point doré dans ses yeux noisette.

— Maintenant que je t'ai trouvé, je ne veux pas te perdre.

— Je ferai tout pour ramener ton père, Laurel.

Elle acquiesça.

— Reviens-moi aussi, Garrett, murmura-t-elle en s'agrippant à sa chemise. Tu as tout changé pour moi ces derniers jours. J'ai toujours cru que je ne pouvais compter que sur moi-même. Mon père m'a appris cela. Mais toi… je sais que je peux compter sur toi. J'ai besoin de toi dans ma vie. Ne meurs pas, je t'en prie.

— J'ai un avenir devant moi à présent, dit-il avec douceur. Je ne veux pas mourir.

*
* *

Deux heures durant, Garrett regarda Laurel dormir, contemplant son sourire tranquille, écoutant sa respiration régulière. Il mourait d'envie de l'emmener, de repartir de zéro avec Molly et elle, mais il savait que c'était impossible pour l'instant. Cette affaire ne serait jamais réglée, Laurel et Molly ne seraient jamais en sécurité, leurs familles ne seraient jamais vengées, tant que le traître resterait à son poste.

Il lui avait dit adieu dans chacun de ses baisers, chacune de ses caresses. Sachant qu'il ne la reverrait peut-être pas, il se leva en soupirant, chaussa ses bottes et sortit de la pièce.

Laurel ne serait pas surprise de découvrir à son réveil qu'il était parti, mais elle serait furieuse. Quant à lui, il savait qu'ils avaient déjà eu de la chance de survivre aux journées écoulées.

Et que la chance ne durait pas éternellement.

Il referma la porte sans bruit. Debout sous la galerie couverte du Copper Mine Motel, Daniel tenait Raven dans ses bras, entourée d'une couverture.

Plusieurs gardes armés passèrent, leur adressant un signe de tête. Daniel les salua en retour.

— Des gens suspects en ville ?

— Non. Et aucun signe de la voiture noire. La voie est libre. Pour le moment.

— Comment va Molly ?

— Elle joue avec ma tablette, et Danger lui sert d'oreiller, répondit Raven avec un sourire. Elle a du cran. Et elle est comme moi, elle a un faible pour les cookies de Hondo.

— Comment vont Hondo et Lucy, à propos ? Et Keller ?

Daniel fronça les sourcils.

— Lucy est plutôt perturbée. Le médecin lui a donné

des sédatifs. Keller va s'en tirer, mais il ne comprend pas ce qui s'est passé.

— La pauvre Lucy. Elle n'a pas de chance. Tu sais, j'ai passé toute l'année dernière à ronger mon frein alors que je voulais me jeter dans l'action. Et maintenant, j'ai fait souffrir les gens qui m'ont accordé leur confiance. Je ne sais pas comment me racheter auprès d'eux.

— En arrêtant le coupable, répondit Hondo d'une voix dure.

Le propriétaire du motel venait d'apparaître au coin du bâtiment. Il semblait bouleversé.

— Hondo, murmura Garrett. Je suis vraiment désolé…

Son ami leva la main pour l'interrompre.

— Ce n'est pas vous qui les avez amenés ici. Ils sont venus vous chercher.

Il lui tendit un nouveau sachet de cookies.

— Donnez-les à Molly. De la part de Lucy. Elle a refusé de dormir avant que je les apporte.

— Merci. Je suis tellement désolé…

— Shérif, vous voulez vous rattraper ? Débarrassez-nous de ces types et revenez ici. Danger a besoin d'un homme bien, un homme comme vous.

Sur quoi Hondo se retourna et rentra, refermant la porte-moustiquaire derrière lui.

Garrett lâcha un soupir et enfonça les mains dans ses poches, puis s'adressa à Daniel :

— J'ai enregistré tout ce que je sais sur cette affaire sur une disquette dans le tiroir supérieur de la commode de ma chambre. Si je ne reviens pas… fais ce que tu jugeras bon.

Daniel acquiesça.

— Strickland et Krauss sont morts, mais d'autres sont en route, reprit Garrett en tirant de sa poche le téléphone de Strickland. Dès que j'aurai allumé ça, quelqu'un va le savoir et le traître va m'appeler.

Daniel se massa la nuque.

— Dans ce cas, appuie sur le bouton et finissons-en une bonne fois pour toutes.

Après avoir quitté Danger, Garrett roula plusieurs heures durant avant de s'arrêter sur le bord de la route. Il ne voulait pas qu'on puisse remonter jusqu'à Laurel.

Il s'assoupit et rêva qu'il était couché auprès d'elle, son corps blotti contre le sien. Le soleil réchauffait le pick-up. Il n'avait pas trouvé de numéro sur l'appareil et n'avait d'autre choix que d'attendre qu'on le contacte. Il avait averti Daniel, et le CTC devait localiser le lieu d'appel.

Le téléphone sonna peu après 12 h 30.

— Derek Bradley, je suppose ? J'ai cru comprendre que Strickland et Krauss étaient morts. Vous devez être content de vous, monsieur Bradley, puisque Strickland a tué votre famille sous vos yeux.

— Pas particulièrement. Je ne prends pas de plaisir à voir mourir les gens.

— Dois-je vous demander ce que vous voulez, monsieur Bradley ? Ou dois-je vous appeler Garrett ?

— J'ai un marché à vous proposer. En échange de la vie de Laurel McCallister et de Molly Deerfield. Je veux avoir la garantie qu'on va les laisser en paix.

Le silence se fit. Un malaise gagna Garrett.

— Ce serait envisageable. Ivy Deerfield était meilleure détective que vous, Garrett. Elle a infiltré mon organisation plus efficacement que je ne m'y attendais. Elle a rassemblé des informations que je veux récupérer. Et détruire.

— Elles sont en ma possession, répondit Garrett lentement.

— Votre offre n'est pas dénuée d'intérêt.

Bien. Ainsi, son interlocuteur se sentait vulnérable.

— Je peux venir jusqu'à vous, proposa Garrett.

— Peut-être le moment est-il venu de nous rencontrer, en effet. Dans ce cas, vous commenceriez à comprendre.

Garrett ressentit une pointe d'excitation. Il savait que le traître lui tendait un piège, mais peu importait.

— Dites à vos amis qu'ils ne pourront pas localiser cet appel. D'ailleurs, inutile de vous donner la peine de savoir où je suis, shérif. Venez chez James McCallister ce soir. Seul. C'est un endroit approprié pour notre... réunion. Vous avez jusqu'à minuit. Si vous ne vous montrez pas, je mettrai à exécution mon plan d'origine : je ferai éliminer Laurel McCallister et sa nièce.

11

Quand Laurel se réveilla, le lit était froid. Elle tendit la main en vain. Garrett était parti.

Une prière silencieuse monta en elle. *Pourvu qu'il revienne sain et sauf.*

Elle remonta la couette sur elle, songeuse. Ses recherches ne leur avaient pas apporté de réponse. L'enquête d'Ivy semblait accuser son père, exactement comme ce dernier avait semblé incriminer Garrett. Etait-ce pour cette raison qu'Ivy avait songé à quitter l'organisation ?

Garrett ne renoncerait jamais à prouver son innocence et à venger sa famille. Pas plus qu'il ne renoncerait à essayer de les protéger, Molly et elle.

Il appartenait à cette catégorie d'hommes. Celle des héros qui risquaient de se faire tuer au nom de la justice.

Quelque chose devait leur avoir échappé. A eux et à Ivy.

Laurel se redressa et se frotta les yeux. Pendant combien de temps avait-elle dormi ?

Elle enfila ses chaussures et ouvrit la porte. Daniel montait la garde dans le couloir, son arme à portée de main.

— Où est Molly ?

— A côté, avec Raven et Danger.

— Il faut que je la voie.

— Bien sûr.

Daniel parcourut les environs du regard, échangea un signe de tête avec un agent posté plus loin, et acquiesça.

— Allez-y.

Laurel combla les quelques mètres qui la séparaient de la chambre voisine et entra.

— Tata Laurel !

Souriant jusqu'aux oreilles, Molly donna une petite caresse à Danger, attrapa sa peluche et accourut vers elle.

— Danger et moi, on est des copains. Je peux avoir un chien comme lui ? Je m'occuperai bien de lui, je lui donnerai à manger et de l'eau, je l'emmènerai promener, je ramasserai même ses crottes, ajouta-t-elle en plissant le nez. S'il le faut. Raven a dit que tu te reposais. Je suis contente que tu sois revenue. Où est le shérif Garrett ?

Raven était assise en tailleur sur le lit, un pique-nique improvisé devant elle.

Laurel caressa les cheveux blonds de Molly, soulagée qu'elle paraisse aller bien.

— Il est parti, Molly.

Elle mourait d'envie d'affirmer qu'il serait de retour bientôt, mais les mots se refusèrent à elle. Non seulement elle ne pouvait en avoir la certitude, mais elle redoutait le pire.

Molly se figea, un pli contrarié autour des lèvres.

— Il ne m'a même pas dit au revoir. Ce n'est pas poli. Et puis je voulais lui montrer mon étoile. J'ai oublié de le faire avant. Elle est exactement comme la sienne.

— Quelle étoile ? demanda Laurel, perplexe.

— Celle que maman a mise sur mon lion.

Molly tendit Houdini à Laurel, qui fixa la petite étoile accrochée au collier du lion. Elle tâtonna dans sa poche à la recherche du bracelet que son père avait envoyé à Ivy. Aucun motif ne manquait. Chaque objet avait un sens — le coquillage représentait leurs dernières vacances avec leur mère, le cheval l'époque où elles avaient appris à monter, la ballerine symbolisait les cours de danse classique qu'elles avaient suivis étant enfants.

Une étoile de shérif n'avait aucun sens dans leur vie.

Sauf en référence à Garrett.

— Quand te l'a-t-elle donnée, Molly ?

Molly fronça les sourcils.

— Le jour où je suis tombée malade. Elle a dit que c'était une étoile spéciale. Que papi l'avait envoyée et que je devais la protéger parce que j'étais une petite fille courageuse exactement comme l'homme qui portait l'étoile. C'est le shérif Garrett, hein ?

— Oui. Je crois que oui, répondit Laurel avec difficulté, tant elle avait la gorge nouée. Je peux te l'emprunter, ma chérie ?

Le visage de sa nièce devint solennel.

— Tu me la rendras ?

— Je te le promets, Molly.

Laurel retira l'étoile et rendit la peluche à la fillette, puis elle ouvrit la porte et fit signe à Daniel d'approcher.

— Vous auriez une loupe ou un microscope ?

Il arqua des sourcils surpris.

— Que se passe-t-il ?

— Peut-être avons-nous une réponse à nos questions.

Daniel fit le tour d'une des berlines noires qui occupaient le parking, ouvrit le coffre et farfouilla dans un sac.

— Raven me dit tout le temps que je trimballe des trucs bizarres, commenta-t-il en lui tendant une petite loupe. Je l'ai eue quand j'étais tout petit. Mon père m'a appris à allumer des feux avec.

De retour dans la chambre, Laurel posa l'étoile sur la table et l'étudia avec soin, le cœur battant. Molly avait emmené son lion partout depuis qu'elles avaient pris la fuite, ce soir-là.

Elle le retourna avec précaution et retint son souffle. Là.

— Un microfilm.

Elle leva les yeux vers Daniel.

— Il faut qu'on trouve ce qu'il y a dessus, et vite. Cela pourrait sauver Garrett. Et mon père.

Assise en tailleur sur le lit, Laurel fixait le dossier que les techniciens avaient découvert sur le microfilm.

Page après page s'étalaient des preuves de l'innocence de Garrett et de son père. Tout y était — hormis une chose : l'identité de celui qui se cachait derrière toutes les transactions.

Mais pourquoi son père et Ivy avaient-ils gardé le secret ?

— Oh ! Ivy, dit-elle dans un soupir, que dois-je faire à présent ? A qui allais-tu remettre cela ? Si seulement Garrett était là ! Il remarquerait peut-être quelque chose qui m'échappe.

Elle ouvrit la porte de la chambre et appela Daniel.

— Toujours pas de nouvelles ?

Il secoua la tête.

— Silence radio. Ils communiqueront dès que ce sera possible. Tout ce que je peux dire, c'est que l'avion a atterri à Washington il y a quelques heures.

Elle fronça les sourcils.

— A Washington ? Garrett va droit dans un piège. Vous le savez.

Un pli soucieux barrait le front de Daniel.

— Faites-lui confiance. Je me suis renseigné sur lui. C'était un agent remarquable.

Laurel passa une main lasse sur son visage. C'était différent à présent. Il était considéré comme un traître par le reste du monde. Si les forces de l'ordre apprenaient qu'il était en vie et que quelqu'un le tue, personne ne poserait de questions.

La solution se trouvait dans ce dossier, songea-t-elle. Il fallait qu'elle le décrypte pour sauver Garrett. Elle avait besoin de quelqu'un qui l'aide à saisir ce qui lui échappait.

Elle referma la porte et fit les cent pas dans la chambre. Elle aurait voulu que Garrett soit là avec elle, en sécurité. Elle mourait d'envie de le tenir dans ses bras, de parler de tout cela avec lui.

Le moment était venu de faire appel à son dernier recours.

Laurel contempla le téléphone qu'elle tenait dans la main. Garrett avait tenu à ce qu'ils laissent Fiona en dehors de l'affaire, mais dorénavant elle était peut-être la seule à pouvoir les aider. Elle pouvait faire savoir aux autorités que Garrett et son père étaient innocents. Leur sauver la vie.

Peut-être même serait-elle en mesure de décrypter certaines informations dissimulées dans le dossier. Dans ce cas, Garrett ne serait plus contraint d'exécuter le plan risqué que ses amis et lui avaient échafaudé.

Ses doigts hésitèrent au-dessus des touches, puis elle se décida. En dépit de ses réticences, Garrett avait reconnu les talents de Fiona. Prenant une profonde inspiration, Laurel composa le numéro personnel de l'amie de son père. Elle ne voulait pas prendre le risque que l'appel soit enregistré.

— Fiona Wylde.

La voix était agréable, accueillante. Comme toujours.

— Fiona, c'est Laurel.

La femme étouffa un cri stupéfait.

— Oh ! Mais… Oh ! mon Dieu, James et moi vous croyions morte.

Les jambes flageolantes, Laurel se laissa tomber sur le lit.

— Vous avez vu mon père ? Comment va-t-il ? Est-il en sécurité ? Je me suis fait tellement de souci pour lui.

— Oh ! mon petit, s'écria Fiona, un sanglot dans la voix. Nous pensions… vous avoir tous perdus.

— Puis-je… puis-je lui parler ? souffla Laurel, tremblante.

— Bien sûr.

Il y eut des chuchotements intenses à l'autre bout du fil.

— Je vais mettre le haut-parleur, reprit Fiona. Ses mains… ont été blessées. Il est faible, mais tout va s'arranger à présent.

— L… Laurel ?

La voix de son père était lasse, rauque.

— Papa. Oh ! Papa, comment vas-tu ?

— J'ai connu de meilleurs moments, dit-il avec un petit rire, avant de se mettre à tousser.

— J'ai la preuve que tu n'es pas un traître, papa. Et Garrett non plus.

— Comment est-ce possible ? s'exclama Fiona. Nous cherchons depuis si longtemps. J'ai cru que nous serions obligés de quitter le pays. Je ne trouvais que des éléments corroborant l'hypothèse d'une collaboration entre votre père et les terroristes.

— I… Ivy. Qu'est-il arrivé… ? demanda Laurel d'une voix hésitante.

— Je suis désolée, Laurel, dit Fiona brusquement. Ecoutez, votre père est blessé. Grièvement. Il faut qu'il se repose, mais nous devons parler…

Un grognement s'éleva en arrière-fond, suivi d'un bruit de chute.

— James ! cria Fiona. Laurel, votre père vient de tomber. Il faut que j'aille m'occuper de lui.

De nouveau, des murmures étouffés lui parvinrent.

— James, mon chéri, ne bouge pas. Tu as déchiré les fils.

Puis ce fut le silence. Les doigts de Laurel se crispèrent sur l'appareil.

— Fiona, comment est papa ? Est-ce qu'il va bien ?

— Il est stable, répondit celle-ci d'un ton où perçait l'inquiétude. J'ai dû lui administrer un calmant.

— Garrett Galloway est en route pour Washington. Il a besoin d'aide. S'il vous plaît.

— Il faut que je retourne m'occuper de votre père. Je ne sais pas ce que je peux faire. Nous avions jugé préférable de taire la réapparition de James et la véritable identité de Galloway. Je risque d'aggraver la situation. Il se passe des choses inquiétantes à l'agence.

— Mais si vous regardez ce dossier, nous pourrons peut-être découvrir qui se cache derrière tout cela.

— Vous avez le dossier ? Sur vous ?

— Oui. Je vous en prie, aidez-nous.

— Ne me l'envoyez pas, dit Fiona d'un ton sec, professionnel. Venez chez votre père, Laurel. J'ai quelqu'un de confiance qui peut vous y amener. Etes-vous toujours aux Etats-Unis ?

Laurel prit une profonde inspiration.

— Je suis au Texas.

— Que faites-vous… ? Oh ! Je vois. Garrett.

— Vous étiez au courant pour lui ?

— Bien sûr. James et moi, nous nous disons tout. Mais nous devions être discrets.

— J'aurais aimé être au courant.

— Je comprends. Ecoutez-moi, Laurel. Il faut que je mette fin à cette conversation. Elle dure depuis près de trois minutes et nous ne pouvons pas prendre le risque d'être sur écoute. Je vais vous envoyer un avion. Votre père a besoin de vous voir.

Elle baissa la voix.

— Et Laurel, ne révélez à personne où vous allez. Personne. Vous comprenez ? Pas avant que nous n'ayons mis fin à tout cela. Une fois pour toutes. Ne vous fiez qu'à moi.

La grosse voiture noire était arrêtée sur le bord de la route. Shep foudroya Leon du regard.

— Nous nous sommes perdus à cause de toi. Tu sais ce que le boss fait aux gens qui commettent des erreurs ?

— Je t'ai vu mettre une balle dans la tête de Strickland, rétorqua Leon. Je crois que j'ai saisi, oui.

— Nous aurions dû éliminer la femme et la gamine d'abord.

Leon tripota le GPS.

— Il faut que je te fasse un dessin, Shep ? Galloway est notre cible principale. Nous allons le tuer en premier. C'est lui qui pose le plus de problèmes.

Shep eut un geste d'impuissance.

— Et là, on est à deux doigts de le retrouver, hein ?

L'appareil posé sur les genoux de Leon se mit à biper. Il sourit.

— Nous sommes peut-être sauvés.

Presque aussitôt le GPS s'éteignit de nouveau. Shep lâcha un juron.

— Tu sais réparer ce truc, oui ou non ?

Leon sortit de sa poche une petite trousse à outils.

— Je vais le réparer. Ne t'en fais pas.

— Tu diras ça au boss…

La sonnerie du téléphone l'interrompit.

— On est sur écoute ou quoi ? bougonna Shep avant de presser la touche du haut-parleur. Oui, boss ?

— J'ai un travail pour vous.

— Eliminer les trois cibles et se débarrasser des corps, récita Shep.

— Non. Je veux que vous alliez chercher nos cibles à côté de Danger et que vous me les rameniez. Je vous dirai où aller.

— On pourrait s'en débarrasser plus facilement ici.

— Vous discutez mes ordres, Shep ? Vous voulez finir comme Strickland ?

— Non, bien sûr que non.

Le boss lui donna une adresse.

— Je les veux vivantes et en bonne santé. Au moins pour les heures qui viennent.

Il y eut une pause.

— Après, vous pourrez vous servir d'elles comme cibles.

La demeure de James McCallister paraissait déserte.

Garrett consulta sa montre une fois de plus. Minuit moins cinq. Il jeta un coup d'œil par-dessus son épaule. Rafe avait garé sa voiture plus bas dans la rue. Ils savaient l'un et l'autre que ce rendez-vous était un piège, mais il était vital que le cerveau de cette affaire croie que Garrett était venu seul.

Il avait pris un maximum de précautions, car il voulait survivre à cette opération. Il voulait savoir si l'idylle ébauchée avec Laurel pouvait durer. Il était persuadé que oui, même si cela semblait presque trop beau pour être vrai.

Jamais il n'aurait cru qu'il pourrait aimer de nouveau, pas après avoir eu le cœur brisé par la perte de Lisa et d'Ella. Pourtant, Laurel avait placé sa confiance en lui, en dépit des doutes qui avaient dû la traverser plus d'une fois depuis leur rencontre.

Ils ne se connaissaient pas depuis longtemps, mais Garrett savait ce qu'il ressentait. Il avait deux très bonnes raisons de sortir vivant de ce guêpier.

Il vérifia l'heure. Minuit moins une.

Il claqua la portière de sa voiture et s'avança sur le trottoir. Arrivé devant la porte familière, il hésita. Peut-être ne ressortirait-il pas de cette maison. A cette pensée, il s'en voulut de ne pas avoir confié ses sentiments à Laurel. Il avait essayé de les lui montrer, mais il n'avait rien dit de peur de mourir ce soir. Il ne voulait pas qu'elle soit hantée par ses dernières paroles. A présent, cependant, il le regrettait. C'était une femme exceptionnelle. Elle méritait qu'un homme l'aime de toutes ses forces, de toute son âme. Garrett espéra qu'elle s'en rendait compte.

Il aurait voulu lui dire que ce qu'ils avaient partagé était bien plus qu'un simple besoin de réconfort. Il aurait voulu lui dire qu'il l'aimait.

Il appuya sur la sonnette.

La porte d'entrée s'ouvrit lentement. Garrett sentit ses épaules se crisper. Le silence régnait dans la maison. Il franchit le seuil.

Derrière la porte, le visage baigné de larmes, se tenait Laurel McCallister.

— Que fais-tu ici ? demanda-t-il, interdit.

Il tendit une main vers elle, mais Laurel se déroba.

— C'est moi qui l'ai invitée.

Garrett fit volte-face.

— Fiona ?

Fiona Wylde. L'amie de James. Une femme qu'il connaissait bien. Ou plutôt non. Considérant le pistolet qu'elle était en train de braquer sur lui, il avait juste cru bien la connaître.

— Vous n'êtes pas facile à tuer, commenta-t-elle avant de faire signe à un homme resté dans l'ombre. Leon, désarmez-le.

Le dénommé Leon acquiesça brièvement. Il s'approcha de Garrett, le palpa et lui prit le Beretta qu'il portait à sa ceinture, le couteau glissé contre sa cheville et le petit pistolet dissimulé dans sa chaussure.

Il croisa le regard de Garrett et palpa son autre chaussure, passant précisément sur l'endroit où un second couteau était caché. Pour quelle raison… ?

— Menottez-le et faites-les descendre tous les deux. Nous allons avoir une réunion de famille.

Garrett se tourna vers Laurel.

— Bon sang. Pourquoi es-tu là ?

Elle était censée être en sécurité avec Daniel et les agents du CTC !

— J'ai trouvé un microfilm qu'Ivy a laissé. Il contenait la preuve de ton innocence et de celle de mon père, expliqua-t-elle d'un air résigné. J'ai appelé Fiona en pensant qu'elle pourrait nous aider.

— Oh ! Les pauvres chéris, mais rassurez-vous, après ce soir, vous n'aurez plus jamais à vous inquiéter de quoi que ce soit.

Fiona les précéda dans l'escalier qui menait au sous-sol. Elle tapa un code sur un clavier intégré dans un mur. La porte d'une petite pièce s'ouvrit lentement.

James McCallister était affaissé sur une chaise, pieds et poings liés. Il baissait la tête.

Garrett saisit une lueur dans son regard, mais ses vêtements étaient en lambeaux. Il avait le visage tuméfié, des traces de brûlures sur son pantalon.

— Papa !

— Tata Laurel ? cria Molly, la voix étouffée par la cloison derrière laquelle elle se trouvait. Fais-moi sortir ! S'il te plaît, fais-moi sortir !

— Attachez-les sur les chaises, ordonna Fiona. Qu'on en finisse.

Leon poussa Garrett vers une chaise en fer et appuya sur sa tête pour le forcer à s'asseoir. Puis il passa une corde en nylon autour de ses pieds et de ses poignets. Un autre homme fit de même pour Laurel.

— Pourquoi faites-vous cela, Fiona ? demanda Garrett, bandant ses muscles pendant qu'on l'attachait.

Il avait besoin de garder un peu d'espace, une marge de manœuvre, s'il voulait espérer sauver Laurel, Molly et James.

— Je ne vais pas vous confier mes motivations intimes, Garrett, ironisa Fiona, mais la réalité est très simple. Je l'ai fait pour l'argent. Pour gagner beaucoup d'argent.

— J'ai fini avec celui-là, intervint Leon. Je m'occupe de la petite fille dans le placard ?

— Laissez-la où elle est.

Fiona s'engagea dans l'escalier, puis fit volte-face.

— Débrouillez-vous pour qu'il ne reste aucune trace de leur passage ici. Tous ceux qui se trouvent dans cette pièce sont censés être morts ou disparus. Il est impératif qu'ils ne soient pas retrouvés.

Elle marqua une pause.

— Leon, c'est pour cette raison que je vous ai fait entrer clandestinement dans le pays. Ces explosifs devraient suffire à détruire toute la maison. Il ne doit même pas rester un os.

— Vous n'avez aucune loyauté ! cria Laurel. Mon père vous aimait.

— Ah ! L'amour et la loyauté. Comme c'est touchant.

Presque aussi réconfortant que de voir Leon se servir d'une paire de menottes.

Fiona les toisa du haut des marches, le regard dur.

— Ne savez-vous donc pas que la loyauté n'existe pas ? Les puissants se nourrissent des puissants. Les héros meurent pour rien. Il n'y a que l'individu et ses besoins qui comptent. Vous auriez dû vous en souvenir, Laurel.

Elle sortit, suivie de Leon et de son acolyte. La porte se referma sur eux.

Garrett serrait dans sa paume la clé que Leon y avait glissée. Tordant les poignets, il se libéra des menottes, puis tira le couteau caché sous sa chaussette… celui que Leon avait feint de ne pas sentir.

Laurel le regarda, éberluée.

— Comment… ?

— C'est le type infiltré par le CTC. Nous n'avons pas beaucoup de temps.

Il trancha les liens plastifiés de Laurel. Sitôt libérée, elle courut à la porte du placard.

— Je suis là, Molly.

— Tata Laurel, aide-moi !

Elle tourna la poignée, en vain. Le placard était fermé à clé.

— Molly, éloigne-toi de la porte, ma chérie. Cache-toi dans le coin.

Garrett enfonça le battant d'un coup de pied et Laurel se hâta de prendre l'enfant dans ses bras.

— Je m'occupe de ton père, lança Garrett.

Une explosion se produisit au-dessus de leur tête. Du verre se brisa, des poutres s'effondrèrent. Laurel courut en haut des marches et tenta en vain d'ouvrir.

— La maison brûle. La fumée commence à passer. Nous sommes prisonniers.

— Si c'est Leon qui a placé les charges, j'espère qu'il nous a donné un peu de temps.

Garrett s'agenouilla devant James et le secoua légèrement.

— Dites-moi que vous avez suivi vos propres conseils, mon vieux. Où est la sortie de secours ?

Laurel dévala l'escalier.

— Nous n'avons pas beaucoup de temps, cria-t-elle.

Le vieil homme cilla.

— Derrière le tableau de leur mère, murmura-t-il d'une voix enrouée.

Garrett pivota, cherchant en vain un portrait de femme.

— Où est-il, Laurel ?

— Il n'y a que le mural qu'elle a peint, répondit-elle, perplexe, désignant le ciel étoilé qui couvrait tout un mur.

Une fumée épaisse se glissait déjà sous la porte.

— Prends des torchons dans le bar, mouille-les et respire à travers, cria Garrett.

Ses yeux le picotaient. Il longea le mur peint, avançant à tâtons. Enfin, arrivé à la Grande Ourse, il sentit une encoche sous une des étoiles. Il appuya sur le bouton. La brique céda, révélant une ouverture secrète.

— C'est bien que Fiona nous ait donné rendez-vous à minuit. L'obscurité nous aidera à nous cacher.

Garrett s'arrêta devant une armoire à fusils, et attrapa un couteau de chasse et une carabine.

— Tiens, Laurel, dit-il en lui tendant un Colt 45. Dommage qu'il n'y ait pas de mitraillette là-dedans, James.

— Partez, murmura James avec difficulté. Laissez-moi.

— Pas question.

Garrett le hissa sur ses épaules au moment où il perdait connaissance.

— Laurel, suis-moi.

Serrant Molly contre elle, Laurel lui emboîta le pas

le long d'un court passage qui conduisait à un tunnel pentu, faiblement éclairé. Au bout se trouvait une petite porte. A côté, une clé pendait à un clou.

Garrett la prit et l'introduisit dans la serrure. Ils sortirent dans un abri de jardin, qu'il se souvenait avoir vu lors de précédentes visites.

— J'ignorais que ce souterrain existait, chuchota Laurel.

Garrett n'alluma pas la lumière. Il déposa James sur le sol, l'adossant avec précaution à la cloison de bois. Laurel se tenait à ses côtés, tout son corps exprimant la détermination.

Des flammes jaillirent de la maison, dégageant une chaleur intense jusque dans leur refuge. Des crépitements sonores résonnaient dans le quartier silencieux. Des tourbillons de fumée noire s'élevaient dans les airs et se détachaient sur le halo rougeoyant de l'incendie.

Une nouvelle explosion secoua la bâtisse.

— Celle-ci nous a donné le temps de nous échapper, dit Garrett tout bas. Pas mal, Leon.

Il se tourna vers Laurel.

— Rafe est là aussi. C'est un autre agent du CTC, expliqua-t-il. Nous ne sommes pas seuls.

— A condition qu'il n'ait pas été capturé, soupira Laurel. Quel est le plan, maintenant ?

— Je vais empêcher Fiona de s'enfuir. Elle ne s'en tirera pas comme ça.

Il agrippa la vieille carabine qu'il avait trouvée dans l'armoire.

— Reste là, ordonna-t-il. Protège-les.

Elle le retint par le bras.

— Sois prudent. Reviens-moi.

Il lui décocha un petit sourire.

— J'y compte bien, dit-il avant de redevenir grave. Tu as ton arme ?

— Oui, répondit-elle en lui montrant le Colt. Et je sais m'en servir.

Il l'embrassa rapidement.

— Je t'aime. J'aurais dû te le dire avant.

Il sortit dans le noir.

Une silhouette solitaire émergea alors de l'ombre et pointa une arme sur Garrett.

— Je ne laisse pas de témoins.

Garrett n'hésita pas. Il leva sa carabine. Mais avant qu'il n'ait eu le temps de tirer, une volée de balles s'abattit sur lui.

Il cilla, baissa les yeux, et tomba à genoux.

12

Des détonations résonnèrent au-dehors, immédiatement suivies par une seconde rafale. Des balles transpercèrent le bois de l'abri et Molly poussa un cri de frayeur.

Laurel couvrit la petite fille de son corps, le cœur battant à tout rompre. Garrett n'avait pas d'arme automatique.

Priant pour qu'il soit encore en vie, elle se redressa.

— Molly. Va te mettre à côté de papi. Cache-toi dans le coin.

Molly rampa jusqu'à James pendant que Laurel empilait en hâte des objets sur une brouette pour en faire un rempart protecteur.

— Ne bougez pas.

Elle glissa des piques en fer et une petite faucille à côté de son père tout juste conscient. C'étaient les seules armes dont elle disposait.

— Couvre Garrett s'il est…

Son père s'interrompit et regarda Molly.

— Tu ne dois pas laisser Fiona s'enfuir. Fais ce que tu as à faire.

Laurel acquiesça, la main crispée sur le vieux Colt. Il était difficile de tirer avec précision en utilisant un ancien modèle. Elle devrait s'approcher au maximum de sa cible.

Elle ouvrit lentement la porte de l'abri et aperçut Fiona

debout au-dessus de Garrett, étendu sur le sol. Derrière eux, deux corps gisaient sur l'herbe.

Fiona pointait son arme sur Garrett.

— Vous n'êtes pas facile à tuer, Bradley, mais cette fois sera la bonne.

Sans hésiter, Laurel visa et fit feu. Une fois. Deux fois. Et encore, jusqu'à ce que le chargeur soit vide. Fiona chancela, mais resta debout.

— Espèce d'idiote, railla-t-elle. Vous n'avez jamais entendu parler du gilet pare-balles ? Vous allez me le payer.

Laurel laissa tomber son arme. Elle n'aurait qu'une seule chance. Si elle pouvait trouver l'angle qu'il fallait…

— Tata Laurel, tata Laurel, viens vite ! Papi ne bouge plus.

Molly venait de sortir de l'abri de jardin, affolée. Surprenant le regard horrifié de Laurel, Fiona pivota et changea de cible. Alors qu'elle s'apprêtait à appuyer sur la détente, une détonation s'éleva derrière elle. La balle la percuta à la tempe. Elle s'effondra, morte sur le coup.

Molly hurla et se jeta à terre. Laurel écarquilla les yeux. D'un geste tremblant, Garrett lâcha la Remington.

— Elle n'est pas la seule à avoir entendu parler du gilet pare-balles, murmura-t-il, avant d'être pris d'une quinte de toux.

Sa tête retomba sur le sol. Laurel attrapa Molly par la main et courut à lui. Sa chemise était imprégnée de sang.

— Il m'aurait fallu la taille au-dessus, marmonna-t-il en levant les yeux vers Laurel. Pardon.

Des sirènes retentirent au loin.

— Garrett, tu vas t'en tirer. Tiens bon. Les secours arrivent, dit-elle tout bas. Garrett, non !

Ses yeux s'étaient fermés.

— Shérif Garrett ? chuchota Molly. Ne t'en va pas, s'il te plaît.

— Je vais essayer, mon chou.

Il toussa de nouveau.

Laurel se pencha plus près.

— Garrett, tu m'as dit que tu m'aimais. Tu ne peux pas m'abandonner à présent. Je t'aime.

Il n'y eut pas de réponse. Sa poitrine se soulevait à peine.

— Oh ! Mon Dieu, non !

Elle ne savait pas quoi faire. Fallait-il lui retirer son gilet ? Elle avait besoin d'aide.

Soudain, ce fut l'effervescence. Des voitures de police, des camions de pompiers, des ambulances arrivaient en trombe. Une foule de gens munis de tuyaux, de pistolets et de matériel médical surgirent au coin de la maison.

— Par ici, cria Laurel, affolée. Un homme est blessé !

Elle serrait étroitement Molly contre elle, leurs deux visages couverts de larmes.

Deux secouristes accoururent.

— Reculez, s'il vous plaît.

Laurel obéit.

— Mon père est dans l'abri de jardin là-bas. Il est grièvement blessé, lui aussi.

Les ambulanciers appelèrent aussitôt une autre équipe qui se rua dans la direction indiquée.

Le chaos régnait dans le jardin. Les pompiers luttaient vaillamment contre l'incendie qui refusait de s'éteindre.

— Un autre blessé, cria un policier. Coincé sous un mur.

Des hommes contournèrent la maison en hâte. Certains agents surveillaient la scène, d'autres maintenaient les curieux à l'écart. D'autres encore s'affairaient autour des corps de Fiona et de ses deux hommes de main.

— Celui-ci respire encore ! Un ambulancier, vite !

De là où elle se trouvait, Laurel ne voyait pas s'il s'agissait de Leon. Elle espéra que oui.

— Garrett, s'il te plaît. Reste avec nous, répéta-t-elle, serrant Molly contre elle.

Des civières furent apportées pour les blessés. Laurel recula, partageant son attention entre Garrett et son père. Enfin, après ce qui lui sembla durer une éternité, Garrett, son père et Leon furent transférés à bord des ambulances.

Molly dans ses bras, Laurel se dirigea vers celle qui allait emmener Garrett et tenta d'y monter.

— Vous ne pouvez pas, madame.

— Pourquoi pas ? Garrett est mon… mon fiancé.

Un policier intervint.

— Madame, vous êtes la seule rescapée au milieu d'une série de blessés. Vous avez des explications à fournir. Je vois des résidus de poudre sur vos mains. Il est hors de question qu'on vous laisse monter. La petite va être prise en charge par les services sociaux.

Prise de panique, Laurel serra Molly contre elle.

— Non. Elle est peut-être en danger. Je vous en prie, elle a déjà traversé tant d'épreuves. Laissez-moi appeler une famille en qui elle a confiance pour que je la leur confie.

— Tata Laurel, supplia Molly. Je veux rester avec toi.

Laurel s'agenouilla à côté d'elle.

— Molly, ma chérie, il faut que j'aille au commissariat avec les policiers. Ce n'est pas un endroit pour les enfants.

La fillette hocha la tête.

— Tu as dit que tu ne me laisserais pas. Comme papa et maman.

Des larmes roulèrent sur les joues de Laurel.

— Je vais téléphoner à Daniel et Raven. Tu pourras aller chez eux et jouer avec Danger et les jumelles.

La lèvre inférieure de Molly se mit à trembler.

— J'aime bien Raven. Elle me donne des cookies. Et Daniel est gentil aussi. Mais je veux rester avec toi et le shérif Garrett.

Laurel prit ses mains dans les siennes et la regarda tendrement.

— S'il te plaît, Molly. Peux-tu être courageuse une fois de plus ?

— Comme le shérif Garrett ?

Laurel acquiesça.

— Comme le shérif Garrett.

— Tu reviendras me chercher ? C'est promis ?

— C'est promis.

Laurel leva les yeux vers le policier.

— Je vous en prie, laissez-la aller chez eux. Vous allez comprendre ce qui se passe. Je ne veux pas qu'elle subisse un traumatisme de plus.

L'inspecteur fronça les sourcils.

— J'ai des enfants, murmura-t-il. Donnez-moi le nom de ces gens et je ferai quelques vérifications.

Le commissariat était un endroit déprimant, qui sentait la sueur et le tabac froid. Assise dans un couloir avec Molly, Laurel jeta un coup d'œil vers la femme à l'air las qui se tenait non loin d'elles. Si Daniel n'arrivait pas très vite, les services sociaux allaient emmener Molly, et cette perspective lui donnait la nausée.

Comment allait-elle pouvoir expliquer à la police les événements qui venaient de se dérouler ? Allait-on la croire ?

Enfin, la porte s'ouvrit et Daniel entra, suivi d'un homme

qui portait un pansement sur l'œil et dont le visage parut familier à Laurel. Il se dirigea vers la policière chargée de la surveiller et lui dit quelques mots.

Laurel fronça les sourcils.

— Qui est-ce ? demanda-t-elle à Daniel, soupçonneuse.

Il se tourna vers son compagnon, lequel approchait à son tour.

— Laurel, je te présente Rafe. C'est un membre du CTC, l'organisation pour laquelle je travaille. Il était posté devant la maison et un pan de mur s'est écroulé sur lui.

— Quelque chose ne va pas ? s'enquit Rafe.

— Je ne sais pas. Je vous ai vu conduire l'ambulance qui emmenait Leon. Vous n'avez pas pris la même direction que les autres. Pourquoi pas ?

Rafe baissa la voix.

— Leon est un des nôtres. Je l'ai emmené dans un établissement un peu plus… discret. Il va lui falloir un certain temps pour se rétablir et nous voulons qu'il soit en sécurité.

— Génial, commenta-t-elle d'un ton mordant. Et mon père et Garrett ? Ils n'ont pas besoin d'être en sécurité ?

— Garrett et votre père sont en vie, répondit Rafe, mais dans un état critique. Nous avons posté des gardes devant leur porte et dans leurs chambres, à l'hôpital. Mon chef essaie de maintenir les fédéraux en dehors de l'affaire pour qu'ils n'aient pas accès à Garrett. S'il est identifié avant que nous puissions prouver son innocence, ils voudront le faire incarcérer.

Laurel passa une main sur son visage.

— Ils sont en vie, souffla-t-elle, les jambes flageolantes.

— J'ai apporté des documents qui devraient suffire à obtenir votre libération, Laurel, intervint Daniel. Soyez patiente. Je vais emmener Molly tout de suite et Rafe va attendre et se charger de régler la caution si nécessaire. Il veillera sur vous. Je vous le garantis.

Les larmes aux yeux, Laurel embrassa Molly et la regarda s'éloigner avec Daniel.

— Ne vous inquiétez pas, dit Rafe. Daniel donnerait sa vie pour Molly. Elle sera en sécurité avec lui.

A cet instant, un policier s'approcha.

— Madame McCallister ? Suivez-moi, je vous prie.

De très loin, Garrett entendit une voix féminine, harmonieuse, qui l'appelait.

— Garrett, réveille-toi, je t'en prie.

Il sentit qu'on lui caressait tendrement le front, pourtant il n'arrivait pas à comprendre les paroles douces, réconfortantes, qu'on lui soufflait à l'oreille.

Des songes étaient venus le tourmenter. Des rêves étranges, où Lisa et Ella couraient à lui, l'étreignaient, et puis lui adressaient des signes d'adieu. Non ! Quelque chose n'allait pas. Pas du tout.

Il lutta pour reprendre conscience.

Le rêve changea. Des couleurs vives défilèrent dans son esprit. Cette fois, il tendait la main vers Laurel et Molly. Il avait beau essayer de les atteindre, elles étaient trop loin. Elles s'en allaient, elles aussi. Les yeux empreints de tristesse.

Un voile gris s'abattit sur lui, le ramenant dans les ténèbres.

Les murmures reprirent, plus pressants cette fois. Les voix étaient plus fortes. Pourquoi ne le laissait-on pas en paix ?

— Garrett. Réveille-toi.

Il s'efforça de prêter attention, mais ses yeux refusaient obstinément de s'ouvrir.

— Reviens-moi maintenant. Tu peux y arriver.

Laurel ? Etait-ce Laurel qui lui demandait quelque chose ? Il se fit violence pour se concentrer, pour chasser le brouillard de ses pensées.

Une main ferme saisit la sienne, comme pour le forcer à réagir. Ses paupières étaient si lourdes. Au prix d'un immense effort, il parvint à ouvrir les yeux une fraction de seconde. Un soleil éclatant l'aveugla et il poussa un gémissement, détournant la tête. Aussitôt une douleur atroce lui traversa la poitrine.

— Il a bougé ! cria Laurel. Il a ouvert les yeux. Appelez le médecin, vite !

La main reprit la sienne.

— Allons, Garrett. Ouvre les yeux.

— … fait mal, murmura-t-il d'une voix rauque.

— Fermez les stores, ordonna Laurel. La lumière est trop vive.

Presque aussitôt, elle se mit à rire.

— Oh ! Garrett. Tu te réveilles. Je croyais t'avoir perdu. Je t'aime tant !

La voix de Laurel l'arracha aux ténèbres. Il avait besoin de la toucher. Il lutta de toutes ses forces pour ouvrir les yeux.

Lentement, il discerna un halo de superbes cheveux châtains. Il cilla de nouveau. Elle était magnifique. On aurait dit un ange.

— Laurel ?

Sa voix lui semblait étrange, enrouée, et quand il voulut lever la main, l'affreuse douleur lui transperça de nouveau la poitrine.

— Ne bouge pas et n'essaie pas de parler, Garrett. Les infirmières viennent de retirer le tube par lequel tu respirais.

Elle glissa un minuscule glaçon sur sa langue pour apaiser sa gorge irritée.

— Tu étais dans le coma. Mais tout ira bien à présent.

Des images s'imposèrent à l'esprit de Garrett. Celle d'une petite fille qui tenait la main de Laurel, terrifiée. Une mitraillette braquée sur elle.

— Molly ?

— Elle est en sécurité. Tu l'as sauvée.

— Fiona ?

— Elle est morte.

— Bien.

Il referma les yeux.

— Vous êtes en sécurité à présent, murmura-t-il.

Tout redevint noir, et cette fois il ne lutta pas.

Laurel soupira, et se tassa sur sa chaise. Garrett avait perdu conscience de nouveau.

Le médecin entra.

— L'infirmière affirme que le patient a bougé, dit-il d'un ton sceptique. Que s'est-il passé ?

Laurel se leva.

— Il s'est réveillé. Il m'a parlé. Il m'a reconnue. Il se souvenait de la nuit où il a été blessé.

— Je n'en attendais pas tant. C'est bon signe. Cela dit, il a passé deux semaines dans le coma, alors ne vous attendez pas à l'emmener danser dans l'immédiat.

Il se pencha sur Garrett, vérifia ses bandages et ses signes vitaux.

— Les plaies à la poitrine guérissent bien. Le dernier scanner montre une réduction de la taille des hématomes.

— Je savais qu'il reviendrait à moi.

Le médecin sourit.

— Vous êtes restée à son chevet, vous lui avez parlé,

si bien que le cerveau a été stimulé. Il ne comprenait peut-être pas ce que vous lui disiez, mais c'était une communication tout de même. Votre dévouement a joué un rôle important dans son rétablissement. Vous ferez une merveilleuse épouse.

Laurel ravala sa salive et garda le silence. Elle n'avait jamais avoué qu'elle n'était pas réellement la fiancée de Garrett. Si elle l'avait dit, le personnel de l'hôpital ne l'aurait pas autorisée à venir aussi souvent ni à rester aussi longtemps qu'elle l'avait fait.

Légalement parlant, rien ne la liait à Garrett. Pourtant, il était devenu une partie intégrante de sa vie. Ils avaient partagé tant de choses. Voudrait-il toujours d'elle lorsqu'il reprendrait conscience pour de bon ?

Après le départ du médecin, elle reprit sa main dans la sienne. Garrett l'avait-il entendue lui dire qu'elle l'aimait ? Et qu'elle ne pouvait plus imaginer sa vie sans lui ?

Il battit des paupières.

— Laurel ? J'ai cru que c'était un rêve…

Sa voix s'éteignit. Laurel glissa un nouveau petit glaçon dans sa bouche.

— James s'en est tiré ? demanda-t-il, inquiet.

Elle sourit.

— Oui, mais il était grièvement blessé. Les brûlures étaient…

Elle se tut, incapable d'en dire davantage.

— Il est toujours à l'hôpital ?

— Non. Pas dans celui-ci, en tout cas. Les autorités l'ont transféré ailleurs pour un débriefing. Je ne sais pas quand je le reverrai. Tes amis du CTC y travaillent.

— Je suis désolé. Tu n'as pas de nouvelles ?

— Rien de précis. Tout ce que je sais, c'est que ses supérieurs lui reprochent d'avoir menti à ton sujet au tribunal. Il lui faudra du temps pour regagner leur confiance. Au moins, les éléments rassemblés par ma sœur vous disculpent l'un et l'autre. Les journaux ne parlent que de ça. Tu es un héros.

— Sûrement pas. J'ai failli vous faire tous tuer.

— Non, Garrett. C'est Fiona qui a failli nous faire tuer. Tu sais, depuis la mort de ma mère, j'ai toujours eu peur de prendre des risques. Notre père disait qu'on ne devait se fier à personne, seulement à soi-même.

Laurel hésita.

— Pourtant, il y a quelques semaines, je me suis surprise à faire confiance à un inconnu, et à chaque tournant tu t'es révélé digne de cette confiance.

— A part quand je t'ai menti.

— Oui, eh bien, il y a encore des progrès à faire.

— C'était pour ton bien.

— Comme je disais, il y a encore des progrès à faire. Ne va pas trop loin, shérif. Je te donnais le bénéfice du doute et tu es en train de gâcher tes chances.

— Viens là, dit-il, la tirant doucement vers lui.

Laurel ferma les yeux et se pencha au-dessus du lit. Craignant de lui faire mal à la poitrine, elle reposa légèrement la tête sur son épaule. Elle avait hâte de sentir ses bras autour d'elle, de l'étreindre, de l'entendre dire qu'il l'aimait.

Il lui caressa tendrement les cheveux.

— Pourquoi n'es-tu pas partie ? Tu n'étais pas obligée de rester à mon chevet.

Avait-il changé d'avis à son sujet ? Laurel ne put refouler ses larmes.

— Je n'avais nulle part où aller, avoua-t-elle. Je me suis dit que rester avec toi à l'hôpital serait une bonne façon de passer Noël. Molly s'amuse comme une petite folle chez Daniel et Raven. Elle ne parle plus que du château de princesse qu'elle a demandé au Père Noël et répète sans arrêt qu'elle voudrait un chiot.

Garrett cilla.

— Attends une minute. C'est Noël ?

— Pas tout à fait, mais presque. C'est la semaine prochaine.

Il écarquilla les yeux.

— Combien de temps suis-je resté inconscient ?

— Treize jours, sept heures et vingt-trois minutes. Pourquoi ? demanda-t-elle, feignant une nonchalance qu'elle était loin d'éprouver.

— Tu aurais dû me laisser seul ici, Laurel. Molly a tellement peur que le Père Noël ne la trouve pas cette année. Elle a besoin de normalité dans sa vie. Elle a besoin de toi.

Ses paroles transpercèrent le cœur de Laurel. La gorge nouée, elle se redressa.

— Tu ne veux pas de moi ?

Garrett déglutit avec peine et la regarda.

— Je… je veux ton bonheur et celui de Molly.

— Mon bonheur, c'est toi. Tu ne le sais pas ?

— Je ne t'ai pas protégée, murmura-t-il. Tu aurais pu mourir parce que je n'avais pas anticipé…

Elle lâcha un petit rire incrédule.

— Garrett, c'est moi qui ai contacté Fiona. Si je t'avais laissé faire…

Il lui prit les mains.

— Et si je t'avais dit…

Laurel se leva lentement.

— Sommes-nous vraiment en train de nous quereller pour ces bêtises ?

Elle fit un pas en avant.

— Je vais te donner un ultimatum. Si tu choisis la

mauvaise réponse, je m'en irai et tu ne me reverras plus jamais.

Il se redressa tant bien que mal.

— Attends. De quoi parles-tu ?

— Je parle de nous. Je t'aime. Tu m'entends ? De mon côté, il n'y a ni doutes, ni questions. Tu m'as dit une fois que tu m'aimais, au moment où tu pensais ne pas survivre.

— Laurel…

— Je n'ai pas terminé. Loin de là. Derek Bradley a été innocenté, alors si tu le souhaites tu peux retourner à la vie clandestine et solitaire que tu menais avant. Mais tu as le choix. Le maire de Danger dit que tu peux garder ton poste de shérif.

Garrett la dévisagea.

— Le maire ? Il me déteste parce que je suis au courant de ses agissements.

— Oh ! Daniel a eu une longue conversation avec ce maire-là, et il se trouve qu'il a démissionné. C'est Hondo qui lui a succédé, et il dit que tu peux rester shérif aussi longtemps qu'il sera là.

Garrett lâcha un petit rire, puis redevint grave.

— Ce sont mes options ? Le choix n'est pas difficile.

Laurel attendit, osant à peine respirer.

— Crois-tu que je choisirais de vivre sans toi, Laurel ? Où est ta foi ?

Elle ne put retenir un sourire.

— Dis les mots. J'ai besoin de les entendre.

Garrett planta son regard dans le sien.

— Je t'aime, Laurel McCallister, dit-il d'un ton solennel. Je t'aimerai jusqu'à la fin de mes jours.

Laurel frémit et se laissa aller contre sa poitrine.

— Je ne te laisserai jamais partir.

Epilogue

Assis à même le plancher, Garrett piqua la dernière fleur artificielle dans le jardin du château de la princesse de Molly.

Laurel lui tendit une tasse de café.

— Ce n'est pas bon pour toi, tu sais.

— Je ne dirai rien aux médecins.

Il but une gorgée du breuvage noir et émit un soupir de satisfaction.

— Que disait la notice ? Simple assemblage requis ? Combien de temps y ai-je passé ?

Laurel gloussa.

— Six heures ?

— J'espère seulement que ça lui plaira. Elle a besoin d'un peu de bonheur.

Elle s'agenouilla près de lui.

— Avec toi, elle se sent en sécurité. Et aimée. C'est tout ce dont elle a besoin.

L'horloge sonna 6 heures. Non sans mal, Garrett se releva, tandis que Laurel s'empressait de venir l'aider.

— Doucement. N'oublie pas que tu es convalescent.

Il déposa un baiser sur ses lèvres et lui caressa la joue.

— T'ai-je dit ces jours-ci que tu as transformé ma vie ? Je parle sérieusement, ajouta-t-il en la voyant rougir. Tu as apporté le bonheur dans cette maison.

— Je pourrais te retourner le compliment, Garrett Galloway.

Laurel noua les bras autour de lui et l'embrassa. Si ce jour-là n'avait pas été le matin de Noël, il aurait été tenté de l'entraîner dans leur chambre et de ne pas en sortir de la journée.

Un léger coup frappé à la porte coupa court à leur étreinte.

— Qui cela peut-il être ?

Garrett se dirigea vers la porte, prenant son Beretta au passage. Il ouvrit le battant lentement.

Un homme mince en costume rouge et blanc se tenait sur le seuil.

— C'est le Père Noël ? demanda la voix ensommeillée de Molly dans le couloir.

Le visiteur entra.

— Papa ? souffla Laurel.

— Papi !

Molly courut à son grand-père. Il la souleva dans ses bras.

— Molly !

Elle l'entoura de ses bras et le serra contre elle.

— Je croyais que tu étais parti au ciel avec maman et papa. Et Matthew et Michaela.

James l'étreignit avec force sous les regards émus de Laurel et de Garrett. Ses yeux étaient humides. Molly essuya une larme qui roulait sur sa joue.

— Ne sois pas triste, papi. Ils nous regardent de là-haut. Tata Laurel et le shérif Garrett me l'ont dit.

Il s'éclaircit la gorge.

— Je sais. Nous allons passer un bon Noël tous ensemble.

— C'est Noël ! s'écria Molly, s'agitant pour que James la dépose par terre.

Elle regarda autour d'elle sans prêter attention au château de princesse.

— Le Père Noël n'a pas reçu ma lettre, murmura-t-elle, déçue.

Laurel s'accroupit à côté d'elle.

— Regarde ce magnifique château. Le Père Noël savait exactement ce que tu voulais.

— Il est très joli, admit la fillette, les larmes aux yeux. Mais je voulais autre chose.

Ses larmes brisèrent le cœur de Garrett.

— Qu'est-ce que tu voulais lui demander, mon chou ? l'interrogea-t-il doucement.

— Je veux une famille, avoua-t-elle d'une petite voix. Je sais que maman et papa ne peuvent pas revenir, mais je ne veux pas être toute seule.

Garrett la prit dans ses bras et déposa un baiser sur sa tempe.

— Je crois que je peux exaucer ton vœu, dit-il. Attends-moi ici.

Il sortit et revint quelques minutes plus tard avec un cadeau de la taille d'un carton à chaussures.

— Assieds-toi sur le canapé, Molly. Toi aussi, Laurel.

Il se sentait au comble de la nervosité. Debout à côté de lui, James arborait un sourire satisfait. Le vieil espion en savait trop long.

Prenant appui sur une main, Garrett mit un genou à terre.

— Ouvre la boîte, Molly.

Elle souleva le couvercle et jeta un coup d'œil à l'intérieur. Un sourire illumina son visage tandis qu'un chiot roux et blanc passait la tête dehors.

— Il est pour moi ?

— Tu as besoin d'un petit copain au ranch, non ?

Molly prit le chiot dans ses bras. Il se mit aussitôt à lui lécher les joues.

— Comment il s'appelle ?

— C'est à toi de choisir son nom, Molly.

Elle caressa le pelage soyeux de l'animal.

— Je l'adore, shérif Garrett.

— Qu'en penses-tu, Laurel ? demanda-t-il.

— Je l'aime autant que toi, dit-elle, les larmes aux yeux.

— Si tu regardais ce qu'il porte autour du cou ?

Laurel s'exécuta, et vit qu'une alliance était accrochée au collier du chiot. Elle se figea.

— Garrett ?

— Je t'aime, Laurel. J'aime Molly. Acceptes-tu de m'épouser ?

— Oui ! cria Molly en se jetant à son cou. On veut t'épouser. N'est-ce pas, tata Laurel ?

— Oui, répondit Laurel, d'une voix assourdie par l'émotion. Oui.

— Nous allons vivre ici pour toujours. Toi, moi, et tata Laurel. Et Citrouille.

— Qui ?

— Citrouille. Mon chiot.

— Oui, mon chou. Nous allons tous vivre ensemble. Tantôt ici, et tantôt en ville. A Danger.

Molly sourit.

— Je crois que mon papa et ma maman au ciel seraient contents.

Garrett rencontra le regard de Laurel.

— Qu'en dis-tu ?

Elle glissa la bague à son doigt et effleura d'un tendre baiser les lèvres de Garrett.

— Qu'une famille est le plus beau des cadeaux de Noël.

ANGI MORGAN

La mémoire de la nuit

BLACK ROSE

HARLEQUIN

Titre original : THE CATTLEMAN

Traduction française de VERONIQUE MINDER

Prologue

L'homme tenait Nick Burke en respect. L'échange de coups de feu avait été bref mais intense, et Nick sentait le canon de son revolver encore brûlant contre sa tempe. En dépit du fait qu'il risquait la mort, il était furieux.

Bon sang, Beth !

Il regrettait amèrement d'avoir fait confiance à Beth Conrad, agent *trop* frais émoulu de l'ATF, l'agence fédérale chargée de la lutte contre le trafic d'alcool, de tabac, d'armes à feu et d'explosifs.

Nick n'opposa aucune résistance à son assaillant. A quoi bon ? Il lâcha même son arme sans attendre de sommation et leva les mains en signe de reddition complète. L'homme donna un bon coup de pied dans sa carabine, qu'il envoya rouler au bas de la falaise.

Nick ne put s'empêcher de tressaillir.

— Dommage…, lâcha-t-il à mi-voix.

— T'inquiète, tu n'en auras plus jamais besoin ! affirma l'individu dans un anglais assez pur.

Sur ces mots, il pressa plus fort son arme contre sa tempe et lui palpa le dos sans ménagement, à la recherche sans doute d'un holster contenant un pistolet, ou d'un canif.

Nick était certain qu'il appartenait au cartel mexicain. C'était la première fois, depuis qu'il avait ouvert les hostilités contre les trafiquants d'armes qui sévissaient impunément sur ses terres, que Nick se trouvait aussi proche de l'un d'entre eux. Mieux : il tenait sa première véritable piste sur les activités criminelles de ce cartel.

Mais bon sang où était donc passée Beth ? se demanda-t-il, soudain plus inquiet.

Se pouvait-il qu'elle soit de nouveau tombée de sa monture ? Gisait-elle non loin de là, encore étourdie par sa chute ? A cette pensée, Nick contint un mouvement de contrariété de peur que son agresseur ne se méprenne sur le sens de son geste et ne le lui fasse payer chèrement. Il s'exhorta au calme. Quoi qu'il soit arrivé à Beth, il espérait qu'elle n'était pas blessée.

— Bon et maintenant ? demanda-t-il à son agresseur, feignant une décontraction qu'il était loin de ressentir.

Mais depuis un an qu'il donnait le change à son entourage, il était devenu un acteur hors pair.

— Pourquoi tu me poses la question ? Tu es pressé de mourir, Burke ?

— J'ai failli mourir l'année dernière. C'est guérir qui a été le plus dur.

— Je comprends. Moi aussi, je suis passé par là.

— Vous avez déjà été blessé par un coup de feu ? s'enquit Nick pour gagner du temps.

L'homme ne fut pas dupe et s'énerva rapidement.

— La ferme ! Et maintenant tu vas bien m'écouter, Burke ! Tu vas me conduire vers ton cheval et m'expliquer comment quitter ces maudites montagnes. Compris ? Je te préviens, un seul faux mouvement et je te descends !

L'homme ponctua sa menace en donnant un petit coup du canon de son revolver contre la tempe de Nick. Peu après, celui-ci sentit le souffle de sa respiration balayer sa nuque et en déduisit qu'il regardait les environs. Que cherchait-il ? Beth ? Un complice ?

Beth ! Où es-tu ?

— Je ne peux pas vous aider, débrouillez-vous tout seul, lança Nick en jetant un bref regard autour de lui.

Tout à coup, la voix de Beth, invisible mais proche, s'éleva.

— Il ne vous aidera pas. Et moi non plus.

— Approchez-vous ! Mains en l'air, ou Burke va aller rejoindre sa carabine au bas de la falaise ! s'écria l'homme dont la nervosité évidente augmentait à chaque instant.

— C'est amusant, j'allais justement vous sommer de vous rendre ! persifla Beth.

Nick la vit soudain sortir de derrière un arbre. Elle baissa le menton et, haussant les sourcils, regarda par-dessus ses lunettes de soleil.

Cette mimique, dont elle était coutumière, signifiait qu'elle était prête à faire feu. En fait, Beth était une tireuse d'élite à même de jauger une situation et de réagir en un temps record. Elle était ainsi capable de toucher la pointe d'un cactus à une distance de plus de quinze mètres. Si elle avait été aussi bonne cavalière que tireuse, elle aurait pu participer à des spectacles western. Mais Beth avait une peur panique des chevaux.

— Je vais vous le formuler autrement, reprit Beth qui se posta au milieu du sentier.

Elle leva son badge et son arme et dit d'un ton ferme :

— ATF. Vous êtes en état d'arrestation. Lâchez votre arme. Et mettez-vous à genoux.

— Pas question. Jamais devant une femme, lança l'autre.

— Très bien, dommage pour vous.

Beth fit un pas dans leur direction et Nick s'écria :

— Beth ! Attention ! Surtout, ne tire pas ! Nous le voulons vivant !

Mais au même instant, Beth fit feu. Nick sentit la pression du canon sur sa tempe se relâcher, et l'homme tira à son tour. Beth riposta. Et pour éviter que le trafiquant ne soit tué, Nick le poussa de côté.

L'homme, touché, s'effondra en poussant un cri qui fit frémir Nick et lui rappela de terribles souvenirs.

— Nick ? Ça va ? demanda Beth en s'approchant de lui.

Tout en gardant son arme braquée sur le trafiquant, elle donna un coup de pied dans son revolver.

— Je ne l'ai pas tué, n'est-ce pas ? demanda-t-elle.

— J'espère bien que non ! s'exclama Nick, furieux, en faisant rouler l'homme sur le dos.

Une tache rouge s'étendait sur son T-shirt, un filet de sang s'échappait de sa bouche. Il avait le regard fixe. Nick était à peu près certain qu'il était déjà mort, pourtant il chercha son pouls. Rien. Il fouilla ses poches à la recherche de papiers d'identité. Rien non plus.

— Alors ? s'enquit Beth, toujours immobile.

Nick se leva, contenant toujours sa colère.

— Tu n'aurais pas dû tirer, Beth ! Et moi, je n'aurais jamais dû accepter de partir en reconnaissance avec toi dans ces montagnes ! Bon sang, il est mort ! Alors qu'il aurait pu nous donner de précieuses informations sur le trafic qui se déroule sur mes terres. Tu n'avais pas besoin de le tuer !

— Tu n'es même pas sûr qu'il aurait accepté de collaborer avec la justice ! se défendit Beth.

Elle remit son arme dans son holster et passa un bras autour de la taille de Nick. Juchée sur ses talons hauts, elle était à peu près de sa stature et elle posa la tête sur son épaule.

— J'ai visé sa jambe, Nick, mais tu l'as poussé et je l'ai touché à la poitrine.

Nick serra les dents. S'il l'avait poussé, c'était justement pour éviter qu'il ne soit en face de Beth.

— J'ai vu son complice fuir à cheval, murmura Beth dans son cou.

Elle marqua une pause et soupira.

— Ecoute, Nick, cet homme te menaçait ! J'ai été obligée de tirer. Je ne voulais pas risquer que tu sois de nouveau blessé… Nick ? Tu ne comprends pas ? Je viens de te sauver la vie ! conclut-elle d'une petite voix.

Nick l'écoutait à peine. Il se disait que Beth Conrad était un peu trop sentimentale, même si son attitude s'expliquait par le fait qu'ils aient partagé, une fois, une relation particulièrement intime. Un moment d'abandon intense et passionné lors d'une nuit à la belle étoile, et dont il aimait un peu trop le souvenir.

Il soupira à son tour et finalement la serra dans ses bras, redoutant qu'elle ne soit sous le choc après avoir tué un homme.

— Il ne m'aurait pas tué, lâcha-t-il enfin. Il était perdu, il avait besoin de mon aide.

— De toute façon, ce n'est pas le moment de discuter. Où est ton cheval ? Il faut appeler le shérif. Lui expliquer la situation…

— Ne te fais pas de souci pour ma monture. Je vais appeler le shérif.

Beth recula et trébucha.

— Attention ! Tu vas te briser la nuque à cause de ces maudits talons ! s'exclama Nick.

Beth l'ignora. Elle ramassa son badge, se redressa lentement mais sans cesser de vaciller. Pour finir, elle s'adossa à un arbre.

Alors Nick comprit.

— Beth ! Il t'a touchée ! Tu es blessée au bras !

— Je me disais bien qu'il y avait quelque chose d'anormal…, balbutia-t-elle. Parce que j'ai envie de vomir et que je ne tiens plus debout.

— Beth ?

— Nick… Nous… nous devons filer avant que son complice ne revienne et nous tire comme des lapins.

Elle se redressa et s'appuya sur lui.

— Si tu me soutiens, j'y arriverai…

Elle lui adressa un pauvre sourire qui l'émut.

Inquiet, quoique toujours en colère, il lui prêta l'appui de son bras.

— Tu es furieux contre moi parce que j'ai été touchée ? bredouilla Beth.

— Je le suis parce que nous avons saboté notre seule piste, notre unique chance d'obtenir des informations, répondit-il, s'exhortant toujours au calme. Je suis déçu. Mais c'est ma faute… Encore une fois, je n'aurais jamais dû accepter de partir avec toi en montagne.

— Tu aurais préféré que j'attende sans rien faire en me demandant quelles étaient tes chances de t'en sortir vivant ? coupa-t-elle sans l'écouter.

Elle se tut brusquement et s'éloigna de lui.

Nick la dévisagea. Il admirait le courage de Beth et son esprit d'indépendance, mais décidément, avec son tailleur-pantalon et ses escarpins griffés, elle n'avait pas sa place dans les paysages âpres de l'ouest du Texas.

Beth soudain se planta devant lui et marcha à reculons.

— Beth, par pitié, sois prudente ! Tu tiens à peine sur tes jambes ! Regarde où tu mets les pieds.

— Tu n'es qu'un ingrat, Nick ! l'interrompit-elle.

Beth tendit l'index dans sa direction, titubant comme si elle était ivre.

Nick se précipita pour la rattraper.

— Fiche-moi la paix, Nick ! dit-elle d'une voix sourde en se dégageant maladroitement. Je n'ai pas besoin de toi ! Je n'ai besoin de personne !

— Pourquoi me traites-tu d'ingrat ? répondit-il, la soutenant par la taille.

— Premièrement, parce que tu ne m'as pas remerciée de t'avoir sauvé la vie.

— Je vois. Et deuxièmement ? demanda-t-il, anxieux parce que brusquement Beth pâlissait.

Elle prit une grande inspiration, leva la main vers ses yeux qui se révulsèrent et s'effondra. Nick n'eut que le temps de la rattraper.

Malgré sa vive inquiétude, il ne put s'empêcher de sourire à la vue du beau visage de Beth.

— Merci de m'avoir sauvé la vie, agent Beth Conrad, murmura-t-il, certain qu'elle ne pouvait l'entendre.

Il se pencha vers elle et effleura ses lèvres.

L'inexpérience de Beth avait failli lui coûter la vie. Après cette seconde maladresse, il ne faisait aucun doute que ses supérieurs de l'ATF allaient la rappeler toutes affaires cessantes à Chicago et la décharger de son enquête dans la région.

Beth allait donc sortir de sa vie… définitivement.

Dans un sens, Nick en ressentait du soulagement, car il n'avait pas le temps de se laisser distraire par une femme, si jolie soit-elle.

Il avait en effet une triple mission : mettre la main sur l'informateur du cartel mexicain et neutraliser l'un de ses chefs qui avait ordonné son exécution un an plus tôt et s'acharnait sur lui.

Et mettre fin au trafic d'armes sur ses terres.

1

Nick poussa un hurlement et ouvrit les yeux d'un seul coup.

Le même cauchemar venait de le réveiller : celui d'un homme sans visage qui faisait feu sur lui.

Il se ressaisit au bout de quelques secondes et bientôt respira mieux. Puis il tourna les yeux vers la fenêtre et cilla face aux rayons de soleil qui passaient à travers les rideaux.

— Bon sang, quelle heure est-il ? s'exclama-t-il à la cantonade.

Se pouvait-il que sa mère, une fois de plus, ait désactivé l'alarme de son réveil ? Résigné, il soupira, se passa la main sur le visage et se gratta la tête.

Enfin, il rejeta les draps et se redressa.

— Maudits cauchemars…, murmura-t-il.

Il effleura la cicatrice sur sa poitrine d'un geste qui lui était habituel. Au cours de la journée, il n'y pensait guère et n'éprouvait même aucune douleur, mais la nuit, quand les mauvais rêves l'assaillaient, il la sentait pulser, comme si elle était encore à vif, douloureuse et lancinante.

Mais plus il essayait d'oublier le coup de feu qui l'avait blessé si grièvement, un an plus tôt, plus ses nuits se chargeaient de le lui rappeler. D'un autre côté, Nick n'avait jamais été naïf au point de penser qu'il oublierait rapidement cette tentative de meurtre.

Deux semaines plus tôt, alors qu'il était en montagne avec Beth Conrad, il avait de nouveau failli perdre la vie.

Depuis, ses cauchemars s'étaient intensifiés...

Il refusait, désormais, de soutenir les missions du groupe d'intervention de Cord McCrea. Que McCrea demande de l'aide à des agents spécialisés ! Lui, il avait d'autres chats à fouetter ! Par exemple, s'occuper de son bétail et préparer l'hiver. Il avait assez contribué aux projets du groupe de Cord McCrea, qui avaient d'ailleurs failli lui coûter la vie.

Il fut pris d'un brusque accès de découragement. Peut-être devait-il s'habituer à l'idée que des trafiquants traversent ses terres ?

Au XIXe siècle, c'étaient les voleurs de bétail qui sévissaient ; et aux XXe et XXIe siècles c'étaient les trafiquants d'armes, ou de drogue. Les ranchers texans qui vivaient à proximité de la frontière mexico-américaine le savaient, et la plupart avaient appris à se résigner.

Pas lui. Il s'entêtait.

C'était ridicule. Et c'était surtout une perte de temps.

Nick voulait que son ranch prospère, et il n'avait pas le temps de se laisser distraire par des opérations de lutte contre le trafic d'armes.

Ou par ses cauchemars.

Ou par une paire de jolies jambes...

Au cours de l'année passée, deux fois seulement il avait dormi d'un sommeil tranquille. D'abord à l'hôpital, grâce aux sédatifs qu'on lui avait administrés, et ensuite sous les étoiles, dans les bras d'une séductrice aux cheveux couleur de jais.

Penser à Beth fit battre son cœur plus vite. Mais penser aux patrouilles frontalières incessantes sur ses terres, aux opérations des agences fédérales, des rangers et de l'ATF, le refroidit simultanément. Il avait du mal à comprendre pourquoi l'ATF avait détaché, dans les Davis Mountains, une citadine qui ne jurait que par Chicago et le shopping.

Certes, Beth savait utiliser une arme et elle le lui avait prouvé en tuant — sous ses yeux et sans la moindre hésitation — le trafiquant avec son .45, mais elle avait une peur panique des chevaux ! Ce qui, aux yeux d'un éleveur texan, était incroyable ! Nick ne pouvait vivre sans les chevaux, en revanche il pouvait aisément se passer de Beth Conrad.

En entendant frapper à la porte, il enfila à la hâte son jean, posé à côté du lit.

La voix timide de sa mère lui parvint.

— Nick ? Tu es réveillé ?

Nick remarqua à cet instant que son réveil à cristaux liquides était à l'autre bout de sa chambre. Il affichait 9 heures.

— Maman, pourquoi as-tu de nouveau désactivé l'alarme de mon réveil ? grommela-t-il.

— Tu es visible au moins ? demanda sa mère.

Nick enfila un T-shirt au moment où la porte s'ouvrait.

— Pourquoi me poser la question puisque tu n'attends même pas ma réponse pour entrer. J'ai trente et un ans, j'ai droit à un peu d'intimité ! Et pour la énième fois, ne désactive plus l'alarme de mon réveil !

Sa mère le dévisagea, mains sur les hanches, puis elle leva un index impérieux.

— Je l'ai désactivée parce que j'en avais assez que tu te lèves au petit jour et que tu disparaisses pendant toute la journée pour faire je ne sais quoi !

Cela faisait presque vingt-cinq ans que sa mère vivait dans ce ranch, mais elle ignorait tout de son fonctionnement et de sa gestion. Une ignorance que Nick lui pardonnait facilement, lui qui ne s'en était guère préoccupé jusqu'à l'année dernière. Jusqu'à ce fameux jour où son contremaître lui avait tiré une balle dans le dos.

— Tu as oublié que tu avais un rendez-vous en début de matinée ! reprit sa mère. Ce n'est pourtant pas faute de te l'avoir rappelé ! Mais tu as fait la sourde oreille, bien sûr.

— Tu sais bien que je ne veux voir personne !

— Et moi, je veux que tu rencontres cette personne ! Je te propose donc ce marché : soit tu vas dans le salon immédiatement, soit tu boucles ton sac et tu quittes le ranch.

Là-dessus, sa mère prit une grande inspiration et ferma les yeux.

Nick soupira.

— Ah je vois… J'imagine que tu as demandé à un thérapeute de venir au ranch ? répliqua-t-il, frappé par cet ultimatum. Eh bien, il n'est pas question que je rencontre ce… cet individu !

— Alors tu préfères quitter le ranch, lâcha sa mère, visiblement consternée. Tu vas nous manquer, à ton père et à moi. Mais tant pis ! On se débrouillera sans toi !

— Mais c'est mon ranch, objecta-t-il. Tu ne peux pas me jeter dehors !

— Non, Nick, ce n'est pas encore ton ranch.

Elle s'approcha de lui. Comme elle était trop petite pour nouer les bras autour de son cou, elle les passa autour de sa taille.

Nick la serra contre lui.

— En clair, si je refuse une aide psychologique, je perds mon héritage ? Est-ce que j'ai bien compris… ?

Sa mère recula et s'assit sur le bord du lit.

— Si ton père et moi étions réellement prêts à t'imposer

un tel ultimatum, est-ce que tu te résoudrais à consulter un spécialiste ?

Elle joua avec le coin de son tablier, attendant sa réponse avec inquiétude.

— Combien de temps encore vas-tu supporter tout ça ? insista-t-elle.

— Tu veux dire, le travail au ranch ? Les corvées journalières ? C'est pourtant ce que font les ranchers depuis des siècles.

— Tu sais parfaitement de quoi je veux parler ! De tes cauchemars. De tes insomnies ! Tu imagines que ton père et moi, nous n'avons rien remarqué ! Nous t'entendons te lever, la nuit, et aller dans le salon regarder la télévision. Ou travailler, jouer sur ton ordinateur portable. Après un événement traumatisant, il est parfois difficile de retrouver une vie normale.

Sa mère marqua une petite pause avant de reprendre :

— Tu te mets au travail avant l'aube. Tu rentres à la nuit tombée. Tu fonces dans ta chambre et quand tu ne peux plus résister au sommeil, tu fais de terribles cauchemars. Tu pousses des hurlements !

— Je ne savais pas que vous les entendiez…, coupa-t-il avec gêne. Et tu crois vraiment que parler avec un inconnu m'aiderait à retrouver le sommeil ?

Pour seule réponse, sa mère essuya une larme. Complètement décontenancé, Nick garda le silence.

— Oui, je crois sincèrement que cela en vaudrait la peine, conclut-elle en se levant.

Nick hésitait, prêt à accéder à la requête de sa mère.

Il allait consentir à cette thérapie quand elle reprit :

— Je suis contente que nous ayons eu cette petite conversation !

Elle lui sourit.

— Je précise toutefois que ce n'est pas un spécialiste du stress post-traumatique qui t'attend dans le salon…

Conscient d'avoir été manipulé, Nick se contint. Puis il lâcha prise. Sa mère était soucieuse à cause de lui, et il s'en voulait. Il la serra donc étroitement dans ses bras.

— Ne t'inquiète pas, maman, j'irai bientôt mieux, mentit-il.

Il lui sourit, espérant calmer ses craintes. Enfin, pendant au moins un jour ou deux…

— Je peux prendre un petit déjeuner malgré ce rendez-vous ?

— Bien entendu ! Il y aura du pain de maïs frais, comme tu l'aimes. Beth t'attend. Elle est en train de boire un café.

Nick bondit.

— Beth Conrad ? L'agent de l'ATF ! La femme qui a tué un témoin capital il y a deux semaines, et qui m'en a imputé la responsabilité lors de l'enquête ! Qui m'a même accusé de faire obstruction au travail de l'ATF ?

— Beth est venue te demander une faveur, déclara sa mère sans se laisser émouvoir. Un petit service.

Elle sortit sur ces mots, refermant la porte derrière elle.

— J'imagine le pire ! Beth Conrad est capable de tout ! s'exclama Nick, hors de lui.

Beth entendit les derniers mots de Nick. Comme Juliet Burke revenait, elle se replia à la hâte dans la grande pièce qui faisait à la fois office de salon et de salle à manger et se posta près de la cheminée. Elle était un peu honteuse d'avoir écouté la fin de l'échange entre Nick et Juliet à leur insu, mais elle voulait savoir quelles étaient les dispositions de Nick Burke à son égard, car elle avait besoin de sa contribution. Elle était gênée de la lui demander, même si, en définitive, c'est l'ATF qui avait eu le dernier mot.

— Vous voulez encore du café, Beth ? demanda Juliet.

Son sourire masquait mal l'inquiétude qui perçait dans sa voix, à peine un instant plus tôt.

— Non, je vous remercie, Juliet. Ça va. Du moins… pour le moment.

Juliet rit.

— Ne vous inquiétez pas !

— Ecoutez, je ne sais pas si je vais pouvoir vous aider comme vous me l'avez demandé, reprit Beth avec hésitation. Votre fils et moi, nous ne sommes pas très bons amis.

Beth avait fait la connaissance de Juliet et d'Alan Burke deux semaines plus tôt, après l'opération désastreuse qui s'était déroulée dans les montagnes.

Nick l'avait conduite à l'hôpital d'Alpine. Ses parents ayant mal compris les SMS qu'il leur avait adressés, ils l'avaient cru blessé et s'étaient précipités à son secours. Ensuite, soulagés qu'il soit sain et sauf, ils avaient attendu avec lui aux urgences, et avaient même insisté pour reconduire Beth à son *bed and breakfast*. Nick avait été mécontent de leur sollicitude.

— Je crois que j'ai entendu l'eau couler dans la salle de bains. Nous allons donc pouvoir parler à notre aise, reprit Juliet. Ecoutez Beth, je crois que tous les deux, vous tirerez profit de cet arrangement. Il faut toujours aller de l'avant. Vous allez donc laisser de côté vos différends. Je suis absolument ravie du tour que prend la situation et surtout, de votre coopération.

— Vous savez, Juliet, je n'ai eu aucun pouvoir de décision en ce qui concerne l'aspect professionnel des opérations… Pour commencer, c'est Kate McCrea qui a eu l'idée de me désigner pour cette mission sous couverture et c'est vous qui avez proposé votre ranch. Kate a ensuite soumis cette suggestion à Cord McCrea, le responsable du groupe d'intervention dont je fais toujours partie, en dépit de mes maladresses. Cord l'a adoptée et l'a aussitôt soumise à l'ATF. Moi, je me contente d'obéir aux ordres. Et aussi, de vous rendre service, à titre privé, comme nous l'avons convenu.

En son for intérieur, Beth saluait l'initiative de Kate McCrea et de Juliet. Car sans cela, elle aurait été définitivement démissionnée de l'ATF et serait désormais sans emploi. Mais personne ne le savait… Sauf Cord McCrea, en contact permanent avec l'ATF.

Demeurer chez les Burke permettrait à Beth de piéger l'individu qui, au sein de leur ranch, informait les trafiquants d'armes sur les moindres faits et gestes de Nick. Ensuite, elle pourrait poursuivre le travail dans la montagne si la présence de trafiquants y était signalée. Globalement sa mission était simple : il suffirait qu'elle ait des yeux et des oreilles…

Elle était, en quelque sorte, une espèce d'avant-poste.

Bien que cela l'attriste un peu, Beth devait convenir qu'elle n'avait pas de meilleures compétences à apporter au groupe d'intervention de Cord McCrea…

— Vous êtes une femme extraordinaire, Beth ! répliqua Juliet. Vous avez sauvé la vie de mon fils, il y a deux semaines ! Kate a confirmé vos talents en me révélant, dans le plus grand secret, que vous étiez un agent de l'ATF. Dans un sens, Kate fait presque partie de notre famille, vous savez… Je salue le courage de Cord McCrea, qui a monté un groupe d'intervention destiné à stopper le trafic d'armes sur nos terres.

Juliet lui sourit et leva un sourcil interrogateur, comme pour l'inciter à fournir des informations plus précises sur la nature des opérations du groupe d'intervention de Cord.

Beth en fut amusée.

— Excusez-moi Juliet, mais je n'ai pas le droit de parler de l'enquête… Vous n'en saurez jamais rien, même si je séjourne dans votre ranch. Je vous précise toutefois que ma présence sous votre toit pourrait mettre votre famille en danger.

— Mon Dieu, mais nous sommes déjà en danger, Beth… Parce que nous refusons de vendre le ranch et de nous soumettre aux pressions. Aux menaces qui pèsent sur la vie de notre fils.

Juliet se leva et conclut :

— Je vous laisse, Beth, mais il faut que je sorte le pain de maïs du four.

— Vous voulez de l'aide, Juliet ?

— Je vous remercie. Savourez plutôt votre café.

Beth hésita avant de reprendre :

— Il faut que je vous dise… Je n'ai pas l'habitude de la vie dans un ranch, et je ne sais pas si je serai d'une grande aide au quotidien.

Juliet se mit à rire.

— Je suis en effet certaine que notre vie au Texas n'a rien à voir avec celle que vous menez à Chicago. Mais ne vous inquiétez pas. Vous serez heureuse chez nous ! Et nous sommes ravis de vous accueillir.

Désarmée par tant de bienveillance, Beth sourit. Les parents de Nick étaient vraiment charmants. Juliet était gaie et dynamique, Alan, son mari, était plus réservé. Il avait longtemps été malade, mais tous deux avaient surmonté l'épreuve avec beaucoup de courage. Alan allait mieux désormais et c'était maintenant la santé de Nick, leur seul enfant, qui les inquiétait.

Nick souffrait en effet de stress post-traumatique

depuis le coup de feu qui avait mis ses jours en danger, un an plus tôt.

Lors de la seule nuit qu'ils avaient passée ensemble, Beth avait perçu sa tension et sa peur de s'endormir. Elle avait aussi remarqué le tremblement de ses mains sitôt que la conversation déviait sur les activités du cartel mexicain.

Avant de pousser la porte qui donnait sur la cuisine, Juliet reprit :

— J'ai peur pour mon fils… Il a failli mourir l'année dernière. Et il y a deux semaines, il aurait perdu la vie sans votre intervention… Alors si je puis vous rendre service en acceptant de vous accueillir au ranch, j'en suis ravie.

Elle sourit et ajouta :

— Je vais vous confier un petit secret : ce sera bien agréable de n'être plus la seule femme, ici… Vous verrez, la vie dans un ranch est passionnante. Imaginez tout ce que vous allez apprendre.

— Je vais devoir apprendre à monter à cheval surtout, murmura Beth, une fois seule. Malheureusement.

Et avec Nick Burke.

Depuis son arrivée à Marfa, elle le rencontrait sans cesse. Et ses maudits chevaux aussi.

Le ranger McCrea avait convaincu ses supérieurs de l'ATF, prêts à la pousser à la démission, que sa présence au ranch des Burke pour démasquer l'informateur du cartel était capitale.

Cord avait soutenu que sa collaboration était essentielle pour la réussite des opérations de son groupe d'intervention. Enfin, il avait affirmé que son coup de feu, qui avait tué l'un des trafiquants du cartel mexicain, deux semaines plus tôt, relevait de la légitime défense et tombait sous sa juridiction.

L'affaire avait été close après une enquête rapide.

En contrepartie, Cord avait exhorté Beth à mieux connaître la région et à prendre des cours d'équitation. Malheureusement, elle avait une peur panique des chevaux. Elle était une vraie citadine, née sur la côte Est et exilée à Chicago. Elle était habituée aux bruits de la circulation et aux gratte-ciel. Les grands espaces texans lui donnaient un sentiment de petitesse et d'infériorité épouvantable. Sans compter sa peur des animaux, sauvages ou non.

En particulier des chevaux.

Mais elle était reconnaissante envers Cord, qui lui donnait ainsi une dernière chance de se racheter auprès de ses supérieurs de l'ATF à Chicago.

Jamais plus elle ne faillirait.

Tout en buvant son café à petites gorgées, Beth regarda autour d'elle et avisa soudain une photo qui représentait Nick et Kate McCrea au bal de fin d'année du lycée. A sa vue, elle ressentit, inexplicablement, un petit pincement au cœur. De la jalousie ? Mais non. Pas le moins du monde. Elle n'était pas amoureuse de Nick Burke, si séduisant soit-il !

Elle reposa donc la photo et vite s'en désintéressa.

Bientôt, l'odeur délicieuse du pain de maïs envahit la salle de séjour. Beth se sentit confuse de n'avoir pas davantage insisté pour aider Juliet dans la cuisine, tout en sachant qu'elle n'y serait d'aucune utilité. De plus, ce moment de solitude et de silence était nécessaire avant d'affronter Nick Burke, dont elle connaissait l'obstination.

Et surtout, l'animosité à son égard.

Sa voix l'arracha brusquement à ses pensées.

— Bonjour Beth.

Elle se retourna à peine.

— Comment va ton bras ? demanda-t-il, d'un ton courtois mais froid.

Beth but une gorgée de café pour dissiper une première vague d'émotion et regarda, par la fenêtre, dans la direction des montagnes qui semblaient toutes proches.

L'image de Nick se reflétait dans la vitre et elle s'y attarda.

Son T-shirt moulait un torse puissant dont elle connaissait la musculature. Il portait, dessus, une chemise écossaise en flanelle. Son jean était délavé et fatigué, mais il mettait parfaitement en valeur ses jambes athlétiques. Des jambes qu'elle avait pu admirer nues et dont elle refoula vite la vision.

S'obstiner à lui tourner le dos était grossier, pourtant elle voulait retarder au maximum le moment de le regarder en face et de lui parler. Elle s'était préparée à cette entrevue, mais ces retrouvailles étaient plus difficiles qu'elle ne l'avait imaginé. Nick aussi semblait mal à l'aise : elle voyait qu'il évitait de regarder dans sa direction.

Enfin, il baissa la tête, posa les mains sur le dossier du canapé et se décida à prendre la parole.

— J'imagine que tu vas bien puisque tu es là, dit-il dans le silence persistant. Il paraît que tu veux me demander un service ?

Beth frissonna. Le son de sa voix, profonde, veloutée et si sexy, l'avait toujours bouleversée. Elle la ressentait comme une caresse sur sa peau. Elle longea la baie vitrée, regardant toujours le reflet de Nick dans la vitre.

Elle le vit donc prendre place dans le grand fauteuil à côté du canapé et enfiler ses bottes. Ses cheveux encore humides gouttaient un peu dans son cou, sur sa chemise et son T-shirt. Observant ses gestes précis,

Beth ne put s'empêcher de songer à ses mains sur son corps nu lorsqu'il…

Elle devait cesser de penser à la nuit qu'ils avaient passée ensemble à la belle étoile. Surtout en sa présence.

D'un autre côté, c'était un souvenir tellement agréable…

— Tu as fait vite pour prendre ta douche, dit-elle, faute de mieux.

— Je ne traîne jamais dans la salle de bains quand je sais que ma mère a préparé du pain de maïs. Bon, et si tu m'expliquais ce que tu veux ?

Il n'avait donc pas été rapide par politesse pour elle ou par impatience de la revoir. Beth s'en était doutée, elle n'en fut pas moins déçue.

— Ton bras va bien ? demanda-t-il de nouveau.

Maintenant, oui. La blessure avait été légère mais assez sérieuse pour que, sous le choc, elle se soit évanouie.

— Oui. C'est guéri à présent.

Seigneur, quelle conversation banale et ennuyeuse… Rien à voir avec leur dernier échange, plutôt orageux, dans le bureau du shérif deux semaines plus tôt.

Nick avait en effet affirmé qu'elle était incompétente et qu'il ne voulait plus jamais la revoir !

Beth s'était défendue avec l'énergie du désespoir car elle s'attendait à tout moment à être rappelée à Chicago, mais les interventions conjuguées de Kate et de Juliet lui avaient valu de rester au Texas et de demeurer dans le ranch des Burke.

Seulement, ni Juliet ni Kate ne savaient qu'elle et Nick avaient eu une liaison, si brève ait-elle été.

En fin de compte, Beth se trouvait dans une situation terriblement embarrassante. Nick allait en effet s'imaginer qu'elle voulait s'engager plus loin avec lui alors que ce n'était certainement pas le cas !

Tant pis…

Elle n'avait pas le choix si elle voulait faire ses preuves et rentrer la tête haute à Chicago.

Et si, pour rentrer dans les bonnes grâces de ses supérieurs de l'ATF, elle devait fraterniser avec Nick, en dépit de ses réticences, eh bien elle l'accepterait.

Consciente qu'elle ne pouvait pas éviter plus longtemps le regard de Nick, elle se retourna à contrecœur.

Le visage de Nick était fermé mais attirant comme jamais.

Sous le charme, elle le contempla longuement.

Le silence tomba de nouveau entre eux.

— Tu as donc un service à me demander ? Vas-y, je t'écoute, dit-il enfin d'une voix forte qui arracha Beth à sa stupeur.

2

— Pour commencer, il faut que je te dise que ta mère est pleine de ressources, commença-t-elle, troublée. Elle a… hum… proposé à l'ATF de mettre le ranch à sa disposition.

Elle s'en tint là, jugeant plus sage de lui cacher que Kate avait aussi comploté avec Juliet. Puis elle se tut, prête à entendre les objections de Nick, et à argumenter. Elle tiendrait bon, car elle n'avait pas le choix. Le Rocking B et Nick Burke étaient ses dernières chances de réparer ses erreurs et de regagner l'Illinois.

— A la disposition de l'ATF ? Pour qui ? Pourquoi ?

Nick ferma les poings, les posa sur ses hanches, et attendit la réponse de Beth dans cette attitude vindicative. Il était manifestement mécontent de ce qu'il venait d'entendre.

— Pour moi. Et pour en faire mon avant-poste.

— C'est très drôle.

— Ce n'est pas une plaisanterie, Nick.

— J'accepte de collaborer avec l'ATF et le groupe d'intervention de Cord McCrea, mais il y a un gros problème, Beth : tu ne sais pas monter, tu ne connais rien aux chevaux. Comment envisages-tu de te déplacer dans ces montagnes ?

— J'en viens au service que je veux te demander.

J'aimerais que tu m'apprennes à monter et à mieux connaître la région.

— Impossible. Il n'en est pas…

— Tais-toi donc avant de prononcer des paroles que tu vas regretter ! lança brusquement Juliet, qui venait d'entrer dans la salle de séjour. Le petit déjeuner est prêt, Beth. Nous le prenons en général dans la cuisine.

— Je pourrais savoir ce qui se passe, exactement ? demanda Nick d'un air ombrageux.

— Beth emménage chez nous. Tu t'habitueras vite à cette idée, Nick, sinon… eh bien, tu sais ce qu'il te restera à faire.

Sur ces paroles lourdes de sous-entendus, Juliet repartit dans la cuisine.

Beth soupira. Nick s'approcha d'elle, le pas lourd comme s'il avait été chaussé de plomb, et ne s'arrêta que lorsque la pointe de ses bottes toucha l'extrémité de ses escarpins. Il était tout proche, il ne la touchait pas, mais elle sentait son énergie et sa chaleur l'envelopper. Ce fut si intense qu'elle dut se contenir pour ne pas lever la main et la poser sur son épaule ou sur son torse.

Juchée sur ses talons vertigineux, elle était exactement à sa hauteur. Sa grande taille intimidait souvent les hommes, mais pas Nick, qui était plus grand qu'elle. La première fois qu'ils s'étaient embrassés, il lui avait confié qu'il aimait l'adéquation parfaite de leurs corps. Elle aussi, et plus qu'elle ne voulait l'admettre.

Vivre sous le même toit n'ira pas sans complications.

Soudain, de la musique s'éleva de la cuisine. C'était un peu comme si Juliet, s'attendant à ce qu'ils aient une conversation d'ordre privé, s'interdisait d'en surprendre des bribes.

— Va jouer les touristes ailleurs que dans mon ranch,

je n'ai pas envie de te donner des cours d'équitation !
murmura Nick.

— Il ne s'agit pas seulement de cela…, dit-elle avec
un soupir.

Le visage de Nick était tendu et ses yeux clairs
lançaient des éclairs.

— Je te rappelle que je séjournerai ici à titre professionnel, et non à titre personnel.

— Je m'en réjouis, parce qu'il n'y a absolument rien
de personnel entre nous ! Ma mère préférerait sans
doute qu'il en soit autrement… Pas moi. Bref. Tu aurais
dû rentrer à Chicago au lieu d'inventer une raison pour
rester ici !

— Mon Dieu, quelle arrogance !

Excédée, Beth se sentait sur le point de renoncer, de
tourner les talons et de trouver un autre avant-poste.

Et d'exaucer ainsi les désirs de Nick.

Finalement, elle lui tint tête par amour-propre.

— Il y a plus important que nos relations personnelles qui, je suis d'accord avec toi, sont inexistantes !
répliqua-t-elle. J'ai bien entendu ce que tu as dit au bureau
du shérif, il y a deux semaines. Je sais que tu me juges
incompétente… Et je me sens maintenant insultée par ta
morgue ! Comment oses-tu tout ramener à ta personne ?
Affirmer que je trouve le premier prétexte venu pour
demeurer au ranch ?

— Ta présence ici prouve cependant le contraire,
n'est-ce pas ?

— Pour te dire la vérité, j'ai cherché un autre ranch…
mais Cord McCrea, puis l'ATF ont eu le dernier mot.
J'étais venue au Texas dans le cadre d'un repérage.
Maintenant je suis en mission, donc il me faut une
couverture. Un lieu. Logique.

Nick recula et croisa les bras, l'air buté.

Il campait manifestement sur ses positions.

Parviendrait-elle à le faire parler du coup de feu qui l'avait blessé et dont le souvenir le hantait jusque dans son sommeil ? Telle était en effet la raison pour laquelle Juliet avait autant insisté pour que le ranch soit son avant-poste.

Juliet, qui semblait faire une confiance aveugle à Beth parce que ses parents étaient des psychologues réputés, lui avait demandé de convaincre Nick de consulter un thérapeute spécialisé dans le traitement du stress post-traumatique. Beth doutait d'y arriver mais, touchée par l'inquiétude de Juliet, elle avait accédé à sa demande.

Elle déroba son regard à celui, perçant, de Nick qui semblait lire dans ses pensées. Seigneur… se rendait-il compte du pouvoir qu'il avait sur elle ? Et en avait-elle sur lui ? Ce qui expliquerait ses réticences à l'accepter dans son ranch ? Mais non bien sûr. Elle se montait la tête.

— J'aime beaucoup tes parents, Nick, commença-t-elle, mue par une impulsion. C'est facile de leur parler. Les miens disséquent chacune de mes paroles et interprètent les moindres de mes gestes et de mes réactions. Ils y cherchent des sens cachés. C'est de la déformation professionnelle car ils sont psychologues.

Nick l'enveloppa aussitôt d'un regard méfiant.

— Tu pourrais m'expliquer quel est le rapport avec ton séjour au ranch ?

— Eh bien… tes parents, ta mère surtout, aimeraient que je te pousse à parler de tes cauchemars et à consulter un thérapeute. Et toi, tu m'apprendrais à monter. C'est un échange de bons procédés.

Nick porta la main à sa blessure, comme il le faisait si souvent.

Cette blessure intriguait Beth. Le soir où il l'avait embrassée, la nuit où ils avaient fait l'amour, elle l'avait à peine vue, car il la lui avait masquée avec une étrange obstination.

Le silence de Nick persista et bientôt étonna Beth. Soudain, il s'arracha à son immobilité pour se masser le front. Il réfléchissait ? Etait-ce bon signe ?

— C'est ridicule ! lâcha-t-il enfin avec lassitude.

— Je sais.

Beth pianota du bout des ongles sur la table et aussitôt se figea. Elle avait pris cette mauvaise habitude après sa mise à pied à Chicago. Sa conversation avec Nick la rendait nerveuse, mais elle ne voulait surtout pas qu'il le remarque.

— Mais je comprends ta mère. Elle veut désespérément t'aider.

Nick plissa le front.

— Ma mère est donc au désespoir à cause de moi… Je comprends mieux pourquoi elle m'a lancé un ultimatum, tout à l'heure.

Beth resta silencieuse, déconcertée qu'il ne se soit pas emporté et n'ait pas perdu patience, comme à son habitude.

— Entre nous, je ne sais pas si je peux t'aider, Nick.

D'un autre côté, elle avait subi un traumatisme qu'elle avait appris à gérer. Qui sait si elle ne réussirait pas au moins à le convaincre de consulter un spécialiste ?

Nick arpenta la salle à manger.

— Moi, je me demande comment je vais t'apprendre à monter alors que tu as une telle peur des chevaux.

— Nick ! Est-ce que tu es en train de me dire que tu es d'accord ?

Beth était stupéfaite. Nick avait décidément le don de la surprendre.

Pour toute réponse, il acquiesça d'un signe de tête.

A cet instant précis, la musique, dans la cuisine, cessa de jouer.

La voix de Juliet rompit le silence.

— Nick, veux-tu aller chercher ton père, s'il te plaît ?

— Tout de suite.

Avant de sortir, Nick s'approcha de Beth et lui murmura à l'oreille :

— Il reste un petit détail à éclaircir. Il te faut une couverture, n'est-ce pas ? Quelle raison vas-tu donner à mes ouvriers et aux habitants de Marfa pour expliquer ton séjour au ranch ?

La seule sensation de son souffle sur sa peau fit frémir Beth. Mais elle s'exhorta au calme.

— Eh bien, on a envisagé…, commença-t-elle avec précaution.

Hésitante, elle se tut puis déglutit. Seigneur, Nick allait être furieux quand il saurait…

— Il a été question que je me fasse passer pour ta petite amie. Ou ta fiancée. Ce serait même mieux. Je précise que toi, tu feras partie du groupe d'intervention en tant que guide officiel et pisteur. Tu ne seras pas armé.

— Tu plaisantes ?

— Ecoute, ce n'est pas mon idée, c'est celle de Cord McCrea ! se défendit Beth.

Plutôt celle de Kate McCrea.

— C'est complètement absurde ! s'exclama Nick, hors de lui. Comment veux-tu que nous jouions la comédie des amoureux heureux ? Alors que nous ne nous… on ne se…

Nous nous détestons ? acheva Beth, consternée, en son for intérieur.

En ce qui la concernait, ce serait un drôle d'exercice.

Elle devrait feindre de le détester quand ils seraient seuls, mais elle laisserait libre cours à son attirance, sincère, pour lui, en public. Elle jouerait la comédie, mais pas comme Nick le pensait !

Dans le secret de son cœur, Beth avait la nostalgie de la nuit d'exception qu'ils avaient passée dans la montagne, sous les étoiles. Mais elle répugnait à s'appesantir sur ses sentiments envers Nick et à s'expliquer les raisons de sa confusion.

Pour finir, Beth décida de suivre son instinct. Elle posa la main sur la joue de Nick et la lui caressa de la pointe de ses ongles. Nick resta immobile, en apparence calme, mais son visage trahissait sa tension.

— Allons, allons, Nick…, murmura-t-elle, les yeux mi-clos et en fixant ses lèvres. Nous n'avons pas besoin de nous aimer ou de nous détester pour jouer la comédie. Contentons-nous d'en profiter pour prendre un peu de plaisir…

Nick leva la main à son tour. Beth s'attendait à ce qu'il repousse la sienne, mais au contraire il la lui serra sans hâte, la pressa sur sa bouche et embrassa le creux de sa paume.

Beth sentit son souffle s'accélérer. A moins que ce ne soit celui de Nick qui était devenu plus rapide ? Troublée, elle tenta de retirer sa main, désormais prisonnière, de celle de Nick, mais il la retint. Alors elle lutta contre le désir de se jeter dans ses bras et de lui donner un vrai baiser.

Seule la peur de se ridiculiser et d'être repoussée la retint. Elle s'exhorta au calme, et se consola en se disant qu'elle était capable de résister à un homme séduisant et attirant.

C'était une victoire, non ?

— C'est la seule parole sensée que je t'aie jamais entendue prononcer depuis que je te connais, Beth…, lâcha Nick, un petit sourire ironique aux lèvres.

Puis il lâcha sa main et sortit.

Il ne claqua pas la porte derrière lui, mais il ne se priva pas d'exprimer sa contrariété en descendant bruyamment l'escalier de la véranda. Arrivé au bas des marches, il tapa du poing sur la rampe.

— Il est d'accord ? s'enquit Juliet au même moment en sortant de la cuisine.

Beth détacha son regard de Nick, qui donnait maintenant un coup de pied dans une pierre.

— Je ne sais pas…

— Il acceptera ! s'exclama Juliet qui, sur ces paroles décisives, repartit dans la cuisine. D'autant que je ne lui laisse pas le choix ! ajouta-t-elle avant que la porte à battant ne se referme.

Alors Beth eut le sentiment inexplicable qu'elle venait de se faire manipuler de main de maître.

— Séjourner dans ce ranch, c'est peut-être pire que l'exil forcé, murmura-t-elle dans un soupir.

3

Lorsqu'elle vivait encore à Chicago, Beth se rendait chaque jour à son club de sport et s'entraînait sous la férule d'un coach particulièrement impitoyable. Mais ce n'était rien en comparaison de ce qu'elle endurait au ranch depuis deux jours. Nettoyer la grange et les stalles des chevaux, soulever des bottes de foin mettait à rude épreuve des muscles dont elle n'avait jusque-là jamais soupçonné l'existence.

— Comment réussissez-vous à soutenir quotidiennement un tel rythme ? demanda-t-elle à Juliet et Alan alors qu'elle s'octroyait une pause et se laissait tomber sur une chaise de la cuisine.

— Moi, je cuisine seulement. Et je m'occupe de fumer mon jardin, répondit Juliet. Ce sont mes seules activités dans ce ranch.

— A ce propos, as-tu besoin de fumier ? demanda Alan.

— Non. Et ne demande pas à Beth d'en apporter. C'est inutile : le jardin dort en hiver.

— Je vous laisse, je vais être très occupé jusqu'au dîner, déclara Alan en donnant une petite tape sur l'épaule de Juliet.

Il se servit d'une tranche de pain de maïs au passage et lui sourit.

— Vous travaillez bien, Beth. Merci de nous aider…
Nick a mal choisi son moment pour partir en montagne !

— Je vous en prie. Je m'en voudrais de ne pas participer à la vie du ranch alors que vous m'hébergez si
gentiment !

Beth aurait suivi Alan si elle n'avait été aussi harassée.
Ses jambes ne pouvaient plus la porter.

— Allez prendre une bonne douche, Beth ! lui
conseilla Juliet. Kate a téléphoné, tout à l'heure, et elle
aimerait beaucoup vous rencontrer. Elle envisage de se
rendre à Alpine, aujourd'hui et elle a pensé que vous
auriez besoin de faire quelques achats indispensables.

— Faire du shopping ? Mais je ne suis pas en forme
pour aller dans les magasins !

— Allons, allons, Beth ! Nick ne peut vous donner
des cours d'équitation avec vos escarpins griffés. De
plus, vous ne pouvez pas non plus continuer à emprunter
des bottes qui sont trop grandes pour vous.

— Vous me conseillez d'acheter des bottes de
cow-boy ? Mais que vais-je en faire lorsque je serai de
retour à Chicago.

— Il vous faut aussi un jean, quelques bonnes
chemises de laine, et une canadienne ! continua Juliet
sans l'écouter, regardant d'un œil critique sa salopette,
également trop grande. L'hiver approche, et le temps
peut changer à tout moment.

— Mais j'ai des blousons, des doudounes et des vestes
en peau de mouton retournée à la maison, objecta Beth,
pensant avec nostalgie à sa jolie garde-robe de citadine.

— L'hiver est très froid dans la région, c'est pourquoi
je vous suggère de faire quelques achats.

Beth soupira.

— Bon… vous avez raison. Je vais aller prendre une
douche.

Cela fait, elle se sentit ragaillardie. Elle était même de très bonne humeur une fois qu'elle eut enfilé ses chers escarpins Jimmy Choo et pris la route.

Elle aimait conduire la jeep Wrangler du ranch. La capote et les sièges étaient vieux et fatigués, mais qu'importe ! Elle aimait la sensation de l'air frais sur son visage et la soufflerie du radiateur sur ses pieds. Elle ressentait une impression de liberté extraordinaire…

Pourquoi ne s'achèterait-elle pas une jeep, une fois de retour à Chicago ? Certes ses parents, écoresponsables qui roulaient en véhicule hybride, seraient furieux. Et à vrai dire, la jeep Wrangler consommait beaucoup d'essence et n'était guère pratique en ville. Sans compter les émissions de gaz d'échappement. Bah, elle profiterait du tout-terrain tant qu'elle serait au Texas…

Une fois en ville, elle se gara devant la station d'essence qui se trouvait non loin du café où elle avait rendez-vous avec Kate McCrea. Elle repéra la jeune femme quand, de l'intérieur, cette dernière lui fit signe. Son mari était là, lui aussi. A peine était-elle entrée que Cord McCrea se leva et lui tira une chaise d'une main, tout en tenant son fils de l'autre.

Beth éprouvait la plus vive admiration envers cet homme qui avait joué de son influence pour qu'elle reste dans son groupe d'intervention.

Cord et Kate McCrea avaient eu, un an plus tôt, de nombreux démêlés avec le cartel mexicain : une tragédie qui s'était soldée par une victoire. Ils avaient divorcé, s'étaient remariés et avaient maintenant un enfant.

— Merci pour ton invitation, Kate, commença Beth. Juliet m'a promis que tu m'aiderais à acheter ce dont j'ai besoin pour mon séjour au ranch.

Tendue, Beth commença à pianoter des ongles sur

la table d'une main, mais elle posa l'autre dessus pour s'obliger à cesser.

— Avec plaisir, Beth ! Que veux-tu boire ? Thé ? Café ?

Kate n'attendit pas sa réponse pour commander et agita la main à l'intention de la serveuse.

— Deux thés glacés, Brandie !

— On ne part pas tout de suite ? interrogea Beth qui n'avait guère envie d'affronter plus longtemps les regards des curieux.

— Nous attendons Pete et Andrea. Ils vont s'installer chez nous pour garder Danver. Cord et moi, nous devons en effet aller à Lubbock. Sitôt que nous aurons fait des courses à Alpine, nous prendrons l'avion pour nous y rendre.

— Baisse d'un ton, Kate, murmura Cord en parcourant la salle des yeux, avant de regarder dehors, vers la station-service.

Beth était contrariée à la pensée de revoir Andrea, car elle n'entretenait pas les meilleures relations avec la petite amie du shérif depuis que sa peur des chevaux avait mis cette dernière en danger. C'était d'ailleurs l'une des nombreuses raisons pour lesquelles Beth voulait apprendre à monter.

— Je suis contente que tu aies pensé à moi, pour faire du shopping, reprit Beth qui observa à son tour les clients et le mécanicien, debout près du pont élévateur de voitures.

Celui-ci semblait sur le qui-vive et ne cessait de regarder autour de lui. Il portait une salopette sur laquelle il essuyait sans cesse ses mains couvertes de graisse. Cord le fixa aussi pendant quelques minutes, les sourcils froncés et l'air soucieux, jusqu'à ce que le mécanicien s'éloigne.

— Tu es le prétexte rêvé pour une escapade d'un après-midi ! continua Kate.

Elle sourit d'un air complice et poursuivit :

— Enfin une petite virée entre filles ! Plus de bébé et de mari pour la première fois depuis plusieurs mois ! Cord a accepté uniquement parce que tu es un agent entraîné capable de réagir à n'importe quelle situation.

— Je t'aime trop pour te mettre en danger ! Et nous avons subi assez d'épreuves, ces derniers temps ! se récria Cord. Cela dit, tu pourrais aussi bien faire tes achats sur Internet.

— Mais ça n'a rien à voir avec le shopping dans la réalité ! C'est un tel plaisir que d'essayer des vêtements, continua Kate. Et surtout d'aider quelqu'un à faire son choix.

— Où peut-on faire du shopping, dans la région ? Le centre commercial de Marfa est minuscule. Rien qu'à l'idée de le comparer aux galeries commerciales de Chicago, j'ai le cafard. Oh désolée…, dit Beth, baissant la voix pour que les autres clients ne l'entendent pas se plaindre.

— Ne te formalise pas, Beth ! reprit Kate. Nous savons que débarquer ici est un véritable choc culturel. J'ai fait toute ma scolarité à Austin et Cord est né à Dallas. Crois-moi, j'ai la nostalgie des vrais centres commerciaux. Mais tu aimeras celui d'Alpine.

A cet instant, Andrea et Pete Morrison, le shérif, entrèrent dans la salle. Kate leur fit signe puis les appela. Beth, de nouveau nerveuse, se contint pour ne pas pianoter de nouveau sur la table.

La dernière fois qu'elle avait vu Pete Morrison, deux semaines plus tôt, ce dernier s'était opposé catégoriquement à sa présence dans le groupe d'intervention, rejoignant ainsi l'avis sans ambiguïté de Nick.

Dans un sens, Beth convenait qu'elle n'avait pas non plus été d'une grande aide lors de l'opération destinée à délivrer Andrea, otage du cartel mexicain. Bien au contraire... Elle avait perdu le contrôle de sa monture, ce qui avait forcé Nick à partir à sa rescousse en pleine opération. Il en avait résulté un épilogue inattendu : une nuit dont elle chérissait le souvenir...

Les deux couples échangèrent quelques plaisanteries. Kate proposa aussitôt à Andrea de se joindre à elles et de les accompagner dans leurs achats. Beth, gênée, se contenta d'opiner et de sourire poliment pour appuyer son invitation.

La conversation, lors de cette excursion entre filles, porterait certainement, inévitablement, sur les hommes. Andrea et Kate lui poseraient des questions sur la nuit qu'elle avait passée avec Nick.

Devait-elle dire la vérité, esquiver habilement, ou mentir tout simplement ? Aucune de ces trois options ne lui plaisait. Elle se promit donc d'éviter le sujet.

Andrea et Kate, prêtes à partir, se levèrent après avoir confié bébé et affaires à leurs compagnons respectifs.

Ensuite elles se mirent toutes les trois en route.

De Marfa à Alpine, il y avait une bonne demi-heure de route quand la circulation était fluide. Ce qui était le cas aujourd'hui.

— Cord espère que tu réussiras ta mission..., déclara Kate.

— Je l'espère aussi.

— Dans tous les cas, ça va te faire du bien de te changer les idées le temps d'un après-midi, reprit Kate chaleureusement.

— Et d'oublier que je préférerais être à Chicago...

Beth soupira. Elle se sentait vraiment déracinée, au Texas.

— Cela dit, je suis folle de joie à la perspective de faire du shopping ! ajouta-t-elle précipitamment pour ne pas paraître trop snob.

— Moi aussi j'aime bien aller parfois au centre commercial, mais je ne supporte plus la vie en ville. J'aime trop les étoiles ! confia Andrea.

Beth se réjouit du tour léger que prenait la conversation. Au ranch, elle était contrainte à la prudence et à la vigilance. Le groupe d'intervention ne savait toujours pas qui, chez les Burke, informait le cartel mexicain sur les activités de Nick. En réalité, tous les ouvriers étaient suspects. Voire tous les habitants du comté…

Beth s'appuya contre son siège et s'étira.

— C'est génial, je suis d'excellente humeur, s'exclama-t-elle. Rien ni personne ne me gâchera cette journée, je vous le garantis. Pas même le départ précipité — enfin, disons plutôt la fuite — de Nick en montagne !

Kate et Andrea échangèrent un regard sur le siège avant.

Beth regretta d'avoir parlé sans réfléchir et, surtout, de ne pas l'avoir dit à Pete et Cord, tout à l'heure au café.

— Nick a fui ? s'enquit Andrea. Qu'est-ce que tu en penses, Kate ?

— Ne me demande surtout pas mon avis ! J'ai les méninges en sommeil, dit Kate. Je n'ai pas mis le nez dehors depuis presque un an.

Beth prit une grande inspiration.

— Je suis désolée d'avoir compromis ta libération quand tu étais retenue en otage, Andrea.

— Je sais maintenant que les chevaux et toi, ça fait deux, déclara Andrea simplement. Quant à Nick, je ne veux pas le juger… Je comprends qu'il ait besoin de solitude, qu'il ait envie de se ressourcer, voire de se dérober, après avoir subi deux tentatives de meurtre.

Elle soupira et ajouta :

— Pete, lui, n'a pas le choix… il est le shérif.

Beth garda le silence.

— Nick traverse sans doute un passage à vide, déclara Kate en croisant son regard dans le rétroviseur. Ça lui arrive de temps à autre depuis un an. Il sera vite de retour au ranch.

Beth songea que si elle se taisait, cette conversation serait close rapidement et un autre sujet abordé. Mais le silence persista et elle se sentit obligée de prendre la parole.

— Nick est vraiment quelqu'un de bien. Il est seulement un peu têtu, conclut-elle donc sobrement.

— Il paraît que Nick est l'un de tes ex ? demanda soudain Andrea à Kate.

Beth tendit l'oreille, attentive. Tout à coup, cette conversation devenait très intéressante…

— Je connais Nick depuis l'enfance et il n'a jamais été mon petit ami, même si tout le monde l'a cru, objecta Kate d'un ton contrarié.

De nouveau, son regard croisa celui de Beth.

— On devrait dire à Cord et à Pete que Nick est en montagne. Qui sait s'il ne court pas un danger avec ces trafiquants… On les appellera sitôt que nous serons arrivées à Alpine.

— Ses parents ont assuré qu'il ne partait que pour un ou deux jours. Il devrait donc être de retour aujourd'hui au plus tard, hasarda Beth.

Elle l'espérait. L'ATF lui avait donné un délai de deux semaines pour faire ses preuves.

— Tu penses pouvoir l'aider ? reprit Kate avec espoir. L'inciter à consulter. A se soigner…

Elle faisait évidemment allusion au syndrome de stress post-traumatique dont souffrait Nick depuis un an.

— Si tu y réussis, il n'aura plus de raison de fuir, continua-t-elle.

Kate semblait sincèrement inquiète pour Nick. Andrea, quant à elle, restait silencieuse.

Beth comprit qu'elle ne pouvait plus biaiser.

— En réalité, je crois qu'il est parti à cause de moi…, avoua-t-elle. Précisément, après que je lui ai confié quel serait le prétexte inventé pour rendre ma présence au ranch plausible.

— Mon idée lui a déplu ? s'exclama Kate. Ah bon ? Je pensais pourtant que… tous les deux, eh bien… vous étiez…

— Que vous étiez ensemble ! Que vous aviez une liaison ! acheva Andrea sans mâcher ses mots. Mais quelle était l'idée de Kate ?

— J'aimerais que cette histoire reste strictement professionnelle ! Il s'agit d'une mission, pas d'une affaire personnelle, coupa Beth.

— Quelle était l'idée de Kate ? insista Andrea.

Beth garda le silence.

— Beth devait se faire passer pour la petite amie de Nick, répondit enfin Kate.

— Dans tous les cas, s'il n'est pas de retour demain, je partirai à sa recherche avec l'un des ouvriers ! déclara Beth, d'une voix qu'elle espéra ferme.

— A cheval ? s'exclama Andrea en riant. Je paierais pour te voir monter !

— Andrea ! Ne te moque pas de Beth ! déclara Kate en fronçant les sourcils.

Et elle reprit à l'intention de Beth :

— Je te le déconseille, Beth. Retrouver Nick, c'est plus facile à dire qu'à faire. Même moi, je n'y réussirais pas. Je connais bien ces montagnes, mais lui, il les connaît comme sa poche.

Beth se sentit découragée. Non seulement elle ne connaissait pas la région, mais elle n'avait pas encore pris un seul cours d'équitation.

Et Nick avait refusé de se faire passer pour son fiancé pour légitimer sa présence au ranch…

Elle n'avait que deux semaines pour remplir sa mission, et avec succès si possible, sinon… elle serait rappelée à Chicago et devrait cette fois démissionner de l'ATF.

Consciente qu'elle pianotait nerveusement sur la portière, elle arrêta son geste. Cette habitude, qui trahissait sa nervosité, décidément l'exaspérait. Puis elle remarqua que ses ongles étaient très abîmés après deux jours de corvées au ranch.

— Trêve de plaisanteries, reprit Andrea en se retournant. J'espère vraiment que tu réussiras.

Beth décida de changer de sujet.

— Juliet affirme que j'ai besoin d'une nouvelle garde-robe pour vivre au ranch. Tu sais où aller, Kate ?

— Oh oui ! Ne t'inquiète pas !

— Et puis vous connaissez peut-être un salon de beauté à Alpine ? Mes ongles sont dans un état épouvantable…

Andrea et Kate échangèrent un regard complice.

— Oui ! dirent-elles d'une seule voix.

Se moquaient-elles d'elle parce qu'elle attachait de l'importance à son apparence ?

Beth se faisait cette réflexion quand les deux jeunes femmes se mirent à glousser comme des adolescentes prises en faute.

— Andrea ? déclara Kate. Appelle tout de suite Sonya et demande-lui si elle a une disponibilité pour cet après-midi. Tu vas l'adorer, Beth ! C'est la meilleure manucure de tout Alpine !

Malgré cette perspective pour le moins réjouissante, Beth s'assombrit.

Nick avait disparu depuis deux jours. Quand reviendrait-il ?

Cette incertitude allait finalement lui gâcher son après-midi à Alpine…

4

Nick avait quitté le ranch deux jours plus tôt.

Après sa conversation avec sa mère et ensuite avec Beth, il avait porté les bagages de cette dernière dans la chambre d'amis, puis il avait sellé son cheval et était parti en montagne, prétendant rechercher des veaux perdus.

Il savait que Beth ne pourrait le suivre, mais elle n'avait cessé de l'appeler et de le bombarder de SMS depuis son départ. Exaspéré, il avait fini par éteindre son téléphone. Il avait dormi à la belle étoile deux nuits de suite pour réfléchir et s'éclaircir les idées. En vain. Chaque fois qu'il levait les yeux vers la voûte étoilée, il se souvenait de cette fameuse nuit où il avait fait l'amour avec Beth. Au moins, ses cauchemars habituels avaient été remplacés par des rêves sensuels…

Il ne pouvait se remémorer les baisers de Beth sans nostalgie.

Tout compte fait, il ne savait pas ce qui était le pire : voir en cauchemar un homme sans visage faire feu sur lui, ou le beau visage de Beth et son corps magnifique…

C'étaient deux formes de tourments totalement différents mais aussi préoccupants.

Jamais il n'oublierait qu'il avait failli mourir et jamais il n'oublierait sa nuit avec Beth…

Malgré sa confusion, persistante, le grand air lui avait fait le plus grand bien. Malheureusement, il n'avait vu

aucun trafiquant et n'avait retrouvé aucun des veaux
échappés du troupeau. Il avait pourtant vérifié tous les
canyons et visité le refuge de Kate McCrea. Il venait même
de traverser des lieux que fréquentaient impunément,
mais de façon aléatoire, les criminels du cartel mexicain.

S'il ne pouvait installer un système de surveillance sur
l'ensemble de ses terres, trop vastes, il pouvait toujours
freiner la progression de ces individus en commençant
par démasquer l'informateur qui œuvrait au sein de son
ranch. Cela signifiait donc qu'il devait coopérer avec Beth.

En consentant à jouer le rôle de son fiancé.

Il regarda le soleil qui se levait, repoussant l'obscurité
de la nuit. Au matin du deuxième jour de son équipée,
il était en effet arrivé à la conclusion qu'il valait mieux
coopérer que résister et se braquer sans cesse. Il avait
également longtemps pensé à ses parents. Au cancer de
son père, et à sa rémission récente. Puis à la blessure
dont il avait failli mourir, un an plus tôt. Sa mère avait
subi trop de stress au cours de ces dernières années…

Il s'était souvenu des paroles de Juliet, de son désespoir
et de son impuissance face à ses cauchemars et à ses
insomnies. Jamais il n'avait pensé qu'elle était à ce point
affectée par son refus de se soigner, à supposer que son
mal soit guérissable. Il n'avait rien à perdre à écouter
les conseils de Beth… Et si elle voulait feindre leurs
fiançailles pour assurer la réussite de sa mission, après
tout pourquoi pas ?

Contre qui, et contre quoi luttait-il ?

En vérité, et depuis le premier jour, Nick luttait contre
son attirance croissante, et contrariante, pour Beth. Il lui
avait porté secours quand sa monture s'était emballée
et lui avait sauvé ainsi la vie, délaissant l'opération du
groupe d'intervention qui visait à libérer Andrea.

Trop éloignés du groupe pour revenir à leur point

de départ, ils avaient passé la nuit à la belle étoile et avaient succombé à leur attirance l'un pour l'autre. Et maintenant, qu'éprouvait-il pour Beth ? Il n'en avait aucune idée. Il avait une seule certitude : il ne pouvait avoir une conversation avec elle sans que les passions s'enflamment. Ils étaient comme chien et chat… sauf quand ils étaient dans les bras l'un de l'autre.

Mais en définitive, ses rapports avec Beth, quels qu'ils soient, n'avaient que peu d'importance.

L'essentiel, c'était en effet le bien-être de sa mère.

Son cheval hocha la tête, hennit brusquement, et Nick tira sur les rênes. Il lui tapotait l'encolure quand il entendit du bruit sur le sentier en contrebas. S'agissait-il d'un veau de deux ans, perdu et terrorisé, ou d'un trafiquant du cartel mexicain ?

Nick sauta à terre et, par précaution, saisit sa carabine avant de conduire sa monture à l'abri. Mieux valait pécher par excès de prudence… Certes, il avait donné sa parole à ses parents qu'il informerait Pete ou Cord de toute activité criminelle liée au cartel mexicain sur ses terres, et qu'il ne prendrait plus jamais aucune initiative pour les affronter, mais il ne devait pas être imprudent pour autant.

Il savait que son portable ne lui était d'aucune utilité sur ce versant, car il n'y avait aucune réception. Il connaissait si bien ces montagnes qu'il n'avait même pas besoin de le vérifier pour s'en assurer. Il était donc livré à lui-même, quoi qu'il doive affronter. Après avoir attaché sa monture au tronc d'un arbre, il se jucha sur un rocher qui surplombait la piste et se mit à plat ventre.

Bientôt, il repéra un homme, vêtu d'un treillis et coiffé d'une casquette de base-ball bleue, qui remontait le sentier à cheval. Un trafiquant du cartel. Si ce n'était pas le cas, cet homme se trouvait sur une propriété privée et était donc en infraction.

L'observant mieux, Nick constata que l'homme transportait des armes.

En quantité.

Ainsi, les trafiquants du cartel reprenaient leurs activités, si tant est qu'ils les aient jamais interrompues… Cet homme l'avait sans doute vu emprunter ce passage dans le canyon et s'y aventurait à son tour sans redouter de le croiser. Nick se savait à une demi-journée du ranch et il était conscient qu'il ne pourrait jamais joindre McCrea ou Pete à temps. Et s'il tentait de soutirer quelques informations à cet individu ?

Il prit son temps pour réfléchir. Mac Caudwell, son contremaître et homme de confiance, lui avait tiré dans le dos, ce qui expliquait pourquoi il rêvait sans cesse d'un homme sans visage. C'est sur la foi du témoignage de Kate que Mac Caudwell avait été confondu.

Mac n'avait jamais révélé les raisons pour lesquelles il l'avait pris pour cible… Mais Nick cherchait constamment l'explication à son acte. C'est dans ce but qu'il partait souvent seul en montagne.

Pour chercher, inlassablement, une réponse qu'il ne trouverait sans doute jamais…

Cette fois, l'homme avait un visage, il arrivait sous le surplomb du rocher. Quand il était plus jeune, Nick avait fait un saut de cette hauteur pour atterrir sur un cheval, mais il n'avait pas pu s'asseoir ensuite normalement pendant une bonne semaine. Il calcula qu'il se trouvait à environ quatre mètres de sa cible.

Tout en ayant conscience des conséquences d'une telle chute, il se laissa tomber sur l'homme. Ce dernier, surpris, dégringola de sa monture, amortissant la chute de Nick qui ne réussit pas cependant à le neutraliser. Sa victime se retourna, parvint à se mettre à califourchon sur lui et l'apostropha copieusement en espagnol.

— Pour qui travailles-tu ? demanda Nick en se débattant.

— ¡ *No habla inglés !*

— Tu n'es pas mexicain ! Tu parles espagnol avec l'accent texan !

Nick réussit à lui décocher un coup de pied, et il allait se redresser quand son adversaire le prit par le cou et le poussa vers la pente. La tête de Nick heurta une pierre, à moins que ce ne soit une racine d'arbre, et il réussit à freiner sa chute *in extremis*. Une fois immobile, il aperçut un autre homme qui arrivait à la rescousse de son complice.

Cet homme montait un cheval. Bon sang, c'était *son* cheval !

— Adieu, *gringo* ! lui lança le nouvel arrivant.

Son sourire moqueur dévoila des dents jaunies tandis qu'il jetait son portable au loin.

Nick serra les dents. Non seulement son saut n'allait pas tarder à lui provoquer un terrible mal de tête et de dos, mais il allait être obligé de rentrer à pied au ranch. Sans compter que dès qu'il serait de retour chez lui et qu'on aurait vent de sa malencontreuse aventure, on se moquerait de lui.

« On » ? Beth.

Puisqu'il n'avait plus ni monture ni portable, autant en profiter pour suivre les deux hommes. Il était un bon pisteur et ne lâcherait pas prise tant qu'il n'aurait pas retrouvé leur trace.

Ironie du sort, c'est Mac Caudwell, le contremaître du ranch et auteur de la tentative de meurtre sur sa personne, qui lui avait autrefois appris à pister. Non seulement Mac Caudwell avait trahi sa confiance, mais il lui avait révélé qu'un autre ouvrier du ranch travaillait pour le compte du cartel mexicain. Etait-ce vrai ? Ou pas ? Beth et Cord tendaient à le penser.

Réussirait-il un jour à se départir de sa méfiance envers son entourage ? s'interrogea Nick. Rien n'était moins certain… Mais accepter l'aide de Beth rassure-rait peut-être sa mère, et en échange il lui apprendrait à monter à cheval.

Beth voulait qu'ils feignent d'être amoureux pour légitimer sa présence au ranch. En fin de compte, ce ne serait pas vraiment une corvée… Elle était jolie et attirante, et désirait même, dans le cadre de sa mission, joindre l'utile à l'agréable. Au plaisir…

Nick sourit, mais un faux mouvement lui arracha une grimace de douleur. Son dos le faisait souffrir… Un an déjà qu'il avait été blessé, pensa-t-il, repoussant ce souvenir.

Il remonta le sentier jusqu'au sommet du canyon. Il s'approcha du bord, se cachant de son mieux. Il vit son étalon et, plus loin, trois trafiquants.

Ceux-ci ne cherchaient pas à se cacher. Il reconnut celui qui l'avait agressé à sa casquette de base-ball bleue. Ils attendaient devant des jeeps où se trouvaient des sacs. Contenaient-ils de l'argent destiné à acheter des armes ? Deux hommes armés jusqu'aux dents montaient la garde devant un vieil hélicoptère. Ils visaient les sommets du canyon, prêts à tirer.

L'hélicoptère permettait non seulement de voler en basse altitude, mais aussi de couvrir des distances rapi-dement et ainsi de livrer, au plus vite, de l'argent et des armes. La suite était facile à deviner…

Ces individus menaçaient d'honnêtes citoyens qui avaient toujours de la famille au Mexique en les contrai-gnant à acheter des armes. Des milliers d'armes à feu avaient ainsi été illégalement achetées et distribuées aux cartels mexicains, sur les deux côtés de la frontière sud-ouest du Texas.

Nick avait étudié le sujet à fond. Le réseau, immense avec des ramifications étendues, semblait impossible à démanteler. Il refréna son envie de dévaler le versant et d'attaquer. A quoi bon ? Il devait récupérer sa monture et rentrer au ranch. Il avait promis de ne plus intervenir.

Nick resta donc immobile jusqu'à ce que les deux jeeps démarrent et s'éloignent. Quelques minutes plus tard, ce fut au tour de l'hélicoptère de disparaître à l'horizon.

Nick rampa sous les buissons pour ne pas se faire repérer. Quand l'hélicoptère se fut éloigné, il dévala le sentier et courut vers son cheval. Au moins, il n'était plus à pied…

Il ne savait pas comment le groupe d'intervention de Cord débarrasserait ses terres des trafiquants et remonterait la filière, mais il devait contribuer à ses opérations.

Il avait donc deux solutions.

La première, c'était de rentrer au ranch et d'apprendre à Beth à monter. La seconde, c'était de demander à la jeune femme de l'initier au judo ou à la lutte, qu'elle maîtrisait parfaitement. Il l'avait en effet vue exercer ses talents avec brio.

Il apprécierait le contact, rapproché, lors de ces leçons. Et de nouveau il se remémora les mots de Beth : « Nous n'avons pas besoin de nous aimer ou de nous détester pour jouer la comédie. Contentons-nous d'en profiter pour prendre un peu de plaisir. »

Justement, le moment était venu de s'amuser.

5

Au cours des deux derniers jours, Nick n'avait pas donné de nouvelles. Tôt ce matin, il avait écouté le message inquiet que sa mère lui avait laissé, et avait aussitôt décidé de rentrer au ranch. Mais il avait repéré un trafiquant, l'avait défié, avait été agressé et, pour finir, s'était fait déposséder de son portable.

Lorsque McCrea serait averti des derniers événements, il passerait le canyon au peigne fin… Mais combien de fois le groupe d'intervention avait-il effectué cette procédure sans obtenir le moindre résultat ? Seule — et mince — consolation, les trafiquants ne savaient pas qu'il les avait épiés.

Nick traversa le dernier pâturage avant le ranch et repéra la jeep qui s'approchait. Beth était au volant avec, à côté d'elle, un ouvrier du ranch. Elle s'arrêta brusquement, effrayant ainsi sa monture qui aussitôt se cabra.

L'employé bondit de la jeep et courut à sa rencontre pendant que Nick descendait de cheval. Il prit son matériel, enleva ses sacoches de sa selle et les mit sur son épaule.

— Conduis ma monture à la grange, Paul. Bouchonne-la et donne-lui une bonne ration d'avoine. On fera le point sur ces deux derniers jours avec les autres ouvriers tout à l'heure.

Quand Mac Caudwell était encore le contremaître du ranch, Nick n'avait d'autre tâche que d'entraîner les chevaux dans le corral, tandis que ses employés réparaient les clôtures et effectuaient toutes les autres corvées. La situation avait bien changé depuis...

— *Sí señor*. Je m'en occupe.

Puis il ajouta dans un murmure :

— Attention avec la diablesse : elle conduit comme une folle.

Beth avait-elle déjà un surnom ?

— C'est quand vous voulez, cher monsieur Burke ! plaisanta cette dernière en pianotant de la pointe des ongles sur son volant.

Sans dire un mot, Nick déposa ses affaires sur la banquette arrière et resta immobile devant la portière côté conducteur.

— Alors ? Tu montes, oui ou non ? interrogea-t-elle.

— Non. Pas si c'est toi qui conduis. C'est ma jeep. Ce sont mes clés.

— Oh là là, si tu le prends sur ce ton !

Beth descendit de voiture, gagna le siège passager et mit sa ceinture de sécurité.

Nick l'imita.

— Nous allions à ta rencontre, Nick, lui annonça-t-elle.

— Ravi de l'apprendre. Je constate que tu as acheté des bottes ?

— Oh oui ! Elles sont magnifiques, n'est-ce pas ?

— Elles sont surtout roses.

Et garnies de strass...

Nick se retint de rire.

— On m'a dit qu'elles avaient un succès fou, déclara Beth avec suffisance.

Nick démarra en douceur pour ne pas effaroucher sa monture et accéléra seulement quand il en fut assez loin. Il espérait que Beth, malmenée par la piste irrégulière et caillouteuse, allait s'accrocher à la barre de poignée latérale et ne dirait plus un mot jusqu'au ranch.

— Juliet et Alan se font beaucoup de souci pour toi, cria-t-elle pour se faire entendre par-dessus le bruit du moteur et du vent.

Il le savait mais il se refusa à l'admettre.

— Je vais leur parler. Tu excites ma curiosité, Beth : comment savais-tu que j'étais de retour ? Pourquoi venir à ma rencontre ? cria-t-il à son tour.

— Parce que je me faisais du souci, moi aussi ! répondit-elle sans quitter la route des yeux, une main sur la poignée latérale.

Nick freina et s'arrêta, bien qu'ils ne soient pas encore arrivés au ranch.

— Donne-moi la vraie raison, Beth.

Elle le dévisagea, les yeux ronds.

— Mais je…

— Je ne suis pas complètement stupide, la coupa-t-il.

Il passa la main dans ses cheveux pour éviter de la poser sur le visage soudain troublé mais si émouvant de Beth.

— Réponds ! insista-t-il.

— Eh bien… quand ta mère t'a vu arriver de loin, je me suis dit que ce serait bien d'aller à ta rencontre.

— Pour savoir si j'avais décidé ou non de soutenir ta mission en faisant semblant d'être ton fiancé ? acheva-t-il.

Elle s'enfonça dans son siège et croisa les bras.

— Pour commencer, mes parents sont peut-être inquiets, mais ils ont l'habitude de mes départs en montagne, reprit-il.

— Pas moi. De plus, cette fois, tu as filé précisément le jour de mon arrivée, dit-elle. Dès que je t'ai fait ma proposition.

— Ce n'était pas une proposition, c'était un marché !

— Appelle-le comme tu veux… Ecoute Nick, ça m'est égal. On laisse tomber, je vais trouver une autre solution.

Il sourit.

— Et si je te disais que j'avais vu des types dans l'un des canyons ? dit-il avec un petit sourire.

Beth tourna la tête si vivement dans sa direction que sa natte vint frapper sa poitrine. Nick, amusé, se retint de rire et leva au contraire les sourcils.

— Bon sang, Nick ! Mais qu'est-ce que tu attends pour démarrer ! Il faut prévenir Cord tout de suite ! On doit se rendre au plus vite sur les lieux pour les capturer !

Au lieu de cela, il retira sa ceinture de sécurité et lui fit signe de le suivre. Beth obtempéra, l'air étonné. Puis il contempla le magnifique paysage montagneux qui s'étalait sous leurs yeux.

— Connais-tu cette région, Beth ? As-tu une idée du temps qu'il faut pour se rendre d'un endroit à un autre ? Surtout à cheval ?

— Je pense que oui. Je n'ai pas cessé d'étudier la carte ! Nick engloba le paysage d'un grand geste.

— Dis-moi ce que tu vois, Beth ?

— Quelle question ! Rien… Le ranch est derrière nous. Mais où veux-tu en venir ?

— Là, justement : tu ne vois rien.

Nick était déçu mais pas surpris. La réaction de Beth était prévisible.

— Tu pourrais cesser de parler par énigmes ? Il n'y a rien, point ! Bon, en voiture, il faut combien de temps pour atteindre ce canyon ?

Nick soupira. Beth Conrad était jolie et intelligente. Il aurait aimé qu'elle séjourne au ranch par sa seule volonté, parce qu'elle aimait la région, comme lui, et non contrainte par une mission. D'un autre côté, il comprenait sa réaction, il avait mis du temps à s'habituer à la vie au ranch. Il ne pouvait donc s'attendre à ce qu'elle s'enthousiasme pour les charmes de la nature texane en l'espace de quelques semaines.

Et d'une nuit sous les étoiles.

Il avait aimé faire l'amour avec elle, il avait même été impatient de renouveler l'expérience, de préférence dans un lit et avant qu'elle ne rentre à Chicago. Mais c'était avant qu'elle ne soit assignée de façon permanente à ce stupide groupe d'intervention et ne s'installe dans son ranch.

A cet instant, Beth pianota du bout des ongles sur la portière, et il crut sentir ses ongles manucurés sur son dos, tantôt le labourant, tantôt effleurant la cicatrice dont il lui avait si soigneusement caché la vue.

Le coup de feu avait été le pire instant de sa vie.

Leur nuit d'amour, sublime, en avait été le plus beau moment.

Nick montra le sud.

— C'est là que se déroule l'essentiel de l'activité des trafiquants.

Le soleil se couchait et Nick fut obligé de mettre sa main en visière au-dessus des yeux.

— Le temps était clair ce matin, continua-t-il. Je rentrais au ranch quand j'ai remarqué l'un de ces trafiquants. Seul. Je l'ai attaqué. Il a eu le dessus, il m'a arraché mon portable tandis que son complice s'emparait de mon cheval. Je les ai suivis, je les ai observés et j'ai attendu leur départ pour récupérer ma monture et rentrer. Ils avaient un hélicoptère.

— Nous devons absolument nous rendre sur les lieux ! répéta Beth.

Sur ces mots, elle remonta dans la jeep.

— Je retrouverai ces individus et je mettrai un terme à leur trafic ! s'exclama-t-elle avec feu.

— Pas toute seule, Beth. Tu ne connais pas la région. Moi si. Je ne suis peut-être qu'un rancher, je ne sais pas me battre, mais je vis ici. Ce sont mes terres.

— Et moi je ne suis qu'un agent de l'ATF, une citadine qui a besoin de ton aide, murmura-t-elle.

— J'ai eu une bonne raison pour m'arrêter en route, reprit Nick.

— Très bien, mais tu me l'expliqueras plus tard, d'accord ?

— C'est incroyable d'être aussi impatiente !

— Je ne suis pas impatiente, je suis efficace !

— Je me suis arrêté parce que tu as une demande à me faire, dit Nick.

L'air intrigué, Beth descendit de la jeep et contourna le capot qu'elle effleura distraitement de la main.

— Comment ça, une demande ?

— Tu sais très bien de quoi je parle !

Nick temporisait et s'en amusait.

— Tu veux de fausses fiançailles pour rendre ton séjour au ranch crédible, expliqua-t-il. En échange de quoi, je t'apprendrai à monter.

— Tu es donc d'accord ! s'exclama-t-elle, levant le poing fermé vers le ciel.

— J'accepte le marché seulement si tu me fais une demande dans les règles…, conclut Nick. La totale. Genou à terre et tout le tralala.

— Tu n'es pas sérieux, Nick ! Ce sont de *fausses* fiançailles !

— Fausses seulement pour nous deux.

— Tu veux *vraiment* que je m'agenouille ? Alors que nous sommes seuls ? Mais enfin, pourquoi ?

Après une brève hésitation, elle reprit :

— Bon, eh bien, si ça te fait plaisir…

Elle mit un genou à terre.

— J'y vais. Nick Burke, j'ai l'honneur de…

— Dans les règles, Beth ! Tu es censée prendre ma main !

Beth leva les yeux au ciel et obtempéra avec un soupir ostentatoire.

— Veux-tu m'épouser ?

— T'épouser ? Alors que je ne te connais pas ? la taquina-t-il.

— Oh ! ça suffit !

Excédée, Beth allait se relever, mais Nick garda sa main dans la sienne et se mit à son tour à genoux. Ils furent bientôt tout proches. Le contact était électrique, l'attrait entre eux extraordinaire.

— Reprends depuis le début, dit-il en se relevant. Je suis prêt et cette fois je me comporterai comme un vrai faux fiancé !

— Tu veux que je recommence ?

Beth leva le menton dans un geste de défi.

— Veux-tu m'épouser, Nick ? demanda-t-elle de nouveau d'une voix exagérément monocorde.

— Oui.

Et il ajouta :

— Si ça peut te faire plaisir…

Sur ces mots, il l'aida à se relever.

— Voilà une bonne chose de faite ! s'exclama-t-elle.

Nick savait que sa mère et son père devaient être en train de les observer grâce au télescope du patio, dont Beth ignorait sans doute l'existence.

Cette petite mascarade n'était en réalité destinée qu'à rendre leurs fiançailles plus vraisemblables à leurs yeux.

Il envisageait de le lui révéler, mais il fit durer le plaisir. C'était beaucoup plus amusant.

Il en profita donc pour l'enlacer.

— Nick ? Mais enfin, qu'est-ce que tu…

Il ne la laissa pas achever et l'embrassa jusqu'à ce qu'elle lui cède.

Ses lèvres étaient plus douces que dans son souvenir. Elles avaient un délicieux goût fruité. De framboise et de fraise. A moins que ce ne soit de cerise ?

Bientôt, Nick oublia que ses parents les observaient sans doute.

Quand il recula, et seulement parce qu'il avait besoin de reprendre son souffle, il vit que Beth avait rougi. Un sourire involontaire creusa des fossettes dans ses joues.

— Alors ? Ça en valait la peine ? s'enquit Nick.

— Ne sois pas aussi arrogant !

Elle mit un doigt sur sa poitrine.

— Je sais que ce baiser était destiné à tes parents ! Je sais qu'il y a un télescope dans le patio !

Il lui saisit la main et la regarda.

— Tu as renoncé à avoir les ongles longs ?

— C'est plus pratique, et plus facile pour travailler au ranch. Je suis allée chez la manucure de Kate, à Alpine.

Et elle ajouta :

— Ça m'est égal… Ils repousseront.

— Kate ? Quand l'as-tu vue ?

— Cet après-midi. Nous sommes allées faire une petite virée shopping entre filles. J'avais besoin de vêtements adaptés aux corvées du ranch.

Nick la dévisagea sans cacher son étonnement.

— Mais qui t'a demandé de travailler au ranch ? J'ai des ouvriers que je paie pour ça.

— Ton père !

— Mon père ?

Nick éclata de rire.

— Eh bien, on dirait qu'il t'a gentiment mise au pas. Je me demande même s'il ne s'est pas un peu moqué de toi !

— Je vais l'étrangler, dit-elle entre ses dents en remontant dans la jeep.

— Beth ?

Nick aurait voulu rester là avec elle, sous les étoiles qui perçaient le ciel, au lieu de rentrer au ranch. Il était prêt à le lui proposer mais il se ravisa.

Ce n'était pas le moment.

— Je veux démasquer l'informateur du cartel mexicain qui se cache au ranch, lança-t-il. Je veux assurer ma sécurité. Je veux en finir une bonne fois pour toutes avec ces trafiquants et recouvrer ma tranquillité.

6

— Burke passe tout son temps à donner des cours d'équitation à sa petite amie. Il n'est plus reparti en montagne. Il vit désormais replié au ranch et il ne se rend même pas en ville. D'ailleurs, personne ne vient ici…, dit la voix au téléphone.

Il opina. Il avait bien entendu et ne fit aucun commentaire. Il ruminait de sombres pensées.

Au cours de ces dernières semaines, leur organisation avait subi un lourd revers. Celui que, dans son for intérieur, il surnommait « la Tour » avait en effet été capturé, ne laissant derrière lui que les pions et quelques pièces maîtresses. Ensuite, les armes promises avaient été confisquées. Enfin, la résistance de Nick Burke l'exaspérait.

— Agissez. C'est tout ce que je vous demande.

— Non. Je vous renseigne, et c'est tout. Je n'agis pas. Compris ?

En entendant ces mots, il contint sa colère.

Si l'organisation avait eu un informateur plus audacieux, elle se serait débarrassée depuis longtemps de Nick Burke. Ses hommes auraient jeté son corps en pâture dans le désert de Coahuila, où les pumas s'en seraient régalés.

Toutefois l'organisation n'avait que cet informateur à sa disposition. C'était certes un petit maillon de la chaîne, mais il était malheureusement capital pour la poursuite de leurs activités.

— Compris…, lâcha-t-il donc à contrecœur. Je regrette que nous ne parvenions pas à mieux nous accorder. On vous paie cependant assez pour que vous donniez au moins une impulsion à nos actions. C'est à mes hommes, ensuite, de régler le problème.

— Pour ce soir, renoncez à entreprendre quoi que ce soit. Mais il y aura bientôt du nouveau. Au ranch, on ne parle que du coup de feu qui l'a grièvement blessé l'an dernier. C'était il y a un an presque jour pour jour. Je vous rappelle dès que j'ai du nouveau.

— Demain.

— Demain ? On verra.

La communication fut aussitôt interrompue.

— Je suis certain que tu appelleras, murmura-t-il en raccrochant.

Il s'assit sur le sofa en brocart et étudia les quatre parties d'échecs qu'il jouait simultanément. L'une ne serait jamais terminée puisque la tour avait été capturée.

Il voulait en finir au plus vite avec Nick Burke. Il regrettait que le contremaître de ce dernier, grassement payé lui aussi, l'ait seulement blessé, l'année dernière. Quelle perte de temps…

— Travailler dans cette région ne provoque qu'une succession d'ennuis, grommela-t-il.

— Pardon *señor* ? demanda Michael, qui entrait avec un plateau.

Perdu dans ses pensées, il n'avait pas remarqué sa présence.

Sa contrariété ne fit que croître.

— Je pensais à haute voix.

— Vous avez besoin d'autre chose ?

— Non. Je ne veux plus être dérangé, c'est bien entendu ?

— Parfait *señor* Bishop. *Buenas noches.*

Michael sortit. Le silence retomba.

Señor Bishop.

Bishop, le fou des échecs. Celui qui avance en biais sur l'échiquier.

Tel était le nom sous lequel ses hommes le connaissaient.

Il souleva le fou noir sur le plateau où était engagée la partie qu'il avait jouée avec « la Tour », et découvrit qu'il l'aurait gagnée en quatre coups.

Il fit rouler la pièce en marbre entre ses doigts et la serra au creux de sa main.

Bishop, « le Fou », avait besoin d'action.

Il observa les trois autres parties inachevées. Ses opposants étaient implacables. Il ne devait surtout pas rester à la traîne, s'il voulait gagner.

Son seul adversaire était pour l'instant Nick Burke. Ce serait tellement plus simple s'il réussissait à éliminer ce pion insignifiant et cependant au centre d'enjeux si importants.

Combien de coups encore avant de remporter la victoire ?

Demain…

Patience.

Demain, la partie changerait.

7

Hanche contre hanche. Poitrine contre poitrine. Face à face. Muscles tendus par l'effort.

L'odeur de Nick enveloppait Beth. C'était une odeur agréable. Musquée. Virile.

Erotique…

C'était le parfum de l'interdit.

— Non, Nick, pas comme ça : l'écart entre tes jambes ne doit pas être trop grand, sinon tu perdras facilement l'équilibre.

— Et là, ça va ?

Le son de sa voix, également toute proche, la fit frissonner, et lui rappela, instantanément, les mots qu'il lui avait soufflés à l'oreille, lors de leur nuit à la belle étoile.

— Oui. C'est mieux !

Beth déglutit avec difficulté pour refouler son trouble.

Nick effectua une volte-face et se retrouva ainsi le dos pressé contre ses seins. Beth ne portait qu'un petit haut en Stretch et Nick, un T-shirt à manches courtes. Le contact évoqua, de nouveau, le souvenir de cette fameuse nuit… Puis elle enveloppa son cou avec son bras, tandis qu'il lui agrippait la nuque.

Leur entraînement journalier lui permettait de supporter la vie au ranch. C'était en effet le seul moment de la journée où Beth avait le dessus et maîtrisait la situation. Lors de ces joutes, elle retrouvait son assurance et redevenait l'agent en mission. L'experte formée et détachée par l'ATF de Chicago.

Car, dans l'ensemble, le quotidien au ranch contredisait ce que ses parents, intellectuels et universitaires, lui avaient si souvent répété : « Le savoir, c'est le pouvoir. »

Depuis l'enfance, Beth était écrasée par ses parents, symboles pour elle du savoir et de l'intelligence. Face à eux, elle se sentait stupide, maladroite et empruntée. Elle avait réussi à s'émanciper en devenant agent de terrain à l'ATF, mais depuis qu'elle était au ranch des Burke, elle avait l'impression d'être redevenue une enfant ignorante sous la férule de parents exigeants. Elle détestait la vulnérabilité qu'elle éprouvait.

L'expérience ne s'apprenait pas dans les livres, mais sur le terrain. Au contact de la réalité.

Dans le mouvement !

A la différence des cours de lutte et de judo où elle était le maître, les cours d'équitation lui donnaient un terrible sentiment d'impuissance et d'incompétence.

Elle s'énervait d'être sans cesse troublée par la sensation des mains de Nick sur elle, pendant leur entraînement. Par ses regards, ambigus, quand il jouait les fiancés enamourés.

Quoi qu'il en soit, Nick prenait les cours de judo et de lutte très au sérieux, et il y investissait toute son énergie. Il voulait en apprendre davantage pour maîtriser les techniques au plus vite. Chaque matin à l'aube, ils se retrouvaient dans la grange silencieuse, avant le réveil de Juliet, d'Alan et des ouvriers.

— Tu devrais lever le coude plus haut, murmura-t-elle, s'efforçant de ne pas trahir son agitation.

Elle lui déroba son regard afin qu'il ne lise pas en elle.

Nick obtempéra et noua le bras autour de son cou. Puis il l'étreignit, et leurs corps en sueur furent de nouveau l'un contre l'autre. Beth fut un instant distraite par le souffle de Nick, chaud, brûlant, sur son oreille. Enfin, Nick croyant l'avoir neutralisée eut un rire victorieux. Piquée au vif, elle décida de prendre sa revanche et de lui faire valoir qu'il restait l'élève et elle, le maître.

Ainsi, quand il écarta un peu trop les pieds, elle eut l'occasion qu'elle guettait et lui fit une prise de soumission. Clé de bras et strangulation. Sans la moindre hésitation. Nick, surpris et désarçonné, tomba.

— Bon sang, grommela-t-il, une fois au sol. Quand m'enseigneras-tu ce mouvement-là ?

Il leva la main et l'agita à l'aveuglette, comme pour qu'elle l'aide à se relever.

— Tu as mal placé tes pieds, expliqua-t-elle en le hissant.

Une fois qu'il fut debout, ils se retrouvèrent de nouveau face à face. Presque l'un contre l'autre et cependant, encore trop loin...

Beth, de plus en plus troublée, concentra son attention sur le pouls de Nick qui battait plus rapidement à la base de son cou pour ne pas fixer ses lèvres. Son soubre-saut, quand ils s'effleurèrent de nouveau et comme par inadvertance, n'échappa pas à Nick, qui riva sur elle un regard incandescent.

— Le soleil va se lever..., lâcha-t-elle d'une voix basse et essoufflée.

Elle lui adressa un demi-sourire.

— Prêt pour une bonne douche ? ajouta-t-elle.

Il lui adressa un regard ambigu, et Beth crut qu'il allait lui proposer qu'ils la prennent ensemble.

Pendant toute cette semaine, Nick avait prononcé cette phrase, par jeu et ostensiblement, devant témoins. Mais il suffisait que l'instant d'après ils soient seuls pour qu'il hausse les épaules et se replie dans la plus parfaite indifférence.

Beth s'épongea le visage avec sa serviette de toilette quand Nick lui fit une prise. Surprise, elle tomba à la renverse sur une botte de foin.

Nick se pencha sur elle en riant.

— Tu avais mal placé tes pieds : l'écart était trop grand, la taquina-t-il.

Beth resta immobile, blessée dans son amour-propre, prête à riposter. Son désir d'intimité sensuelle, sous la douche avec Nick, laissait soudain place au désir de revanche associé à une brusque montée d'adrénaline. Elle n'admettait pas que le professeur soit dépassé par l'élève.

— Je ne peux plus bouger…, dit-elle à mi-voix.

Sourcils froncés et l'air inquiet, Nick lui tendit la main. Beth ferma les yeux, comme si elle était vaincue et assez mal en point. Elle jouait la carte de la vulnérabilité, et forçait son souffle de façon que sa poitrine se soulève visiblement… Sachant que Nick ne pouvait y rester indifférent.

Et en effet il parut hésiter, tandis qu'il se penchait sur elle.

Alors elle se redressa, lui saisit la cheville, le faisant tomber à son tour. Il poussa un cri de surprise, et Beth sourit, ravie.

— Tu m'as feinté, Beth ! s'exclama-t-il d'un ton outré.

Elle tourna la tête vers son visage tout proche.

— Comment ça, « feinté » ?

— Tu as une palette de coups que je ne possède pas ! Et que je n'aurai jamais pour désarçonner mon adversaire !

Il s'accouda et fixa ostensiblement son décolleté, qui laissait entrevoir son soutien-gorge de sport. Beth éclata de rire.

— Très juste !

— Ecoute, nous devrions nous arrêter là avant de…

Il se tut et effleura l'encolure de son petit haut.

Ce fut une torture délicieuse. Beth se sentait comme paralysée, par le désir et l'impatience. Son cœur battait de plus en plus vite. Elle avait envie qu'il s'enhardisse. La caresse. Et enfin l'embrasse.

— Avant de… ? insinua-t-elle.

— Avant qu'il ne soit trop tard.

Sur ces mots, Nick se releva sans l'aider. Au moment où elle allait prendre l'initiative…

Dommage.

Mais c'était peut-être mieux ainsi… Elle devait en effet rentrer à Chicago dans une semaine. Voire moins, si elle ne réussissait pas à surmonter sa peur des chevaux et, surtout, si son enquête ne progressait pas. Celle-ci n'avait malheureusement pas avancé d'un iota, au point que Pete et Cord finissaient par douter de la présence d'un informateur au sein du ranch. Pas Beth. Elle y croyait dur comme fer.

— A tout à l'heure, après le petit déjeuner, lança-t-elle.

— Non. Pas aujourd'hui, Beth.

Il retira la paille accrochée à son jean et à son T-shirt qui, si délavés et fatigués fussent-ils, n'en cachaient pas moins un corps magnifique et musclé que Beth se flattait d'avoir vu nu.

Elle soupira à cette nouvelle pensée mais elle se ressaisit.

— Je vais donc seller Applewine toute seule aujourd'hui puisque tu me fais faux bond…

— Mon père supervisera l'opération.

Nick sortit en enfilant sa veste.

Le temps s'était refroidi, au cours de ces derniers jours, et Beth se félicitait d'avoir acheté un vêtement chaud à Alpine.

— Où vas-tu ? demanda-t-elle. Fort Davis ? Marfa ?
Abilene ?

Il hocha la tête négativement.

— Alors où ?

— Je serai de retour dans deux jours, dit-il.

— Je te préviens, Nick, tu ne partiras pas en montagne sans moi !

— Demain, je veux être seul, Beth, murmura-t-il.

Le lendemain, ce serait le jour anniversaire de la tentative de meurtre dont il avait été victime. Tout le monde au ranch le savait et s'inquiétait. Beth était convaincue que Nick prendrait la fuite dans ses chères montagnes, si bien qu'elle avait déjà préparé quelques affaires dans les sacoches de sa selle.

Elle posa une main sur son épaule.

— Je pars avec toi, Nick. De cette façon, nous pourrons parler tranquillement.

— Non. Je préfère être seul.

— Ce n'est pas une bonne idée…

Nick se retourna vivement et la main de Beth glissa sur son torse. Elle lut une peur mêlée de colère sur son visage crispé. Ses prunelles trop brillantes, dont l'éclat l'embrasait chaque fois qu'il les portait sur elle, étaient remplies de frustration et de désespoir. Le moment était venu de l'aider, de l'inciter à effectuer un travail de résilience.

Puis Nick serra sa main et la porta à son cœur. Ses lèvres ne formèrent bientôt plus qu'une mince ligne et son regard s'étrécit. Il était évidemment prêt à protester de nouveau et à réitérer son désir d'être seul.

Qu'il essaie !

Elle ne céderait pas.

Contre toute attente, Nick parut se détendre. Etait-ce une tactique ? Faisait-il mine de céder pour qu'elle ne revienne pas à la charge ? Elle était plus forte que lui à ce petit jeu ! Elle avait adopté cette méthode avec ses parents et, plus récemment, avec l'ATF.

— Tu ne partiras pas sans moi, Nick.

— Je n'ai pas dit un mot.

Il leva un sourcil et laissa tomber sa main.

— Oh si : tu l'as dit d'une voix si forte que j'en ai eu les oreilles cassées ! répliqua-t-elle.

Nick se massa l'épaule. Plus par habitude que parce qu'il souffrait. Ils étaient partis depuis déjà deux heures et, jusque-là, Beth s'était plutôt bien débrouillée avec sa monture. Elle s'était également conformée à toutes ses instructions sans se plaindre. Alors pourquoi était-il si nerveux ? Et plus tourmenté qu'il n'aurait dû l'être ? Et ce n'était pas seulement parce qu'il avait failli mourir il y a un an presque jour pour jour.

Une semaine plus tôt, il avait décidé de prendre un peu de plaisir avec Beth, comme elle le lui avait proposé, après lui avoir énoncé les termes de son marché.

Chaque jour, ce plaisir était à portée de main. Beth semblait le désirer autant que lui, et cependant Nick avait résisté. Pourquoi ? Il respectait ses efforts pour s'habituer à la vie au ranch. Il la trouvait jolie. Il aimait sa haute taille et sa chevelure couleur aile de corbeau où le soleil allumait d'étranges reflets bleus.

Il appréciait sa conversation, le soir à table, lorsqu'elle parlait de sa vie à Chicago ou de son quotidien au Texas. Il avait été touché par sa tristesse de ne pouvoir fêter Thanksgiving avec ses parents, et par sa joie lorsque sa mère avait préparé un vrai festin pour cette occasion.

A cet instant, Beth surprit son regard, mais il ne le détourna pas.

— Pourquoi as-tu appelé cette pauvre bête Applewine ? lui demanda-t-elle, retirant une brindille de la crinière de sa monture. « Vin de pomme » ! Un mot qui n'existe même pas !

— Parce que ma mère a refusé qu'on l'appelle Apple Vinegar. « Vinaigre de pomme » !

— C'est injuste, pas vrai ma fille ? dit Beth à la jument.

Elle tapota son encolure et se redressa.

— Ton père dit qu'il va bientôt neiger. J'imagine donc qu'on ne va pas dormir à la belle étoile ?

Sur ces mots, Beth se trémoussa et s'étira. A l'évidence, elle était mal à l'aise.

Au souvenir d'une autre nuit sous les étoiles ?

A la perspective d'une nouvelle nuit avec lui ?

Nick retint un sourire.

— Si tu redoutes la neige, je peux contacter un ouvrier avec mon téléphone satellitaire pour qu'il vienne te chercher. Je te promets de ne pas m'attirer d'ennuis si je reste seul.

— Je n'en crois pas un mot, Nick ! Et puis tu ne te débarrasseras pas de moi si facilement !

Il éclata de rire. Il avait plus ri au cours de cette dernière semaine que durant toute l'année passée.

Soudain il fut frappé par une pensée : il aurait beau faire, il ne réussirait pas à empêcher les trafiquants de traverser ses terres. A quoi bon lutter ? Autant céder et vendre le ranch... Mais s'il résistait, c'est parce qu'il savait qu'il ne supporterait pas de vivre dans une grande ville.

Certes il redoutait la présence d'ennemis inconnus sur ses terres, mais il redoutait encore plus de quitter ces montagnes et ces canyons.

— Je profiterais mieux de la balade si ma selle était plus confortable, lâcha soudain Beth à la cantonade.

Elle se leva de nouveau sur ses étriers et lâcha les rênes. Aussitôt, Applewine se mit à trotter.

— Oh ! Seigneur ! s'exclama-t-elle, affolée.

— Assieds-toi, reprends les rênes et tire-les tout doucement.

Les maladresses de Beth amusaient Nick et le distrayaient de plus sombres pensées.

Du coup de feu de Mac Caudwell.

Un froid glacial, qui n'était certes pas dû à la chute des températures, l'envahit. L'anxiété l'écrasa comme une chape de plomb et il se revit à l'instant où, touché, il s'était effondré, certain de mourir. Un vertige lui fit porter la main à la tête.

— Nick ? Ça va ?

Beth s'était approchée sans qu'il le remarque.

— Nick ? Parle-moi ! Dis-moi ce qui se passe !

Il s'efforça de se ressaisir en faisant mine de fouiller l'horizon pour lui cacher son inquiétude. En dépit du fait que la date fatidique approchait, il avait passé d'assez bonnes nuits au cours de la semaine écoulée. Ses cauchemars avaient été remplacés par des rêves érotiques où Beth avait la vedette et qui avaient pour décor la grange et ses bottes de foin.

— Nick ?

— Demain, cela fera un an…, répondit-il malgré lui.

— Un an, oui, je sais.

— Rester au ranch aurait été impossible. Je ne cesse de me demander pourquoi Mac Caudwell m'a tiré dessus. Et je redoute que, de nouveau, on fasse feu sur moi…

Il revit, pour au moins la cent millième fois, le moment où il avait touché le sol gelé, en proie à une douleur atroce. C'était une vision récurrente. Obsessionnelle…

— Nick !

Beth posa la main sur son épaule.

Il reprit vite ses esprits. Bon sang, il avait été saisi d'un nouveau vertige et avait cette fois failli dégringoler de sa monture…

— Nick ? On va s'arrêter quelques instants, ça vaut mieux. On gare les chevaux ?

Nick partit d'un fou rire nerveux, qui l'obligea à s'incliner sur l'encolure de Rocket.

Il vit Beth descendre de sa jument. Elle lui tournait le dos mais il constata qu'elle tremblait, tandis qu'elle pressait le front contre sa selle.

Elle pleurait !

Alors il regretta de s'être moqué d'elle…

Il descendit à son tour de sa monture, s'approcha et passa le bras autour de ses épaules en cherchant des paroles consolatrices.

— Excuse-moi, Beth, je ne voulais pas…

Au même instant, elle se redressa. Il vit qu'elle pleurait de rire.

— Oh ! Que c'était drôle ! déclara-t-elle quand elle réussit à parler. Ça m'a échappé, c'était si stupide !

— Et moi qui pensais que tu étais triste ou en colère !

— *Garer* un cheval ? Mais non ! Au contraire.

Elle se remit à rire et fit quelques pas, pliée en deux.

Il fut amusé et cette fois rassuré. Voilà ce qu'il aimait chez Beth.

Sa franchise, son humilité et son sens de l'autodérision.

Nick prit les rênes de leurs chevaux, et la rejoignit.

— On ferait mieux de continuer avant que le temps ne se gâte, lui annonça-t-il.

S'ils restaient là, il allait la prendre dans ses bras et l'embrasser comme un fou.

Frappé par cette pensée fulgurante, il recula brusquement, trébucha, effrayant les chevaux. Puis ce fut un nouveau vertige qui le saisit et le propulsa dans le souvenir du coup de feu. Bon sang, mais qu'est-ce qu'il avait aujourd'hui ? Peur et désir se confondaient… Il entendait son sang rugir dans ses oreilles. Enfin, la sueur perlant à son front, il repoussa son Stetson qui tomba à terre.

Applewine, effarouchée, hennit. Beth la caressa et tourna un visage inquiet vers lui.

— Nick ? Tu as l'air complètement halluciné… ?

— Ça va, Beth.

Il s'interrompit et tendit son visage vers le ciel. Le grésil commençait à tomber.

— Remets-toi vite en selle, Beth. Nous devons gagner le refuge !

— On ne peut pas s'abriter sous un arbre en attendant que ça passe ?

— Tu attendrais longtemps !

Il ramassa son Stetson.

— Couvre ton visage avec ton écharpe, baisse la tête et laisse Applewine suivre Rocket, reprit-il à la hâte. Détends-toi surtout. Si tu te conformes à mes instructions, tout ira pour le mieux.

Un peu offusquée par son ton autoritaire, Beth obtempéra. Après avoir clappé de la langue comme elle l'avait appris, elle garda le silence pendant l'heure qu'ils mirent à gagner le refuge.

Arrivés là, ils mirent les chevaux à l'abri. Nick prit du bois sous l'auvent, et le porta à l'intérieur. Beth l'imita.

— Où sommes-nous, au juste ? demanda-t-elle en entrant. Et ne me dis pas que nous sommes dans un chalet. Je le vois bien.

— Alors pourquoi poses-tu la question ?

Beth déposa le bois devant la cheminée, se redressa, mit les poings sur les hanches et leva le menton.

— Nous avons traversé les terres de Kate, l'informa-t-il, conciliant. Ce chalet lui appartient, mais je l'utilise de temps à autre. J'avais prévu qu'on y passe la nuit.

Il se mit à genoux devant la cheminée.

— Je suis contente ! s'exclama Beth, je vais pouvoir enfin boire un jus et casser une petite graine.

Nick lui lança un regard incrédule.

— Pardon ?

— Heu… ça ne se dit pas ? demanda Beth, inquiète.

— Si. Mais dans ta bouche, c'est… déconcertant. Depuis quand utilises-tu ce… ce jargon ?

— Eh bien… Ce sont les mots que ton père prononce à la fin de ses conversations téléphoniques. Et je les ai aussi entendus dans les westerns !

Chaque soir, en effet, elle s'endormait devant un western.

— Où est la machine à café ? reprit-elle.

— Il n'y en a pas. Il n'y a qu'une espèce de cafetière à la turque. Je m'en occupe.

Beth soupira, s'assit pesamment sur le petit banc près de la porte et ferma les yeux.

— Par contre, tu peux sortir le café, les restes de dinde et le pain de maïs. Ils sont dans les sacoches de ma selle, expliqua Nick.

Là-dessus, il prépara le petit bois pour allumer le feu.

Beth se leva avec effort, ouvrit les sacoches et en sortit les provisions enfermées dans des sacs. Puis, traînant les pieds, elle se dirigea vers le canapé et s'y laissa tomber. Enfin, elle sortit les aliments et les disposa sur la table basse.

Avec une belle flambée, le froid persisterait, mais Nick avait des idées de plus en plus précises sur la façon de bien se tenir au chaud.

— Tu es sûr que la gazinière est en état de marche ? demanda Beth dans le silence.

— Oui. Je vais ouvrir la bouteille de gaz et préparer le café.

Cette fois, Beth ne répondit pas. Elle mit un oreiller sous sa tête, ferma les yeux et s'endormit. Elle dormait même profondément au moment où il posa sur elle une couverture. Et lorsqu'il lui retira ses bottes roses à strass et les laissa retomber sur le plancher, elle ne bougea pas.

Nick empila du bois près de la cheminée, passa leurs vivres en revue et, finalement, renonça à préparer du café.

La pièce adjacente contenait un lit, mais elle ne s'était pas encore réchauffée. Il ouvrit la porte pour que la chaleur la gagne et, muni d'une couverture, allait prendre place dans le rocking-chair, quand il se ravisa. Il retira ses bottes, s'assit au bout du canapé et plaça la tête de Beth sur ses genoux.

Dérangée, elle geignit un peu et se pelotonna contre lui. Nick remonta sa propre couverture jusqu'au menton et ferma les yeux. Il se revit aussitôt au moment où le coup de feu de Mac Caudwell l'avait touché. A l'instant où il était tombé. Il entrevit le visage de Mac et celui du chef du cartel mexicain, bien qu'il ne l'ait jamais vu...

Quand il se réveilla, il était frigorifié. Sans doute avait-il dormi longtemps car le feu était éteint et la pièce s'était refroidie. Au même instant, Beth murmura dans son sommeil. Nick consulta sa montre et constata qu'il était minuit passé.

La journée qu'il avait redoutée pendant toute cette semaine était arrivée...

Mais le plus étonnant, c'est qu'il n'avait maintenant d'autre désir que de s'allonger contre Beth. S'il la serrait dans ses bras, il était certain que tout irait bien.

Au moins pendant un moment...

8

Beth fut réveillée en sursaut par le tonnerre auquel succéda un éclair fulgurant, qui illumina la pièce de sa lumière blanche et aveuglante. De nouveau le tonnerre retentit. Elle regarda autour d'elle et découvrit qu'elle se trouvait dans un lit…

A un moment donné, Nick avait dû la porter dans cette chambre, mais elle dormait si profondément qu'elle ne s'en était même pas rendu compte. Quel dommage, elle avait manqué une belle occasion de savourer son étreinte.

— Ça va ? lui demanda Nick dans un murmure si lointain qu'elle crut avoir rêvé.

Elle le chercha des yeux et constata qu'il avait pris place dans un fauteuil.

Le moment n'était-il pas venu de prendre un peu de plaisir, comme elle le lui avait proposé ?

Il y eut un autre éclair, suivi d'un coup de tonnerre.

— Celui-là était proche…

— Tout semble proche en montagne, Beth.

Nick avait passé un bras derrière sa tête. Il ne devait pas être très à son aise dans cette position…

Beth se redressa et s'adossa au montant du lit. Elle constata qu'elle ne portait plus ses bottes, mais qu'elle était toujours habillée.

— Je devais être bien fatiguée pour m'endormir comme ça d'un coup.

— Tu ne t'es même pas aperçue que je te portais. On s'est endormis tous les deux. Tu as assez chaud ? Je peux refaire du feu si tu veux.

Non, elle ne voulait pas d'autre chaleur que la sienne…

— Ça ira, dit-elle. Tu as un peu dormi ?

— Oui.

Avant qu'un nouvel éclair illumine la pièce, Beth sut quelle était l'expression du visage de Nick. Elle le connaissait désormais par cœur, et savait avec certitude quand il était anxieux ou quand il la taquinait.

Il mentait. Il était resté éveillé. Il dormait peu tant il redoutait ses cauchemars.

— Tu vas avoir des courbatures demain si tu passes la nuit dans ce fauteuil…, dit-elle.

Puis elle consulta sa montre et s'interrompit.

— Oh mon Dieu, il est seulement 1 heure du matin ! J'ai l'impression d'avoir dormi au moins dix heures !

— Tu as ronflé comme si tu avais dormi dix heures.

— Si tu retires ces mots, j'accepte que tu partages mon lit !

C'était maladroit, certes. Cependant Beth ne pouvait pas prétendre s'être mal exprimée, elle lui avait traduit exactement sa pensée.

Ou plutôt, son désir.

— Je te taquinais, Beth. Tu ne ronfles pas.

Il se redressa et posa les coudes sur ses genoux.

— Si tu as froid, je peux te tenir chaud…, conclut-il avec hésitation.

Beth se déplaça sur la gauche pour lui faire de la place, mais le contact avec les draps froids lui fut si désagréable qu'elle se figea.

— Dans ce cas, tu devras venir au milieu du lit, là où il fait chaud, avec moi…

Nick ne répondit pas, mais il se leva. Il retira son pull, puis sa chemise en laine et ne garda que son T-shirt blanc.

Beth le suivait des yeux. Elle revit leur nuit à la belle étoile et ce souvenir lui fit crisper les doigts sur la couette.

Un éclair traversa la pièce et elle avisa le visage tendu de Nick.

— Je doute que cette nuit soit reposante, lâcha-t-il.

Faisait-il allusion à ses insomnies, d'autant que le jour anniversaire de sa blessure était enfin arrivé ? Ou plutôt à des ébats amoureux imminents ?

A cette pensée, Beth eut soudain plus chaud et rejeta la couette d'un coup de pied impatient. Mais la fraîcheur ambiante la saisit aussitôt d'un frisson involontaire qui l'obligea à remonter sa couette jusqu'au menton. Elle n'eut pas besoin de la lumière pour savoir ce que faisait Nick. Elle l'entendit retirer sa ceinture, baisser la fermeture Eclair de son jean et le laisser tomber sur le plancher. Puis il la rejoignit sans attendre.

En pensant à la façon dont Nick allait sans doute la réchauffer, Beth n'eut plus froid du tout. Impatiente, elle retira à son tour son jean, ne gardant dessous que son legging qu'il voyait sans doute malgré la nuit. Elle était certaine que Nick en souriait. Ayant décidé de ne le retirer qu'à la dernière extrémité, elle plaça les doigts à la taille, prête à relever les jambes pour l'ôter sitôt qu'il s'allongerait contre elle.

— Non. Attends, murmura-t-il au même instant.

La main de Nick écarta les siennes. Il lui retira son legging, provoquant des frissons délicieux sur sa peau au passage de ses doigts. Puis il lui ôta ses chaussettes de laine d'un même geste lent, lui caressa les chevilles et lui massa les pieds. C'était extraordinairement voluptueux…

A mourir de bonheur.

Mais la seule nuit qu'elle avait passée dans les bras de

Nick lui avait appris qu'il n'était pas besoin de mourir pour toucher au paradis.

Elle savait le trouver dans ses étreintes et dans le plaisir qu'il avait su lui donner.

Nick laissa remonter ses mains sur ses mollets, puis sur ses cuisses, et Beth poussa un petit cri, non d'embarras mais de surprise.

— C'est merveilleux ! Combien de femmes as-tu donc massées pour être aussi doué !

Nick éclata de rire.

— J'ai surtout massé mes chevaux ! Mets-toi sur le ventre, Beth. Je sais parfaitement où tu as mal.

— Je ne…

Il l'obligea à se mettre à plat ventre et Beth se laissa faire volontiers. Elle poussa un profond soupir de bien-être quand il posa les doigts sur son dos et ses épaules.

— Détends-toi, tu es toute raide !

— Tu plaisantes, marmonna-t-elle dans l'oreiller. Je suis un marshmallow. Je vais me liquéfier !

— Non Beth… Pas encore…, murmura-t-il.

Le ton de sa voix avait changé, comme la pression de ses mains.

Il ne la massait plus, maintenant, il la caressait en prenant tout son temps, afin de nourrir son désir. De nouveau, c'était absolument divin… Et ce le fut davantage quand il se pencha et, d'une caresse de ses lèvres, effleura la base de sa nuque.

Puis ce fut sa langue qui caressa la ligne de ses épaules. Beth gémit de volupté, déjà contentée par la virtuosité de ses gestes sensuels, et par les sensations que ceux-ci provoquaient partout dans son corps.

Elle se redressa et retira son T-shirt. Nick l'en débarrassa. Beth, dans un même élan, allait dégrafer son soutien-gorge, mais il l'interrompit pour lui plaquer fermement mais tendrement les épaules sur le matelas.

Pendant ce temps, dehors, l'orage continuait. Les éclairs et le tonnerre se succédaient…

Nick effleura la dentelle de son soutien-gorge. Beth sourit à part elle. Pour travailler au ranch, elle avait des vêtements confortables, mais pour garder une touche de féminité secrète elle continuait de porter des soutiens-gorges raffinés en dentelle. Elle avait ainsi l'impression de garder son élégance de citadine. De rester attirante. Surtout maintenant qu'elle savourait les caresses de Nick.

— Tu es si belle…, souffla-t-il.

Il prit son visage entre ses mains.

Beth ne se trouvait pas si belle et allait donc protester, mais il parut le deviner, car il la fit taire d'un baiser. Combien de fois avait-elle eu envie qu'il l'embrasse de la sorte au cours de ces dernières semaines ! Ils avaient été si proches, elle avait été tellement tentée et son désir n'avait fait que croître.

Nick le contentait enfin…

Elle regretta qu'il garde son T-shirt, bien qu'elle en connaisse plus ou moins la raison. Il ne voulait pas qu'elle voie ses cicatrices. Elle s'efforça néanmoins de le lui retirer, mais il parvint à l'en empêcher en se montrant prodigue de caresses toutes plus enflammées les unes que les autres.

Il lui leva les jambes pour qu'elle lui encercle les reins et Beth sentit son cœur battre plus fort, très fort.

— J'aime tes jambes, lâcha-t-il entre deux baisers. J'aime quand elles sont nouées autour de moi.

Et, pour renforcer cet aveu, il pressa son membre contre sa féminité, lui donnant ainsi un avant-goût de leur plaisir à venir.

Beth allait parler à son tour, mais il l'embrassa de

nouveau en mêlant sa langue à la sienne, si longtemps et si fougueusement qu'elle perdit la notion du temps et du lieu où ils se trouvaient. Toujours sans un mot, il la serra contre lui, la pressant d'être ainsi à l'unisson avec lui. A moins que ce ne soit elle qui l'invite à la posséder ? Peu importait, leur désir était mutuel. Elle glissa de nouveau sa main sous son T-shirt pour le lui retirer, mais il recula et se redressa. Bras tendus, paumes à plat sur le matelas de chaque côté de sa tête, il la dévisagea dans la nuit. Séparée de lui, elle eut aussitôt froid jusqu'à la moelle des os.

Mue par une inspiration, Beth lui donna un coup à la saignée des bras et Nick, qui évidemment ne s'y attendait pas, retomba sur elle. Elle profita de l'effet de surprise pour le faire rouler sur le dos. Enfin, elle le plaqua par les épaules et le regarda. Cent fois ils avaient effectué ce mouvement-là, lors de leurs entraînements dans la grange.

Mais maintenant, c'était tout autre chose…

Ils savaient où les conduirait cette lutte… Ils n'étaient qu'à quelques battements de cœur de leur paradis à deux.

— C'est un mouvement de débutant, l'informa-t-elle. Tu es meilleur que cela ! Je n'arrive pas à croire que tu te sois laissé surprendre, Nick !

Elle avait parlé à voix basse, les lèvres proches des siennes.

— C'est moi qui vais bientôt te surprendre, Beth…

Il s'empara d'un de ses mamelons, dressé au travers de la dentelle de soutien-gorge.

— Approche… encore… et… je te… montrerai, murmura-t-il.

Entre chaque mot, il mordillait doucement le mamelon, si sensible.

Beth gémit, immobile, soumise aux sensations qui traversaient son corps, attentive au désir qui s'y répandait.

Ces délicieux picotements lui rappelaient l'effervescence du champagne. C'était incroyable. Nick produisait sur elle un effet indescriptible…

Elle avait déclaré qu'ils n'avaient pas besoin de s'aimer ou de se détester pour jouer la comédie du couple amoureux, et qu'ils pouvaient prendre du plaisir sans cela. Mais le désir de s'adonner au plaisir des sens et l'attirance physique expliquaient-ils à eux seuls l'intensité extraordinaire et bouleversante de leurs étreintes et de leurs baisers ? N'y avait-il pas davantage ? Autre chose ?

A quoi bon se poser des questions… Autant profiter du moment présent et du désir qu'il continuait d'attiser. C'était si bon de sentir ses mains sur ses seins. Elle en tremblait…

Il noua ses mains derrière la nuque et lui donna un baiser plus impétueux. Très impatient… A l'évidence, il était prêt. Elle aussi l'était.

Elle reprit haleine et ensuite lui retira son boxer. Il enserra sa taille, sur le point de la posséder, quand elle le regarda d'un air entendu et se figea.

Nick, étonné, leva un sourcil interrogateur.

Puis il comprit.

— Oh… j'ai des préservatifs dans ma trousse de toilette.

— Tu étais donc si sûr d'arriver à tes fins ce soir ? le taquina-t-elle.

Nick ne répondit pas. Déjà il se levait, mais elle le retint, le regard fixé sur son T-shirt blanc, plus facile à discerner, dans la nuit, que l'expression de son visage. Elle le désirait tant qu'elle ne se dominait plus et se sentait prête à toutes les audaces.

— Je veux te voir ! lui dit-elle avec impétuosité.

A cet instant, un éclair illumina la chambre.

— Tu me vois, répondit-il en souriant.

— Tu comprends parfaitement ce que je veux dire, Nick ! Tu n'as aucune raison de te cacher !

Nick mêla ses doigts aux siens.

— Personne ne m'a vu torse nu depuis ma sortie de l'hôpital, confia-t-il.

— Pourquoi ?

Beth ne comprenait pas pourquoi elle s'obstinait. Nick était prêt à lui donner, et à prendre, du plaisir. Elle aurait dû s'en contenter et en jouir sans arrière-pensée, mais elle était insatiable et en voulait davantage. Par exemple, le connaître tel qu'il était, lui, et non le rancher qui acceptait de cautionner sa mission par une petite comédie. Une mascarade qui était en train de se teinter de sérieux et de sincérité.

Un nouvel éclair, accompagné d'un coup de tonnerre, la fit sursauter sans qu'elle lâche sa main. Puis ils restèrent immobiles.

Le moment de passion était passé… mais Nick n'avait pas refusé catégoriquement de lui montrer sa cicatrice.

Alors Beth se leva et l'obligea à se lever lui aussi, puis elle le conduisit devant la fenêtre. Elle ne portait que son soutien-gorge et son slip en dentelle noire ; et lui, son T-shirt. Elle l'attira plus près de la fenêtre. Le froid ambiant et celui du parquet la firent frissonner.

Nick allait la reprendre dans ses bras, mais elle recula et saisit l'ourlet de son T-shirt, son regard rivé au sien. Elle avait un don pour calmer les gens ; ses parents, pourtant avares de compliments, le lui avaient souvent répété.

Enfin, Nick leva les bras et elle parvint à lui ôter son T-shirt. Il semblait pétrifié mais hors d'haleine, comme s'il avait longtemps couru. Une fois qu'il fut nu, Beth posa les mains bien à plat sur son torse et sentit sa chaleur se transmettre à elle puis se disperser dans son corps.

Nick avait fermé les yeux. Il avait posé une main sur

le rebord de la fenêtre et l'autre sur son épaule. Elle le sentait tendu dans l'effort et la volonté de garder le contrôle de soi.

— Ce n'est vraiment pas une bonne idée, Beth, je…

Mais elle ne pouvait plus s'arrêter, elle se sentait saisie par un profond désir d'empathie. De plus, même si elle n'était pas psychologue, elle savait que le temps était venu pour lui de montrer sa cicatrice.

De nouveau, le tonnerre gronda. Un éclair jeta sa lueur au loin. Mais la distance s'amenuisait entre elle et Nick, remplacée par l'intimité à laquelle elle aspirait tant. Il ouvrit les yeux et Beth, le regard rivé au sien, allait cette fois caresser son torse, pourtant il l'arrêta.

Etait-ce la main de Nick qui tremblait ou la sienne ? Elle n'aurait su le dire…

— Tout va bien…, dit-elle tant pour lui que pour elle.

Et elle porta les yeux sur sa cicatrice, l'effleura du bout des doigts. Nick rejeta la tête en arrière et, de nouveau, ferma les yeux, pour ne pas voir, sans doute, l'expression des siens à cet instant.

Beth n'était que douceur, il n'avait donc pas à redouter qu'elle lui fasse mal. Mais la douleur était évidemment dans la tête de Nick, et non dans son épaule et dans sa poitrine.

Elle continua de caresser la cicatrice, puis s'arrêta brusquement au niveau de son cœur. Elle le dévisagea, l'air interrogateur, cherchant à comprendre pourquoi il en avait une autre, longue de six centimètres en bas du sternum.

Enfin, elle y posa sa main, la lui embrassa avant d'y appliquer la joue.

— Je suis mort…, l'informa-t-il. J'ai eu un arrêt cardiaque sur la table d'opération. Les chirurgiens essayaient de stopper l'hémorragie quand mon cœur a cessé de battre. L'un des médecins m'a confié qu'il pensait n'avoir aucune chance de me sauver.

Nick se força à rire, repoussant l'idée de cette mort dont il n'avait pas la mémoire.

— Il a ensuite expliqué que c'était un miracle. Que j'étais un miraculé.

— Chuttt…

Le souffle de Beth effleura sa peau.

— Beth… écoute… Mes parents savent que j'ai été en danger, mais ils ne connaissent pas les détails. Ils… je n'ai jamais…

Elle posa les doigts sur sa bouche.

— Chut…

Et de nouveau, elle embrassa la cicatrice.

— Je sais, ce n'est pas beau à voir… Laisse-moi remettre mon T-shirt pour que tu ne…

Beth noua les mains autour de sa nuque et l'obligea à la regarder.

— Tu parles trop, Nick.

Elle l'embrassa et l'enlaça.

Nick se figea, fasciné d'embrasser une femme qui avait presque sa taille. Il appréciait cette sensation, et l'appréciait davantage à chaque nouveau baiser. Leurs langues se mêlèrent pendant que Beth les conduisait vers le lit.

— Où en étions-nous déjà ? interrogea-t-elle, mutine.

Il se précipita sous la couette pour réchauffer les draps, tandis que Beth, après avoir fouillé dans sa trousse de toilette, retirait son slip. Tandis qu'elle le chevauchait, il n'eut plus d'yeux que pour sa belle amazone. Beth savait exactement où elle voulait en venir, et il était prêt à satisfaire ses moindres désirs et fantasmes.

Il regretta qu'il n'y ait pas de lumière. Il aurait tant aimé la voir nue, admirer ses taches de rousseur et ses grains de beauté, du moins découvrir si elle en avait. Il avait envie de voir l'expression de son visage au moment où elle jouirait. Il voulait identifier l'instant précis où il la propulserait au sommet du plaisir.

Il l'attira contre lui pour de nouveau l'embrasser. En même temps, ses mains glissèrent sur sa peau veloutée et défirent adroitement l'agrafe de son soutien-gorge. D'impatience, elle tendit les bras pour qu'il fasse glisser les bretelles plus vite. Il le jeta au loin. Elle pressa ses mamelons durcis contre son torse et il en éprouva une véritable explosion de bonheur.

Ils ne cessèrent plus de se caresser et de s'explorer comme si jamais auparavant ils n'avaient fait l'amour. Lors de leur première nuit ensemble, Nick, fou d'un désir incoercible, n'avait pas pris le temps de s'attarder pour découvrir le corps de Beth comme maintenant. Il voulait en percevoir le moindre changement subtil, le sentir et le savourer de tous ses sens.

Mû par une impulsion, il retira l'élastique qui retenait la natte de Beth. Il ne l'avait jamais vue avec les cheveux dénoués.

— Oh non ! s'exclama-t-elle aussitôt.

Elle rejeta sa natte dans le dos et essaya de lui reprendre l'élastique.

— Nick, donne-le-moi !

— Tu as voulu me voir torse nu, je veux voir ta chevelure dénouée.

— Une autre fois ! Mes cheveux vont être emmêlés et je vais avoir un mal fou à me recoiffer !

Nick secoua la tête négativement et lança l'élastique dans la pièce. Il profita de sa surprise pour reprendre ses lèvres et lui défaire sa natte. Il attendit un nouvel éclair pour enfin l'admirer dans toute sa splendeur. Sa chevelure retombait sur ses épaules, et il fut comme enivré quand des mèches vinrent caresser son torse.

Beth chercha à tâtons dans la nuit le préservatif qu'elle avait posé sur la couette. Pendant ce temps, Nick caressait ses hanches et cherchait subrepticement, habilement, la voie de sa féminité.

Elle lui en ouvrit volontiers l'accès, et il lui donna un tel plaisir qu'elle l'implora de la faire jouir au plus vite. Mais Nick temporisa, savourant ses gémissements et ses supplications. Malgré la nuit qui les environnait, c'était la première fois depuis longtemps qu'il se sentait entouré de lumière.

Cette lumière émanait de Beth. Son regard était d'une incroyable douceur, ses seins délicieux, et la vue de sa bouche entrouverte l'était davantage encore. Après une ultime et adroite caresse, il l'amena à la jouissance et l'entendit exprimer l'acuité de son plaisir dans un cri sourd.

Mais ce n'était que le début…, se dit-il.

Ayant joui, Beth retomba contre son torse. Puis, lorsqu'elle se fut ressaisie, elle déchira l'enveloppe du préservatif et le lui enfila. Enfin, elle se redressa et rejeta ses longs cheveux en arrière.

Nick enfouit les mains dans sa chevelure soyeuse d'où s'élevait une odeur florale, puis il prit son visage entre ses mains et l'inclina, sans la moindre hâte, vers le sien. Beth voulut néanmoins se redresser, mais, d'autorité, il l'immobilisa en hochant la tête négativement. Après avoir temporisé à dessein pour exacerber son désir, il la posséda avec la plus grande douceur, imprimant peu à peu un rythme plus fougueux à leurs ébats.

Beth, de nouveau vaincue, s'y soumit. Elle l'embrassa au hasard, partout où ses lèvres tombaient, puis posa la main sur son cœur et se redressa pour mieux l'accompagner.

Leur rythme s'accrut jusqu'à ce que, dans un même élan, ils jouissent à l'unisson.

Lorsque l'apaisement vint, après de longues minutes

où leurs souffles semblaient ne pouvoir se calmer, Nick attira Beth dans ses bras. Il referma une main possessive sur l'un de ses seins et posa l'autre sur son ventre, couvrant de baisers son épaule.

— L'orage se calme, on dirait, souffla-t-elle.

L'intensité des éclairs en effet s'atténuait, le tonnerre s'éloignait vers Marfa. Il pleuvait encore un peu, mais la température avait dégringolé… Allait-il neiger ? Dans ce cas, le lendemain, ils auraient de la peine à reprendre la route.

Du moins s'ils la reprenaient.

A quoi bon se précipiter pour rentrer au ranch ? Ils avaient assez de vivres et de bois. De quoi avaient-ils besoin ?

— Fatiguée ? s'enquit-il.

Elle remonta la couette sur eux.

— Non… Pas vraiment.

— Est-ce une insinuation ? Tu as une idée en tête ? reprit-il.

Il l'embrassa dans le cou et sur les épaules, goûta le sel de leur sueur. Son souffle brûlant chassa l'air froid qui faisait frissonner Beth, blottie dans ses bras.

— J'ai plein d'idées ! Mais avant… j'ai faim ! s'exclama-t-elle soudain, se retournant pour le regarder. Pas toi ?

Il rit et pensa aux autres préservatifs dans sa trousse de toilette.

C'était un bon début pour fêter le premier anniversaire du pire jour de sa vie.

9

— Vite ! Lève-toi et habille-toi !

Beth secouait Nick, ignorant ses protestations.

— Réveille-toi ! Je crois que j'ai entendu des voitures arriver.

Nick se redressa soudain, bondit du lit et courut jusqu'à la fenêtre qu'il entrouvrit.

— Tu as raison. Il y a au moins un camion et plusieurs jeeps !

— Mais… je croyais que l'accès à ce refuge n'était possible qu'à cheval ! C'est du moins ce que tu prétendais, n'est-ce pas ?

Nick ne l'écoutait pas, il s'habillait déjà. Beth, vaincue, soupira.

— Tu ferais mieux de te préparer ! lança-t-il.

— Que se passe-t-il, Nick ?

Il la prit par les épaules et la regarda bien en face.

— Tu ne comprends donc pas ? Personne ne vient jamais ici à cette époque de l'année. Je sais qui sont nos visiteurs. Je sais même pourquoi ils sont là ! On les a informés de notre présence dans ce refuge !

— Ce sont… les… les trafiquants du cartel mexicain ?

— Oui. Il faut partir tout de suite, Beth ! Sinon, nous allons être cernés et vite neutralisés.

— Aurons-nous le temps de seller nos chevaux ?

Il lui fourra ses vêtements entre les mains.

— Dépêche-toi au lieu de discuter ! Range les vivres dans les sacoches. Moi, je m'occupe des chevaux.

Il enfila sa veste, mit son Stetson et sortit. Beth s'activa et vérifia que son pistolet était chargé avant de le remettre dans son holster.

Quelques minutes plus tard, elle sortait avec les sacoches en finissant d'enfiler sa canadienne. Elle constata, surprise, que Nick avait déjà sellé leurs montures. Mais comment avait-il fait, si vite ? Elle ne posa pas la question afin de ne pas retarder leur départ et lui tendit les sacoches qu'il fixa aux selles. Il mit son .38 dans la poche arrière de son jean.

Des jeeps se rapprochaient. Il devait y en avoir trois ou quatre.

— Cela me rappelle l'enlèvement d'Andrea…, murmura-t-elle.

Il acquiesça et monta sur Rocket en tenant les rênes d'Applewine. Beth les lui prit, mais il lui montra les étriers de Rocket.

— Tu vas monter derrière moi.

— Mais…

— Nous allons devoir redescendre le versant à pic de la montagne et tu n'es pas assez bonne cavalière. Monte !

Beth obéit.

— Tiens-toi bien, surtout ! lui recommanda-t-il.

A cet instant, elle entendit des voix. Les hommes approchaient.

— Ils vont entrer dans le refuge où ils savent que nous avons passé la nuit. En le voyant vide, ils vont partir à notre poursuite.

Beth noua les bras autour de la taille de Nick tandis qu'il quittait le sentier et s'engageait sur le flanc de la montagne. A cet instant, un regret l'envahit. N'auraient-ils pas dû affronter les nouveaux arrivants et tenir le siège jusqu'à l'arrivée des renforts ?

D'un autre côté, Nick était un civil et non un agent entraîné, donc elle ne pouvait lui faire courir un tel risque.

Pourtant, fuir lui faisait rater une magnifique occasion de prouver ses compétences…

— Accroche-toi bien, Beth. Et ne panique pas !

Beth ne vit bientôt plus que le ciel gris tandis que Nick reculait au maximum sur sa selle, l'entraînant en arrière dans son mouvement. Les chevaux marchaient avec la plus grande prudence sur la pente caillouteuse. Si d'aventure elle avait tendu la main, elle aurait touché, sans mal, les roches, les buissons et les branches. Réduite au silence et terriblement impressionnée, elle se concentrait, sachant que si elle tombait, elle roulerait jusqu'en bas du versant. Les cris et les jurons des hommes, au-dessus d'eux, résonnaient dans le canyon.

Après de longues minutes, Nick clappa de la langue et Rocket s'engagea sur une piste accrochée à un versant si abrupt que même les chèvres devaient l'éviter. Au moins, ils étaient de nouveau à l'horizontale.

— Ne regarde surtout pas vers le bas, Beth ! Dis-moi plutôt si l'on nous suit ?

Beth se retint de toutes ses forces à la taille de Nick et osa regarder par-dessus son épaule. Applewine les suivait docilement, quoique de très loin. Soudain, elle aperçut un homme qui, ayant rattrapé la jument, poussa un cri de victoire. Il mit ensuite le pied à son étrier, mais la selle glissa et Applewine s'arrêta. L'homme roula sur le versant et Applewine s'éloigna.

— Tu n'as pas eu le temps de boucler la selle ! souffla Beth.

Elle comprenait mieux pourquoi Nick avait sellé leurs chevaux à cette vitesse.

— Nos chances d'échapper à ces hommes sont très minces, Beth, dit-il soudain. Quelle que soit la direction que nous prenons, on va nous couper la voie. Avec leurs jeep, ils seront toujours plus rapides que nous.

— Nous pouvons utiliser ton téléphone pour demander de l'aide ?

— Quand nous serons sur la crête. Ici notre équilibre est trop précaire.

Beth ferma les yeux, de peur d'avoir le vertige.

— Je n'ai pas pu voir leur visage. Et toi ?

— Moi non plus. Ils portent des bandanas. Et puis tout s'est passé très vite…

Nick mêla ses doigts aux siens, noués à sa taille.

— Ton cœur bat si fort, Beth…

— Oui. Tu aimes sans doute les sensations extrêmes et tu en as peut-être l'habitude, mais moi, je n'ai jamais rien vécu de semblable, alors…

— Détrompe-toi. C'est une première pour moi aussi !

— Merci, me voilà rassurée ! ironisa-t-elle. Si tu veux savoir, mes parents n'ont jamais voulu que je monte sur des montagnes russes.

— J'en ai eu l'occasion à une ou deux reprises, lorsque nous vivions encore à Dallas. Notre périple actuel m'y fait effectivement penser…

Il lâcha sa main.

— Une fois qu'on sera sur la crête, on pourra reprendre notre souffle et nos esprits, et on contactera le shérif.

Lorsqu'ils l'eurent enfin atteinte, ils descendirent de Rocket. Nick sortit le téléphone satellitaire qui lui avait été confié par Cord McCrea dans le cadre de sa participation à son groupe d'intervention.

— Que va-t-il arriver à Applewine ? s'enquit Beth, anxieuse. C'est tellement dangereux par ici…

— Je vais aller la chercher. Toi, contacte tout de suite le shérif ou McCrea. Je reviens.

— Non ! Nous ne devons pas nous séparer, Nick.

— Applewine n'est pas loin et je suis armé. Je reviens.

Il lui tendit son téléphone. Beth le lui prit des mains à contrecœur, et regarda autour d'elle avec méfiance tandis que Nick redescendait la piste qu'ils venaient d'emprunter.

Beth eut vite un interlocuteur.

— Beth ? Attendez, je vais tout de suite aller chercher le shérif !

Au même instant, un bruit attira son attention. Des cailloux roulaient sur la piste que Nick venait de prendre.

La voix de Pete s'éleva bientôt à l'autre bout du fil.

— Beth ? Ça va ?

— Il y a plusieurs hommes à notre poursuite. Ils sont en jeep. Ils n'ont pas tiré, mais ils sont armés. Ce sont des trafiquants du cartel.

— Où êtes-vous ?

— Nous avons quitté le refuge de Kate McCrea. Nous sommes à cheval.

— Nick peut vous conduire sur un plateau où un hélicoptère peut atterrir ?

— Je n'en sais rien… Il n'est pas là…

Beth s'en voulut d'ignorer la topographie de la région et de ne pouvoir répondre à Pete.

— Vous vous êtes séparés ? reprit ce dernier d'un ton étonné.

— Non. Pas vraiment. Mais ma monture est…

— Beth ! Je pensais que tu avais appris à monter.

Beth soupira.

— Bon, écoute…, poursuivit Pete, quand Nick reviendra, je veux qu'il me donne votre position exacte ! Terminé.

D'autres cailloux roulèrent sur la pente, mais elle ne vit

personne. Nick était-il en train de revenir ? Non, il l'aurait hélée, d'autant qu'il savait qu'elle avait la gâchette facile.

Soit il s'agissait d'un animal sauvage qui rôdait dans les parages, soit leurs poursuivants les avaient repérés et se rapprochaient d'elle en catimini.

Nick clappa de la langue et tendit la main dans la direction d'Applewine, mais la jument resta immobile. Au même instant, il entendit les voix de leurs poursuivants et se demanda s'il ne devrait pas revenir auprès de Beth.

Il regrettait d'avoir entrepris cette escapade en montagne, qui les mettait tous deux en danger.

Mais il avait voulu quitter le ranch pour conjurer un triste anniversaire, et ne plus croiser les regards inquiets de ses parents et des ouvriers.

Et en définitive, pour être seul.

Mais Beth lui avait imposé sa présence.

Il ne regrettait pas la nuit qu'ils venaient de passer. Il regrettait seulement d'avoir quitté le refuge bille en tête.

— Approche…, ordonna-t-il à la jument. Tout doucement, ma belle.

Les voix se rapprochèrent. Par chance, la jument venait vers lui.

— C'est bien, ma fille !

Et Nick continua de l'encourager doucement.

Il entendit tout à coup un bruit de moteur venant d'en haut. Il leva la tête et vit une corde tomber sur le versant. Ce n'était certainement pas pour leur porter secours, mais pour les capturer.

Applewine, maintenant proche, posa son museau sur son épaule. Nick aussitôt s'accrocha à sa crinière et monta à cru. Tenant les rênes d'une main et son .38 de l'autre, il resta courbé sur son encolure, espérant que de loin il se confondrait avec la jument.

Il vit un homme descendre le long de la falaise. Montant à cru et progressant de surcroît à flanc de montagne, il ne pouvait guère éperonner sa monture pour rejoindre Beth plus vite. Il ne voulait pas non plus l'appeler pour l'avertir du danger imminent, car il aurait ainsi trahi sa propre position. D'un autre côté, il n'allait plus tarder à arriver au niveau de la piste où ces hommes pourraient facilement le repérer, et faire feu…

Il ne lui restait plus qu'à espérer un miracle…

L'épicéa près duquel il avait laissé Beth, sur la crête, n'était plus qu'à une centaine de mètres. L'homme qui descendait le flanc y parviendrait sans doute plus vite que lui.

Un mouvement en contrebas attira soudain son attention. Un homme se tenait au pied du versant, avec une paire de jumelles.

Nick descendit de la jument au moment où un rayon de soleil traversait un nuage et tombait sur la chevelure noire de Beth. Elle n'avait pas eu le temps de refaire sa natte et ses cheveux étaient déployés sur ses épaules.

— Nick ! cria-t-elle d'une voix sans timbre en agitant la main. Je crois que nous sommes cernés…

— Je sais. Tu as réussi à joindre McCrea ?

— Non, seulement Pete. Le shérif a besoin de connaître notre position pour qu'un hélicoptère vienne à notre rescousse.

Nick lâcha la bride d'Applewine, lui donna une tape sur la croupe et rejoignit Beth. Puis il dessella Rocket qui suivit la jument.

Beth ouvrit de grands yeux.

— On abandonne nos montures !

— On n'a pas le choix, lui expliqua-t-il.

— Tu prends des décisions sans en discuter avec moi au préalable ? Alors qu'on pourrait mieux se cacher ! Fuir ! Appelle Pete ! Il doit venir à notre secours !

Beth lui tendit le téléphone avec insistance. Mais Nick se contenta de transmettre leur localisation à Pete et, aussitôt après, éteignit l'appareil et le mit dans sa poche.

— Nick ? demanda Beth, étonnée. Mais pourquoi est-ce que… ?

— On reprend la descente. A pied. Pete ne nous sera d'aucune utilité dans les prochaines minutes… Nous devons nous débrouiller seuls.

— J'aurais aimé qu'on en parle…

— On parlera plus tard !

— Ecoute, Nick, c'est moi l'agent de l'ATF. C'est moi qui suis en charge de cette mission. Donc c'est à moi de…, commença Beth alors qu'elle ouvrait la voie.

Elle trébucha et aussitôt se tut. Puis elle garda le silence pour se concentrer sur sa progression. Elle dérapait sans cesse et devait se retenir aux roches ou aux racines.

Nick l'observa, à la fois inquiet et séduit, se demandant en définitive s'il n'était pas en train de tomber amoureux.

Le moment était pourtant mal choisi…

Un caillou roula dans sa direction et le fit se retourner.

— Beth, regarde ! Ils descendent. Ils sont derrière nous. Elle sortit son arme.

— Il faut trouver une cachette. Et de là, nous les tiendrons en respect !

— Pour commencer, range ton pistolet. Tu vas avoir besoin de tes deux mains pour continuer. Reste le plus près possible de moi pour que je puisse te rattraper si tu glisses.

En temps normal, plusieurs heures auraient été nécessaires pour descendre ce sentier presque à la verticale. Ils continuèrent donc en silence, concentrés, le souffle court.

Beth avait mal partout après la chevauchée de la veille. Elle glissait en permanence, et portait souvent la main à ses reins douloureux.

Nick, quant à lui, se tenait prêt à la rattraper.

— Ces bottes ne sont pas vraiment faites pour crapahuter, marmonna-t-elle après avoir, de nouveau, perdu l'équilibre et failli tomber.

— Je redoute que tu ne perdes quelques strass, plaisanta-t-il.

— Et que je roule jusqu'en bas… Tiens, et si je continuais pieds nus ?

— Ce serait dommage pour tes bottes. Et pour tes pieds…

Nick sourit.

La situation était grave, mais il ne songeait qu'à Beth et n'avait d'yeux que pour elle.

Etait-il amoureux ? se demanda-t-il de nouveau.

Distrait par cette pensée, Nick glissa, mais il réussit à s'ancrer fermement et tendit la main dans la direction de Beth qui était toujours immobile, en équilibre précaire. Elle hésita mais finalement lui tendit la sienne à son tour. Il la lui serra et elle se rapprocha avec prudence. Nick l'encourageait du regard. Quand elle fut toute proche, elle riva son regard effrayé au sien. Au même instant, un rayon de soleil passa au travers des nuages et rendit ses prunelles plus claires.

Nick en fut ébloui.

Des criminels étaient à leur poursuite, ils n'avaient plus aucune échappatoire, mais il était vaincu par ses sentiments.

Sans réfléchir, il prit sa bouche avec avidité.

Il ne l'embrassait pas par désespoir ou porté par un élan sensuel, mais seulement parce qu'elle était à portée de ses bras et qu'il ne pouvait plus résister. Il la serra étroitement contre lui et savoura la douceur de ses lèvres entrouvertes et prêtes à accueillir son baiser. Leurs langues se mêlèrent et Nick, étonnamment, se sentit plus confiant. Beth le vivifiait, lui donnait ce qui lui avait tant manqué depuis un an… De la force et de la confiance en lui…

Quand il recula, il lui sourit sans arrière-pensée mais à peu près certain qu'elle allait lui reprocher son inconscience.

Mais non.

S'il en croyait le regard qu'elle lui lança, elle avait aussi puisé du réconfort dans leur baiser.

Puis l'instant passa, et très vite la réalité reprit ses droits.

Beth regarda vers le sommet et parut prise de vertige, car elle posa les mains sur ses épaules.

— Nous devrions…, commença-t-elle.

— Continuer ? Oui. Ça va aller ?

Des cailloux roulèrent sur le versant.

— Vite ! s'exclama-t-il.

Nick entendit Beth marmonner, se reprocher son manque de vigilance et de professionnalisme. Une négligence impardonnable qui mettait la cible en danger.

— C'est moi la cible ? demanda-t-il, un peu vexé.

— Evidemment !

— Beth ! Je t'ai déjà dit que je pouvais me débrouiller tout seul !

Comme pour le contredire, un coup de feu retentit. Nick aussitôt se plaqua contre le versant, s'efforçant de son mieux de protéger Beth.

— Eh bien, quel timing ! déclara cette dernière, qui sortit son arme de son holster.

— Mon père dit toujours que le timing, c'est le moteur du comique, mais il n'y a rien de drôle à être pris pour cible…

Sur ces mots, Nick prit son .38.

— Nous avons seulement tiré au-dessus de ta tête, Burke, cria un homme d'en bas.

Une autre balle se ficha sous les pieds de Beth.

— La prochaine fois, on n'hésitera pas à vous toucher, reprit la voix.

— Nous sommes cernés, c'est fini…, déclara Nick. Il faut nous rendre.

Mais Beth secoua la tête avec obstination. Nick remit son arme dans sa ceinture et, aussitôt après, il leva les mains en l'air.

— Voilà une décision raisonnable ! reprit la voix. Mon boss est impatient de vous rencontrer.

Beth le retint.

— Nick ! Non ! Et si nous résistions ? Je sais qu'il faut un temps fou pour aller d'un point à un autre dans cette région, mais Pete et Cord ne devraient pas tarder. Cela fait presque une heure que nous avons quitté le refuge.

Nick hocha la tête.

— Il leur faut une heure pour arriver au ranch, et une quarantaine de minutes pour rallier le refuge. Et autant de temps pour gagner l'endroit où nous sommes actuellement. Même en jeep. Et n'oublie pas que nous sommes sur un flanc de montagne presque inaccessible.

— Il doit bien y avoir un autre moyen pour…

Elle se tut tandis que Nick secouait la tête, le regard rivé au sien.

— Nous allons nous rendre, Beth. Rester en vie. Nous résisterons et nous nous battrons plus tard. Fais-moi confiance. D'accord ?

Alors Beth soupira.

— D'accord. Nous allons céder…

— Non, nous allons seulement temporiser, et jusqu'à

ce que l'on trouve une issue, même si cela semble impossible pour l'instant.

Il la prit par les épaules.

— Mais tant qu'il y a de la vie, il y a de l'espoir. On peut se remettre de tout, Beth. Même d'un traumatisme, ou d'une blessure, si graves soient-ils. Mais jamais de la mort…

10

Une fois qu'ils furent capturés, ligotés et qu'on leur eut bandé les yeux, ils furent conduits sans ménagement dans un hélicoptère. Beth avait la sensation de suffoquer. Mais quand, à leur arrivée au pied d'une mesa, on les libéra de leurs entraves et qu'on les enferma dans une cavité grillagée où il n'y avait de place que pour une personne, elle comprit que la sensation d'étouffement allait être bien pire.

— On dirait une grotte ? Je n'arrive pas à croire qu'on nous séquestre dans ce trou infect !

Sur ces mots, Beth essaya de changer de position pour détendre ses jambes. En vain.

— Un chercheur d'or aura sans doute creusé dans cette roche, hasarda Nick.

Il avait insisté pour qu'elle appuie son dos contre le fond de la grotte. Cependant elle aurait préféré être proche de la grille afin de mieux surveiller les mouvements des hommes et éventuellement trouver un moyen de leur échapper.

— Tu es blessé au front, Nick. Je ne peux pas te soigner mais je vais rincer ta plaie. Avant, je dois laver mes mains pour ne pas l'infecter. Donne-moi de l'eau.

— Non. Nous devons l'économiser, dit-il, regardant la bouteille que l'un des ravisseurs avait posée près de la grille. Ma blessure est le dernier de mes soucis. Essaie de trouver une position un peu plus confortable, Beth. La nuit va être longue. Très longue.

Quel était donc le sort qui les attendait ?

S'ils étaient encore vivants, c'était évidemment parce qu'on voulait leur soutirer des informations. Mais quelles informations ? Et pourquoi ?

Beth s'efforçait de rester optimiste en se raccrochant à la formule que Nick avait prononcée : tant qu'il y avait de la vie, il y avait de l'espoir…

Arrivée au terme de cette première journée de captivité, elle ne supportait déjà plus de respirer l'odeur d'humidité et de terre.

Elle rêvait de nager dans une piscine ombragée en bord de mer. De s'étirer dans l'eau. Nick et elle étaient obligés de rester assis, le dos courbé, penchés en avant car le plafond était trop bas pour qu'ils puissent se redresser. Ils ne pouvaient pas non plus étendre leurs jambes. La seule fois où ils en avaient eu l'occasion, ç'avait été quand les hommes les avaient fait sortir tour à tour.

Malgré leurs difficultés à se mouvoir, ils réussirent à se faire face, de sorte qu'ils se retrouvèrent bientôt dans les bras l'un de l'autre.

— Nous avons si peu d'espace que si on se détestait, le contact serait intolérable, lâcha Beth. Et puis au moins, on n'a pas froid…

Elle leva la tête et se cogna contre la paroi.

— Ravi que tu aies gardé ton sens de l'humour, dit-il en l'attirant plus près de lui.

Elle lui sourit, reconnaissante qu'il reste si calme.

— Comment te sens-tu, Nick ?

Elle lui caressa la nuque.

— Je vais bien. Ne t'inquiète pas. Essaie de te détendre. La nuit va être longue et inconfortable. Mais il faut qu'on se repose pour affronter la suite…

Soudain, Beth sentit, dans un pied, une crampe dont la douleur fut si aiguë qu'elle sursauta. Malheureusement, elle ne pouvait pas étirer ses orteils, d'autant qu'elle portait toujours ses bottes.

— Un problème ? s'enquit Nick, inquiet.

Elle secoua la tête et serra les dents.

— Comment vont tes côtes ? Tu parviens à respirer ?

— Cesse de t'inquiéter pour moi, Beth. Lorsqu'on nous a capturés et quand on m'a frappé, je me suis protégé grâce à ce que tu m'as appris. Mais il est en effet possible que j'aie une ou deux côtes cassées.

— Ça peut être dangereux… Je vais te donner un petit truc pour une éventuelle prochaine fois. Le secret, c'est l'équilibre, tu vois ?

— Oh oui, je vois parfaitement !

— Parce que sinon tu es en danger…

Il se mit à rire et grimaça.

— En danger ! Par pitié, Beth, ne me fais pas rire !

— Je voulais seulement me montrer solidaire.

Il rit.

— Merci. Tu l'es bel et bien ! Cela dit, je préférerais que tu sois au ranch ou à Chicago !

Il se tut et reprit à voix plus basse :

— Mais comme ce n'est pas le cas…

Il lui releva le menton et riva son regard au sien.

— Trêve de plaisanteries. Repose-toi et essaie de dormir, Beth.

— Toi aussi, Nick.

— Je ne suis pas certain de le pouvoir. Mais je vais poser ma tête contre l'or que renferme cette pierre et fermer les yeux.

— De l'or ? Je n'ai pourtant pas remarqué de pyrite sur cette paroi ?

— Maintenant qu'il fait sombre, les lampes de poche de nos gardes en révèlent des éclats quand ils nous éclairent.

— Intéressant.

Il rit doucement.

— Ça m'étonnerait que ça t'intéresse. Je suis sûr que tu as envie de parler de tout autre chose, pas vrai. Par exemple, de ma responsabilité dans cette histoire. Parce que si nous en sommes arrivés là, c'est par ma faute, n'est-ce pas ? reprit-il.

— Non, j'aimerais plutôt te parler de tes cauchemars, Nick…

Comme elle avait la joue posée contre sa poitrine, elle l'entendit soupirer puis déglutir. Il s'était également raidi, comme s'il parait un coup.

— Allons, détends-toi Nick ! Je sais que tu répugnes à évoquer le sujet, mais il le faut.

— Ce n'est pas parce que ma mère t'a demandé de me convaincre de consulter que tu dois te sentir obligée de tenir ta promesse. Et puis tu crois que c'est le bon moment ? Enfin, ce ne sont pas tes cours de psychologie à l'université qui vont faire la différence ! On pourrait plutôt parler de l'érosion qui a façonné des sculptures montagneuses bizarres dans le canyon de Santa Elena où nous nous trouvons actuellement. Car nous avons franchi la frontière américaine et nous sommes dans la partie mexicaine du parc national de Big Bend, Beth.

Elle soupira.

— Merci pour le renseignement… Je suis certaine que la géologie est un sujet passionnant et d'ailleurs, je ne savais pas que tu t'y intéressais. Et que tu savais où nous nous trouvions.

Nick était habile à esquiver, mais elle aussi. Elle avait eu des années de pratique avec ses parents, Elizabeth et Carroll. Pour autant, Nick avait réussi à éveiller sa curiosité.

Il approcha sa bouche de son oreille.

— J'ai été guide de randonnée pendant deux étés. D'où ma connaissance de cette partie du Texas et du nord du Mexique. De cette façon, quand nous nous évaderons, nous ne tournerons pas en rond.

— Nous évader ? Quand envisageais-tu de me confier ton plan d'évasion, Nick ?

Pour se mouvoir dans cet espace confiné, ils devaient coordonner leurs mouvements car l'un ne pouvait bouger sans contraindre l'autre à bouger également. Beth recula donc quand il rejeta sa tête en arrière et l'entendit soupirer. Face au silence, elle comprit qu'il n'avait en fait aucun plan.

Il ne restait plus qu'à espérer un miracle…

— Puisque nous ne pouvons pas nous évader pour le moment…

— Mais pour le moment *seulement*, la corrigea Nick. J'ai remarqué que nos sentinelles étaient plutôt paresseuses, donc nous trouverons une occasion. Nous devons rester vigilants et nous tenir prêts, c'est tout.

— *C'est tout ?* Nous aurions pu résister plus longtemps et mieux, avant qu'ils ne nous capturent ! déclara Beth avec une nuance de regret dans la voix. J'ai détesté voir un criminel pointer un .38 sur la tempe de mon amant.

Elle se tut, un peu gênée par cet aveu.

— Quoi ? demanda-t-il, étonné.

— Oh rien, se ravisa-t-elle, pressée de changer de sujet. Tu m'as donc demandé de quoi je voulais parler… Et moi j'aimerais parler de tes cauchemars. J'aimerais partager avec toi mon expérience.

— Langage de psy ! Mais vas-y, je t'écoute, coupa-t-il sans cacher sa méfiance.

— Pour commencer, mes parents sont tous deux psychologues, déclara-t-elle. J'ai donc de l'expérience.

— Sans blague, ils sont vraiment psychologues ? Je pensais que tu avais inventé ça pour que je te prenne plus au sérieux…

— Malheureusement non, c'est la pure vérité. Ecoute plutôt : ma mère, Elizabeth, a longtemps cherché à comprendre et à analyser les raisons pour lesquelles j'étais devenue mannequin pieds à une certaine époque. Carroll, mon père, aussi : avant chaque séance photo, il m'accablait de questions. Je connais leurs tactiques et leur vocabulaire. Mais je ne prétends pas avoir toutes les réponses, mais j'ai aussi…

— Toi, tu as été mannequin pieds ! coupa-t-il. On n'utilisait donc que tes pieds ! Je trouve que c'est hilarant !

Il éclata d'un rire si sonore qu'il attira l'attention d'une sentinelle qui s'approcha et donna des coups sur la grille pour l'exhorter au silence.

Mais Nick continua de rire discrètement. Elle sentait son corps agité de secousses.

— J'avais besoin d'argent, Nick ! se défendit-elle. Elizabeth et Carroll, qui enseignent à l'université de Nothwestern, voulaient que j'étudie la psychologie, mais j'ai préféré étudier la criminologie à Albany. J'ai donc dû payer mes études… Etre mannequin pieds avait de nombreux avantages, dont celui de pouvoir garder les chaussures !

— Ce qui explique ta passion pour les escarpins Jimmy Choo et les bottes roses à strass.

Il se remit à rire.

— J'aime mes bottes ! se récria-t-elle.

— Oui, mais avoue qu'elles ne sont pas idéales pour faire du cheval. Ou de la randonnée.

Il se remit à rire.

— Mannequin pieds ! Bon sang, je ne le crois pas !

— Oh ça suffit ! grogna Beth, contrariée que la conversation se soit égarée. Mais parlons plutôt de toi ! Je sais ce que c'est de perdre le sommeil à cause de cauchemars.

— Sans vouloir te vexer, tes cauchemars et les miens n'ont rien à voir, Beth.

— J'en conviens, on ne m'a pas tiré dans le dos. Mais mon équipier a été tué sous mes yeux pendant une opération de l'ATF.

Elle baissa la voix.

— C'est pourquoi l'ATF m'a envoyée dans la région alors que je suis une citadine et que je ne sais pas monter à cheval.

— Tu as d'autres talents.

— C'est gentil, mais tu n'as pas besoin de caresser mon ego.

— Entre nous, Beth, ce n'est pas ton ego que j'aime caresser.

Sur ces mots, Nick leva le coude à la hauteur de ses seins. Malgré l'exiguïté de l'espace, Beth parvint à reculer et à l'éviter. Elle refusait de se laisser de nouveau distraire.

Elle avait promis à Juliet de convaincre Nick de consulter un spécialiste du stress post-traumatique. Certes, dans leur situation actuelle, cette éventualité semblait compromise, mais elle voulait garder espoir.

— Nous sommes enfermés et tu ne peux pas éviter cette conversation, alors profitons-en pour parler. Laisse-moi t'aider, Nick, s'il te plaît.

— Je ne ferai plus de cauchemars le jour où l'homme qui a commandité mon meurtre sera arrêté ! s'exclama Nick.

— Mac Caudwell a pourtant été arrêté et jugé ?

— C'est Mac Caudwell qui a tiré mais il a obéi à des ordres.

— Et tu as décidé de démasquer le commanditaire... C'est pourquoi tu t'es rendu sans résistance, ce matin ? Dans l'espoir de le rencontrer ?

— Ecoute, Beth, quand Mac est parti...

— Non, quand Mac t'a *trahi* ! En devenant le complice de ces trafiquants. Mac a fait feu sur toi dans l'intention de te tuer, pas de t'intimider.

Cette fois, Nick garda le silence.

— Mac Caudwell était ton mentor, ton homme de confiance et un ami, martela Beth. Il t'a tout appris ! L'élevage des chevaux et la gestion d'un ranch. Tu as subi un terrible traumatisme parce qu'un homme en qui tu avais placé ta confiance a tiré sur toi, pire, dans ton dos. Comme un lâche !

Elle risquait de provoquer sa colère en insistant, d'autant qu'elle avait l'intention ensuite de lui poser des questions qui mesureraient l'ampleur des symptômes de stress post-traumatique.

— Mac a choisi d'être complice des trafiquants, reprit-elle.

Beth ne pouvait évoquer cet individu, un inconnu pourtant, sans céder à la fureur.

— Dans sa déposition, il a affirmé qu'il n'y avait rien de personnel dans sa tentative de meurtre et...

— Pour moi, c'était personnel ! coupa Nick.

— Je sais.

Beth se tut et serra les dents en sentant une autre crampe monter dans sa jambe.

— Que se passe-t-il ? demanda Nick, alerté par son soubresaut.

— Une crampe au mollet.

Il se pencha et le lui massa de son mieux.

— Cette position est infernale. Je vais t'aider à en changer.

Beth sourit, touchée par sa sollicitude. Nick était bienveillant, attentionné et gentil. Elle l'aimait parce qu'il était grand, beau et conforme à certains clichés qui avaient la vie dure… Enfin, il lui avait fait l'amour sous des millions d'étoiles, puis au creux d'un lit dans un refuge. Elle en gardait deux souvenirs inoubliables.

Mais il y avait aussi eu ces autres nuits, où elle l'avait entendu crier dans son sommeil. Les conditions actuelles n'étaient certes pas idéales pour parler d'un traumatisme, mais Nick à présent devait affronter ses démons. Et consulter.

Si du moins ils sortaient vivants de cet enfer.

Non ! *Quand* ils sortiraient de cet enfer !

— Peux-tu répondre à quelques questions susceptibles de mesurer ton degré d'anxiété ?

Beth y avait répondu, après la mort accidentelle de son équipier en cours d'opération.

Elle avait appelé ses parents, la semaine dernière, pour leur demander ce questionnaire. Ils avaient été étonnés qu'elle les contacte. En fait, elle leur téléphonait rarement.

C'était sa faute, pas la leur.

Carroll et Elizabeth respectaient sa liberté et son intimité, mais Beth restait intimidée par la personnalité et le charisme de ses parents, si parfaits à ses yeux. Consciente de son imperfection, de ses échecs et de ses failles, elle évitait de leur rendre visite ou de leur téléphoner.

Soudain, elle se sentit abattue.

Car elle avait de nouveau échoué : elle était séquestrée et sans doute en danger de mort. De plus, avec un civil…

Si elle ne trouvait pas un moyen de les tirer de là, elle serait obligée de démissionner de l'ATF.

Ou elle mourrait.

Et Nick aussi.

11

— Bon, d'accord. Que veux-tu savoir ? demanda Nick.

— Je vais te poser mes questions… et tu y répondras honnêtement, spontanément. Cela t'aidera peut-être…

Elle, ça l'avait aidée.

A la suite de cauchemars suscités par la mort de son équipier à Chicago, Beth avait été contrainte de consulter un thérapeute.

Certes, elle avait dû faire face à de nombreux incidents, au cours de sa carrière à l'ATF, dont des fusillades, mais ce jour-là avait été différent… Son hésitation à tirer avait coûté la vie à son équipier, et les autres agents ayant participé à l'opération avaient été formels sur sa responsabilité dans sa mort. Beth en avait conçu un traumatisme auquel s'était ajouté un terrible sentiment de culpabilité.

Jamais plus elle n'hésiterait, ni ne ferait l'objet de mesures disciplinaires. Du moins s'ils s'évadaient. Non *quand* ils s'évaderaient et rentreraient sains et saufs au ranch !

Résigné, Nick haussa les épaules.

— Si ça te fait plaisir… Vas-y, je t'écoute.

— Bon, je commence. Tu as été trahi, tu as failli mourir, et depuis, tu as des cauchemars récurrents. Tu t'es isolé. Tu travailles du matin au soir.

— Quel est le rapport ? Evidemment, je travaille

du matin au soir ! Je pourrais remplacer Mac, mais son remplaçant pourrait aussi devenir le complice des trafiquants du cartel, donc je préfère me débrouiller seul.

— J'en déduis que tu es sans cesse méfiant.

— Sans cesse ? Non… La preuve, je te fais confiance, Beth.

Sur ces mots, il l'embrassa dans le cou puis il se redressa, léchant le sel de sa sueur que son baiser avait laissé sur sa bouche. Son regard lui sembla taquin. Essayait-il de la distraire ?

— Reprenons ! Te sens-tu… normal ?

Si ses souvenirs ne la trompaient pas, la seconde partie de la question s'exprimait dans les termes suivants : avez-vous le sentiment de désirer une famille et des enfants ?

Mais Beth hésita à la lui poser, de peur qu'il ne la soupçonne de faire une discrète insinuation sur l'avenir de leurs relations.

— Je me sens actuellement très à l'étroit, épuisé, perclus de douleur et à bout, répondit-il, amusé. Toi aussi, j'imagine.

— Arrête, Nick ! Tu sais très bien que je veux parler des sentiments que tu éprouves depuis un an. Je continue. Parviens-tu à long terme à penser à l'avenir du ranch ?

— Je…

Il se tut et inclina le visage. Elle fut consciente qu'il se tendait.

— Réponds honnêtement, Nick ! Nous sommes seuls, et je n'ai pas l'intention de rapporter tes propos à ta mère. De plus, je t'ai confié mon secret : j'ai été mannequin pieds pour payer mes études.

Il soupira.

— L'avenir du ranch à long terme ? Non… Pas tant que je ne comprendrai pas pourquoi c'est arrivé. Pas tant que je ne saurai pas qui a décidé que je devais mourir.

— D'accord… Question suivante : évites-tu de penser au coup de feu ? Le revis-tu quand tu passes à l'endroit où tu as été blessé ?

Elle l'avait souvent vu effectuer un grand détour pour éviter le corral, tout en y lançant subrepticement un regard.

— Je n'y pense pas toujours, mais il suffit que je regarde dans la direction du corral…

Il soupira.

— Alors je suis tétanisé, je revis le moment où c'est arrivé. J'ai l'impression que je vais m'évanouir… La seule façon de conjurer ce souvenir et les ressentis qui l'accompagnent, c'est de partir en montagne.

Sa voix était rauque, pleine d'émotion. Beth s'en voulut de le contraindre à revivre le drame mais, d'un autre côté, en parler était la seule façon de le surmonter.

— Et si nous en sommes arrivés là, si nous sommes séquestrés, c'est parce que je voulais fuir pendant quelques jours, ajouta-t-il.

— Si ces hommes sont à notre poursuite, ce n'est pas ta faute.

Nick regarda les derniers rayons du soleil derrière le canyon. La nuit tombait, leurs sentinelles semblaient moins vigilantes. Mais cela ne changeait rien au fait qu'une évasion demeurait actuellement impossible…

— Je dois t'avouer quelque chose, murmura-t-il en observant toujours le couchant. Je… j'ai déjà eu ce questionnaire entre les mains. Je l'ai souvent lu. Assez pour en retenir les questions.

— Est-ce une feinte afin que je cesse de te les poser ? demanda Beth, l'air soupçonneux.

Il hocha la tête.

— Est-ce que j'ai des crises de colère ? Ai-je des problèmes de concentration ? Est-ce que je me sens coupable ? Est-ce que je sursaute au moindre bruit ?

Est-ce que je suis hyper-vigilant et toujours prêt à parer à la menace ? Vu la situation où nous nous trouvons, je ne crois pas...

— Pourquoi me le dis-tu seulement maintenant ?

Nick haussa les épaules.

— Je n'en sais rien, Beth... Et si je répondais « oui » à la plupart de ces questions ? Qu'est-ce que cela changerait ? Je sais déjà que j'ai des problèmes de sommeil. En quoi un thérapeute peut m'aider ?

Elle recula à peine. Il la retint.

— Un thérapeute pourrait vraiment t'aider à surmonter le traumatisme. A circonscrire l'événement qui en est la cause.

Nick recula à son tour.

— Je le surmonte en partant seul en montagne, Beth. J'ai une vision très nette de la... chose. Le contraire serait difficile : je revis sans cesse l'événement.

— Pourquoi ne m'as-tu pas révélé que tu avais déjà effectué ton propre diagnostic ?

— Parce que ça m'est égal, Beth !

Il soupira.

— Mon seul désir, c'est que ma mère cesse de s'inquiéter pour moi. Et toi aussi. Je suis assez grand pour me débrouiller seul, d'accord ?

Et pour le moment, sa préoccupation principale était de trouver un moyen pour sortir de ce trou.

— Kate aussi s'inquiète pour toi..., insinua-t-elle.

— J'aurais dû m'en douter !

Il avait été agressif et il s'en voulut.

— Tu l'aimes toujours ? s'enquit-elle.

— Qui ? Ma mère ?

— Ne te moque pas de moi ! Je sais qu'il y a un homme intelligent qui se cache sous ce cow-boy obstiné !

Nick fouilla son regard dans la pénombre. Il caressa

sa joue, lui recoiffa une mèche et, aussi surprenant que cela paraisse dans les conditions actuelles, il sentit le désir l'envahir. Alors il inclina son visage vers le sien et posa ses lèvres sur les siennes. Malgré leur position inconfortable, la fatigue et les muscles endoloris, il lui donna un long baiser auquel elle répondit avec élan.

Au même instant, il comprit qu'il n'avait jamais vraiment aimé Kate. Parce qu'il venait de se rendre compte qu'il aimait Beth.

Il en fut galvanisé. Ni le manque d'espace, ni la faim, ni l'inconfort n'avaient plus d'importance…

Nick explora longuement les lèvres, la bouche de Beth. Il ne fut plus conscient que de la pression de ses seins contre son corps, si douloureux cependant. Ils étaient tous les deux enfermés et en danger, mais peu lui importait, car il était amoureux de Beth.

Non, il l'aimait corps et âme !

Et dire que, pendant toutes ces années, il avait pensé que Kate était la femme de sa vie… Mais non. Il aimait une citadine qui avait peur des chevaux alors qu'il leur vouait une passion.

Dès le moment où il avait rencontré Beth, au ranch de Pete, à la minute où il l'avait vue pétrifiée par la présence des chevaux, il avait été irrésistiblement attiré.

Il reprit son souffle et posa son front contre le sien.

— Je t'aurais dit que tu étais intelligent dès la semaine dernière si j'avais su que tu pouvais si bien m'embrasser, murmura Beth hors d'haleine.

— Ce n'est pourtant pas la première fois que je t'embrasse.

Il la dévisagea intensément, cherchant sur son visage et dans son regard un signe de… quoi au juste ? Il ne savait pas… Il n'en continua pas moins de chercher…

— Mais tu ne m'as jamais embrassée… de… de cette

façon, répondit-elle avec un tel abandon qu'il l'aurait de nouveau embrassée si le canon d'une carabine, introduit dans leur cage, ne les avait soudain séparés.

La sentinelle s'éloigna en riant.

— Tu devrais essayer de dormir, dit Nick pour couper court.

— Et toi ? demanda-t-elle en bâillant.

— Moi, ça va aller, Beth. Ne t'inquiète pas.

Comment réussit-elle à lui masser le dos dans cet espace si réduit ? Aucune idée, mais il savoura l'instant, même bref.

Nick aurait volontiers bougé pour que la jeune femme adopte une position plus confortable et favorable au repos ; malgré tout, elle se détendit, son souffle devint plus régulier. Elle s'était endormie…

Nick ne put fermer l'œil. Plus personne ne les surveillait et les sentinelles étaient rassemblées autour d'un feu qui brûlait dans un tonneau qui servait de brasero. Aucune étincelle n'en jaillissait vers le ciel sans lune ni étoiles.

La température allait baisser, le grésil qui était tombé aujourd'hui allait geler… Le vent tournoyait au fond de la mesa et pénétrait dans leur grotte.

Allait-il neiger ?

Nick serra l'un des barreaux et tira. En vain. Ils étaient prisonniers. Isolés. Livrés à eux-mêmes. Personne ne s'aventurait jamais dans ce canyon encaissé, impossible à survoler en hélicoptère ou à surveiller continûment.

Il fronça les sourcils et réfléchit.

Personne ne les avait encore interrogés. Pourquoi ? Ne les gardait-on pas en vie justement pour leur soutirer des informations ? Mais que se passerait-il après un éventuel interrogatoire ? Seraient-ils exécutés ? Oui, sans doute…

De nouveau il se sermonna.

S'ils en étaient arrivés là, c'était par sa faute.

C'était parce qu'il n'avait pas supporté de rester au ranch, le jour anniversaire de la tentative de meurtre dont il avait été victime.

12

Ils étaient retenus prisonniers dans cette grotte depuis bientôt quarante-huit heures.

Ils n'étaient pas ligotés, mais ils étaient contraints à l'immobilité dans cet espace restreint à l'extrême. Leurs muscles en souffraient et étaient agités de spasmes. Le froid humide était insupportable.

Beth se sentait de plus en plus impuissante et désespérée. Son seul réconfort, c'était Nick qui sans cesse la serrait dans ses bras pour la réchauffer. Ses relations avec lui avaient changé d'une façon extrêmement subtile. S'ils réussissaient à sortir vivants de cette triste aventure, plus rien ne serait jamais pareil entre eux.

Dès le premier jour, Beth avait été consciente de leur attirance mutuelle. Par deux fois, ils avaient fait l'amour avec une passion inouïe, mais c'étaient surtout la tendresse et la sollicitude de Nick auxquelles elle aspirait le plus. Pourtant, elle ne les avait jamais désirées et n'en avait jamais ressenti le besoin jusqu'à ce jour.

Pourquoi ?

Parce qu'elle l'aimait ?

Cette question l'occupait quand elle ne parlait pas avec Nick.

L'après-midi tirait à sa fin lorsque leurs ravisseurs les firent sortir de la grotte pour les faire monter dans deux jeeps. Grâce à l'horloge sur le tableau de bord, Beth retrouva, avec soulagement, la notion du temps.

Ils roulèrent pendant une vingtaine de minutes, puis les jeeps les déposèrent devant une belle hacienda, isolée au milieu de nulle part et gardée par plusieurs sentinelles armées. Beth ne vit ni ligne téléphonique ni câbles électriques aux abords de la demeure. Les arbres environnants avaient été abattus et le moindre buisson avait été rasé, personne ne pouvait donc s'approcher de l'hacienda sans se faire aussitôt repérer.

Et s'en évader était impossible.

On les fit entrer sous bonne garde. Beth avisa un jardin magnifique, un court de tennis et, tout au fond de la propriété, une piscine et un jacuzzi enveloppé de vapeur, dont les remous lui firent aussitôt envie. Que ne pouvait-elle s'y jeter et s'y prélasser…

A leur vue, l'homme qui s'y baignait en sortit, enfila peignoir et mules, et entra dans le patio où il se servit un verre d'un liquide ambré. L'inconnu était de grande taille, et il aurait été très séduisant s'il n'avait pas eu l'air aussi prétentieux. C'était leur première rencontre avec l'un des chefs du cartel mexicain répondant au nom de Bishop. Autrement dit, « le fou» du jeu d'échecs.

C'était pour le moins étrange.

— Pourquoi nous a-t-on conduits ici ? Que nous voulez-vous ? lui demanda Beth, le cœur battant.

— Avant toute chose, je vous souhaite la bienvenue dans mon humble demeure, *señorita*. Mais ne vous y trompez pas, je ne vais pas agir en hôte digne de ce nom. Vous et Nick Burke avez été trop longtemps une distraction… disons malvenue. Un contretemps désagréable.

Beth garda le silence afin de mieux évaluer la situation.

Comme elle n'était pas ligotée, elle pouvait se jeter sur l'une des sentinelles et éventuellement la désarmer.

Mais une autre la neutraliserait aussitôt, et c'était sans compter les chiens que la plupart des hommes tenaient en laisse. De plus, Nick et elle étaient si affaiblis que jamais ils n'auraient la force de grimper les murs de pierre qui atteignaient une hauteur d'au moins trois mètres et étaient de surcroît couronnés de barbelés. Et puis de toute façon, les chiens les rattraperaient avant qu'ils ne les atteignent... Enfin, Nick, que l'une des sentinelles avait frappé, avant qu'il ne monte dans la jeep, semblait très mal en point.

Une tentative d'évasion était inconcevable et équivalait à une mission suicide...

La situation se compliquait également par le fait qu'ils étaient au Mexique.

Beth se savait capable d'identifier exactement le lieu où ils se trouvaient à partir de photos satellites mais, au préalable, ils devaient bien sûr s'évader.

— Je comprends votre tactique, dit-elle, vous cherchez à nous intimider. Alors venez-en au fait. Qu'attendez-vous de nous ?

Bishop se rapprocha et l'observa comme un prédateur guette sa proie.

— Conduisez-les au bord de la piscine ! ordonna-t-il tout à coup en agitant la main.

— Tout de suite, monsieur Bishop.

A cet instant, une jeune femme blonde vêtue d'une robe vaporeuse surgit dans le patio. Comme elle était éclairée de dos, elle avait tout l'air d'une apparition. Cette jolie blonde était-elle la petite amie de Bishop ? ou son épouse ?

Beth avait encore peine à croire que cette magnifique hacienda était le Q.G. d'un des chefs du cartel mexicain. Elle avait hâte d'enquêter sur Bishop et de donner son signalement dès qu'ils se seraient évadés.

Elle avait gardé les poings fermés jusqu'à maintenant et s'obligea à déplier ses doigts devenus gourds. Elle détendit ses épaules et se redressa. Elle devait être vigilante, prête à agir même si, pour l'instant, toute initiative était malheureusement impossible.

Beth évalua les issues, le mobilier de jardin et quelques jouets de piscine, lesquels ne pouvaient servir d'arme, d'autant que, après deux jours de captivité, elle se savait très affaiblie.

Bishop les rejoignit au bord de la piscine.

— Pour qui travaillez-vous ? Que voulez-vous ? insista Beth.

Bishop sembla amusé par ses questions, mais il reprit vite son masque de froideur et ne se donna pas la peine de répondre.

Cette fin d'après-midi était froide et nuageuse, et Beth frissonna lorsque les sbires de Bishop retirèrent sa veste à Nick avant de lui lier les mains derrière le dos. Sa chemise de laine était déchirée, il grelottait. Qu'allait-il se passer maintenant ? se demanda Beth, anxieuse et proche de la panique. Si Nick n'avait pas été aussi diminué par le coup qu'il avait reçu, tous deux auraient pu essayer de se concerter pour agir… Mais elle était seule. Complètement seule.

Au même instant, Nick leva la tête et cilla. Beth fut soulagée de le voir sortir de cet état qui confinait à l'hébétude. Elle vit ensuite Bishop rapprocher une chaise de jardin du bord de la piscine.

— Que voulez-vous ? insista-t-elle. De l'argent ? Une rançon ?

Jouer les demoiselles en détresse était facile. D'ailleurs elle ne jouait pas. Elle avait vraiment peur. Pour Nick surtout.

— Je doute que le gouvernement américain accepte

de verser une rançon, dit Bishop avec un petit sourire, il refuse toujours de négocier avec des ravisseurs.

— Je… je ne comprends pas… Vous ne voulez donc pas d'argent ?

— Non. Je veux autre chose. Et ça fait un an que je le veux.

Bishop souriait toujours.

— Mais… de quoi parlez-vous ? demanda Beth.

— Il veut ma mort…, bredouilla Nick. Pour forcer mes parents à vendre nos terres et à quitter la région.

— Il n'y réussira pas ! s'exclama-t-elle.

— Vous essayez de me convaincre, *querida* ? Vous perdez votre temps. Quand je veux quelque chose, je l'obtiens.

— Pourquoi nous garder en vie dans ce cas ?

— Parce que nous voulons en apprendre davantage sur le groupe d'intervention auquel vous appartenez. Et sur ce que Rook vous a révélé.

Bishop ? Rook ? « Le fou. » « La tour. » Il croyait donc jouer une partie d'échecs ?

— Je ne connais pas de Rook et je ne sais pas de quoi vous voulez parler.

Pour seule réponse, Bishop la frappa au visage. Beth, surprise, sentit sa tête partir en arrière. La douleur lui fit monter les larmes aux yeux. Installée dans son rôle de fiancée de Nick et de demoiselle en détresse, elle les laissa couler.

— Ne perdons pas de temps, *agent* Conrad. Je sais que vous collaborez tous les deux avec l'armée et la police, et que vous n'êtes pas amoureux. Mais si vous voulez jouer, libre à vous… Vous vous souvenez de ce jeu télévisé dans lequel un couple répond, séparément, à des questions d'ordre privé concernant son conjoint ou sa conjointe. C'est le couple qui a le plus de bonnes réponses qui gagne. Si Nick Burke est votre *prometido*, je vous conseille de répondre *rápido*. Sa vie en dépend. Quel était le métier du père de Nick Burke avant qu'il achète le ranch ?

Il agita la main et l'un des gardes poussa Nick dans la piscine.

Il coula à pic.

Beth, horrifiée, se précipita mais on la retint. Elle fit volte-face.

— Vous êtes fou ! Il a les mains liées !

Epuisé, Nick allait se noyer.

La réponse de Bishop fut sans appel.

— Je vous ai prévenue. Sa vie en dépend. Alors répondez !

Le garde qui venait de pousser Nick dans la piscine se mit à genoux sur le bord et lui maintint la tête sous l'eau.

— Alan était… Oh mon Dieu ! Nick et moi, nous n'avons jamais parlé de… de… ses parents !

En revanche, la réponse était dans le dossier de Nick. Beth réfléchit. Et puis elle se souvint qu'Alan avait pris sa retraite anticipée.

Incertaine, elle tenta de gagner du temps.

— Je vous en prie, lâchez-le…

— Quand vous aurez répondu. Sinon il mourra noyé.

Alors la réponse fusa :

— Alan dirigeait une société de machines à outils qu'il a vendue.

Bishop acquiesça. L'homme relâcha Nick, qui refit surface pour avaler une grande goulée d'air.

— Burke ? Que faisait votre père avant d'acheter votre ranch ? demanda Bishop aussi poliment que s'ils avaient pris le thé.

— Société de machines outils, souffla Nick.

— Il a répondu ! Laissez-le maintenant ! s'exclama Beth.

— Question suivante. Quel est le mets préféré de Nick ?

De nouveau, le garde appuya sur la tête de Nick. Plus elle mettait de temps à répondre, plus il restait privé d'oxygène.

— Le pain de maïs préparé par sa mère, répondit-elle d'une traite.

Comme elle s'était rapprochée du bord de la piscine sans le vouloir, l'un des hommes de Bishop l'obligea à reculer.

Nick confirma sa réponse, et le jeu cruel se poursuivit. Nick ne luttait plus contre la pression que l'homme exerçait de façon répétée sur sa tête. Ses forces devaient évidemment décliner.

— Dernière question, agent Conrad, conclut Bishop. Qu'est-ce que le groupe d'intervention a découvert sur Rook ?

De nouveau, le garde mit la tête de Nick sous l'eau. Bishop s'approcha d'elle et lui prit le menton pour la forcer à le regarder.

— Je ne peux répondre à une question dont je ne connais pas la réponse ! répliqua-t-elle, la rage au cœur.

Elle aurait donné cher pour la connaître et mettre ainsi fin au supplice de Nick.

— Vous niez toujours avoir été détachée au Texas par l'ATF ?

— Je suis là de ma propre volonté ! J'aime Nick. Pourquoi l'ATF aurait envoyé au Texas un agent qui ne sait pas monter à cheval et n'aime que les grandes villes ? Je vous en prie, laissez-le…

Sans un regard pour le garde qui suppliciait Nick, Bishop fit signe à ce dernier de le lâcher.

Mais Nick resta immobile, sur le ventre, les bras en croix.

— Qu'avez-vous fait ? hurla Beth, qui parvint à se dégager et courut au bord de la piscine.

Le garde se pencha. Il allait sortir Nick de l'eau quand Nick en jaillit, les mains libres, les bras levés. Il frappa le garde et le fit basculer dans la piscine. Les deux hommes s'empoignèrent dans l'eau. A cause des remous, Beth ne parvenait pas à voir qui avait le dessus.

Et Bishop l'avait reprise à la gorge et la serrait.

Nick et son adversaire luttèrent bientôt à la hauteur des marches qui se trouvaient à l'autre extrémité de la piscine. Ils y furent rejoints par un autre garde que Nick prit au collet pour le projeter à son tour dans l'eau avant de sortir sur le bord. Il se passa les mains sur le visage et riva son regard à celui de Beth.

— Nous ne faisons pas partie du groupe d'intervention de Cord McCrea, déclara-t-il dans un souffle.

Il se pencha et posa les mains sur ses genoux.

— Beth est ma fiancée et nous allons nous marier. Je l'initie à l'équitation… Le reste ne nous intéresse pas.

Mais Bishop, lentement, resserra la pression de sa main autour de la gorge de Beth. Privée d'air, celle-ci tenta de se dégager, mais elle sentit les os de sa gorge craquer comme s'ils allaient se rompre.

Elle paniquait mais le regard de Nick, toujours rivé au sien, l'exhorta au calme. Dès lors, elle eut la certitude que si elle s'y accrochait, tout irait bien. C'était une impression pour le moins étrange, toutefois elle se détendit et arriva ainsi à respirer mieux.

— Avez-vous terminé votre petit jeu ? demanda Nick tandis qu'un garde s'approchait et braquait son arme sur sa tempe.

Bishop laissa retomber sa main. Beth déjà reculait,

mais il la retint et la garda tout contre lui, se servant d'elle comme d'un bouclier.

— Je ne le crois pas. Votre amoureuse a peut-être besoin d'être plus impressionnée pour parler ?

Sur ces mots, il fit un signe au garde qui menaçait Nick.

— Tire-lui dans la jambe !

— Attendez ! s'exclama Beth d'une voix rauque. Je suis bien un agent de l'ATF, mais je vous jure que je ne sais pas qui est Rook !

Elle fit un pas dans la direction de Nick, mais Bishop de nouveau la retint.

— Qu'allez-vous me faire ? reprit-elle à l'intention de Bishop.

— Ne vous en ai-je pas déjà fait assez ?

Si. En l'obligeant à regarder Nick subir un véritable supplice…

Qu'allait-il se passer à présent ?

Les hommes de Bishop allaient sans doute les supprimer, maintenant qu'ils avaient les informations désirées.

— Nous ne connaissons pas Rook… Nous ne savons rien sur lui, répéta-t-elle avec conviction.

Elle vit la surprise jaillir dans les yeux de Bishop, qui se raidit.

— Reconduisez-les dans leur cellule ! s'écria-t-il.

Sur ces mots, il fit signe à ses hommes de les emmener. Au même instant, Beth sentit Nick glisser dans sa main un instrument tranchant qu'elle mit précipitamment dans sa poche.

Ainsi, quand il s'était battu sous l'eau avec le garde, Nick avait réussi à lui dérober son couteau.

Ils allaient pouvoir s'évader.

Tout espoir n'était pas perdu.

13

Après les derniers sévices qu'on lui avait infligés, Nick avait de la peine à respirer. Ses poumons le brûlaient, pourtant il parvint à marcher et sortit de l'hacienda, soutenu sans ménagement par deux gardes.

Ceux-ci commentaient plaisamment la bagarre qui venait de se dérouler dans la piscine, puis ils se plaignirent de devoir passer une nouvelle nuit sous une tente et dans le froid, alors qu'ils n'avaient d'autre désir que d'en terminer et de regagner leurs foyers respectifs.

Nick croisa le regard de Beth, qui leva les sourcils à son intention et tapota discrètement la poche où se trouvait le couteau.

Maintenant ? semblait-elle lui demander. *Non ! Surtout pas !* lui fit-il comprendre en secouant négativement la tête. Ils devraient agir avant d'être de nouveau enfermés, lorsqu'ils arriveraient au camp situé près de la frontière mexico-américaine. De là, ils pourraient ainsi gagner les Etats-Unis, où ils trouveraient des secours.

Il vit Beth lever le menton dans un geste de défi et craignit qu'elle ne commette un acte inconsidéré. Heureusement, elle n'en fit rien et resta silencieuse.

Nick monta dans la première jeep, Beth dans la seconde.

Nick avait les mains liées devant lui par une mince corde en nylon qui lui entaillait les poignets. Il s'efforça de distendre ses liens au maximum pendant que les deux gardes, assis à l'avant, recommençaient à commenter la lutte qui l'avait opposé à leurs complices dans la piscine, et lançaient même des paris sur un prochain affrontement.

Ils s'étonnaient aussi de ce que Nick avait laissé la vie sauve à leurs comparses.

S'il ne les avait pas tués, c'est parce qu'il n'était pas un criminel, songea Nick. Il n'était pas animé par un quelconque désir de vengeance, en dépit de ce qu'il avait enduré l'an dernier. Il voulait seulement que justice soit faite. Pourtant, si lui ou Beth se trouvaient de nouveau en danger de mort, peut-être alors ferait-il preuve de moins de mansuétude...

Ils roulaient toutes vitres ouvertes et Nick, dont les vêtements étaient trempés, était transi jusqu'à la moelle des os. Il inspira profondément l'air froid, s'efforçant de faire circuler le sang plus vite dans son corps et de rester ainsi vigilant. Puis il parvint tant bien que mal à retirer ses bottes et à les vider de l'eau qu'elles contenaient.

A l'aller, il était presque inconscient et n'avait guère prêté attention aux alentours, ni au temps qu'il avait fallu pour gagner l'hacienda. Mais à présent, il se sentait plus alerte, malgré l'épreuve qu'il venait de subir, aussi s'efforça-t-il de mieux repérer les lieux. Il savait déjà que la mesa où ils étaient détenus se trouvait dans le canyon de Santa Elena, non loin du Rio Grande, qui séparait les Etats-Unis du Mexique.

Au départ du bivouac, trois heures de marche environ seraient nécessaires pour revenir aux Etats-Unis. Voire plus, car la nuit était tombée, et il était considérablement affaibli. Enfin, sans boussole, s'orienter serait compliqué car le ciel était nuageux. Trouver de l'aide n'irait pas non plus sans difficulté, car ce n'était pas la saison du camping ou de la randonnée.

— Hé ! cria-t-il soudain à l'adresse des gardes.

Celui qui était sur le siège passager se retourna.

— *¿ Habla… usted inglés ?* demanda Nick dans un espagnol hésitant alors qu'il le parlait couramment.

— Oui, on parle anglais : on est de Port Aransas, répondit l'un des deux hommes.

Le conducteur lui donna un coup de coude.

— Quoi ? répliqua l'autre avec désinvolture. Il ne le dira à personne : il sera mort demain !

— Je voudrais qu'on s'arrête. J'ai besoin de pisser, coupa Nick.

— D'accord. Moi, je vais en profiter pour fumer. Au fait, je ne comprends pas pourquoi Bishop nous l'interdit, grommela le conducteur.

— Aucune idée. Moi aussi, je vais en griller une.

Le camp se profilait dans la nuit. Les quatre gardes qui y revenaient avaient été les plus complaisants de tous, et Nick était certain qu'ils ne s'attendaient pas à une attaque ou à une tentative de fuite.

Il s'était enfin ressaisi, il était prêt à agir avant d'être de nouveau enfermé. C'était leur dernière chance, car demain ils seraient sans doute exécutés…

La jeep s'arrêta. Le passager sortit le premier, alluma une cigarette et fit quelques pas dans la nuit.

Le conducteur, toujours assis, posa la main sur la portière.

Maintenant.

Nick leva ses mains toujours liées et les passa autour du cou du conducteur, comme il l'aurait fait d'un lasso. La corde qu'il avait réussi à distendre appuya sur la trachée de l'homme. Nick accentua sa pression et croisa dans le rétroviseur le regard du garde qui se débattait. Ce dernier perdit conscience avant que son acolyte ne se rende compte qu'il tardait à venir le rejoindre.

La seconde jeep, où se trouvait Beth, se gara bientôt à côté de la leur. Ses phares s'éteignirent.

Au même moment, le garde qui s'était éloigné ouvrit la portière arrière et héla Nick.

— Qu'est-ce que tu fabriques ? Sors de là-dedans si tu as besoin de pisser !

Nick fixa la pointe incandescente de la cigarette du garde et attendit qu'il se penche et s'approche pour mieux le surprendre. L'homme braqua son pistolet sur lui pour le contraindre à sortir plus vite, mais Nick, de ses poignets toujours liés, lui assena un coup violent sous la main. On entendit un craquement d'os, accompagné d'un hurlement de douleur et suivi d'un coup de feu, tiré involontairement par la victime. Au même instant, d'autres coups de feu s'élevèrent derrière Nick.

Tout de suite Nick se figura que Beth avait été blessée. Galvanisé par cette terrible vision, il sentit ses forces décupler et frappa de nouveau. Il ignora les nouveaux cris de son adversaire, serra les dents pour conjurer ses propres douleurs et sortit de la jeep, passant sur le corps de l'homme qu'il maintint au sol. En dépit de son poignet cassé, ce dernier ramassa son arme, mais il ne réussit pas à viser et la déchargea au hasard. N'entendant bientôt plus que les clics reconnaissables d'un chargeur vide, Nick allait de nouveau frapper l'homme pour le neutraliser définitivement quand une forte odeur d'essence lui parvint.

Où était donc la cigarette que ce garde fumait ?

A peu près au même instant, une flamme jaillit près de Nick. Comprenant que le véhicule allait exploser, il partit à la recherche de Beth et, grâce à la lueur dispensée par les flammes de plus en plus hautes, il se dirigea vers l'autre jeep. Soudain, il entendit des cris derrière lui et se retourna. Le garde à qui il avait cassé le poignet s'était relevé et courait vers le bivouac. Sans doute pour donner l'alerte. Nick para au plus pressé en reportant les yeux sur la jeep où se trouvait Beth : il constata que le conducteur était inconscient.

Voyant Beth lutter avec le second garde, il ne tergiversa plus et se précipita vers elle. Elle était en train de brandir son couteau, tandis que l'homme, armé d'un pistolet, tentait de contenir son geste. Nick se jeta sur lui et lui frappa le bras pour l'obliger à lâcher son arme.

Le pistolet tomba. L'homme allait se pencher pour le ramasser lorsque Beth lui planta son couteau en pleine poitrine. Il eut un soubresaut, se figea et tomba, le regard fixe.

— Ça va ? demanda Beth, hors d'haleine.

Elle essuya la lame du couteau sur la veste du garde et coupa les liens de Nick.

— Oui, murmura ce dernier. Qu'est-ce qu'on fait du conducteur de ma jeep ?

L'homme ne bougeait plus, cerné par les flammes et la fumée.

— Il n'est pas mort ? s'enquit Beth, prête à lui porter secours.

— Je ne sais pas. Peut-être…

Ils se regardèrent longuement. Nick n'aurait su dire ce qu'il ressentait à cet instant. Des remords ? De la culpabilité, ou du soulagement ? Il avait peut-être tué un homme… En proie à un sentiment d'intense confusion, il ramassa l'arme de leur dernière victime.

— Il faut filer avant que le feu n'atteigne le réservoir d'essence ! Monte vite dans l'autre jeep, Nick, ordonna Beth. C'est moi qui vais conduire.

Elle joignit le geste à la parole, mais à peine avait-elle démarré qu'elle comprit qu'un pneu du véhicule était crevé. De rage, elle donna un coup de poing sur le volant.

— Est-ce qu'on a le temps de le changer ? demanda-t-elle.

— Non ! s'écria Nick.

Il venait de se débarrasser de sa chemise en laine et de son T-shirt trempés, et enfilait la veste en Gore-Tex qu'il avait trouvée sur le siège avant.

— N'oublie pas que l'un des hommes a réussi à nous échapper, reprit-il. Il va vite donner l'alerte. On laisse la jeep ! Suis-moi ! A partir de maintenant, trois mots d'ordre, Beth : ne pas faire de bruit, courir vite et courir longtemps.

— D'accord. Tu ne veux pas qu'on échange nos armes ? Je suis meilleure au tir qu'au maniement d'un couteau ! dit Beth.

Une fois qu'ils eurent procédé à l'échange, ils prirent la fuite.

La jeep qui avait transporté Nick explosa au moment où ils atteignirent la crête. Une immense gerbe de feu s'éleva vers le ciel sombre.

— Bishop est sans doute au courant de notre évasion. Il va envoyer des renforts.

— Vite. Filons !

Sentant la douleur renaître dans ses côtes, Nick serra les dents. Il devait l'ignorer, et oublier qu'il avait déjà failli mourir.

Il allait rester en vie.

Pour protéger Beth.

Car s'il mourait, elle mourrait aussi.

Jamais elle ne réussirait à sortir seule de ces grands espaces.

14

Bishop enrageait. Il aurait dû suivre sa première idée et donner l'ordre à ses gardes d'exécuter Nick Burke et Beth Conrad.

Mais ses associés avaient insisté pour qu'il leur soutire plus d'informations. Et le premier interrogatoire n'avait eu d'autre résultat que d'attiser leur curiosité.

Bishop sortit du jacuzzi et rejoignit Patricia Orlando, qui venait d'entrer dans le patio.

— Tu n'es pas encore couchée ? Tu aurais dû me rejoindre…

— Tu semblais perdu dans tes pensées et je ne voulais pas te déranger. Est-ce que tu as trouvé les réponses aux questions que tu te posais ?

Patricia prit le roi qui était couché sur l'échiquier.

— Je n'ai jamais compris la fascination que tu éprouvais pour les échecs…, lâcha-t-elle soudain.

Bishop la prit dans ses bras et enfouit les mains dans sa longue chevelure blonde.

— Tu ne me déranges jamais. Faire l'amour avec toi est un pur délice… Une parenthèse bienvenue dans cette hacienda qui renferme tant d'horreurs. J'aime les moments que nous passons ensemble. Pas toi ?

— Je ne suis là que pour satisfaire ton bon plaisir, tu le sais. Et je me permets de te rappeler que tu parles d'une magnifique hacienda qui est cent fois, mille fois plus belle que le bouge où tu as grandi.

Pour seule réponse, Bishop l'embrassa dans le cou, s'efforçant de refouler l'image de sa pauvreté passée. Mais il aurait beau faire, jamais il ne pourrait effacer son passé de sa mémoire.

— Mes souvenirs ne me quittent jamais, Patricia…, reprit-il. Je vis entouré d'hommes dont les familles vivent dans la misère que j'ai connue autrefois. Je sais quel avenir ils veulent pour eux et pour leurs enfants. Et je sais quel avenir les attend réellement.

Il lui prit le roi noir des mains et le replaça sur le plateau d'onyx et d'ivoire. Puis il passa un bras autour de la taille mince de sa compagne tandis que, de l'autre, il remettait les pions en place. Quand il eut terminé, il caressa les hanches de Patricia. Elle était aussi belle qu'une œuvre d'art. Elle méritait le temps qu'il lui consacrait…

— Mais tu traites ces hommes comme des pions, répliqua-t-elle. Tu exiges qu'ils te soient dévoués. Loyaux. Ils gardent et protègent sans relâche le roi, la tour et le fou. Et ceux-ci ne leur en sont pas reconnaissants.

Elle prit un pion et le fit rouler entre ses doigts.

— N'oublie pas que si tu vas trop loin, ils choisiront la pièce la plus puissante de l'échiquier… C'est rarement la tour ou le fou, n'est-ce pas ? demanda-t-elle.

Elle avait parlé de lui comme si elle le réduisait à une vulgaire pièce de jeu d'échecs et il en fut contrarié.

— Je croyais que tu ne savais pas jouer aux échecs ? biaisa-t-il.

— J'ai seulement dit que je ne comprenais pas la fascination que tu éprouvais pour ce jeu.

Elle s'approcha du second échiquier qui attendait le prochain coup à jouer.

— As-tu songé à sacrifier ta reine ? demanda-t-elle après l'avoir examiné.

C'était un coup audacieux…, songea Bishop, comprenant qu'en jouant ce coup il pouvait terminer la partie en quatre coups.

Patricia n'était pas seulement une amante exceptionnelle, elle était également d'une intelligence étonnante.

— Assez parlé…, souffla-t-il.

Il l'embrassa, pressant son bas-ventre contre le sien dans un mouvement sans ambiguïté. Bien décidé à prendre autant de plaisir que possible avec Patricia avant qu'elle ne rejoigne leurs associés au Texas. Elle lâcha le pion qu'elle tenait et il roula sur le sol.

Elle rendit son baiser à Bishop, ouvrit son peignoir et lui griffa voluptueusement le torse tandis qu'il relevait sa robe sur ses cuisses. Il s'apprêtait à la plaquer sur le canapé et à la posséder quand une explosion rompit soudain le silence.

— Qu'est-ce que c'était ? demanda Patricia.

— Je ne sais pas… Mais cela a sûrement un lien avec l'agent de l'ATF et l'éleveur de chevaux.

Bishop noua la ceinture de son peignoir, appela Michael et lui demanda de faire entrer les deux sentinelles qui étaient en faction devant l'hacienda. Conrad et Burke avaient dû réussir à s'évader.

Il pesta intérieurement contre ce coup du sort.

— Qu'allons-nous faire ? demanda Patricia. Tu sais que nous avons absolument besoin des terres de Burke pour la livraison de la semaine prochaine.

Patricia remit lentement de l'ordre dans sa tenue, sans paraître gênée par la présence des hommes qui ne perdaient pas une miette du spectacle.

— On aurait dû m'autoriser à les exécuter ! s'exclama

Bishop, furieux. Nous allons perdre un temps précieux à les retrouver !

— Certes, mais nos associés veulent les garder en vie. Nous ne savons toujours pas si Rook nous a trahis ou non, rétorqua Patricia.

Bishop regarda les sentinelles qui attendaient ses ordres. C'étaient les deux hommes qui avaient été molestés par Burke dans la piscine un peu plus tôt dans la journée.

— Quel est notre meilleur pisteur ?

— Je ne sais pas, monsieur Bishop, répondit l'un.

Bishop traversa la pièce et le frappa dans le dos.

— Ce n'est pas la réponse à ma question !

— Nous vous trouverons le meilleur ! s'empressa de répondre l'autre.

Ces deux individus s'étaient fait avoir par Burke, ils méritaient un châtiment. Il allait les envoyer dans la nuit à la recherche des fugitifs.

— En attendant, à vous de les retrouver ! Et vite !

Les deux hommes sortirent, tête basse, sans demander leur reste.

Michael, resté seul avec Bishop, hocha la tête.

— Tu n'es pas d'accord, Michael ? demanda ce dernier.

— Non, *señor*. Et avant que vous ne me demandiez de les supprimer, laissez-moi vous donner mon avis. Vos hommes sont devenus trop doux à force d'oisiveté. Il faut les dresser ! Les obliger à agir !

— Je vois. Va au bivouac et fais le ménage, coupa Bishop, excédé. Après l'explosion, ce doit être un vrai champ de bataille. Reste en contact avec moi par téléphone satellite. Et je veux qu'on me ramène les *americanos*. Morts ou vifs.

Bishop haussa les épaules.

— Plutôt morts que vifs, conclut-il.

Michael sortit aussitôt. Patricia ramassa le pion qu'elle

avait lâché et le reposa sur l'échiquier. Puis elle se tapota la joue du doigt, l'air perdue dans ses pensées.

— Allons nous coucher, Patricia, dit Bishop après un silence. Je suis certain que ces imbéciles ne les retrouveront pas…

— Je ne peux pas rester plus longtemps, répondit Patricia. Je dois faire mon rapport sur les derniers événements.

Elle sourit.

— Mais comme nous sommes au milieu de la nuit…

Elle défit la fermeture Eclair de sa robe et la laissa retomber à ses pieds.

Elle était nue, ne portant plus que ses seuls escarpins aux talons vertigineux. Elle rejeta la tête en arrière d'un geste sensuel, et ses longs cheveux blonds retombèrent en cascade dans son dos. Enfin, elle tira les rideaux devant la baie, montrant son corps parfait à la sentinelle qui passait devant et ne bouda pas son plaisir.

— Nos associés seront surtout impatients de savoir si on les a retrouvés. Attendons de voir.

Patricia était donc à lui pour quelques heures encore…

Bishop, comblé par cette pensée, retira son peignoir, conscient que la nuit à venir, quoique peu reposante, allait être très excitante.

15

Beth avait suivi Nick sans lui demander s'il prenait la bonne direction, et surtout sans se plaindre. Car c'est Nick, blessé, vêtu de son jean trempé et d'une seule veste, même en Gore-Tex, qui était le plus à plaindre.

Malgré la nuit noire sans lune ni étoiles, il semblait savoir où il allait et, étonnamment, marchait d'un bon pas. Certes, leur rythme ne devait pas faiblir, mais il devait se ménager.

— Tu veux qu'on s'arrête ? demanda-t-elle soudain avec inquiétude.

— Non. Pourquoi ? Tu es fatiguée ?

Nick se retourna. Il avait le bras gauche plaqué contre ses côtes.

— Tu as besoin d'un repos de quelques minutes ? insista-t-il face à son silence.

Elle se refusait, par fierté, à lui révéler qu'elle était moulue et exténuée. Elle soutiendrait son rythme le pus longtemps possible.

— Je pense surtout à toi et à tes côtes, biaisa-t-elle. De plus, tu as frôlé la mort, tout à l'heure. Tu as failli périr noyé.

— C'est ce que j'ai laissé croire, Beth ! Je voulais donner le change pour feinter Bishop, et surtout me libérer.

Beth en doutait. Selon elle, Nick avait bel et bien failli perdre la vie, tout à l'heure dans la piscine. Sans doute mentait-il, mais elle n'en souffla mot, de peur de blesser son amour-propre.

— Ce serait bien s'il y avait un bar, au coin du sentier, dit-elle soudain pour plaisanter. J'ai une de ces soifs !

Il sourit.

— J'ai peut-être une solution…

Sur ces entrefaites, Nick regarda autour de lui et contre toute attente s'assit sur une roche plate. Beth l'imita et allait même s'allonger quand Nick se pencha sur elle pour la retenir.

— Non ! Il y a des cactus.

— Oh ! Merci !

Voyant le visage de Nick tout proche mais que la nuit masquait à moitié, le rendant ainsi plus mystérieux, Beth sentit son cœur battre plus fort. Elle avait conscience de son attirance, toujours plus puissante, pour lui, de son désir de proximité, amplifié par leur enfermement pendant presque quarante-huit heures dans un espace confiné.

Et d'ailleurs, c'était étrange d'avoir retrouvé sa liberté de mouvement…

— Beth…, commença-t-il.

Il posa la main sur sa joue. Au contact de ses doigts, un frisson lui courut le long de l'échine et ce n'était certes pas dû au froid.

Au cours de ces deux derniers jours, ils avaient été proches comme deux êtres, deux amants rarement le sont. Il l'avait embrassée avec une passion folle et inouïe en dépit ou, justement, à cause de leur situation, lui révélant des émotions d'une grande intensité. Nick avait également risqué sa vie. Pour elle. Pour eux.

Maintenant, ils étaient libres mais ils n'avaient malheureusement plus aucune proximité physique. Il lui avait certes pris la main à plusieurs reprises au cours de leur fuite, mais après l'intimité obligée, et cependant extraordinaire, de ces derniers jours, c'était insuffisant. Et terriblement frustrant.

— Comment te sens-tu, après tout ce qui vient de se passer ? lui demanda-t-elle d'une voix feutrée.

Combien de fois allait-elle lui poser la question ? Jusqu'à ce que, à son tour, il la lui pose ?

— Ça va…

Le regard de Nick se perdit dans le lointain.

— Il faudrait qu'on passe la frontière avant le lever du jour, reprit-il soudain.

Il fouilla l'horizon toujours plongé dans la nuit et les nuages. Etaient-ils perdus ? s'interrogea Beth, inquiète. On y voyait à peine dans cette nuit profonde…

— Je regrette Chicago, laissa-t-elle tomber. Au moins, il y a de la lumière à tous les coins de rue.

Nick ne répondit pas. Il continuait de regarder partout autour.

— Nick ?

Mais que cherchait-il ? Il n'y avait rien à voir. C'était incompréhensible ! Temporisait-il pour éviter de lui avouer qu'ils étaient complètement perdus ?

— Comment réussis-tu à déterminer notre localisation ? Il fait tellement noir…

— Je sais que la vague de froid vient du nord-ouest. Le vent change assez vite de direction, dans cette région, et j'entrevois déjà des étoiles sur la ligne d'horizon. Ce qui signifie que les nuages se sont disséminés. Leur direction reste la même, donc je ne pense pas me tromper.

— Tu n'en es pas sûr ?

Nick haussa les épaules et lui sourit.

— N'oublie pas que je n'ai ni carte ni boussole, Beth. Si j'en crois la cavité où nous étions détenus, dans la mesa, et la morphologie du terrain, nous sommes manifestement au sud du canyon de Santa Elena, la partie mexicaine du parc national de Big Bend. Si nous prenons cette direction, nous tomberons forcément sur quelqu'un, même en cette saison. Les gens viennent en effet faire du kayak par ici, par tous les temps. Il y a même un magasin de location de kayaks.

— C'est encore loin ? demanda-t-elle, tendant la main pour qu'il l'aide à se lever.

— Environ une dizaine de kilomètres, peut-être plus, de marche difficile. De nuit, il nous faudra le double de temps pour atteindre notre but.

— Il n'y aurait pas une route toute proche ? demanda-t-elle avec espoir. On pourrait faire du stop ?

Puis elle se ravisa.

— Laisse tomber, Nick, je me doute qu'il y en a, mais je sais aussi que nous devons nous déplacer à couvert... C'est la faim seule qui me fait parler.

— Je ne te cache pas que ça va être dur... Je partirais volontiers seul pour revenir avec des secours, mais je ne sais pas où tu pourrais te cacher, pendant ce temps. La seule solution, c'est de continuer.

— Comment peux-tu être certain que c'est la bonne direction ? insista-t-elle. Et si on arrivait au pied d'une mesa ?

Beth soupira, découragée soudain. Elle avait mal partout, et elle mourait d'envie de retirer ses bottes.

— Je suis certain que cette piste nous conduira vers le Rio Grande qui marque la frontière. Ne perds pas espoir alors que nous touchons au but !

Il sourit.

— Nous ne croiserons que des daims et des javelinas, attirés par les cactus. Entre nous, je préfère encore tomber sur des cactus ou des javelinas que sur les hommes de Bishop.

Elle ne savait pas ce qu'était un javelina et n'osa le

lui demander, car il comprendrait qu'elle était encore plus ignorante et mal préparée à sa mission qu'il ne l'avait pensé.

— Les javelinas sont des cochons sauvages, expliqua-t-il spontanément. A cette époque de l'année, ils sortent plutôt le matin. Quant aux cactus…

Il sourit plus largement.

— C'est pour cette raison que nous nous sommes arrêtés là : pour étancher ta soif.

Nick saisit son couteau, se mit à genoux et coupa un cactus.

Il lui en tendit une feuille.

— Mâche.

Elle eut un mouvement de recul.

— Tu es certain que je ne risque rien ?

— Quoi ? Tu n'as jamais mangé de *nopalitos* ?

— Non.

— C'est un plat mexicain à base de nopal, ou de figues de Barbarie. Le nopal est un excellent coupe-soif ! N'hésite pas, tu ne seras pas déçue.

Nick coupa une autre feuille au cactus dont il retira les piquants.

— Il va falloir continuer, Beth. Les hommes de Bishop sont déjà à notre poursuite, en jeep ou à cheval. Nous avons de l'avance et nous empruntons une voie difficile, mais nous devons rester vigilants et garder notre avance. Enfin, comme tu le sais désormais, nous avons une longue distance à parcourir.

Beth observa le cactus qui, même dépouillé de ses piquants, ne lui sembla guère ragoûtant. Les gens en mâchaient vraiment pour étancher leur soif ? Elle regarda Nick couper sa propre feuille de cactus en deux et mordre dedans.

Bon, ça ne devait pas être aussi terrible que certains

aliments que ses parents l'avaient forcée à ingurgiter, autrefois…

Nick mâchait maintenant avec ostentation comme s'il n'avait jamais rien mangé de meilleur. Ou comme s'il dégustait le pain de maïs de sa mère.

— Vas-y, Beth ! Ce n'est pas si terrible ! Ça a le goût des haricots verts arrosés d'un jus de citron.

Beth goûta du bout des lèvres. C'était en effet… différent, acide et, étrangement, comestible. Surtout, Nick avait raison : la feuille de cactus étanchait la soif. Malheureusement, pas la faim…

— Ecoute, Beth, si quelque chose m'arrivait, il faut que tu saches comment t'en sortir, reprit-il après un long silence. Une fois que le soleil sera levé, tu sauras tout de suite où est le nord. Tu garderas le cap sur le nord, jusqu'au Rio Grande. Et surtout, reste à l'écart des sentiers de grande randonnée et des routes.

— Il ne t'arrivera rien ! Nous sommes partis ensemble, nous rentrerons ensemble ! Et nous demanderons à ta mère de nous préparer un pain de maïs. J'en ai l'eau à la bouche rien que d'y penser ! Partons, maintenant !

Beth le contraignit à se lever et démarra d'un bon pas jusqu'à ce qu'elle se rende compte qu'elle avait pris la mauvaise direction. Elle rebroussa donc chemin pour rejoindre Nick qui l'attendait patiemment et le suivit. Sur ces entrefaites, elle se remit à mâcher sa feuille de cactus, en ignorant l'amertume.

— Nous sommes loin de Marfa ? demanda-t-elle.

— Le parc national de Big Bend, qui forme une partie de la frontière avec le Mexique, et où se trouve le canyon de Santa Elena, est à environ deux heures de Marfa, et à une quarantaine de minutes du ranch.

— Tu es étonnant, Nick. Chaque jour, tu me surprends davantage…

— Cela prouve qu'il ne faut jamais se fier aux apparences !

— Moi je n'ai jamais eu d'avis préconçu sur toi, Nick. C'est toi qui en as eu au contraire sur moi : la citadine de Chicago accro au shopping.

— Mannequin pieds qui porte des bottes roses avec des strass dans la région la plus aride du Texas pour faire de la montagne, du cheval ou de la randonnée ! acheva-t-il.

— Ce n'est pas une raison pour te moquer de moi ! Mais je ne vais pas m'énerver, pour une fois, étant donné que tu es transi. Ne dis pas le contraire parce que moi qui suis au sec, j'ai tellement froid que je crains de geler sur place. Et puis, tout ce que je voulais savoir, c'est comment tu connaissais la région…

Nick se passa la main dans les cheveux et se frotta le visage comme s'il était très nerveux.

— J'ai étudié la géologie à Texas Tech, ce qui m'a servi quand j'ai été guide de randonnée. Sais-tu que ce parc est une merveille géologique… Le paradis de la faune et de la flore… Il y a au moins quatre cent cinquante espèces d'oiseaux dans le parc national de Big Bend ! C'est plus que dans tous les autres parcs nationaux américains.

— Géologue émérite, éleveur de chevaux, guide… Intéressant et nettement moins embarrassant que mes révélations sur ma brève carrière de mannequin pieds et ma passion, immodérée, pour les escarpins.

— Tu crois que c'est un destin enviable que d'être le seul héritier d'un ranch alors que j'aurais voulu m'adonner à la géologie ?

— Et cependant, tu as choisi le ranch pour te consacrer à ton autre passion, les chevaux. Tu peux toujours faire de la géologie à tes heures perdues…

— Non. Plus maintenant.

— Pourquoi ?

— Tu ne peux pas comprendre, Beth.

— Si tu m'expliques, je comprendrai.

— Je n'étais pas destiné à gérer un ranch.

— Du moins, avant que l'on ne tente de te tuer, acheva-t-elle.

Nick porta la main à sa cicatrice.

— C'est exact. J'avais confié la gestion du ranch à l'homme qui m'a précisément tiré dessus.

— Mais il n'y a rien de mal à…

— Tu ne comprends toujours pas ? C'est ma faute, Beth ! Si je n'avais pas été passionné par la géologie et les chevaux, j'aurais découvert plus tôt les activités criminelles de Mac.

— Ou tu aurais pu être blessé plus tôt ! Tu ne peux pas réécrire le passé, Nick ! Il faut au contraire avancer.

Elle tendit la main, prête à le réconforter, mais il se remit à marcher.

— Tu ne comprends pas, répéta-t-il.

— Alors explique-toi à la fin !

— Laisse tomber, Beth, et regarde plutôt par là.

Nick lui montra l'horizon. A l'est, le ciel s'éclaircissait, le vent avait dispersé les nuages qui s'éparpillaient. Dans le jour naissant, Beth remarqua mieux les mouvements contraints de Nick. Mais si affaibli fût-il, il restait animé par la plus grande détermination.

Pourquoi persistait-il à répéter qu'elle ne comprenait pas ? Ne lui avait-elle pas confié que ses parents avaient été contrariés qu'elle ne devienne pas psychologue comme eux ? Soudain, elle eut les larmes aux yeux… Elle se sentait déçue, et terriblement découragée. Elle avait pensé qu'ils se comprenaient sans se parler. Que l'expérience de ces derniers jours les avait rapprochés pour de bon.

Or non.

S'était-elle trompée ?

Et soudain, d'un seul élan, les souvenirs de ces derniers mois lui remontèrent à la mémoire avec une violence inouïe.

Toutes ses erreurs. Leurs conséquences sur sa vie. Sa persistance à échouer, ce qui donnait ainsi raison à ceux qui la considéraient comme incompétente.

Ce furent des évocations particulièrement désagréables, mais elles produisirent cependant un effet libérateur et salutaire.

Les larmes coulaient maintenant… Elle ne pouvait plus en interrompre le flot continu. Tant pis. Ses parents n'étaient pas là pour les lui reprocher et affirmer qu'elle était immature et pusillanime.

Sous leur afflux, et dans sa volonté de pleurer en silence, elle hoqueta.

Nick l'ignora, du moins il fit mine de ne rien remarquer.

— On ne cesse de monter et descendre. Il n'y a donc aucune piste à plat dans cette région du Texas ! lâcha-t-elle enfin.

— Nous serons au Mexique jusqu'à ce qu'on traverse le Rio Grande.

— On est encore loin du Rio Grande et de la frontière ? demanda-t-elle de mauvaise grâce.

— Tu as besoin de faire une nouvelle pause ?

— Je suis épuisée, et j'ai de plus en plus de mal à éviter de glisser ou de déraper.

— Je vois. Attends. Je reviens.

— Non Nick ! Reste.

Mais il s'éloignait déjà. Elle se résigna, resta immobile, résistant à l'envie de s'allonger et de dormir. Du reste, s'allonger là était impossible, et si jamais elle s'asseyait, elle ne trouverait plus la volonté et la force de se relever.

Ah, que ne pouvait-elle fermer les yeux quelques minutes…

La voix de Nick la fit sursauter.

— J'ai trouvé un abri. Viens !

Beth tressaillit. Manifestement, elle avait fermé les yeux. Elle avait eu de la chance de ne pas être tombée à la renverse et pire, d'avoir dévalé la pente.

— Tu dormais debout ? s'enquit-il, la prenant par les épaules pour l'empêcher de vaciller.

Il lui adressa enfin un sourire. Le premier depuis longtemps…

— Là-bas il y a un endroit où nous reposer, répéta-t-il. C'est à peine plus loin.

— Je peux continuer… mais si toi tu as besoin de t'arrêter…, lâcha-t-elle avec effort.

Il leva un sourcil, lui signifiant ainsi que sa proposition était ridicule.

— Si je n'étais pas aussi mal en point, je te porterais, Beth. Mais tu vas devoir marcher !

Il passa un bras autour de sa taille, et marcha côte à côte avec elle.

— Dommage. Et dire que je te considérais comme mon super-héros personnel…, balbutia-t-elle.

16

Nick aurait porté Beth jusqu'à la frontière s'il n'avait pas eu besoin de toutes ses forces. Le froid qui, au début de leur cavale l'avait gardé réveillé, l'engourdissait à présent.

Encore quelques mètres et ils seraient en sécurité dans la cavité qu'il venait de découvrir et qui était logée sous une roche en surplomb et entourée de genévriers. Beth fermait les yeux par intermittence et chancelait. Il la prit par la taille pour la soutenir et la conduire jusqu'à leur abri de fortune.

De la pointe de sa botte, il déblaya cailloux et graviers sur le sol. Le vent s'était levé, mais les genévriers les en protégeraient. Le ciel était dégagé, il ne neigerait pas cette nuit mais le froid en revanche était vif.

— Tu crois que les hommes de Bishop vont nous rattraper ? demanda Beth dans un murmure. Je m'attends à tout instant à entendre des coups de feu…

— Ils nous recherchent toujours, mais je doute qu'ils aient retrouvé notre piste.

Quelques secondes plus tard, ils étaient pelotonnés l'un contre l'autre sous le surplomb. Nick était désormais habitué à la façon dont leurs corps s'unissaient naturellement et il fut ravi d'en retrouver la sensation. Il se réjouit d'autant plus que Beth était moins transie que lui ne l'était.

— Mon Dieu, Nick, tu es complètement gelé ! s'exclama-t-elle au même instant. Tu es dur comme un iceberg. Tu pourrais briser le Titanic en deux.

— Dur ? Pas pour le moment, insinua-t-il en souriant.

Il lui fit un clin d'œil et Beth entreprit de le frictionner pour le réchauffer.

Il retint une grimace de douleur quand elle effleura ses côtes, mais il se sentait déjà mieux. Il ferma les yeux et la revit au bord de la piscine de Bishop, prenant sa défense avec courage. Il regrettait d'avoir été désagréable et de lui avoir si souvent reproché sa peur des chevaux. Il s'en voulait même de s'être moqué d'elle. Mais Beth, sans remarquer ses railleries, serrait les dents après chaque chute et s'obstinait sans jamais verser une larme.

— Pourquoi as-tu pleuré tout à l'heure ?

— Je ne pleurais pas ! Tu as trop d'imagination, Nick. Et même si j'ai pleuré, ça ne te regardait pas.

— Ecoute, Beth…

Il lui releva le menton et l'obligea à le regarder.

— Je ne voulais pas m'arrêter, te demander ce qui se passait et te consoler. Nous aurions perdu du temps. Mais maintenant, je te le demande !

— Ce n'était rien. Je suis exténuée, c'est tout.

— Tu mens.

Il lui caressa les joues, effaçant les traces de ses dernières larmes.

— Dis-moi ce qu'il se passe.

A la lueur des premiers rayons du soleil qui se levait derrière la colline, il vit son regard un peu trop brillant, et surtout incroyablement triste.

Elle soupira.

— J'ai pensé à la raison pour laquelle j'ai été envoyée en mission au Texas. Tu ne sais pas le fin mot de l'histoire, Nick. J'aurais dû t'en parler plus tôt, mais je n'en ai jamais trouvé l'occasion. Ou le courage.

— Ce ne peut pas être pire que ce qui s'est passé au cours de ces deux derniers jours...

Elle soupira de nouveau.

— Mais le pire est peut-être à venir : imagine que l'on n'atteigne pas le Rio Grande.

— Le fleuve est juste derrière ce plateau. Nous y serons bientôt. Je te le jure.

Il l'enveloppa dans ses bras. Il avait un peu plus chaud ainsi et il aimait leur intimité.

— Pourquoi as-tu été envoyée au Texas, Beth ?

— Pour des raisons disciplinaires.

— Mais encore ?

— Parce que j'ai commis des erreurs tactiques lors d'une opération.

— Lesquelles ?

Elle s'écarta, mais Nick la retint, conscient qu'elle cherchait à éviter une conversation désagréable.

— J'ai aussi pleuré à cause de toi, biaisa-t-elle.

— De moi ?

— Au début, oui. Je pensais que tu allais parler des épreuves que tu avais subies au cours de cette nuit. Puis les événements ont ravivé le souvenir de mes erreurs à Chicago... Certes, je me les remémore chaque jour, mais cette fois j'ai été frappée de plein fouet... Tout est remonté à la surface avec une extraordinaire netteté.

Nick la serra plus fort dans ses bras. Il était conscient que la fatigue et les épreuves de ces derniers jours avaient exacerbé ses émotions. Il aurait voulu la consoler, trouver les mots.

Lui dire qu'il l'aimait.

En réalité, il était fou amoureux de Beth Conrad. Il devait se rendre à l'évidence. Au cours de la semaine précédente, où il lui avait appris à monter à cheval et où elle lui avait donné des cours de lutte, son attirance s'était muée en amour.

Il l'aimait même davantage depuis qu'ils avaient été séquestrés.

— Nous avons marché presque toute la nuit. Je crois que nous avons tous les deux besoin de repos, Beth, dit-il simplement.

— Le Texas, c'est beau mais c'est âpre, murmura-t-elle. Je préfère la plage et les cocotiers… Où aimerais-tu être en ce moment ?

Il suivit son regard las vers la vallée. Les dernières étoiles disparaissaient, le soleil se levait. Il pressa ses lèvres sur ses cheveux.

— Aussi bizarre que cela paraisse, je suis content d'être ici. Que pourrais-je désirer, sinon admirer le lever du soleil avec la femme de ma vie, comme maintenant ?

Il s'écarta à peine pour la dévisager.

— Oh non, Nick, reste tout contre moi, souffla-t-elle. Je suis complètement frigorifiée !

Nick resta silencieux, étonné et déçu par sa réaction. Avait-elle entendu son aveu ? Ou était-elle gênée parce qu'elle ne l'aimait pas et tenait plus que tout à sa liberté ?

Beth n'avait jamais parlé de se marier ni de fonder une famille. Elle semblait surtout concentrée sur sa réussite professionnelle. N'avait-elle pas émis le souhait de joindre l'utile à l'agréable au cours de cette mission ?

— Excuse-moi, Nick, ce n'est pas ce que je voulais dire…, se ravisa-t-elle soudain.

— Mais tu l'as dit. Et c'est très clair.

De nouveau, il s'écarta. De nouveau elle protesta et se pelotonna au mieux dans ses bras.

— Tu vas me trouver bizarre, mais je regrette presque

notre horrible grotte ! Il y faisait tout de même plus chaud !

— Il fera moins froid quand le soleil sera tout à fait levé. De plus, je doute qu'il neige.

Il avait décidé de changer de conversation. Son ego ne supporterait pas une nouvelle humiliation.

— Tu es certain que nous sommes sur la bonne route, que nous serons bientôt aux Etats-Unis ?

— Tu n'as aucune raison de t'inquiéter, Beth. Nous avons longé le sentier de randonnée pendant toute la nuit.

— Pardon ? Tu veux dire qu'il y a une voie plus facile en contrebas ? Plus rapide ?

— Oui. Mais c'est sans doute ce chemin que les hommes de Bishop ont emprunté.

Elle se couvrit le visage.

— Tu as raison… mon Dieu, je perds la tête.

Elle s'interrompit et bâilla à s'en décrocher la mâchoire.

— Essaie de dormir, lui dit-il en attirant sa tête sur son épaule. Nous sommes trop fatigués pour réfléchir et parler.

— Avant, je vais répondre à ta question, sur les erreurs qui m'ont valu cette mesure disciplinaire et mon exil au Texas.

Elle fit une pause et bâilla de nouveau.

— A cause de moi, mon coéquipier est mort au cours d'une mission. Une seconde d'hésitation de ma part et il a été tué. C'est pourquoi je dois maintenant faire mes preuves. Alors que tout ce que je veux…

Elle poussa un soupir à fendre l'âme.

— … c'est rentrer à la maison.

Une seconde plus tard, elle dormait profondément.

Nick comprenait mieux à présent pourquoi elle avait tiré et tué le trafiquant, quelques semaines plus tôt. Ce qu'il avait pris pour de la précipitation était juste de la rapidité d'action et il ne pouvait plus le lui reprocher.

A sa place, il aurait fait pareil.

Il appuya sa tête contre celle de Beth et ferma les yeux à son tour.

Dormir, c'était risquer de perdre leur vigilance, voire de sombrer dans un sommeil mortel dû au froid. Mais d'un autre côté, ils étaient à l'abri et ils se tenaient chaud. De plus, s'ils ne prenaient pas un peu de repos, ils seraient incapables de poursuivre leur marche et d'éviter les hommes de Bishop, sans doute toujours à leurs trousses. Enfin, Nick avait pris toutes les précautions nécessaires pour qu'on ne les repère pas, que ce soit d'un hélicoptère ou du sentier de randonnée.

Il avait la sécurité de Beth tellement à cœur.

Que ne pouvait-il aussi bien le protéger, ce cœur…

Il était tombé amoureux d'une femme qui n'appartenait pas à son monde, qui ne rêvait que de rentrer à Chicago et pire, n'avait pas réagi à l'aveu le plus intime qu'un homme puisse faire.

C'était bien sa chance.

En frissonnant, Beth chercha la couette à tâtons pour la remonter plus haut, jusqu'à son menton. Bientôt, le réveil sonnerait. Elle avait envie de mettre l'oreiller sur sa tête et de continuer à rêver de Nick…

Nick ?

Une odeur imperceptible de chlore la fit cligner des yeux et renifler. Puis elle referma les paupières pour mieux retenir la senteur musquée de l'homme contre lequel elle était blottie.

Les rayons du soleil passèrent entre les feuilles des genévriers.

Une nouvelle journée commençait.

Une nouvelle chance de repartir de zéro…

Beth soupira et se reprocha d'avoir été si maladroite, lors de leur dernière conversation… Pourquoi n'avait-elle pas réagi à l'aveu qu'il lui avait fait ? Cet aveu qu'elle se répétait actuellement en silence.

« *Que pourrais-je désirer, sinon admirer le lever du soleil avec la femme de ma vie, comme maintenant ?* »

Elle mettait son absence de réaction sur le compte de la fatigue et de la surprise. Du doute, aussi… Et si seul l'épuisement avait soufflé ces mots à Nick ? En outre, elle n'était même pas sûre d'avoir bien entendu. Et si elle s'était méprise ? Elle avait bien trop peur de se faire des illusions sur l'avenir de ses relations avec Nick.

C'était lamentable de chercher des excuses à son attitude. Nick, elle le savait, n'était pas du genre à parler en l'air ou à divaguer. De plus, il avait semblé blessé par son manque de réaction.

Il y avait de quoi.

N'importe quelle autre femme aurait été folle de bonheur !

A sa décharge, dès le moment où elle lui avait révélé qu'elle séjournerait dans son ranch, elle s'était contrainte à ne penser qu'à sa mission, et non à son attirance pour lui, à son désir d'aller plus loin avec lui.

D'où sa surprise face à sa déclaration.

Et maintenant… Eh bien, elle allait devoir réfléchir posément. Plus tard. A tête reposée. Son avenir professionnel n'était plus seul en jeu, il était peut-être temps pour elle de se préoccuper de son avenir sentimental.

Chaque chose en son temps, conclut-elle avec un petit soupir. D'abord, ils devaient franchir le Rio Grande. Revenir à Marfa.

Les branches du genévrier bougèrent tout à coup. Beth, effrayée, donna un coup de coude à Nick.

— Réveille-toi ! souffla-t-elle.

De nouveau les branches frémirent. Les hommes de Bishop les avaient-ils retrouvés ? songea Beth, épouvantée. Mais c'était impossible, car elle n'avait vu personne approcher de leur refuge. Dans ce cas, s'agissait-il d'un animal sauvage ?

— Nick ?

Beth s'en voulait de le réveiller. Toutefois elle le secoua doucement et mit un doigt sur ses lèvres afin qu'il ne pousse pas un cri.

— Nick ?

Il posa sur elle un regard égaré avant de se redresser très vite.

— Nick… écoute, il y a quelque chose là, tout près !

Elle lui montra l'endroit où le feuillage avait frémi.

— Ne panique pas, je vais regarder.

Elle s'exhorta au calme pendant que Nick s'avançait et prêtait l'oreille. Le frémissement se rapprocha, et cette fois une branche bougea tout près d'eux.

— C'est seulement une caille bleue, conclut-il en reculant.

Elle poussa un « ouf ! » de soulagement tandis que l'oiseau, effarouché, s'envolait.

— Tu crois qu'il y a des cactus par ici, parce que…

Nick plaqua une main sur ses lèvres pour la réduire au silence et prêta de nouveau l'oreille. Beth l'imita.

Des cailloux roulaient non loin d'eux, dévalant la pente bruyamment.

Cette fois, ce n'était pas un oiseau.

Un bruit de pas se fit entendre. Tout proche.

Les hommes de Bishop ?

Nick sortit son couteau et recula lentement jusqu'au

fond de la cavité. Soudain, la sonnerie d'un téléphone portable rompit le silence. Ni Beth ni Nick ne bougeaient. Par chance, personne ne s'approcha de leur cachette et la sonnerie du portable s'interrompit brusquement.

Beth sentit soudain une crampe au pied.

Elle renonça à tendre la jambe entre les branches du genévrier de peur d'être découverte et tapa sur l'épaule de Nick en lui montrant son pied avec une grimace de douleur. Il le saisit pour le masser, et lui demanda doucement si elle souffrait moins ainsi. Soulagée, elle opina.

Ils attendirent encore de longues minutes, sur la défensive, se consultant du regard. Ils se comprenaient sans se parler, et Beth songea avec fierté qu'ils formaient une équipe formidable.

— La caille bleue est revenue, je la vois là-bas. C'est signe que les types qui traînaient par ici se sont éloignés. Nous sommes donc seuls. On va pouvoir y aller. Est-ce qu'il y a des pièces de métal sur ta veste ?

Sans attendre la réponse de Beth, il coupa les boutons avec son couteau.

— Je ne veux pas que les reflets du soleil attirent l'attention.

— Tu penses vraiment à tout, Nick !

— Non, j'ai juste regardé beaucoup de westerns.

Il lui adressa un sourire qui l'émut et elle se demanda si ce n'était pas l'occasion de revenir sur la déclaration qu'il lui avait faite. Avaient-ils le temps d'en parler ? Et si elle l'embrassait pour lui montrer ce qu'elle-même ressentait pour lui ?

Ce n'était pas le moment. Ni l'endroit.

— Je vais tout de même vérifier que le danger est écarté, annonça-t-il. Je reviens.

Restée seule, Beth éprouva un terrible sentiment de

solitude. Cependant ce n'était pas la première épreuve qu'elle traversait pendant une mission.

Après ses études, elle avait été recrutée par l'ATF, et sa voie était toute tracée. En tant que femme, elle avait dû se battre pour s'imposer, et avait acquis une force de caractère hors du commun, qui lui avait permis de capturer des criminels auxquels elle ne voulait plus jamais penser.

Et voilà qu'à présent elle était vaincue. Par la fatigue. Par l'amour. Elle n'avait jamais vécu une telle situation ni éprouvé de tels sentiments envers un homme.

Elle soupira. Elle commençait à s'inquiéter pour Nick quand il revint.

— Personne en vue… Mais restons prudents.

Il lui montra le nord.

— Je crois que je vais rester pour assurer tes arrières, Beth. Tu vas continuer seule. Bientôt, tu verras le Rio Grande. Marche toujours dans la direction du soleil. Tôt ou tard, tu rencontreras quelqu'un.

— Non ! On ne se sépare pas. Ce serait dangereux tant pour moi que pour toi ! Nous sommes épuisés et affamés. Je n'arrive pas à croire que tu fasses une proposition aussi absurde ! Et puis souviens-toi, c'est moi l'agent en charge de cette mission !

Nick leva les yeux au ciel.

— Je ne l'ai certainement pas oublié.

— Mais quel est l'objectif d'une décision pareille ?

— Te faire gagner du temps. Assurer ton retour.

— Je cours plutôt le risque de me perdre, s'exclama Beth. Ou de me faire tuer. Et toi aussi ! Nous sommes encore loin de ce magasin de location de kayaks ?

— Une heure ou deux, dit Nick en haussant les épaules. Mais je ne sais pas s'il y aura quelqu'un là-bas.

— Dans ce cas, on rentrera par effraction pour téléphoner ! Pas question que je parte seule. Notre priorité, c'est d'arriver à Marfa ensemble, d'alerter Pete et de retrouver Bishop pour le mettre hors d'état de nuire !

Beth se remit à marcher et, cette fois, elle ne se trompa pas de direction.

17

— Je suis certaine de pouvoir localiser l'hacienda de Bishop à partir de photos satellites, monsieur. Et j'ai aussi une idée pour démasquer l'informateur qui sévit au Rocking B… Oui, oui, monsieur, je sais que cette piste a été suivie sans résultat, mais je… Oui monsieur, je sais aussi que cet aspect de l'enquête va maintenant être bouclé… Mais si vous me laissiez vous expliquer les raisons…

Nick écoutait la conversation de Beth avec son supérieur depuis déjà une bonne demi-heure, et attendait avec impatience qu'elle soit terminée. Chaque fois que Beth tentait de s'expliquer ou de proposer un plan, son supérieur, de toute évidence, l'interrompait. Elle perdait son temps, songea Nick qui n'avait qu'une envie : rentrer enfin au bercail.

Ils avaient réussi à gagner Marfa et le bureau du shérif en début d'après-midi. Conduit à l'hôpital, Nick avait contacté son père et sa mère, et les avait convaincus de l'inutilité de l'y rejoindre car il serait à la maison très vite.

Mais c'était bien avant qu'il ne se souvienne des lenteurs tatillonnes de la bureaucratie.

Après les examens médicaux qui avaient décelé chez lui deux côtes cassées et une fracture du nez, Beth et lui avaient dû revenir au bureau du shérif. Ils avaient fait leur déposition, répondu à de nombreuses questions, et tenté enfin de localiser l'hacienda et la mesa où ils avaient été détenus. Ils avaient même dû établir le portrait-robot de Bishop avec un artiste d'Austin, par le biais d'une webcam. La police était pressée de capturer Bishop et de neutraliser le cartel mexicain.

Nick soupira en regardant Beth, toujours au téléphone. Bon sang, ils n'étaient pas près de rentrer...

Beth perçut sans doute son impatience car elle lança un regard coupable dans sa direction. Nick, agacé par cette attente prolongée, se mit à arpenter le couloir.

Pour finir, il s'approcha de la réception.

— Puis-je utiliser votre téléphone, mademoiselle Honey ?

Les deux sœurs qui travaillaient au bureau du shérif avaient été rebaptisées Honey et Peach, deux prénoms plus seyants et faciles à retenir que Wilhelmina et Winafretta.

— Je vous en prie Nick, répondit Honey.

— Merci.

— J'imagine que vous avez envie de rentrer au ranch, n'est-ce pas ? reprit la réceptionniste.

— Ah si vous saviez !

Il poussa un gros soupir et tint ses côtes cassées.

— Ma patience est à bout...

— Vos parents vont être contents de vous revoir.

En son for intérieur, Nick avait craint que ces derniers ne viennent dans le bureau du shérif, comme le jour où, adolescent, il avait conduit jusqu'à Alpine pour acheter de la bière avec une fausse carte d'identité. Cette escapade, qui l'avait conduit en prison, lui avait valu une bonne correction et lui avait servi de leçon.

— Je suis surpris que ma mère n'ait pas appelé toutes les cinq minutes, reprit-il.

— Qui vous dit qu'elle ne l'a pas fait ?

Honey se mit à rire.

— Vous voulez que j'informe le shérif de votre désir de rentrer ? Je vous comprends… Vous avez besoin de repos après vos aventures des derniers jours. Vous avez faim ? Je peux vous commander un café.

— Non, merci, nous avons déjeuné avant d'arriver.

En vérité, il mourait de faim.

— C'était il y a trois heures et ce n'était qu'une collation ! se récria Honey. Il paraît que vous avez à peine mangé pendant votre détention. Et vous êtes déjà bien mince, Nick. Il faut que vous repreniez des forces !

— Je sais, mais je suis certain que ma mère a préparé un bon repas et surtout, son pain de maïs.

— Votre mère est la reine du pain de maïs ! s'exclama Honey, le regard brillant de gourmandise. Si je puis me permettre, Nick, je vous conseille de réfléchir à deux fois avant de filer de nouveau en montagne. Votre père m'a confié que votre mère se faisait beaucoup de souci pour vous. C'est beaucoup de stress pour elle, après le cancer de votre père !

— Mais comment êtes-vous au courant de tout ça ? Mes parents se rendent rarement au bureau du shérif, pourtant.

— Eh bien, ils sont connectés !

— Connectés ? Que voulez-vous dire ?

— Je vous parle d'Internet. Vos parents ont bombardé tout le monde d'e-mails au cours des derniers jours pour avoir de vos nouvelles et retrouver votre trace. J'ai fait de mon mieux pour les informer et les rassurer, mais comme nous ne savions plus rien depuis votre dernier appel…

Nick resta bouche bée. Il avait été si rarement chez lui depuis un an et s'était si bien exclu de sa vie familiale qu'il ne savait pas à quoi ses parents passaient leur temps.

— Je ne pensais pas que ma mère et mon père allaient sur Internet…

La voix de Beth lui parvint.

— Eh bien, si ! Et figure-toi que ton père échange beaucoup sur les réseaux sociaux ! s'exclama-t-elle en s'approchant.

Nick se retourna.

— Ça y est ? Tu as fini ? On peut rentrer ?

— Oui. Pete nous prête une voiture de service.

Elle lui agita un trousseau de clés sous le nez.

Nick, ravi, sourit à Honey.

— Bonne nuit !

— Faites attention à vous, Nick. Et pensez à votre mère.

— Je vous le promets.

Honey le traitait comme un adolescent, mais Nick ne s'en offusquait pas, car elle le connaissait depuis qu'il était petit. D'ailleurs, tout le monde se connaissait à Marfa. Nick savait à quel point ses parents s'étaient inquiétés pendant son absence et il comprenait à présent que la fuite n'était pas la meilleure façon de gérer une crise.

Le temps était donc venu de se rallier aux conseils de son entourage et d'accepter une aide psychologique pour se débarrasser de ses cauchemars récurrents.

Beth et lui sortirent dans la nuit encore claire. Beth appuya sur la télécommande et les phares d'une berline blanche s'allumèrent.

Nick lui prit aussitôt les clés des mains.

— Tu conduis comme une folle, Beth. Je préfère prendre le volant.

— Mais c'est un véhicule de police, Nick.

— Je te promets de ne pas mettre le gyrophare et la sirène !

Il accéléra le pas et Beth éclata de rire.

— Je suis certaine que ce sont des paroles en l'air, dit-elle en s'asseyant sur le siège passager. Je me trompe ?

— Pas du tout, répondit Nick en manœuvrant pour sortir du parking.

— Je t'ai entendu quand tu parlais avec Honey, commença Beth.

— Et qu'est-ce que je disais ?

Beth retint un bâillement.

— Je crois que je suis encore plus fatiguée que je ne le pensais. Je t'ai entendu parler de pain de maïs. Tu penses que ta mère en a préparé un pour fêter notre retour ? J'en ai déjà l'eau à la bouche !

— Ma mère a effectivement promis d'en préparer un, dès que je lui ai annoncé que nous étions sains et saufs. Il y aura un festin pour nous accueillir : du plat de côte et...

— Non, par pitié, arrête, Nick ! Je meurs de faim !

Elle se mit à rire.

— Tu dois revenir à Marfa plus tard dans la soirée ? demanda Nick en essayant de prendre un ton détaché.

— Non, Nick. J'ai reçu l'ordre de rentrer à Chicago dès demain.

Malgré son envie de lui demander de rester, il garda le silence... A quoi bon ? Beth avait un emploi à Chicago et une vie où il n'avait pas sa place.

— J'aurais aimé retrouver celui ou celle qui espionne nos faits et gestes et mettre la main sur Bishop avant de rentrer, reprit-elle, mais je n'ai pas le choix...

— Pete a affirmé tout à l'heure qu'il n'y avait sûrement pas d'espion au ranch.

— Mais moi, je suis certaine qu'il y en a un ! s'exclama Beth. C'est impossible autrement. Bishop est trop bien informé. Ses hommes savaient que nous étions au refuge. Et Mac Caudwell a dit qu'il y avait un autre informateur au ranch !

— Et si c'était juste pour renforcer ma paranoïa ? Je

ne sais plus que penser, Beth. Tu ne connais pas mes employés et leurs familles comme je les connais. Je côtoie certains d'entre eux depuis une dizaine d'années. Et je ne peux pas imaginer qu'ils puissent me trahir.

Malgré tout, son instinct lui soufflait de rester vigilant. De se méfier de tout le monde, au ranch comme en ville.

Beth soupira et enfouit son visage entre ses mains.

— Je comprends, Nick. Moi aussi je les connais à présent. Ils sont tous si gentils…

Un silence tomba.

Décidément, Nick ne voulait pas que Beth rentre à Chicago. Ce désir était si violent qu'il serra le volant.

— Ça va, Nick ?

— Oui. Je réfléchissais…

Aux moments qu'ils avaient passés ensemble. A son retour prochain dans l'Illinois.

A un avenir sans elle, malheureusement.

— Et si c'étaient tes parents ? Involontairement, bien sûr, reprit-elle, suivant son idée.

— Pardon ?

— Tu as entendu ce que disait Honey ? Juliet et Alan sont connectés en permanence. Ils sont peut-être entrés en contact avec Bishop — ou avec quelqu'un qui a un lien avec lui — en croyant qu'il s'agissait d'un ami. Ou de quelqu'un qui pourrait les renseigner à ton sujet. Honey a affirmé que tout le monde savait que tes parents se faisaient un sang d'encre depuis ta disparition.

— L'information s'est répandue à Marfa parce que c'est une petite ville. Pas besoin d'être connecté pour savoir ce qui s'y passe. Nous ne sommes pas à Chicago, Beth !

— Oui, mais quand même…

Nick quitta la grand-route pour emprunter la voie qui conduisait au ranch.

— Et si c'était le cas ? Comment coincer quelqu'un qui n'existe que virtuellement ?

— Il ne s'agit pas seulement d'une présence virtuelle ! Mais de quelqu'un qui sévit réellement au ranch. Très discrètement bien sûr, en communiquant *via* Internet.

Nick garda le silence.

Une seule pensée l'occupait. Beth allait quitter le Texas. Il allait devoir l'accepter et surmonter le choc de leur séparation très vite… et très vite passer à autre chose.

Cesse de te lamenter sur ton sort, concentre-toi plutôt sur l'informateur !

— Il faut mettre la main sur lui ! reprit Beth. Trouver un stratagème. Avec l'aide d'un informaticien, si c'est nécessaire. Mais le problème, c'est que je dois rentrer à Chicago et que je ne vais plus pouvoir m'en occuper… Ecoute, Nick, promets-moi de ne plus quitter le ranch tant que la police n'aura pas mis la main sur Bishop ! Et souviens-toi qu'il veut t'exécuter !

— Si je reste au ranch, Bishop enverra un homme de main pour me supprimer. Ce qui nous permettra de le cueillir.

— C'est juste. Mais dans ce cas, il va te falloir une protection rapprochée.

Nick arriva devant la maison et se gara. Les phares éclairèrent ses parents installés sur la balancelle de la véranda. Son père se leva aussitôt et se cramponna à l'un des montants, le visage tendu, presque hagard.

— Un informaticien pourrait vérifier les connexions Internet de tes parents, poursuivit Beth, pensive.

Nick ne répondit pas.

Bishop voulait le tuer, Bishop avait recours à un informateur. Quoi qu'il en soit, tôt ou tard, il serait de nouveau la cible d'une tentative de meurtre… Son père surmonterait-il un nouveau choc ? Et sa mère !

— Il faut absolument que tu restes au ranch, Beth ! lâcha-t-il, mû par une impulsion.

— J'aimerais bien rester, mais je suis obligée d'obéir aux ordres !

— Eh bien, épouse-moi.

— Pardon ?

— Organisons une fête pour officialiser nos fiançailles. Et commençons les préparatifs de notre mariage. Tu auras ainsi une bonne raison de rester et de demander un congé à tes supérieurs. Seules quelques personnes choisies connaîtront la vérité.

— Tu penses que ce stratagème pourrait fonctionner ? Il faudra vraiment qu'on joue notre rôle à la perfection pour être crédibles !

Jouer ? Non, il ne jouerait pas !

— Mais cela me permettrait en effet d'obtenir un congé pour dispositions personnelles, reprit-elle d'un ton pensif.

La lumière de la véranda révéla l'expression de tristesse qui s'était peinte sur le visage de Beth, et Nick se dit qu'elle songeait sans doute à son avenir professionnel encore précaire.

— Si tu restes, je te promets de ne plus partir en montagne.

Elle lui sourit.

— Dans ce cas j'accepte ! Mais si tu veux que notre stratagème fonctionne, personne ne doit connaître la vérité. Même pas tes parents.

Nick lui passa un bras autour des épaules et l'attira à lui. Malgré sa ceinture de sécurité, Beth se laissa entraîner par l'élan qui la portait vers lui.

— As-tu conscience de ce que tu me demandes ? reprit Nick. Mentir à mes parents ? Leur demander de mentir à leurs proches et à leurs amis ?

Il se tut et soupira.

— Bon, je suis d'accord, dit-il, mais à une condition…

Conscient d'avoir élevé la voix, il se ressaisit pour continuer plus posément.

— Si l'espion de Bishop est entré en contact avec mes parents *via* Internet, je ne veux pas qu'ils se sentent responsables de ce qui s'est passé récemment.

Beth lui prit le menton et lui caressa la joue. Elle ne résistait plus à son désir de le toucher.

— Je pense que Juliet et Alan préféreront savoir de quoi il retourne… De plus, s'ils se sont fait piéger par Bishop sur Internet, ils devront être plus prudents, à l'avenir.

— Tu as sans doute raison.

Nick inclina le visage et appuya la joue sur sa main. Eut-il conscience de la tendresse de son geste ? Son regard était devenu plus doux, et plus triste, songea Beth dont le cœur se serra. Elle se promit de tout faire pour le protéger de la menace de mort qui planait sur lui.

— Nous ferions mieux d'aller rejoindre tes parents, maintenant.

— Réflexion faite, je vais annoncer notre plan à Pete et à Cord, dit Beth. Ils seront les seuls à connaître la vérité.

— Non, protesta Nick. Personne ne doit être au courant à part nous.

Il secoua la tête et pinça les lèvres.

— Mais je ne veux pas non plus les exclure, déclara Beth. Nous avons de nouvelles preuves que…

— Beth, ton supérieur a ignoré tes propositions tout à l'heure au téléphone. Et de quelles preuves parles-tu ? Nous n'en avons aucune. N'oublie pas que Pete et Cord obéissent aux ordres qui émanent de l'ATF de Chicago. Les personnes qui ont le pouvoir de décision ne sont pas celles qui sont sur le terrain et qui ont tout à perdre. Surtout la vie.

Beth garda le silence. Elle avait reçu l'ordre de rentrer à Chicago, où l'ATF allait lui signifier son renvoi. Elle avait en effet commis l'erreur ultime en se faisant enlever avec un civil dont elle avait mis la vie en danger.

— Je suis conscient que tu joues ta carrière en montant cette opération sans en référer en haut lieu, Beth. Mais si nous agissons ensemble, nous n'en parlerons à personne. Sinon, je renonce.

— Mais nous avons besoin de l'aide de Cord McCrea ! Seuls, nous sommes impuissants !

D'un autre côté, elle savait que si elle révélait leur plan à Cord McCrea, il refuserait tout net, car il ne tarderait pas à être informé qu'elle ne ferait bientôt plus partie de l'ATF.

Elle devait révéler à Nick que son retour était dû à son passage en commission disciplinaire.

La fin de sa carrière à l'ATF.

— Nick, écoute, il faut que je…

Au même moment, la portière de la voiture s'ouvrit. La voix d'Alan s'éleva.

— Vous allez vous décider à sortir de là-dedans, oui ou non ? On ne va pas vous gronder, si c'est ce que vous redoutez !

— Cesse donc de dire des sottises, Alan, enchaîna Juliet. Venez vite et racontez-nous tout. Ou pas… C'est comme vous voulez. Aide Nick, Alan. Moi je m'occupe de Beth.

— Mais je vais bien, je vous assure ! se récria cette dernière.

Elle entendit Nick prononcer les mêmes mots au même instant à son père.

Juliet et Alan les conduisirent dans la maison avec

La mémoire de la nuit

autant de précaution que s'ils avaient été en porcelaine. A un moment donné, Nick leva un sourcil à son intention et lui fit un clin d'œil. Beth lui répondit par un demi-sourire, consciente de l'inquiétude de Juliet qui semblait bouleversée que son fils ait traversé une nouvelle épreuve.

Beth soupira. Non seulement elle allait devoir démasquer un espion, mais il lui faudrait en outre protéger Nick dont la vie était toujours en danger... Et elle avait eu beau le répéter à son supérieur, celui-ci avait fait la sourde oreille.

Nick avait raison : les personnes qui décidaient et qui ordonnaient n'étaient pas celles qui mettaient leur vie en jeu. Cependant, elle risquait gros en montant une opération de sa propre initiative, alors que, dès son retour à Chicago, on lui signifierait son renvoi de l'ATF. D'un autre côté, il fallait neutraliser Bishop avant qu'il ne soit trop tard... donc démasquer son informateur.

Les Burke étaient seuls, car personne, sauf elle, ne les croyait en danger...

Dans la cuisine un vrai festin les attendait.

— Je suis désolée, j'ai manqué à tous mes devoirs... Je n'ai pas réussi à assurer la sécurité de votre fils, déclara Beth une fois qu'ils furent attablés.

— Ce n'est pas votre faute ! s'exclama Juliet en lui tapotant le bras.

— Ne vous inquiétez pas ! L'essentiel c'est que vous soyez sains et saufs, renchérit Alan, qui lui serra la main avec sollicitude.

— Sans Nick, je n'aurais jamais pu prendre la fuite !

Beth regarda tour à tour Juliet et Alan.

— Votre fils m'a sauvé la vie..., conclut-elle avec sincérité.

Juliet joignit les mains pendant qu'Alan souriait fièrement. Beth, jugeant le moment opportun, se pencha par-dessus la table, prit la main de Nick et décida de mettre la première phase de leur plan en marche.

— Vas-tu te décider à le leur annoncer, chéri ? reprit-elle en souriant.

— *Chéri ?* répéta Alan.

Nick ne montra aucune surprise et lui pressa la main à son tour. Son visage s'était adouci.

— J'ai demandé à Beth d'être ma femme. Nous voudrions nous marier très vite. Elle ne retournera donc pas à Chicago.

Le silence plana quelques instants, bientôt suivi par des exclamations de joie et des embrassades. Aussitôt après, Alan ouvrit une bonne bouteille et insista pour leur porter un toast. Nick sortit les verres qu'on gardait pour les grandes occasions.

— Beth, tes parents vont sans doute venir ? demanda Juliet, la tutoyant pour la première fois.

Ses parents ? Oh mon Dieu ! Elle n'avait pas du tout l'intention de leur parler de ces fausses fiançailles !

— Oui, oui, certainement, mais il n'y a pas le feu !

— Mais si justement ! Vous avez dit que vous vouliez vous marier rapidement. Il faut donc vite organiser une belle fête pour vos fiançailles !

Elle jeta un coup d'œil vers Nick, qui était en train d'admirer la robe du vin avec une concentration exagérée. Il restait silencieux, à dessein sans doute, et se faisait un malin plaisir de laisser Beth se dépêtrer de leur mensonge. A moins qu'il ne soit effrayé à la perspective de rencontrer son père et sa mère ?

— Mes parents ne se déplacent guère, vous savez, ils sont occupés par les examens, en fin de semestre.

— Nous en reparlerons demain ! Pour le moment, buvons à vous deux ! s'exclama Alan. Je vous souhaite autant d'amour que Juliet et moi en avons depuis que nous nous connaissons !

C'était un beau toast, et Beth eut soudain honte de mentir.

Mais c'était un mal pour un bien…, se dit-elle pour se réconforter.

Elle but une gorgée, s'efforçant de ne pas songer à la réaction des parents de Nick, quand ils apprendraient la vérité…

Mais une fois que leur fils serait définitivement en sécurité, et qu'ils le seraient eux aussi, elle espérait que Juliet et Alan lui pardonneraient ce mensonge.

18

— Echec et mat, lâcha Bishop, mettant ainsi fin à son ultime partie.

Difficile cependant de crier victoire quand on gagnait en jouant contre soi-même…

Il prit le roi noir puis enveloppa d'un regard circulaire cette demeure qu'il avait considérée comme son bien mais qui ne l'était pas. Il avait habité cette hacienda plus longtemps que ceux qui l'y avaient précédé. Il s'était habitué à son confort et à son isolement. Il n'y aurait pas grand-chose à déménager, le moment venu…

Même les échiquiers ne lui appartenaient pas…

Le bureau et la belle bibliothèque allaient lui manquer.

Il replaçait les pions quand il fut interrompu par un coup timide frappé à la porte. Il eut un mouvement de contrariété et se contint pour ne pas jeter la tour blanche au loin.

Il n'aurait pas le temps d'achever cette partie. Les pions du dernier échiquier s'étaient couverts de poussière depuis que son adversaire avait été capturé par les Américains alors qu'il introduisait illégalement des armes au Mexique.

De nouveau on frappa à la porte.

— Entrez !

— Vous vouliez me voir, monsieur Bishop ? demanda

l'homme qui venait d'entrer dans la pièce. Vous avez besoin de quelque chose ?

— Suis-moi, ordonna Bishop.

Il conduisit le garde dans le patio.

— Il paraît que Burke a été secouru et qu'il est rentré sain et sauf chez lui, commença Bishop avec un sourire crispé.

— On continue à le chercher, comme vous nous l'avez ordonné, murmura son interlocuteur dont le regard exprimait la peur.

— Je viens de te dire qu'il était rentré sain et sauf chez lui. J'aurais dû m'occuper de Burke moi-même au lieu de te faire confiance !

Il sortit son Magnum .44 et tira à bout portant sur l'homme, qui tomba dans la piscine. L'eau se colora de rouge.

— Bravo, laissa tomber Patricia.

Il se retourna. Elle applaudissait lentement.

— Nous avons déjà peu d'hommes et tu supprimes l'un d'entre eux.

— C'était un incapable ! s'exclama Bishop, hors de lui.

— Tu es en colère parce que tu vas devoir quitter cette belle hacienda et que tu n'auras plus ni piscine ni jacuzzi. Je sais que tu te plaisais beaucoup ici… Mais il vaut mieux partir avant de trop s'attacher.

Patricia s'approcha, passa devant lui en caressant son torse du dos de la main et se dirigea vers la piscine.

Le sang de l'homme que Bishop venait de tuer continuait à colorer l'eau.

— Tu veux aller dans le jacuzzi avec moi une dernière fois ? demanda Patricia, séductrice.

Ne voyait-elle pas la victime dans la piscine qui jouxtait le jacuzzi ? Ou y était-elle indifférente ? Pour ne plus voir le corps sans vie, Bishop étreignit Patricia, l'embrassa et recula.

— Pourquoi es-tu revenue, Patricia ? Pour superviser notre départ ? Vérifier qu'on ne laisse aucun indice derrière nous ? Je pense qu'on y arrivera sans toi.

Elle plissa les yeux.

— Je dois vérifier que tu n'emportes pas l'argenterie, dit-elle d'un ton ironique.

— Il n'en reste guère. Tu peux en informer qui de droit.

La voix de son domestique s'éleva depuis le pas de la porte.

— Excusez-moi, *señor*, mais vous avez un appel.

Bishop prit le combiné que l'homme lui tendait. Le numéro était masqué, mais il avait déjà deviné l'identité de son interlocuteur.

— Oui ?

— C'est terminé, dit la voix au bout du fil, je ne vous informerai plus.

— Pas question. J'ai encore besoin de vous.

— Vous n'avez jamais dit que vous iriez jusqu'à l'enlever.

— Cessez de geindre. Vous avez besoin d'argent et moi, j'ai de l'argent, dit Bishop.

— Nick Burke aurait pu être tué et je ne veux pas être tenu pour responsable de sa mort.

Le problème Burke aurait déjà dû être réglé depuis longtemps, songea Bishop.

— Pensez à l'argent. Pensez à votre famille, reprit-il.

— Oui, pense à ta famille…, renchérit Patricia dans un murmure.

Elle se laissa tomber sur une chaise avec aux lèvres un sourire que Bishop ne lui avait jamais vu.

Diabolique.

Patricia était-elle en train de le menacer ? De menacer

sa famille ? Il avait prouvé à maintes reprises sa loyauté à l'organisation, pourtant on lui avait envoyé Patricia pour lui rappeler que la vie de ses parents était entre les mains d'autres individus.

— Comment pourrais-je aller à la fête de fiançailles et les regarder droit dans les yeux ? reprit l'informateur d'une voix plaintive. Et si je n'y assiste pas, tout le monde va se méfier. Alors j'arrête, ça vaut mieux.

Une fête de fiançailles ?

— Les fiançailles de qui ?

Bishop tourna le dos à Patricia en se raidissant comme s'il redoutait qu'elle ne lui plante un couteau dans le dos.

— Vous n'avez donc pas écouté ce que je viens de vous dire ? reprit la voix. Nick et l'agent de l'ATF vont bientôt se marier. Les parents de Nick organisent une grande fête samedi soir. Tout le comté est invité.

Bishop raccrocha et se retourna vers Patricia. Elle avait retiré son chemisier de soie rouge et les pointes de ses seins étaient durcies par froid.

— Je pense que tu as mal compris quelle était la raison de ma présence ici, lui dit-elle.

Elle porta les mains à sa poitrine parfaite dans un geste aguicheur, et il suffit à Bishop de la regarder pour sentir une vague de désir l'envahir.

Il s'assit et tenta de l'attirer sur ses genoux pour embrasser ses seins, mais elle le repoussa de la pointe de l'index.

— Tu vas trouver un moyen pour te débarrasser définitivement de Burke, n'est-ce pas ?

— Oui, je te le promets, et on pourrait aussi en profiter pour se débarrasser du groupe d'intervention. Tous seront présents à sa fête de fiançailles. Avec un arsenal suffisant, ça ne devrait pas poser de problème.

Il attira de nouveau Patricia à lui mais elle arrêta son mouvement.

— Il serait souhaitable en effet que tu profites de ces réjouissances pour régler une bonne fois pour toutes son compte à Burke. Sinon, je me demande combien d'erreurs te seront encore pardonnées…

— Selon toi, il faudrait que je me rende au ranch en personne ? Mais Burke et Conrad savent qui je suis…

Patricia se rapprocha, les hanches ondulantes.

— Je suis certaine que tu trouveras un moyen.

— Mais si j'y vais moi-même, je signe mon arrêt de mort, insista-t-il.

Patricia caressa son torse de la pointe des ongles.

— Tu trouveras un moyen, répéta-t-elle en l'embrassant.

Bishop était prêt à faire l'amour à Patricia lorsque la porte s'ouvrit.

Deux de ses hommes avancèrent dans le patio.

L'un montra la piscine.

— On nous a ordonné de tout nettoyer, boss.

— C'est inutile. Laissez cet imbécile aux *federales*.

Ça les occuperait pendant qu'il assisterait à la fête de fiançailles de Nick Burke et de Beth Conrad.

19

Nick avait décidé de saluer personnellement chaque convive. Si l'un d'entre eux évitait son regard, il le mettrait aussitôt sur la liste des suspects.

Mais il y avait tant d'invités qu'il dut bientôt renoncer à les accueillir tous pour aider sa mère. Ce soir, tout le comté semblait en effet s'être donné rendez-vous au ranch.

La salle de séjour était bondée, tout comme la remise où s'organisait déjà une partie de poker. Nick y aurait volontiers participé s'il n'avait pas eu une mission à accomplir avec Beth.

En dépit de la fraîcheur ambiante, de nombreux invités s'étaient installés dans la véranda et dans le jardin déjà décoré pour Noël.

Les ouvriers du ranch n'allaient plus tarder à allumer un immense feu de joie qui réunirait tout le monde sous les étoiles. Nick songea avec nostalgie à une autre nuit, la première qu'il avait passée à la belle étoile avec Beth.

— Tu savais que tes parents voulaient organiser une soirée dans des délais aussi courts ? lui demanda Beth.

— Non. Si je l'avais su, je leur aurais demandé de patienter un peu. Nous aurions ainsi eu le temps d'étudier leurs connexions Internet.

Beth lui tendit une assiette remplie de plat de côte de bœuf et de porc grillé.

— Je comprends mieux pourquoi on nous a éloignés

cet après-midi, reprit-il. Qui a eu l'idée de nous proposer d'aller au cinéma ? C'est ma mère ?

— Non, répondit Beth. C'est Alan ! Tes parents sont décidément très astucieux, Nick ! Ils ont réussi à organiser cette soirée en l'espace de quelques jours et sans qu'on se doute de quoi que ce soit.

Elle s'assit sur le banc où Juliet aimait tant contempler le coucher du soleil et balaya la foule des invités du regard.

— Il y a vraiment un monde fou ! s'écria-t-elle.

— Oui. Tout le comté est là.

Beth rit. Au même instant, les phares de voiture de nouveaux arrivants éclairèrent la finesse de ses traits. Nick eut envie d'enfouir son visage dans ses cheveux dénoués et de l'embrasser comme lorsqu'ils étaient retenus prisonniers dans la grotte de la mesa.

— L'informateur est sans doute déjà arrivé, dit Beth à mi-voix. S'il n'est pas là, je pense que notre liste va se réduire considérablement.

Nick, rappelé à la réalité, poussa un soupir résigné. Beth n'était pas au Rocking B par amour pour lui, mais pour confondre l'informateur de Bishop et, éventuellement, redonner un élan à sa carrière à l'ATF.

— Mais comment veux-tu qu'on réduise notre liste ? Pour ça, il faudrait…

— Oh mon Dieu, ils sont là ! coupa Beth, qui pâlit soudain et enfouit son visage entre ses mains.

Sans le vouloir, elle donna un coup de coude à Nick qui était en train de manger et tacha sa chemise de sauce barbecue. Etonné, il n'eut pas le temps de lui demander des explications, car elle lui prit brusquement le bras et l'entraîna avec elle. Il aperçut ses parents qui s'approchaient d'eux, accompagnés d'un couple très élégant qu'il ne connaissait pas.

— Mon Dieu, Juliet ! s'exclama Beth, feignant cette

fois la joie. Comment avez-vous réussi à les faire venir ?
Quelle belle surprise !

Nick n'y comprenait toujours rien.

— Nick ? Chéri ? Voici mes parents, dit Beth d'une
voix qui tremblait imperceptiblement.

Gêné, Nick tendit la main vers le père de Beth en se
demandant comment saluer ce dernier courtoisement tout
en cachant la tache de sauce qui s'étalait sur sa chemise.

Il remarqua alors que ses parents et ceux de Beth
affichaient la même expression contrariée.

Il comprit vite pourquoi.

Contactés par sa mère, Elizabeth et Carroll étaient
tombés des nues : jamais ils n'avaient entendu parler de
lui et encore moins de leurs fiançailles proches.

C'était bien la preuve que Beth ne l'aimait pas. La mort
dans l'âme, Nick se dit que ses chances de la convaincre
de rester à ses côtés se réduisaient à zéro…

S'il avait vraiment compté pour elle, elle aurait parlé
de lui à ses parents.

Carroll et Elizabeth, en effet, avaient été très contrariés
d'apprendre que, non seulement leur fille était actuellement
en mission au Texas, mais qu'elle venait de se fiancer
avec un homme dont elle ne leur avait jamais parlé.

Les présentations faites, Nick et Beth restèrent seuls.

— Je comprends qu'ils ne soient pas contents,
commença Nick.

Beth gardait le silence. Nick avait raison… Elle se
promit de révéler la vérité à ses parents, consciente
qu'ils seraient peut-être plus furieux encore lorsqu'ils
apprendraient que ses fiançailles avec Nick n'étaient
qu'un subterfuge.

Et cependant, son amour pour lui était bien réel.

Elle tourna les yeux vers Nick, qui faisait les cent pas sous la véranda.

— Quand je pense que tu ne leur as rien dit, Beth ! Pas un mot ! Mais pourquoi annoncer nos fausses fiançailles à tes parents, n'est-ce pas ? Il suffisait d'en informer les miens ! lâcha-t-il d'une voix amère. Et tout le comté ! Mais quel idiot j'ai été !

— Tu es injuste, Nick ! Pourquoi aurais-je dû en parler à mes parents, qui vivent sur la côte Est et ne sont pas concernés par cette affaire ? De plus, je ne savais pas que Juliet organiserait aussi vite une fête de cette ampleur ! Enfin, comment étais-je censée savoir qu'elle les inviterait ? Et que, de plus, ils viendraient ?

— Non, le problème, Beth, c'est que tu ne leur as jamais parlé de moi.

Il semblait vraiment blessé. Comment lui expliquer qu'elle redoutait le jugement de scs parents et leur éternelle manie d'interpréter ses moindres faits et gestes et de commenter ses amitiés, voire ses amours ?

— Nick ? appela soudain Juliet depuis la cuisine. Il y a de la bière dans la remise. Tu veux bien aller la chercher ?

— Tout de suite.

Déjà Nick s'éloignait, mais Beth le retint. Leurs mains se rencontrèrent brièvement, mais il la retira la sienne presque aussitôt.

Beth sentit les larmes affluer sous ses paupières et le regarda s'éloigner. Elle n'avait pas l'intention de le blesser... Elle s'essuya les yeux à la hâte et se rendit dans la cuisine.

Sa mère, élégante dans son tailleur-pantalon noir et ses escarpins griffés, avait mis un tablier à froufrous et aidait Juliet à servir un gâteau aux pêches. Elle affichait un sourire que Beth ne lui avait jamais vu.

Sa mère était heureuse !

Incroyable !

La nouvelle de ses fiançailles avec un éleveur texan aurait pourtant dû la paniquer. Ses parents avaient toujours rêvé qu'elle épouse un intellectuel new-yorkais, professeur, écrivain ou psychanalyste…

Soudain, Beth sourit.

Tout le monde croyait à ses fiançailles, alors pourquoi ne pas y croire, elle aussi ? Demain serait un autre jour.

Grâce à Nick et en dépit de tout ce qui était arrivé au cours de ces dernières semaines, elle se sentait plus heureuse qu'elle ne l'avait jamais été.

Car elle aimait Nick… Et cela, c'était bien réel. Authentique.

Elle partit d'un grand rire.

— Que se passe-t-il, Beth ? lui demanda sa mère, étonnée.

— Oh rien maman.

— Tu es sûre ? Tu rougis…

Soudain, Elizabeth retira son tablier et, contre toute attente, la serra dans ses bras.

— Je me réjouis de ton bonheur.

Elle l'embrassa sur la joue. Beth, stupéfaite, resta immobile.

Sa mère ne lui avait pas fait la morale. Elle l'avait même embrassée ? Devant témoin ?

Beth revenait tout juste de sa surprise quand elle entendit la voix de son père, bien timbrée et si professorale, venant de la salle de séjour. Il s'entretenait avec le shérif et abondait dans son sens. En revanche, Andrea semblait en désaccord avec eux et le leur faisait savoir avec sa vivacité coutumière…

C'était un débat comme son père les adorait ! Des

éclats de rire bientôt le ponctuèrent. Son père ne sembla pas s'offusquer d'avoir échoué à convaincre Andrea.

— Puis-je vous aider ? demanda Beth à Juliet.

— Non ! Profite plutôt de ta soirée de fiançailles ! Le feu de joie devrait être allumé dans quelques minutes, et nos ouvriers vont jouer de la musique. Invite donc Nick à danser !

— Je me demande si Beth sait encore danser. Cela fait si longtemps…, murmura sa mère avant de sortir de la cuisine.

Restée seule, Beth regarda par la fenêtre.

Danser avec Nick… Comme ce serait agréable. Il l'embrasserait sûrement. Mais elle ne devait pas oublier leur mission. L'arrivée inopinée de ses parents la lui avait fait perdre de vue.

Beth surprit soudain les murmures de Kate et de Cord qui s'entretenaient à voix basse dans la véranda. Peu après, Kate rentra dans la cuisine, laissant son mari seul. Sans remarquer la présence de Beth, elle se posta devant la cuisinière.

Un bruit de pas s'éleva et Beth reporta son attention vers la véranda. Nick montait l'escalier de bois avec une bassine remplie d'eau glacée où des bières et des sodas étaient tenus au frais.

— Tu as besoin d'aide ? lui demanda Cord.

— Ça ira, merci.

— C'est donc vrai ? reprit Cord.

— Vraie bière. Vraie fête de fiançailles. Tout est vrai.

Des rumeurs selon lesquelles Nick restait célibataire parce que Kate, son grand amour, avait épousé Cord McCrea s'étaient répandues en ville. Mais Juliet s'obstinait à dire que c'était faux : elle répétait à l'envi que si Nick était encore célibataire, c'est parce qu'il n'avait pas rencontré l'âme sœur.

— C'est Kate qui t'envoie me demander des précisions sur mes fiançailles ? reprit Nick.

Kate s'était un peu trop intéressée à la vie de Nick, dernièrement, récapitula Beth en son for intérieur. N'était-ce pas elle qui était à l'origine de son séjour prolongé au ranch ?

— Et si ces fiançailles improvisées faisaient partie d'un plan ? insinua Cord.

— C'est ce que Kate redoute ? demanda Nick d'un ton ironique. Elle n'ose pas me poser la question directement ? Elle m'évite comme la peste ces derniers temps, mais ça ne l'empêche pas de mettre sans arrêt son nez dans mes affaires.

— Je ne te permets pas, Burke !

Nick appuya son baquet rempli de bières glacées sur un de ses genoux.

— Si Kate veut savoir si je suis heureux, qu'elle me le demande en personne.

Beth regarda dans la direction de Kate, qui ne perdait pas un mot de cet échange mais ne l'avait toujours pas remarquée.

Les deux hommes n'étaient manifestement pas conscients de leur présence dans la cuisine.

— Cela n'a rien à voir avec Kate, riposta Cord. Mais avec Beth. Tu dois savoir qu'elle est sous le coup d'une mesure disciplinaire de la part de l'ATF.

— Oui, et alors ?

Nick passa devant lui sans dire un mot de plus. Un peu d'eau glacée jaillit de la bassine et éclaboussa Cord, qui poussa un juron sonore. Il se retourna et aperçut Beth derrière la vitre. Manifestement, il avait compris qu'elle suivait son échange avec Nick.

Nick, qui ne l'avait toujours pas remarquée, se mit à rire.

— Tout le monde sait désormais qu'un agent de l'ATF

vit dans mon ranch. Voilà au moins qui suffira à assurer ma sécurité. Toi, tu n'y es jamais arrivé.

Le silence tomba. Nick posa le baquet par terre et prit une bouteille de bière qu'il décapsula.

— J'aimerais te poser une question, McCrea : tu as peur que Kate soit amoureuse de moi ? Que je le sois toujours d'elle ? Tu as des craintes pour ton couple, McCrea ? A vrai dire tu as raison, et si j'étais à ta place je m'inquiéterais. Car on ne sait jamais, après tout : peut-être que je me fiance avec Beth par dépit. Les fiançailles n'impliquent pas forcément le mariage, et je peux encore espérer reconquérir Kate !

— Bon sang, Nick, tu es complètement ivre ! s'exclama Cord, sur la défensive.

— Non. Je n'ai jamais eu les idées aussi claires !

Sur ces mots, il éclata de rire et but une longue gorgée de bière.

Kate n'avait jamais été plus pour lui qu'une excellente amie dont il avait été un peu amoureux pendant un temps. Mais ces sentiments n'avaient rien à voir avec l'amour intense et profond qu'il éprouvait pour Beth.

D'un autre côté, ça l'amusait de provoquer Cord. C'était comme une revanche... Mais il cessa de rire sitôt qu'il vit Beth sortir comme une flèche de la cuisine.

Elle claqua la porte, passa devant lui dans ses bottes roses à strass et dévala l'escalier en courant.

Nick suivit le regard consterné de Cord, puis haussa les épaules.

Kate s'approcha à son tour.

— Tu ne m'as pratiquement pas adressé la parole depuis l'an dernier, Kate, lâcha Nick, mais tu t'es si bien mêlée de ma vie que tu viens de faire un beau gâchis.

— Tu te trompes, Nick ! déclara Cord. Kate et moi,

nous nous faisions du souci pour toi ! Et c'est toi qui viens de tout gâcher !

Nick ne l'écoutait plus, il se précipitait à la suite de Beth.

Il regrettait d'avoir provoqué Cord, mais plutôt que se fâcher contre Beth, il avait préféré déverser sa rancœur sur lui et sur Kate.

Il était temps de mettre les choses au clair, temps de parler à cœur ouvert avec Beth, et de lui avouer qu'il l'aimait.

En espérant qu'elle lui pardonne les propos stupides qu'il venait de tenir à Cord.

20

Ce ne sont que de fausses fiançailles.

Beth se répéta ces mots jusqu'à ce qu'elle ait trouvé refuge dans la grange. Elle essuya ses larmes, sans se soucier des traces de mascara que son geste laisserait sur ses joues. Puis elle s'approcha de son cheval préféré, Applewine, et lui donna une bonne poignée d'avoine. Après quoi elle se remit à pleurer dans la solitude de la grange…

Quand elle aurait recouvré son calme, elle se retirerait dans sa chambre pour se remaquiller et reviendrait dans la salle de séjour en espérant que Juliet, Alan et ses parents n'auraient pas remarqué son absence prolongée.

Ces fausses fiançailles étaient finalement une idée bien stupide ! Nick ne l'aimait pas, en dépit de la déclaration qu'il lui avait faite après leur évasion, et elle allait devoir révéler la vérité à ses parents et affronter leur mépris et leur déception. Ces derniers allaient-ils séjourner dès ce soir au ranch ? Sans doute. Dans ce cas, elle et Nick devraient partager la même chambre… Et dans la situation actuelle, c'était inconcevable ! Mon Dieu, comment allait-elle gérer son amour grandissant pour un homme qui ne l'aimait pas ?

Ou plutôt, qui en aimait une autre.

Leurs relations avaient commencé sous un ciel étoilé puis elles avaient été marquées par une série de péripéties. Beth n'arrivait toujours pas à comprendre pourquoi elle s'était éprise d'un homme qui ne faisait pas partie de son monde. De plus, lors de circonstances pour le moins tragiques.

Ils étaient tellement différents…

Différents, vraiment ?

Il détestait ses escarpins Jimmy Choo, et même ses bottes de cow-boy roses à strass. Il ne connaissait rien à la mode, mais tout compte fait, ce n'était pas un défaut en soi, se dit-elle. Il aimait les animaux et, finalement, elle aussi, conclut-elle en caressant la crinière d'Applewine.

D'un autre côté elle aimait sa vie à Chicago, et Nick aimait le Texas. Mais qu'importait ? Sa carrière à l'ATF était sur le déclin, peut-être ne reviendrait-elle même pas à Chicago et retournerait-elle vivre chez ses parents sur la côte Est.

Certes, dans l'ensemble, sa mission au Texas avait été un fiasco, mais au moins elle avait rencontré l'un des chefs du cartel mexicain. Et elle voulait démasquer son informateur afin de retrouver Bishop et de le neutraliser avant qu'il ne réussisse à tuer Nick.

Soudain, un peu de lumière s'insinua dans l'embrasure de la porte et le bruit des réjouissances lui parvint, étouffé. Quelqu'un entrait… Nick ? Dans ce cas, le moment était peut-être venu d'avoir une conversation à cœur ouvert avec lui. La situation aurait enfin le mérite d'être claire.

La voix de Nick s'éleva.

— C'est bizarre que tu aies décidé de te réfugier ici. Il y a un mois seulement, tu avais peur des chevaux.

— C'était il y a un mois.

Beth se remit à caresser la crinière douce et si soyeuse d'Applewine. Elle n'avait plus peur des chevaux, même si elle restait une piètre cavalière.

— J'imagine que tu as surpris ma conversation avec Cord ? reprit Nick avec hésitation.

Il semblait découragé. Ou honteux d'avoir été surpris. Beth garda le silence.

— Bon sang, Beth ! explosa soudain Nick.

Elle sursauta mais garda son attention fixée sur la jument.

— Pourquoi es-tu en colère contre moi ? demanda-t-elle enfin. C'est toi qui t'es disputé avec le mari de ton ex-petite amie. Pas moi.

— Je ne suis pas amoureux de Kate ! Et Kate n'a jamais été ma petite amie ! Quoi qu'on puisse en penser ! martela Nick.

— Ah bon ? J'ai eu l'impression du contraire en suivant ta conversation avec Cord.

Le ton montait et les chevaux devenaient nerveux.

— Je voulais…, commença Nick.

Il s'interrompit.

— Tu voulais quoi ? l'encouragea-t-elle.

— J'avais envie de le provoquer.

— De le provoquer, mais pourquoi ?

— Parce que j'étais furieux. Parce que… à cause… de tes parents. Je sais, je n'ai aucune raison d'être fâché. Quoi qu'il en soit, j'avais besoin de décharger ma colère sur quelqu'un.

— Pourquoi m'avoir suivie ?

— Parce que j'ai vu que tu étais triste. Et en colère, toi aussi.

— Je n'ai jamais été aussi sereine qu'aujourd'hui ! déclara-t-elle d'un ton bravache.

Nick leva les sourcils.

— Tu mens, Beth. Comme tu as menti le premier jour quand tu as affirmé que tu n'avais pas peur de la jument que tu devais monter.

— Oui, et alors ? Pourquoi est-ce si important ? Notre objectif, pour le moment, c'est de démasquer l'informateur de Bishop. Tes parents nous en fournissent l'occasion, donc nous devrions en profiter au lieu de discuter. Tu ne me dois aucune explication !

— Tu as raison. Comme toujours…

— Nous allons donc demander à tes parents s'il y a un visage inconnu parmi les invités, coupa Beth.

Elle s'engagea vers la sortie, mais il la retint et soudain ils furent tout proches.

— Je te répète que je ne suis pas amoureux de Kate, Beth !

— Ça m'est égal, tu peux aimer qui tu veux.

— Non, Beth.

— Pourquoi ? murmura-t-elle en regardant fixement sa bouche.

— Parce que c'est toi que j'aime.

Il l'embrassa et aussitôt Beth sentit sa tristesse disparaître. Une joie immense l'envahit et ses rancœurs furent balayées par l'immensité de son amour pour lui.

Elle répondit à son baiser, avide mais très doux, certaine que son élan répondrait, mieux que des mots, à l'aveu de Nick. Elle résista à regret au désir de s'abandonner entre ses bras et d'oublier les invités.

Mais lorsque Nick glissa les mains sous sa chemise, elle frémit face à ce nouveau défi à ses sens.

Le premier, il se ressaisit.

— Soyons raisonnables, Beth. N'oublie pas que nous avons une mission à remplir.

— Nick… Je n'ai plus tellement envie de m'en souvenir.

Pour rien au monde elle ne voulait se détacher de lui.

— Nous nous sommes donné pour objectif de mettre la main sur un informateur afin de retrouver un criminel, lui souffla-t-il à l'oreille, ce qui, de nouveau, la fit frémir.

— Tu n'aurais pas dû me parler d'amour et m'embrasser, dit-elle, ça a ruiné toute ma capacité d'action.

— Je n'ai pas supporté de te voir pleurer, dit-il en essuyant ses joues encore humides.

Sa voix était basse et sensuelle, ses paroles entrecoupées de baisers dans son cou et sur sa gorge. Enfin, il recula et son regard chercha celui de Beth.

— Je suis désolé d'avoir ignoré tes larmes lors de notre fuite au Mexique. Mais je voulais me concentrer sur notre marche et ensuite seulement…

Elle posa un doigt sur ses lèvres.

— Chut… C'était la première fois que je pleurais devant un homme. Je n'avais pleuré que devant Danny Bryant. Et c'était lorsque j'étais en troisième…

— Cette remarque est-elle censée me déculpabiliser ?

— Non, elle est juste destinée à te donner le sentiment que tu es exceptionnel.

Elle lui caressa le visage.

— Je ne sais pas pourquoi ni comment c'est arrivé, mais moi aussi je t'aime, Nick…

De nouveau ils s'embrassèrent. Elle pensait que le baiser qu'ils avaient échangé dans leur prison était extraordinaire. Celui-là fut incomparable.

Nick sourit et lui caressa les cheveux.

— Doux comme de la soie…

Il fut interrompu par un coup frappé à la porte. Ils sursautèrent et reculèrent.

La voix de Juliet leur parvint.

— Vous aurez tout le temps de vous embrasser plus tard. Le moment est venu d'allumer le feu de joie ! Tous nos amis vous attendent.

Ils l'entendirent s'éloigner.

— Il faut y aller, Beth, dit Nick en lui donnant un dernier baiser.

Quand ils sortirent de la grange, Nick surprit un mouvement dans son champ de vision.

— Nick ! Regarde ! s'exclama Beth au même instant.

Elle lui montra un homme qui semblait fuir à cheval.

— Ce type n'a rien à faire sur mes terres ! s'exclama Nick. C'est peut-être notre homme ! Je selle ma monture et je pars à sa poursuite !

Il serra la main de Beth pour la rassurer.

— Toi, va vite chercher Pete et Cord.

— Attends mon retour ! Ne prends aucune initiative, par pitié.

— Fais ce que je te dis au lieu de discuter.

Nick rentra dans la grange tandis qu'elle courait vers la maison.

— Morrison ! McCrea ! s'écria Beth.

Elle passa rapidement en revue les personnes présentes et constata, malheureusement, que ni Pete ni Cord n'étaient dans les parages. Elle revint donc vers la grange au moment où Nick la franchissait à cheval. Bientôt, il filait à la poursuite du mystérieux cavalier.

Sachant que Nick n'était pas armé et que le fuyard sans doute l'était, Beth décida de seller Applewine. Mais avant, elle courut chercher son arme dans la chambre. Alors qu'elle se penchait pour prendre deux chargeurs cachés sous son lit, elle entendit une voix derrière elle et sentit le canon d'un revolver s'enfoncer dans son dos.

— Donnez-moi ces chargeurs. Sans mouvements brusques.

Bishop.

Beth obtempéra docilement, la rage au cœur.

— Et maintenant, donnez-moi votre arme, reprit Bishop.

De nouveau, elle obéit.

— Vous êtes bien imprudent de pénétrer sur le terri-

toire américain, de surcroît sur les terres de Nick Burke.
Que faites-vous ici ? Et pourquoi précisément ce soir ?

Bishop pressa le canon de son arme plus fort entre
ses omoplates.

— Votre fiancé s'est trompé de cible. Il est tombé
dans le piège que je lui ai tendu. J'en suis ravi. Vous
êtes mon otage. Maintenant suivez-moi.

— Je ne bougerai pas d'ici.

Beth resta à genoux au pied de son lit.

— Vous n'avez pas répondu à ma question, reprit-elle.
Pourquoi êtes-vous venu à la fête de ce soir ?

— Levez-vous.

— Vous avez l'intention de me tuer ? De vous débarrasser de nous ? C'est la raison de votre présence ici,
n'est-ce pas ? A votre guise ! Mais vous ne quitterez pas
ce ranch vivant, je vous le garantis !

Bishop agrippa ses cheveux de sa main libre pour
l'obliger à se lever. Forcée de suivre son mouvement,
Beth porta les mains à sa tête.

— A quoi jouez-vous, Bishop ?

— Les mains derrière le dos ! J'ai assez de munitions
pour supprimer votre future belle-famille et vos parents
si vous n'obéissez pas à mes ordres.

Il lui lia les mains, et Beth sentit les liens, trop serrés,
lui entamer la chair.

— Quel est votre plan ? Que faites-vous ici exactement ?

— Je suis venu pour éliminer votre groupe d'intervention. Et exécuter Nick Burke. Avancez. Vous me
servirez de bouclier !

Elle entendit Bishop charger son arme. Puis il lui posa
un manteau sur les épaules afin de cacher ses mains liées.

— Avancez. Un seul mot et vous êtes morte.

Il la conduisit dans la chambre des parents de Nick.

Lorsqu'il ouvrit la porte, Beth aperçut ses parents et ceux de Nick tenus en respect par l'un des hommes de Bishop.

— Je ferai tout ce que vous voudrez, mais je vous en supplie, ne leur faites aucun mal ! s'exclama-t-elle.

21

Son lasso en main, Nick poursuivait le mystérieux fuyard. En rancher digne de ce nom, il savait capturer au lasso une vache récalcitrante. Il utiliserait donc son talent pour neutraliser le cavalier, car il était conscient qu'une course-poursuite serait vaine.

Il fit un nœud coulant à son lasso, puis il éperonna son cheval et bientôt arriva à la hauteur du fuyard. Il s'en rapprocha encore, fit tournoyer son lasso au-dessus de sa tête et le lança. Le lasso s'enroula aussitôt autour de la taille du cavalier, lui emprisonnant les bras. Nick accrocha ensuite la corde à sa selle.

Mais au moment où il réussissait sa capture, son cheval freina et stoppa brusquement sa course. Nick mit pied à terre avant que le cavalier ne s'envole, littéralement arraché de sa propre monture, pour atterrir brutalement sur le sol gelé en poussant un hurlement de douleur. La monture de l'inconnu s'enfuit au galop. Nick s'approcha du cavalier désarçonné et immobile.

— Vous êtes entré sur une propriété privée, je vais vous confier aux autorités. Qui êtes-vous ?

Il serra le lasso autour de la taille et des bras de l'inconnu, tira sur la corde et le retourna. Puis il posa un pied sur son torse, mais le retira brusquement en reconnaissant son prisonnier.

— Matt ? Matt Long ?

C'était donc lui l'informateur de Bishop ? Cet adolescent qu'il connaissait depuis toujours et dont le père avait quitté le domicile conjugal après la tentative de meurtre de Mac Caudwell, laissant sa famille sans le sou.

— Je ne veux pas aller en prison, monsieur Burke ! J'ai seulement obéi à ma mère. Elle a dit que sinon, on aurait de gros problèmes.

Nick reprit son lasso.

— Des problèmes ? A cause de qui ?

— Je… hum…

— Si tu ne veux pas d'ennuis, je te conseille de me dire la vérité.

— Ma mère parle souvent avec un type. Toujours le même. Je ne sais pas qui c'est… Mais elle lui dit des trucs. Je vous le jure, monsieur Burke.

Matt tremblait.

— Tu crois qu'elle le tenait informé de mes départs dans la montagne ?

— Oui, monsieur.

La mère de Matt était donc l'informatrice qu'ils recherchaient. Et peut-être le père de Matt l'avait-il été, avant elle.

— Vous n'allez pas porter plainte contre moi, monsieur Burke ?

Nick se passa la main dans les cheveux, en essayant de réfléchir.

— Et pourquoi ?

— Parce que je veux continuer de travailler au…

— Non, ce que je veux savoir, c'est pourquoi on t'a envoyé là.

Soudain un coup de feu s'éleva au loin. Matt tressaillit. Le sang de Nick ne fit qu'un tour.

— Vite. Allons-y !

Nick courut vers son cheval, entraînant l'adolescent

à sa suite et, sans même attendre que Matt se soit bien installé derrière lui, il enfourcha sa monture qui partit au galop. Matt noua les mains autour de sa taille.

Redoutant le pire, Nick secoua les rênes et éperonna son cheval.

Beth se figea en entendant les coups de feu tandis que ses parents et ceux de Nick affichaient une expression de pure panique. Même Bishop sursauta. Des cris s'élevèrent. Elizabeth, qui était la plus proche de Beth, se précipita pour l'étreindre et lui lança un regard entendu. Que signifiait… ? Beth comprit quand sa mère glissa un canif entre ses mains liées.

Elle le serra entre ses doigts, et lorsque Bishop repoussa sa mère si rudement que cette dernière retomba sur son père, elle en profita pour mettre le canif dans sa poche arrière.

Un autre coup de feu, plus proche, retentit. De nouveaux cris de panique recouvrirent la musique de fond qui s'arrêta brusquement. Le silence tomba. Les invités devaient être tétanisés.

Peu après, le téléphone portable de Bishop sonna. Il décrocha.

— Quoi ? Tu n'en as touché qu'un sur trois ? hurla-t-il à son interlocuteur.

Ainsi, quelqu'un avait été touché. De qui s'agissait-il ? Nick ? Non, il était parti aux trousses du mystérieux cavalier. Ou pas ? Beth avait l'impression que le premier coup de feu avait été tiré d'une carabine, et le second, plus proche, d'un pistolet. Pourvu que Nick…

Beth s'obligea à contenir ses larmes.

Comment affronter Bishop et le neutraliser ?

— Fais exploser la citerne de propane ! reprit Bishop qui parlait toujours au téléphone.

Puis il consulta sa montre.

— Je te laisse quatre minutes !

— Vous voulez faire exploser la citerne ? s'exclama Beth. Avez-vous pensé à tous les innocents qui vont le payer de leur vie ?

Sa mère et son père. Juliet et Alan…

— Au moins, votre groupe d'intervention ne me gênera plus.

— Vous êtes vraiment un être ignoble.

Pour seule réponse, Bishop la conduisit sans ménagement dans la salle de séjour. Beth entendit Kate crier des instructions, puis des voix d'hommes, difficiles à identifier, s'élevèrent dans un fracas de vaisselle cassée.

— Etendez-le sur le plan de travail de la cuisine avant qu'il ne se vide de son sang ! ordonna Andrea, la petite amie de Pete. Et vous, appelez le 911. Oh mon Dieu ! il est trop grand… Quelqu'un doit lui tenir les pieds.

Nick était grand…

Cord aussi. Et Pete.

— Avancez en direction de la porte d'entrée, commanda Bishop dans un murmure.

Il conduisit Beth dans la véranda, puis dans la grange. Les amis des Burke, qu'ils croisaient sur leur chemin, lui adressaient des regards curieux et inquiets parce qu'elle allait à contre-courant du flot des invités paniqués.

Dépêchez-vous ! Fuyez ! avait-elle envie de leur crier, horrifiée à la perspective qu'ils puissent être les victimes de la violence aveugle de Bishop. Malheureusement, elle ne vit Cord nulle part et ne reconnut personne parmi ceux qu'elle croisait. A côté d'elle, Bishop avançait à demi penché, dans le but évident de passer inaperçu.

Beth tendait toujours l'oreille, dans l'espoir d'identifier

le blessé allongé sur le plan de travail de la cuisine. Si elle avait été plus compétente, elle aurait sans doute pu empêcher cette tragédie…

Mais il ne lui était pas venu à l'idée que Bishop et ses hommes puissent infiltrer la fête… Malheureusement, il était trop tard pour s'accabler de reproches. Elle devait maintenant trouver une solution.

Soudain, une terrible explosion déchira la nuit et fit trembler la maison. Si Bishop ne lui avait pas fait part de son intention de faire exploser la citerne de propane, Beth aurait cru à un tremblement de terre.

Le délai accordé par Bishop s'était donc écoulé. Si des mesures n'étaient pas prises rapidement, l'explosion allait générer un incendie qui s'étendrait à tout le domaine.

A côté de Beth, Bishop éclata de rire, amusé sans doute par le chaos qui régnait autour d'eux. Il leva son arme et tira en l'air par jeu, visiblement ravi de voir la panique décuplée par son geste.

Beth, quant à elle, s'exhortait à garder son calme. Si elle ne trouvait pas très vite de l'aide, si elle n'avait pas rapidement une idée, c'en serait fait d'elle, des quatre captifs dans sa chambre, de Cord, Pete et Nick…

Bishop la poussa devant lui et la fit entrer dans la grange dont il referma les portes. La nuit et un silence relatif les enveloppèrent.

Elle était désormais seule avec un homme armé. Un criminel. Qu'elle effectue une seule tentative pour le neutraliser et fuir, et elle le paierait de sa vie. Et de toute façon, tant qu'elle avait les mains liées dans le dos, elle était réduite à l'impuissance.

Si elle réussissait à se libérer à l'aide du canif, elle devrait ensuite trouver une arme. Elle regarda en direction de la fourche à faner, posée non loin d'elle, tandis que Bishop liait ses poignets au rail d'une stalle vide.

— Comme ça, vous resterez tranquille, marmonna-t-il.

Beth serra les dents. Ses poignets déjà entaillés devinrent plus douloureux.

— Si vous ne m'étiez pas utile comme appât, vous seriez déjà morte. Vous garder en vie, c'est protéger nos arrières, comme on dit aux Etats-Unis. Je vous laisse, mais je reviens vite.

Sur ces mots, Bishop lui donna une petite tape sur la joue et sortit.

Tout ce dont Beth avait besoin, maintenant, c'était de temps pour sortir le canif de sa poche arrière et cisailler ses liens.

22

Nick et Matt sentirent le sol vibrer sous eux au moment de l'explosion. Nick déposa l'adolescent et laissa son cheval à une centaine de mètres de la maison puis, tout en courant, il tenta de contacter Cord et Pete.

En vain…

Les deux hommes organisaient sans doute la sécurité des invités.

Une nouvelle série de coups de feu s'éleva, dont Nick ne put déterminer la provenance. Que faire maintenant ?

Il regarda dans la direction du corral et fut surpris de ne plus éprouver de vertige. De même, il n'avait plus ressenti de douleur fantôme depuis que Beth avait caressé sa cicatrice.

Sans s'appesantir sur ce petit miracle, il prit une grande inspiration, regarda de nouveau dans la direction du corral et du jardin de sa mère. A son plus vif soulagement, il ne ressentit aucune panique. Il décida donc d'aller de l'avant et de rejoindre Cord et Pete.

Plus il se rapprochait de sa maison, plus il avait l'impression de pénétrer dans une zone de guerre. Personne ne cherchait à éteindre l'incendie que l'explosion avait provoqué. Par chance, le vent soufflait en direction des pâturages. Les hommes de Bishop avaient sans doute pris des invités en otage. Il avait besoin d'une carabine, et il lui fallait impérativement trouver Cord, Pete et Beth.

Nick s'approcha discrètement du jardin de sa mère en espérant que ses parents et ceux de Beth étaient en sécurité. Il atteignait l'arrière de la véranda quand il aperçut des taches de sang sur le sol.

Son cœur explosa dans sa poitrine à la pensée que Beth avait peut-être été blessée. Il monta les marches deux à deux.

La voix d'Andrea lui parvint.

— Reste tranquille en attendant les secours ! J'ai réussi à stopper l'hémorragie, mais la blessure est sérieuse !

— Non ! Je dois trouver Cord.

Pete était allongé sur l'îlot de la cuisine, torse nu, le bras en écharpe et recouvert de compresses. Où était Beth ? se demanda Nick, toujours inquiet.

— Nick ! s'exclama Pete. Ne t'inquiète pas, je vais bien, mais je ne sais pas où est Beth. Je ne l'ai pas vue depuis le début des hostilités.

— Je n'arrive pas non plus à la joindre…

Nick sentit de nouveau la panique l'envahir. Où était donc Beth ? Et leurs parents à tous deux ?

— On a été un peu débordés…, expliqua Andrea. Beth est peut-être partie ? Ou elle a oublié son portable ?

— Je ne pense pas, ça m'étonnerait qu'elle soit restée en dehors de la bagarre.

L'instinct de Nick lui soufflait que la femme de sa vie était en danger.

Il devait la retrouver avant Bishop.

A moins que ce ne soit lui qui la détienne prisonnière…

— Cord ne répond pas non plus, intervint Kate. Mais je doute qu'il prenne le temps de décrocher son téléphone. Il est sûrement en train d'intervenir, et de parer au plus pressé.

— Raison de plus pour que j'aille le rejoindre ! déclara Pete.

— Ah non ! s'exclama Andrea.

— Quelqu'un a vu mes parents et ceux de Beth ? reprit Nick.

Il scruta les visages des uns et des autres, mais tous secouèrent la tête négativement. Soudain, un nouveau coup de feu s'éleva et tous les regards se tournèrent vers la fenêtre dont le verre se brisa.

— A plat ventre ! s'écria Pete. Eteignez les lumières !

Nick, qui était le plus proche de l'interrupteur, obtempéra. Il ne resta que la lumière témoin du four.

— Tu n'es pas armé ? demanda-t-il à Pete.

— Bon sang, Nick, c'était une fête ! J'ai laissé mon arme dans la voiture, expliqua le shérif qui se leva avant de retomber sur la table, admettant ainsi, et en silence, son impuissance.

— Je cherchais Alan quand il y a eu les premiers coups de feu, expliqua l'un des amis de son père. J'ai vu ta fiancée sortir avec un ami, juste avant l'explosion.

Etonné, Nick fronça les sourcils. Beth n'avait pas d'amis dans la région. Elle ne connaissait personne.

— Peux-tu me le décrire ?

— Elégant. Chaussures de luxe. Un grand brun de type hispanique. Plutôt bel homme. Mais l'air un peu prétentieux.

Bishop.

— Ils ont dit quelque chose ?

— Non, je ne crois pas. J'ai trouvé bizarre que Beth ne coure pas et ne semble pas non plus paniquée par les coups de feu. Après, je n'ai plus fait attention, j'ai été distrait par la blessure du shérif.

— Merci.

Nick tourna les yeux vers Pete.

— Bishop a pris Beth en otage. Je vais prendre la

carabine de mon père et essayer de la retrouver. Si tu as des nouvelles de Cord, contacte-moi !

— D'accord. Je te rejoins dès que je pourrai me lever.

Andrea secoua la tête d'un air fataliste.

— Ne compte pas sur Pete, Nick. Il a perdu trop de sang.

— Alors, qu'il ne bouge pas. Qui a appelé les secours ? demanda-t-il à Kate dans un murmure.

— Les deux comtés nous en envoient, mais ils ne seront pas là avant une bonne dizaine de minutes.

— Tu ne peux pas y aller seul, Nick, reprit Kate. C'est trop dangereux.

Nick ne l'écouta pas. Il prit la carabine dans l'armoire, la chargea et mit des munitions dans sa poche. Puis il se dirigea vers la chambre de ses parents et tourna le bouton de la porte avec prudence.

La porte s'ouvrit lentement en grinçant et Nick aperçut, par l'entrebâillement, le canon d'une arme qui tremblait. Il ouvrit tout grand et braqua sa carabine. L'homme de Bishop laissa tomber la sienne et se rendit sans sommation.

Aussitôt, les parents de Nick et ceux de Beth se mirent à parler tous en même temps et, dans la confusion, Nick comprit que Beth était bel et bien prisonnière de Bishop.

— Où est Bishop ? demanda-t-il à l'homme qu'il venait de neutraliser, pendant que le père de Beth et le sien le ligotaient avec leurs cravates.

— Je ne sais pas… Mais je peux l'appeler.

— Pour le prévenir de ma présence ?

L'homme tremblait de peur, et son silence était éloquent.

— Je viens avec vous, Nick ! déclara Carroll Conrad.

— Non, monsieur, objecta Nick. Si je vous fais courir le moindre risque, Beth ne me le pardonnera jamais. Et je redoute plus Beth que Bishop ou ses hommes ! ajouta-t-il en souriant.

Nick se montrait confiant, mais en réalité il avait peur. Il savait comment dompter un cheval effrayé, mais il était incapable de gérer une situation pareille. Il devait absolument faire équipe avec Cord pour retrouver Beth. Jamais plus il ne prendrait d'initiatives.

Il venait de comprendre qu'il avait besoin de Beth, il était pétrifié à l'idée de vivre sans elle.

Beth avait les poignets entaillés et terriblement douloureux. Pourtant elle continuait de cisailler ses liens au moyen du canif, tranchant et si bien aiguisé qu'elle s'était coupée dès la première tentative. Mais Bishop n'allait sans doute pas tarder, elle devait faire vite…

Le vent soufflait manifestement l'incendie vers les pâturages, mais les chevaux sentaient la fumée et s'agitaient. Elle les entendait frapper du sabot et hennir de plus en plus fort. Ils s'avertissaient les uns les autres du danger imminent.

Un mois plus tôt, Beth aurait été incapable d'identifier la panique des chevaux. Plus maintenant. C'était une nouvelle réjouissante qui ne la tirait pas d'affaire pour autant…

Elle essaya de mieux orienter ses mains et d'ajuster sa prise sur le canif, car elle redoutait à tout instant qu'il ne glisse de ses paumes en sueur. Enfin, elle donna un petit coup décisif et parvint à se libérer complètement.

Si Bishop n'était pas revenu à cet instant précis, elle aurait pu gagner le paddock, mais elle n'eut que le temps de remettre les mains derrière le dos.

— Je suis prêt, dit Bishop qui parlait au téléphone. Il va vite comprendre que je détiens sa petite amie. Je te garantis qu'il va accourir, et fissa ! Et c'est moi qui le supprimerai. Nous nous occuperons des autres ensuite.

Bishop remit son portable dans sa poche et s'approcha. Beth, qui avait eu le temps de s'habituer à l'obscurité, remarqua son regard fou.

— Vous ne sortirez pas vivant de cette grange, lui dit-elle.

— Non, c'est vous qui n'en sortirez pas vivante, *chica*.

Un cheval plus anxieux que les autres donna des coups dans sa stalle. Beth sursauta et Bishop aussitôt pointa son arme sur elle.

C'est ce moment que choisit Nick pour surgir derrière lui. Il le frappa sur le bras et le coup partit en l'air. Puis Nick plaqua Bishop au sol, et les deux hommes roulèrent jusqu'à l'extrémité de la grange.

Pendant ce temps, Beth cherchait l'arme que Bishop avait lâchée et que Nick avait écartée de sa trajectoire.

Elle la ramassa en tremblant. Cette bagarre ressemblait terriblement à celle dont elle avait été le témoin à Chicago, le jour où son hésitation avait coûté la mort à son coéquipier.

Mais cette fois elle tira.

Les deux hommes se figèrent.

Une seconde, le temps sembla s'être arrêté.

Et le combat prit fin.

Une expression de confusion s'afficha sur le visage de Nick. L'un des deux hommes avait sûrement été touché, mais les deux s'effondrèrent.

— Nick ! hurla Beth.

Elle se précipita et fit rouler Bishop sur le dos pour dégager Nick, qui se trouvait sous lui, couvert de sang.

— Je suis vivant, Beth ! s'écria Nick.

Il leva les bras et la prit par les épaules. Puis il la secoua jusqu'à ce qu'elle rive son regard au sien.

— Tu as failli mourir…, murmura-t-elle, la voix entrecoupée de sanglots.

Lorsqu'elle se fut ressaisie, elle prit son visage entre ses mains et l'embrassa.

Puis ils se penchèrent tous les deux sur Bishop.

Beth plaça les mains sur sa blessure pour stopper l'hémorragie, et Nick alla chercher la trousse de première urgence qui se trouvait toujours dans la grange.

— Il faut qu'il reste vivant pour qu'on puisse l'interroger, déclara Nick.

Beth acquiesça et lui retira les bandages qui protégeaient ses côtes pour les appliquer sur la blessure de Bishop.

En silence.

Les mains de Nick se posèrent sur les siennes.

Plus tard, elle lui dirait combien elle avait été fière de lui. Il aurait eu toutes les raisons de laisser Bishop mourir. Mais il ne l'avait pas fait.

Nick Burke était un homme exceptionnel.

Le hurlement des sirènes de police retentit près d'eux et des lumières de gyrophare emplirent la grange. Les renforts arrivaient enfin...

Ils allaient sortir de la grange quand Nick la retint. Il l'attira à lui et la serra dans ses bras.

— Reste encore une minute avec moi... Nos parents sont désormais en sécurité. Nous pouvons laisser la police et les urgentistes s'occuper des hommes de Bishop.

Il se tut. Les mots étaient désormais inutiles. Les bras de Nick autour de sa taille donnaient à Beth la sensation d'être en sécurité et d'être aimée.

Ça lui suffisait.

23

L'incendie avait été maîtrisé et éteint, mais il n'y aurait pas de chauffage jusqu'à ce que les réparations aient été effectuées. Par chance, il y avait plusieurs cheminées dans la maison. Nick faisait le tour des lieux pour évaluer l'ampleur des dégâts. Une partie de la remise avait été abîmée, de nombreuses clôtures détruites, mais les chevaux et le bétail étaient sains et saufs. Les invités aussi. Seul Pete avait été blessé.

Le soleil allait se lever, il avait une dure journée de travail devant lui... Il aperçut Beth et Cord dans la véranda et les rejoignit, sans se soucier du fait qu'il était sale et couvert de suie. Il avait trop besoin d'être proche de la femme de sa vie.

— Pete est sauvé. Bishop n'a pas survécu à sa blessure.

— Ses hommes se sont mis à table...

— Des vraies pies, on ne pouvait plus les arrêter ! conclut Beth.

Elle rejeta ses cheveux sur les épaules, mais le vent les rabattit sur son visage.

— Je dirais plutôt des merles moqueurs, c'est plus texan, rectifia Cord.

Nick sourit. Il était sincèrement heureux que tout soit enfin terminé, et soulagé de pouvoir enfin regarder le corral sans être hanté par son passé. Il passa son bras autour de la taille de Beth, et elle mêla ses doigts aux siens.

— J'espère que les révélations de ces hommes ouvriront enfin une brèche…, dit Beth à Cord. Bishop n'était finalement qu'un petit poisson. A ton groupe d'intervention de jouer, maintenant.

— Il s'agit aussi de *ton* groupe d'intervention, corrigea Cord. Je ne te laisserai pas tomber !

— Hier soir, tu parlais plutôt des sanctions disciplinaires que me réservait l'ATF, dit-elle en attirant Nick à elle.

— Je vais expliquer la situation à l'ATF et te rendre justice, Beth. Je voulais aussi que tu saches que nous avons arrêté Mme Long, la mère de Matt. Même si nous doutons qu'elle sache quoi que ce soit.

Beth hocha la tête.

— Il y aura une opération pour rassembler les hommes de Bishop restés au Mexique. Et mettre la main sur le supérieur de Bishop.

— C'est celui qui dirige le cartel mexicain. Il y a la partie immergée de l'iceberg, à savoir Bishop et ses hommes, et… le reste, déclara Cord.

— Je pense que…

— Beth, tu devrais souffler un peu, l'interrompit Nick. Sur ces mots, il tendit la main à Cord.

— Je te dois des excuses.

— C'est bon, Nick.

— Je suis désolé pour ce qui s'est passé hier soir. Je suis également désolé que Beth ne puisse pas travailler pendant quelques jours. Du moins, si elle décide de revenir dans le groupe d'intervention. Ses parents ont décidé de rester ici pendant les fêtes de fin d'année et j'aimerais qu'elle en profite.

Beth le regarda avec tendresse.

Cord eut un sourire compréhensif en les regardant tous deux se diriger, main dans la main, vers la jeep de Nick.

Beth lui prit les clés et, d'autorité, se mit derrière le volant de son véhicule préféré.

Elle savait où Nick voulait se rendre. Vers ses chères montagnes, pour contempler ses terres. Elle gara la jeep face au soleil qui se levait.

Nick l'attira dans ses bras. Les orangés et les roses de l'aube s'étendaient dans le ciel, repoussant la nuit. Quel symbole magnifique après les terribles événements qu'ils venaient de vivre…

Ils restèrent silencieux, goûtant cette parenthèse sereine. Bientôt viendraient les dépositions et les témoignages…

Mais pour le moment, Beth était dans les bras de l'homme de sa vie.

— Tu veux m'épouser, Beth ?

— Peut-être…, le taquina-t-elle, se souvenant de l'épreuve qu'il lui avait fait subir, deux semaines plus tôt, et qui semblait remonter à une éternité. Je veux la totale ! J'accepte seulement si tu me fais une demande dans les règles. Genou à terre et tout le tralala.

— Tu ne peux pas attendre un peu pour le genou à terre ? Mes côtes sont très douloureuses.

— Oui, mais je pense à ta mère et à la mienne qui doivent nous observer avec le télescope.

— Je crois plutôt que ma mère est en train d'apprendre à la tienne comment faire du pain de maïs.

Ils se mirent à rire.

Pour finir, Beth lui donna une réponse sans ambiguïté.

Un baiser fougueux.

Tendre…

Rempli de promesses.

Elle fut réconfortée par la force de son étreinte et par le désir qui voilait son regard.

Il garda ensuite les mains arrimées à sa taille pour la serrer tout contre lui.

— A quand les vraies fiançailles ? souffla-t-elle.

— Elles seront courtes, je peux te l'assurer. Je pensais que nous pourrions nous marier le Jour de l'an... Pour une vie texane remplie de bonheur...

— Mes parents vont se réjouir ! s'exclama-t-elle.

Elizabeth et Carroll avaient accepté ses explications, et compris les raisons de leurs fausses fiançailles bien mieux qu'elle ne l'aurait pensé.

Il lui montra ses bottes roses à strass.

— Si tu t'ennuies, tu pourras toujours redevenir mannequin pieds.

— Non, je veux être l'épouse d'un éleveur de chevaux, tout simplement... Bien qu'il soit évident que tout sera toujours compliqué pour moi dans cette région.

Nick l'embrassa de nouveau.

— Je ferai en sorte que le bonheur te fasse oublier toutes les difficultés. Je t'aime assez pour te rendre heureuse, Beth... Vraiment heureuse. Pour toujours.

— Moi aussi, Nick.

L'avenir s'ouvrait à eux, plein de promesses et de joies, aussi beau que le paysage sur lequel se levait maintenant un soleil éblouissant.

La femme menacée, de B. J. Daniels - N°370

En ouvrant les yeux, McKenzie découvre avec désarroi qu'elle est allongée dans un lit d'hôpital. A son chevet, un homme au regard plein de sollicitude lui révèle qu'il vient de la sauver des griffes d'un fou furieux qui l'avait agressée sur un parking. Puis, d'un ton rassurant, il lui propose de la protéger au cas où son agresseur la retrouverait. Troublée malgré elle — mais désireuse de préserver son indépendance —, McKenzie refuse son aide. Sans se douter que, tapi dans l'ombre, le monstre qui l'a attaquée attend le moment propice pour se jeter à nouveau sur elle…

L'étau du soupçon, de Cassie Miles

Qu'est-il arrivé à Nick durant sa captivité en Amérique du Sud ? Et quels terribles secrets lui cache-t-il ? En accueillant son fiancé, disparu depuis six mois, Sidney est déchirée entre joie et suspicion. Car Nick a terriblement changé. Et, bien qu'il ne se confie à personne, elle devine à son comportement qu'il se sent menacé. Prête à tout pour le soutenir et sauver leur couple, elle ne peut cependant empêcher l'angoisse de l'étreindre quand elle comprend que les inconnus qui traquent Nick les recherchent à présent tous les deux. Cette fois, ce n'est plus seulement leur amour qui est en danger mais bien leurs vies…

Un bébé à sauver, de Mallory Kane - N°371

Toutes les nuits, le même cauchemar hante Ash. Les images, terribles, de ses parents assassinés dans leur manoir, vingt ans plus tôt, tournent en boucle dans sa tête… Et voilà que, soudain, à cause de quelques analyses d'ADN, on parle de libérer le meurtrier présumé. Fou de rage, Ash se précipite dans le bureau de Rachel, la scientifique en charge du dossier. Mais, avant même qu'il ait le temps d'ouvrir la bouche, Rachel lui fait une révélation qui le cloue sur place. Elle attend un bébé de lui, fruit de leur brève liaison passée. Abasourdi, Ash sent sa colère tomber tandis qu'une terreur nouvelle l'envahit. Et si, par crainte de voir son identité révélée, le véritable assassin s'attaquait à Rachel et à leur futur enfant ?

Prisonniers de la montagne, de Debra Webb et Regan Black

Jamais Charly n'a eu affaire à des randonneurs aussi étranges… Et, tandis qu'elle les guide à travers les Rocheuses, elle sent peu à peu l'inquiétude la gagner. Car ses clients, indifférents à la nature, la contraignent à progresser de plus en plus vite vers un lieu précis. D'abord docile, elle décide de leur fausser compagnie à la nuit tombée. Mais, dans l'obscurité, elle percute soudain une ombre et sent une main la bâillonner fermement. Paralysée par la terreur, Charly retient un cri de stupeur en reconnaissant Will Chase, le nouveau facteur de Durango. Will, dont les yeux bleus la font rêver chaque nuit. Will qui, de toute évidence, suivait leur groupe depuis le matin et semble être bien plus qu'un simple « facteur »…

Quand le risque nous rapproche, de Marie Ferrarella - N°372

Suite au décès inexpliqué de plusieurs personnes âgées dans des maisons de retraite d'Aurora, Noelle O'Banyon, une jeune inspectrice discrète et solitaire, décide de mener l'enquête. Mais pour cela elle va devoir faire équipe avec Duncan Cavanaugh, un homme aussi séduisant qu'exaspérant qui tantôt la traite avec la plus parfaite indifférence, tantôt cherche à la pousser à bout. Pourtant, Noelle devine que derrière cette attitude ambiguë Duncan cache ses véritables sentiments à son égard. Une attirance partagée, bientôt renforcée par les multiples dangers auxquels tous deux vont se trouver confrontés...

L'empreinte de la vérité, de Cynthia Eden

Alors qu'il s'apprête à fermer son agence de détectives, Grant voit arriver une femme qu'il reconnaît aussitôt. Scarlett, son amour de jeunesse, qu'il a quittée dix ans plus tôt pour partir en mission dans l'armée. Celle-ci, d'une voix paniquée, lui fait un étrange récit : recherchée pour le meurtre de son ex-petit ami, elle est venue trouver Grant pour qu'il l'aide non seulement à prouver son innocence, mais aussi à retrouver le véritable assassin dont — elle en est sûre — elle sera la prochaine victime. Troublé, Grant hésite quelques instants avant d'accepter. Sans réellement savoir ce qui le motive : la compassion, la conscience professionnelle... ou le souvenir de leur histoire d'amour inachevée.

Mariée par convenance, de Carol Ericson - N°373

Mariée à un inconnu... Callie n'a pas eu le choix : sauf à faire une croix sur l'héritage de son grand-père, et à laisser ainsi son père se débrouiller seul avec ses dettes face aux dangereux criminels qui le menacent, il fallait qu'elle soit mariée au plus vite. Et puisque Rod McClintock, rencontré par hasard, acceptait de devenir son époux... Mais, à présent, elle se sent à la fois coupable et impuissante : car non seulement elle se rend compte que Rod est bien trop troublant pour le rôle, mais aussi parce que les criminels qui poursuivaient son père n'ont pas renoncé, la menacent aussi et qu'elle ne peut plus faire autrement que d'entraîner Rod avec elle dans le danger...

Dans le rôle d'une autre, de Carly Bishop

En acceptant de se faire passer pour la femme d'un célèbre psychiatre — une femme dont elle est le sosie, et qui, dépressive, ne peut plus assurer son rôle d'épouse lors des réunions officielles — Abby Callahan n'imagine pas qu'on va lui imposer un garde du corps, Sean Baldwin. D'abord tentée d'échapper à sa surveillance, elle change cependant d'avis en découvrant que le psychiatre qui l'emploie ne lui a pas tout dit : en fait, jouer la doublure de sa femme expose Abby à un grand danger. Piégée, elle se résout donc à coopérer avec Sean, dont l'arrogance et le pouvoir de séduction lui sont très vite insupportables...

Amour + suspense
= Black Rose

OFFRE DE BIENVENUE

Vous avez aimé la collection Black Rose ? Vous aimerez sûrement nos romans Best-Sellers Policier ! Recevez gratuitement :

◆ 1 roman Best-Sellers Policier gratuit ◆
et 2 cadeaux surprise !

Une fois votre colis de bienvenue reçu, si vous souhaitez continuer à recevoir nos romans Best-Sellers de genre policier, cela se fera automatiquement. Vous recevrez alors tous les 2 mois, 3 romans inédits au tarif unitaire de 7,50€ (Frais de port France : 1,95€ - Frais de port Belgique : 3,95€).

➡ ET AUSSI DES AVANTAGES EXCLUSIFS :

➡ LES BONNES RAISONS DE S'ABONNER :

Aucun engagement de durée ni de minimum d'achat.

◆

Aucune adhésion à un club.

◆

Vos romans en avant-première.

◆

La livraison à domicile.

Des cadeaux tout au long de l'année.

◆

Des réductions sur vos romans par le biais de nombreuses promotions.

◆

Des romans exclusivement réédités notamment des sagas à succès.

◆

L'abonnement systématique et gratuit à notre magazine d'actu ROMANCE.

◆

Des points fidélité échangeables contre des livres ou des cadeaux.

➡ REJOIGNEZ-NOUS VITE EN COMPLÉTANT ET EN NOUS RENVOYANT LE BULLETIN !

✂ - - - - - - - - - - -

N° d'abonnée (si vous en avez un) ⎵⎵⎵⎵⎵⎵⎵⎵⎵⎵   XZ5F02 / XZ5FB2

Mme ☐ Mlle ☐ Nom : .... Prénom : ....

Adresse : ....

CP : ⎵⎵⎵⎵⎵ Ville : ....

Pays : .... Téléphone : ⎵⎵⎵⎵⎵⎵⎵⎵⎵⎵

E-mail : ....

Date de naissance : ⎵⎵ ⎵⎵ ⎵⎵⎵⎵

☐ Oui, je souhaite être tenue informée par e-mail de l'actualité d'Harlequin.

☐ Oui, je souhaite bénéficier par e-mail des offres promotionnelles des partenaires d'Harlequin.

Renvoyez cette page à : Service Lectrices Harlequin – BP 20008 – 59718 Lille Cedex 9 – France

Vous n'avez pas le temps de lire tous les
romans Harlequin ce mois-ci ?
**Découvrez les 4 meilleurs
avec notre sélection :**

OFFRE DÉCOUVERTE !

Vous souhaitez découvrir nos collections ? Recevez **2 romans gratuits*** et **2 cadeaux surprise** ! Une fois votre colis de bienvenue reçu, si vous souhaitez continuer à recevoir nos romans, cela se fera automatiquement. Vous recevrez alors chaque mois vos romans inédits en avant première.

Vous n'avez aucune obligation d'achat et cette offre est sans engagement de durée !

*1 roman gratuit pour les collections Nocturne, Best-sellers Policier et sexy.

☞ **COCHEZ la collection choisie et renvoyez cette page au**
Service Lectrices Harlequin – BP 20008 – 59718 Lille Cedex 9 – France

Collections	Références	Prix colis France* / Belgique*
❏ **AZUR**	ZZ5F56/ZZ5FB2	6 romans par mois 27,25€ / 29,25€
❏ **BLANCHE**	BZ5F53/BZ5FB2	3 volumes doubles par mois 22,84€ / 24,84€
❏ **LES HISTORIQUES**	HZ5F52/HZ5FB2	2 romans par mois 16,25€ / 18,25€
❏ **BEST SELLERS**	EZ5F54/EZ5FB2	4 romans tous les deux mois 31,59€ / 33,59€
❏ **BEST POLICIER**	XZ5F53/XZ5FB2	3 romans tous les deux mois 24,45€ / 26,45€
❏ **MAXI****	CZ5F54/CZ5FB2	4 volumes multiples tous les deux mois 32,29€ / 34,29€
❏ **PASSIONS**	RZ5F53/RZ5FB2	3 volumes doubles par mois 24,04€ / 26,04€
❏ **NOCTURNE**	TZ5F52/TZ5FB2	2 romans tous les deux mois 16,25€ / 18,25€
❏ **BLACK ROSE**	IZ5F53/IZ5FB2	3 volumes doubles par mois 24,15€ / 26,15€
❏ **SEXY**	KZ5F52/KZ5FB2	2 romans tous les deux mois 16,19€ / 18,19€
❏ **SAGAS**	NZ5F54/NZ5FB2	4 romans tous les deux mois 29,29€ / 31,29€

*Frais d'envoi inclus
**L'abonnement Maxi est composé de 4 volumes Hors-Série

N° d'abonnée Harlequin (si vous en avez un) |_|_|_|_|_|_|_|_|

Mme ❏ Mlle ❏   Nom : _____

Prénom : _____   Adresse : _____

Code Postal : |_|_|_|_|_| Ville : _____

Pays : _____   Tél. : |_|_|_|_|_|_|_|_|_|_|

E-mail : _____

Date de naissance : _____

❏ Oui, je souhaite recevoir par e-mail les offres promotionnelles des éditions Harlequin.
❏ Oui, je souhaite recevoir par e-mail les offres promotionnelles des partenaires des éditions Harlequin.

Date limite : 31 décembre 2015. Vous recevrez votre colis environ 20 jours après réception de ce bon. Offre soumise à acceptation et réservée aux personnes majeures, résidant en France métropolitaine et Belgique, dans la limite des stocks disponibles. Prix susceptibles de modification en cours d'année.Conformément à la loi Informatique et libertés du 6 janvier 1978, vous disposez d'un droit d'accès et de rectification aux données personnelles vous concernant. Par notre intermédiaire, vous pouvez être amenée à recevoir des propositions d'autres entreprises. Si vous ne le souhaitez pas, il vous suffit de nous écrire en nous indiquant vos nom, prénom et adresse à : Service Lectrices Harlequin BP 20008 59718 LILLE Cedex 9. Service Lectrices disponible du lundi au vendredi de 8h à 17h : 01 45 82 47 47 ou 33 1 45 82 47 47 pour la Belgique.

Harlequin® est une marque déposée du groupe Harlequin. Harlequin SA – 83/85, Bd Vincent Auriol – 75646 Paris cedex 13. SA au capital de 1 120 000€ – R.C. Paris. Siret 318671591 00069/APE5811Z

Composé et édité par HARLEQUIN

Achevé d'imprimer en Italie (Milan)
par Rotolito Lombarda
en novembre 2015

Dépôt légal en décembre 2015